Les Voleurs d'Âmes

Tome 1 - De toute mon âme

Rachel Vincent

Les Voleurs d'Âmes

Tome 1 - De toute mon âme

DARKISS poche

Collection : DARKISS

Titre original :
MY SOUL TO TAKE

Traduction de l'américain par FRANÇOISE NAGEL

Ce roman a déjà été publié en juin 2010

ÉDITIONS HARLEQUIN
83-85, boulevard Vincent Auriol, 75646 PARIS CEDEX 13.
Service Lectrices — Tél. : 01 45 82 47 47
www.harlequin.fr

ISBN 978-2-2803-1474-9 — ISSN 2109-7631

Loi n° 49-956 du 16 juillet 1949 sur les publications destinées à la jeunesse.

A Number One, qui sait qu'il n'y a pas mieux que les fajitas en cas d'angoisse de la page blanche…

1

— Bon, alors, elle vient nous chercher ou quoi ? chuchota Emma à mon oreille.

Emma fixait la porte de métal qui se dressait devant nous, comme si, par la seule force de son impatience, elle avait eu le pouvoir de la faire s'ouvrir et de nous donner ainsi accès à la discothèque. Dans l'air glacé, les mots qui sortaient de sa bouche soigneusement maquillée semblaient flotter et former de légers nuages blancs.

— Je suis sûre qu'elle nous a oubliées ! reprit-elle. J'aurais dû m'en douter !

Elle enrageait, tout en sautillant sur place pour tenter de se réchauffer, à peine couverte par le chemisier rouge très décolleté qu'elle avait « emprunté » à l'une de ses sœurs. Un chemisier dans lequel les rondeurs d'Emma explosaient.

J'étais un peu envieuse, j'avoue. Moi, je n'avais ni les courbes d'Emma ni une sœur à qui chiper des vêtements torrides. En revanche, j'avais l'heure — et un simple coup d'œil à mon téléphone portable me confirma qu'il n'était pas encore 21 heures. Il restait quatre minutes à Traci pour nous ouvrir la porte.

— Elle va venir, dis-je, tandis qu'Emma cognait pour la troisième fois. Nous sommes en avance. Laisse-lui le temps.

La buée de mon haleine ne s'était pas sitôt dissipée qu'un grincement métallique se fit entendre. La porte s'entrebâilla lentement pour nous, laissant se déverser par flashes, dans l'allée sombre et froide, des lumières noyées de fumée et réglées sur la rythmique saccadée des basses. Traci Marshall — la plus jeune des sœurs aînées d'Emma — apparut alors dans l'embrasure de la lourde porte, qu'elle maintint ouverte. Comme Emma, elle portait un top moulant à craquer. Comme si ses longs cheveux blonds ne suffisaient pas déjà à afficher sa ressemblance avec sa sœur !

— Pas trop tôt ! grogna Emma, prête à foncer en ignorant Traci.

Mais celle-ci nous barra le passage de son bras. Elle me rendit brièvement le sourire que je lui adressai, puis regarda Emma d'un air sévère.

— Merci, moi aussi, je suis contente de te voir, dit-elle d'un ton railleur, avant d'ajouter : Tu te rappelles la règle, j'espère ?

Emma leva les yeux au ciel et frictionna énergiquement ses bras nus. Nous avions laissé nos manteaux dans ma voiture pour ne pas nous encombrer inutilement une fois entrées dans la discothèque.

— Pas d'alcool, pas de substances chimiques. Rien de rigolo, quoi.

Je réprimai un sourire. Quant à Traci, elle s'efforça de conserver sa mine sérieuse. Pas du tout son genre.

— Et quoi d'autre ? dit-elle.

Je pris la relève et récitai les consignes, comme chaque fois que Traci nous avait fait entrer en douce dans la boîte de nuit — deux fois seulement en tout et pour tout.

— On vient ensemble, on reste ensemble, on repart ensemble.

C'était n'importe quoi, mais je savais par expérience que nous grillerions toutes nos chances d'entrer si nous refusions de jouer le jeu.

— Et… ? poursuivit Traci.

— Si on se fait pincer, on dit qu'on ne te connaît pas, répondit Emma qui continuait à faire des claquettes sur place, chaussée de ses talons hauts.

Comme si quelqu'un risquait de croire un mensonge pareil ! Les filles de la famille Marshall étaient toutes coulées dans le même moule — aussi élancées et voluptueuses que j'étais droite et plate. La honte pour moi.

Traci hocha la tête, apparemment satisfaite de nous voir d'humeur docile, et libéra le passage. Pourtant, quand Emma voulut passer, elle la retint par le bras, en plein sous la lumière du plafonnier de l'entrée et, l'œil noir, lui demanda :

— Dis donc, ce n'est pas le chemisier neuf de Cara, ça, par hasard ?

Emma se dégagea d'un coup sec.

— Elle ne s'en apercevra même pas !

Traci gloussa et nous fit signe d'entrer. A l'intérieur, la lumière et les sons remplissaient tout l'espace, si bien qu'elle fut obligée de s'égosiller pour couvrir la musique et achever son sermon.

— Profite bien des heures qui te restent, lança-t-elle à Emma. Parce que Cara va te tuer et t'enterrer avec !

Même pas émue, Emma s'engagea dans le couloir en dansant, balançant des hanches et agitant les bras. Je lui emboîtai le pas, galvanisée par l'énergie de la foule de ce samedi soir, dont j'apercevais déjà les premiers groupes, en mouvement dans la grande salle.

Nous nous frayâmes notre chemin, bientôt englouties par la foule à notre tour, absorbées par la musique, la chaleur, et emportées par les partenaires d'un instant qui nous attiraient à eux. Nous dansâmes ainsi sur plusieurs chansons, tantôt ensemble, tantôt chacune de notre côté, d'autres fois en couple par hasard. Je fus vite hors d'haleine, trempée et déshydratée. A bout de souffle, je fis signe à Emma que j'allais au bar boire un verre. Sans cesser de danser, elle me répondit d'un hochement de tête, puis je jouai des coudes pour m'extraire de la cohue des danseurs.

Derrière le bar, Traci travaillait au côté d'un autre barman — un type imposant au teint très mat, et moulé comme elle dans un T-shirt noir étriqué. Le néon suspendu au-dessus de leurs têtes les enveloppait d'un étrange halo bleu. Je m'appropriai le premier tabouret qui se libérait et, dès que je fus assise, le barman plaqua ses grandes mains sur le comptoir face à moi. Traci s'empressa d'intervenir.

— Je m'occupe d'elle, dit-elle à son collègue.

Il acquiesça d'un signe de tête et passa à un autre client.

— Qu'est-ce que je te sers ? me demanda alors Traci en repoussant ses mèches bleues.

Avec un large sourire, je plantai mes coudes sur le comptoir et répondis :

— Whisky Coca ?

Elle s'esclaffa.

— Alors, ce sera un Coca ! répliqua-t-elle.

En échange du billet de cinq que je poussai vers elle, elle versa le soda dans un verre déjà plein de glaçons. Puis je pivotai sur mon tabouret pour fouiller du regard la foule sur la piste. Où était passée Emma ? Je l'aperçus qui dansait, coincée entre deux garçons vêtus du T-shirt de leur club d'étudiants. A leur poignet, un bracelet fluorescent indiquait qu'ils avaient l'âge légal requis pour boire de l'alcool. Tous trois se déhanchaient ensemble de manière torride. C'était toujours comme ça, avec Emma : elle attirait aussi sûrement l'attention que la laine attire l'électricité statique.

Amusée, je vidai mon verre et le reposai sur le bar. Et soudain :

— Kaylee Cavanaugh !

On m'appelait ? Je sursautai et me tournai vers le tabouret situé à ma gauche. Mon regard rencontra alors les yeux les plus fascinants que j'aie jamais vus. Comme hypnotisée, je demeurai perdue malgré moi dans la spirale de leur iris, dont les couleurs pulsaient au rythme de mon propre cœur. Et j'eus le plus grand mal à reprendre mes esprits, et à envisager, rationnellement, que le regard de mon voisin me renvoyait simplement les éclats de lumière tourbillonnante jetés par les spots du plafond.

Alors seulement je vis *qui* j'étais en train de dévisager.

Nash Hudson. Oh, mon Dieu ! Je faillis vérifier que l'enfer n'avait pas gelé sous mes pieds, figée comme j'étais. C'était à croire que j'avais quitté à mon insu les limites de la discothèque et basculé dans la quatrième dimension, celle où Nash Hudson me souriait, et à moi seule. Traci avait-elle trafiqué mon Coca ? La gorge sèche, je repris mon verre dans l'espoir d'y trouver une dernière goutte de soda. En vain. Il était vide.

— Tu as besoin d'un autre verre ? me demanda Nash.

Cette fois, je décidai de me forcer à parler. Après tout, si tout cela n'était qu'une illusion — ou bien si je me trouvais réellement dans la quatrième dimension —, qu'est-ce que je risquais en répondant à Nash ? Rien.

— Ça va aller, merci.

J'osai un sourire hésitant et mon cœur faillit exploser

quand Nash me rendit mon sourire. Quelle bouche superbe il avait…

— Comment as-tu fait pour entrer ? me demanda-t-il, plus amusé que vraiment curieux. Tu es passée par la fenêtre ?

— Par la porte de derrière, murmurai-je, rougissant jusqu'aux oreilles.

Evidemment, il devait savoir que je n'avais pas l'âge d'être en boîte. Même pas ici, au Tabou, un club qui acceptait les jeunes dès leurs dix-huit ans.

— Qu'est-ce que tu as dit ?

Avec un large sourire, il se pencha davantage pour capter le son de ma voix malgré le vacarme de la musique. Son souffle effleura mon visage, mon cœur se mit à battre tellement fort que la tête me tourna. Il sentait *trop* bon !

— La porte de derrière, répétai-je à son oreille. La sœur d'Emma travaille au bar.

— Emma est ici ?

Je lui désignai mon amie sur la piste — elle dansait maintenant avec *trois* garçons en même temps —, persuadée qu'en la voyant Nash Hudson allait sortir de ma vie aussi vite qu'il y était entré. C'était fichu, je ne le reverrais plus jamais. Mais non. A ma grande surprise, il ne jeta qu'un coup œil distrait à Emma, avant de tourner de nouveau vers moi son étourdissant regard plein de malice. Je crus mourir sous le choc.

— Tu ne danses pas ? dit-il.

Je m'accrochai à mon verre, la main moite. Que devais-je comprendre ? Qu'il voulait danser avec moi… ou bien qu'il espérait que je libère mon tabouret pour laisser la place à sa petite amie ?

Pas si vite. Il avait largué sa petite amie la semaine d'avant, et les hyènes — qui n'avaient pas tardé à humer la chair fraîche — rôdaient déjà autour de lui. Sauf que, pour l'instant, il était *seul*... Aucun membre de la bande qui gravitait habituellement dans son orbite ne le collait ni n'était présent sur la piste de danse.

— Si, si, je vais danser, répondis-je.

Et, de nouveau, je vis tournoyer les couleurs dans ses prunelles, qui lancèrent des éclairs bleu néon. J'aurais pu contempler ses yeux pendant des heures, si je n'avais pas craint qu'il me trouve bizarre.

— Alors on y va !

A ces mots, il me prit par la main et me fit glisser à bas de mon tabouret. Je le suivis sur la piste de danse tandis qu'un sourire radieux s'épanouissait sur mon visage et que mon cœur se serrait d'excitation. Ce n'était pas la première fois que je rencontrais Nash — Emma était sortie avec plusieurs de ses copains —, mais jamais je n'avais été comme ce soir l'unique objet de son attention. Même pas en rêve.

Si le lycée d'East Lake avait été l'univers entier, j'aurais pu être l'une des lunes satellites de la planète Emma, constamment dans son ombre et heureuse d'y être cachée. Nash Hudson, au contraire, était une étoile — une étoile trop brillante pour qu'on ose la regarder en face, trop brûlante pour qu'on se risque à l'approcher, rayonnant depuis le centre de son propre système.

Mais, sur la piste de danse, j'oubliai tout ça. C'est à moi que Nash dispensait directement sa lumière, et sa chaleur était *trop* bonne.

Nous nous retrouvâmes bientôt tout près d'Emma, mais je la remarquai à peine, tant j'étais absorbée par la sensation des mains de Nash sur moi, de son corps pressé contre le mien. La première chanson s'acheva et nous dansâmes sur la suivante sans que j'aie conscience que la musique avait changé.

Quelques minutes plus tard, je jetai un coup d'œil vers Emma par-dessus l'épaule de Nash. Elle était au bar en compagnie de l'un des garçons avec lesquels elle avait dansé si serré, tout à l'heure. Traci posa un verre devant chacun d'eux. Elle n'eut pas sitôt tourné le dos qu'Emma s'empara du verre de son partenaire — une boisson de couleur foncée agrémentée d'une rondelle de citron vert — et en avala le contenu en trois gorgées. Le garçon sourit, puis l'entraîna de nouveau sur la piste de danse.

Dans un coin de ma tête, je notai de ne pas laisser Emma conduire ma voiture au retour — sous aucun prétexte —, puis songeai à me concentrer de nouveau sur Nash, que mes yeux n'auraient jamais dû quitter. Mais, en chemin, mon regard accrocha une étonnante crinière blond vénitien : celle d'une fille que je ne connaissais pas, la seule fille présente ce soir-là capable de rivaliser en beauté avec mon amie. Elle aussi n'avait que l'embarras du choix pour trouver un partenaire et, bien qu'à peine plus âgée que dix-huit ans, elle avait manifestement bu bien plus qu'Emma.

Etrangement, malgré sa beauté et son charisme, la regarder danser me jeta dans un profond malaise. Soudain, j'eus mal au ventre, je me sentis oppressée, comme si je manquais d'air. Quelque chose n'allait pas, chez cette fille, j'en avais l'absolue conviction. J'étais incapable de définir ce qui me donnait cette impression. Juste, quelque chose *n'allait pas* chez cette fille et j'en étais sûre.

— Qu'est-ce qui t'arrive ? cria Nash en exerçant une pression de la main sur mon épaule.

Ce fut comme s'il m'avait réveillée. Je me rendis

compte que je m'étais figée sur place, tandis que tout le monde autour de moi continuait de se contorsionner en cadence.

— Rien, rien ! lui répondis-je avec effort, pour me secouer et chasser mon sentiment de malaise.

Et, là, je m'aperçus que le seul fait de le regarder dans les yeux avait le pouvoir de nettoyer mon esprit de cette angoissante impression que *quelque chose n'allait pas*. A la place, j'éprouvai grâce à Nash un calme intérieur nouveau, profond, envahissant. En fait, presque vertigineux. Puis nous recommençâmes à danser, encore, et sur plusieurs chansons. Le temps passait, nous étions de plus en plus naturels l'un avec l'autre.

Jusqu'au moment où j'eus de nouveau si chaud que nous avons cessé de danser pour aller boire un verre. J'ai soulevé mes cheveux pour rafraîchir ma nuque, fait signe à Emma, tout en suivant Nash qui quittait la piste de danse… et la fille aux cheveux blond vénitien est entrée dans mon champ de vision pour la deuxième fois. En fait, j'ai failli la bousculer en passant. Ça ne l'a pas perturbée. Mais, à la seconde où j'ai posé les yeux sur elle, j'ai senti revenir de plus belle et s'emparer de moi l'indicible sentiment d'appréhension. Comme un mauvais goût dans la bouche, sauf que c'était mon corps tout entier qui était envahi par ce goût. Et, cette fois, une étrange tristesse l'accompagnait. Une sorte de mélancolie confuse qui paraissait liée à cette personne en particulier, et à elle seule. Cette personne que je n'avais pourtant jamais rencontrée auparavant.

— Kaylee ? cria de nouveau Nash pour couvrir la musique.

Il se tenait au bar, un grand verre de soda tout opaque de condensation dans chaque main.

Je me rapprochai de lui et saisis le verre qu'il me tendait, inquiète de constater que, cette fois, même le fait de plonger mon regard dans le sien ne suffisait pas à me rendre mon calme et à me rassurer. Rien ne semblait pouvoir me libérer du nœud qui me serrait la gorge et allait m'empêcher d'avaler cette boisson fraîche dont j'avais si désespérément besoin.

— Qu'est-ce qui ne va pas ? reprit Nash.

La foule nous pressait l'un contre l'autre et nous n'étions qu'à un souffle l'un de l'autre. Malgré tout, il était encore obligé de se pencher vers moi pour se faire entendre.

— Je ne sais pas. C'est en rapport avec cette fille, la rousse là-bas…, répondis-je en montrant la fille en question en train de danser. Je ne me sens pas tranquille.

Idiote ! Je n'avais pas pu garder ça pour moi. Je devais avoir l'air pathétique, maintenant.

Nash s'est contenté de jeter un bref coup d'œil sur la fille avant de se tourner de nouveau vers moi.

— Elle m'a l'air O.K. A condition, bien sûr, que quelqu'un la ramène chez elle…

— Ouais, j'imagine.

A cet instant, la musique s'est interrompue. La fille a quitté la piste de danse, en chancelant — avec une espèce de grâce malgré son évidente ivresse — et elle s'est dirigée vers le bar. Droit sur nous.

A chaque pas de plus, les battements de mon cœur s'affolaient davantage. J'ai senti mes doigts se crisper autour de mon verre au point que les jointures ont blanchi. Et l'impression de tristesse a enflé jusqu'à se muer en un sentiment accablant de désolation. Semblable à un sombre pressentiment.

Je suffoquais, saisie d'une brusque et effroyable certitude.

Oh, non, pas *ça* ! Pas ici, pas avec Nash Hudson pour me voir péter un câble. Dès le lundi matin, toute l'école serait au courant de mon attaque de panique et je pourrais alors dire adieu au prestige — si infime soit-il — que je venais enfin d'acquérir en dansant avec le garçon le plus sex du lycée.

Nash posa son verre et me scruta d'un regard soucieux.

— Kaylee ? Tu te sens bien ?

Privée de voix et de mots, je me bornai à secouer la tête. Non, je ne me sentais pas bien. J'étais *loin* de me sentir bien. Mais j'étais incapable d'exposer mon problème d'une façon un tant soit peu cohérente. Et, soudain, les rumeurs de lycée que je redoutais tant m'apparurent comme de toutes petites contrariétés sur mon échelle personnelle des désastres, à côté de la panique dévastatrice qui grandissait en moi.

Ma respiration s'accéléra, un cri se forma dans les profondeurs de mes entrailles. Je verrouillai mes lèvres à double tour pour le contenir, serrant les dents à m'en faire mal. Mais déjà la rousse et moi n'étions plus séparées que par un garçon assis à ma gauche sur son tabouret. Le barman prit la commande de la fille et elle se tourna de côté en attendant sa boisson. Nos yeux se rencontrèrent. Elle m'adressa un bref sourire puis reporta son regard vers la piste de danse.

Alors, un sentiment d'horreur m'a submergée. Une intuition puissante et aussi destructrice qu'un raz-de-marée. J'ai étouffé un hurlement de terreur. Mon verre m'a échappé des mains, s'est fracassé sur le sol. La fille rousse a poussé un cri aigu et s'est écartée d'un bond, éclaboussée par le soda glacé qui aspergeait en même temps Nash et aussi le garçon juché sur le tabouret à ma gauche. Mais c'est à peine si je remarquai la casse, ou les gens qui me fixaient avec étonnement. Tout ce que je voyais, c'était la fille… et l'ombre noire et translucide qui venait de l'envelopper.

— Kaylee ?

Nash me prit le menton pour me forcer à le regarder. Il se sentait concerné et cela se voyait dans ses yeux. Les couleurs de ses prunelles tourbillonnaient à présent de façon presque frénétique dans le déchaînement des lumières. J'en avais des vertiges.

Je *voulais* lui dire… quelque chose. N'importe quoi. Seulement, si jamais j'ouvrais la bouche, le cri allait exploser, et tous ceux qui n'avaient pas déjà les yeux braqués sur moi se retourneraient pour me dévisager. Ils se diraient que j'étais folle.

Peut-être auraient-ils raison.

— Enfin, qu'est-ce qui ne va pas ? demanda Nash.

Lui non plus ne se souciait pas du verre cassé, des dégâts autour de nous.

— Ça t'arrive souvent d'avoir des crises comme ça ?

De nouveau, je ne pus que secouer la tête, parce que je refusais de laisser sortir le cri de lamentation qui tentait de s'arracher de moi, parce que je repoussais désespérément le souvenir du lit et de la chambre blanche, aseptisée, qui attendaient mon retour.

Et soudain Emma fut là. Emma, avec son corps parfait, son beau visage et son cœur gros comme ça.

— Elle n'a rien du tout, affirma-t-elle en m'éloignant du bar tandis que le collègue de Traci arrivait pour nettoyer. Elle a juste besoin d'air.

D'un geste, elle rassura Traci qui, dans tous ses états, s'agitait fébrilement, puis, me tirant par le bras, elle me traîna derrière elle à travers la foule.

Moi, je maintenais de toutes mes forces la paume de

ma main sur ma bouche. Nash voulut me la prendre, cette main, pour la glisser dans la sienne, et je secouai énergiquement la tête — puisque c'était tout ce que je réussissais encore à faire. J'aurais dû m'inquiéter de ce qu'il allait penser. Me dire qu'il ne voudrait plus rien avoir à faire avec moi, maintenant que je l'avais embarrassé devant tout le monde. Mais j'étais incapable de me concentrer assez longtemps pour pouvoir me soucier d'autre chose que de la fille rousse, restée au bar. Celle qui nous avait regardés partir, enveloppée d'un voile noir que j'étais seule à percevoir.

Emma m'a conduite dans le couloir, au fond, au-delà des toilettes, Nash sur mes talons. Il a insisté pour comprendre.

— Qu'est-ce qu'elle a ?

— Rien.

Mon amie s'est arrêtée pour nous sourire et, l'espace d'un instant, j'ai pu éprouver de la gratitude malgré ma terreur.

— Ce n'est qu'une attaque de panique. Je te l'ai dit, il lui faut juste un peu d'air frais et aussi quelques minutes pour se calmer.

Là, elle se trompait. Ce n'était pas de temps que j'avais besoin, mais d'espace. De distance. Entre moi et la source de mon angoisse. Malheureusement, même la discothèque tout entière n'était pas assez vaste pour que je m'éloigne de la fille au bar. J'avais beau être au niveau de l'issue de secours, l'épouvante qui m'étreignait ne perdait rien de sa force. Mon cri bâillonné me brûlait la gorge, et si je déverrouillais ma bouche — si je perdais le contrôle —, le hurlement libéré irait crever les tympans de tous ceux qui se trouvaient en ce moment au Tabou. Un hurlement d'un volume à mettre la honte à la musique. Les enceintes acoustiques, les vitres peut-être, allaient voler en éclats.

Tout ça à cause de cette fille aux cheveux rouges que je ne connaissais même pas.

Le seul fait de penser à elle a déclenché en moi une nouvelle poussée de panique. Mes genoux se sont dérobés et je me suis effondrée, prenant Emma au dépourvu. Si Nash ne m'avait pas rattrapée à temps, j'aurais fait tomber mon amie avec moi.

Il m'a littéralement soulevée de terre, et prise dans ses bras comme une enfant. Ensuite, il a suivi Emma qui sortait par la porte de derrière. Dehors, l'obscurité était totale, et le silence est tombé sur l'allée dès que la porte de métal s'est sourdement fermée derrière nous — la carte bancaire d'Emma, glissée dans la serrure, l'empêchait de se verrouiller complètement. Loin du bruit, et livrée au froid glacial, j'aurais dû recouvrer mon calme. Au lieu de ça, ma tête résonnait maintenant d'un vacarme paroxystique. La crise avait atteint son pic. Le cri que je continuais d'étouffer montait encore en puissance, se répercutant partout dans mon cerveau avec une violence inouïe, traduisant à sa manière l'épaisse affliction qui alourdissait mon cœur.

Nash m'a déposée à terre dans l'allée. Mes pensées n'avaient plus ni logique ni clarté. J'ai senti quelque chose de lisse et de sec sous moi — que j'identifiai plus tard : en fait, Emma avait déniché un vieux carton sur lequel me faire asseoir. Un emballage froid et comme raide de crasse contre la peau de mes mollets.

— Kaylee ?

Emma était maintenant agenouillée devant moi, son visage tout près du mien. A l'exception de mon nom, je ne compris pas un mot de ce qu'elle me dit. Je ne réussissais à percevoir que mes propres pensées. Une seule, en fait. Un délire paranoïaque, comme aurait dit mon ancien thérapeute, un délire qui s'imposait à moi avec autant de force que la réalité vraie. Puis j'ai vu s'évanouir le visage d'Emma et je me suis retrouvée à regarder fixement ses genoux. Nash a dit quelque chose que je n'ai pas saisi. Quelque chose à propos d'un truc à boire… Alors, j'ai de nouveau entendu la musique enfler, et une porte se fermer lourdement, sur ma gauche. Emma a disparu pour de bon.

Elle me laissait seule avec Nash qui me regardait perdre les pédales — et il était bien la dernière personne au monde à qui je voulais imposer ça.

Il s'est agenouillé devant moi, lui aussi, et il a planté ses yeux dans les miens. Il n'y avait plus ni spots ni flash de lumière, maintenant, pourtant je voyais toujours les couleurs de ses iris vriller à toute allure. Est-ce que je me faisais des idées ? Oui, forcément. Mon esprit dérangé se fixait sur les prunelles de Nash et en faisait la source de ses hallucinations. Exactement comme pour la fille rousse, tout à l'heure. Voilà. C'était sûrement ça.

Mais je n'étais pas en état d'échafauder des théories. La crise ne passait pas. Je n'étais plus du tout maîtresse de moi. Des poussées d'accablement menaçaient par vagues de m'anéantir, de m'écraser contre le mur de leur force intangible, exactement comme si Nash n'avait même pas été là pour me soutenir.

Alors que j'étais physiquement incapable de prendre une profonde inspiration, j'ai soudain senti une plainte aiguë s'échapper de ma gorge sans que j'aie entrouvert les lèvres. Ma vision a commencé à s'assombrir — ce que je n'aurais même pas cru possible, dans cette allée déjà si noire —, et le monde entier autour de moi s'est couvert d'un voile gris.

Nash ne me lâchait pas. Il est venu s'asseoir à côté de moi, adossé au mur. En bordure de mon champ de vision de plus en plus obscurci, quelque chose a filé sans bruit. Un rat, peut-être, ou quelque autre bestiole attiré par les poubelles. Non. La chose m'avait semblé trop grosse pour n'être qu'un rongeur — à moins que je sois entrée dans l'histoire de Bouton d'Or —, et trop indistincte pour que mon regard déjà trouble puisse se focaliser sur elle. Et, là, Nash a pris ma main dans la sienne…

Et j'ai aussitôt oublié ce que je venais de voir.

Il a repoussé une mèche de mes cheveux derrière mon oreille. J'étais encore incapable de comprendre ce qu'il me chuchotait, mais, graduellement, j'ai pris conscience que les mots en eux-mêmes n'étaient pas le plus important. Ce qui comptait, c'était sa présence. Sa proximité. Son souffle à mon oreille, sur ma nuque. Sa chaleur qui se mêlait à la mienne. Son odeur qui m'enveloppait. Sa voix qui entrait doucement dans ma tête et me protégeait des assauts du cri contre les parois de mon crâne.

Oui, Nash m'apaisait par sa seule présence, par sa patience, et ce murmure qui sonnait comme une berceuse, une comptine — enfin, je crois.

Ça a marché.

Mon angoisse a reculé peu à peu. De nouveau, les couleurs — encore crayeuses — sont revenues dans le monde autour de moi. Mes doigts se détendaient, ils n'étaient plus accrochés à ceux de Nash. Mes poumons se dilataient, pleinement, et j'ai aspiré goulûment l'air glacé. Soudain, j'étais frigorifiée et je ne ruisselais plus de sueur.

Bien sûr, la panique était toujours là — mais tapie dans les recoins les plus sombres de mon esprit, dans les taches noires à la périphérie de mon champ de vision. Désormais j'étais en mesure de la gérer. Grâce à Nash.

— Tu te sens mieux ?

Je me suis tournée vers lui et j'ai appuyé ma joue contre la brique froide et rugueuse du mur. J'ai répondu d'un hochement de tête…

Seulement, juste à cet instant-là, j'ai éprouvé une sensation d'horreur absolue. Je me suis sentie… mortifiée — ou plutôt dévorée, abattue par un sentiment de mortification totale et sans échappatoire. Ma crise de panique était derrière moi, d'accord, mais l'humiliation que je ressentais allait sûrement durer toute ma vie.

Car la vérité, c'est que je venais de fondre les plombs devant Nash Hudson.

Ma vie entière était fichue.

Même l'amitié d'Emma ne suffirait pas à réparer les dégâts d'une si mauvaise blessure.

Nash étendit les jambes devant lui.

— Tu veux qu'on en parle ?

Surtout pas ! Tout ce que je voulais, c'était aller me cacher dans un trou de souris, ou bien me fourrer la tête dans un sac ou encore changer d'identité et m'enfuir au Pérou.

Sauf que, tout à coup, j'ai éprouvé le besoin absolu de me confier. Les échos de la voix de Nash continuaient à résonner doucement dans ma tête, je sentais sur ma peau les paroles apaisantes qu'il avait eues pour moi, et j'étais poussée à lui raconter ce qui s'était passé.

En même temps, ça n'avait pas de sens, j'en avais bien conscience. Même Emma — qui pourtant me connaissait depuis huit ans, et m'avait aidée à surmonter une bonne demi-douzaine de crises de panique — n'avait toujours pas la moindre idée de ce qui les provoquait. Je n'allais pas le lui dire, ça l'aurait terrifiée. Ou pire, ça aurait fini par la convaincre que j'étais folle pour de bon. Alors pourquoi étais-je prête à en parler à Nash, et tout de suite ? Je ne voyais aucune réponse à ça. En revanche, l'urgence de me confier à lui était une évidence.

— La rousse, au bar…

Voilà. C'était dit, formulé tout haut, et, de ce fait, j'étais en quelque sorte engagée à fournir une explication.

Nash parut perplexe.

— Tu la connais ?

— Non.

Et Dieu merci ! Le seul fait de respirer le même oxygène qu'elle m'avait pratiquement rendue dingue.

— Il y a quelque chose qui ne colle pas chez elle, Nash. Elle est… sombre.

Tais-toi, Kaylee ! Si la pensée ne lui était pas encore venue que j'étais bonne à enfermer, Nash ne tarderait plus à en être convaincu…

— Sombre ?

Il se rembrunit. Pourtant, cette fois, il semblait moins abasourdi, ou sceptique, que surpris. Puis je vis que la révélation que je venais de lui faire cheminait dans son esprit, qu'il se l'appropriait. Mais, comment dire, il se l'appropriait avec… effroi. Peut-être ne saisissait-il pas encore exactement ce que je voulais dire, mais il ne semblait pas non plus complètement perdu.

— Comment ça, *sombre* ?

Je fermai les yeux, prise d'une hésitation. Et si je me trompais au sujet de Nash ? Si, en fait, il m'avait déjà cataloguée comme une cinglée ?

Et si, pire encore, il avait raison ?

Je rouvris les paupières et le regardai droit dans les yeux, finalement, parce que je devais *le* lui dire. De toute façon, mon image de marque était déjà tellement écornée que je ne risquais pas de tomber tellement plus bas dans son estime…

Alors je me suis lancée.

— Bon. Je sais que ça va te paraître bizarre… Mais il y a quelque chose qui ne va pas, pour cette fille. Quand je la regardais tout à l'heure, elle était… enveloppée d'ombre.

J'ai hésité encore un instant, m'efforçant de rassembler tout mon courage pour aller au bout de ce que j'avais commencé. Puis j'ai dit :

— Elle va mourir, Nash. Cette fille va mourir très, très bientôt.

2

— Quoi ?

Nash n'éclata pas de rire, ne me tapota pas la tête et n'appela pas non plus les hommes en blouse blanche. En fait, il eut presque l'air de me croire.

— Comment sais-tu qu'elle va mourir ?

Je me frottai les tempes, m'efforçant de chasser le sentiment familier de frustration que je sentais monter en moi. Certes, en apparence, Nash gardait son sérieux, mais en son for intérieur il devait sûrement se tordre de rire. Comment aurait-il pu en être autrement ? *Que m'étais-je donc imaginé ?*

— Je ne sais pas comment je le sais. Je ne suis même pas certaine de ne pas me tromper. Mais quand je la regarde, elle est… plus sombre que tous les gens autour d'elle. Comme si elle se tenait dans l'ombre de quelque chose que je ne peux pas distinguer. Et je sais qu'elle va mourir.

Nash affichait une mine soucieuse. Je refermai les yeux, remarquant à peine la brusque augmentation du volume sonore en provenance de la discothèque. Je connaissais ce regard. C'était celui que les mères adressaient à leurs enfants quand ils tombaient du toboggan et se relevaient en racontant qu'ils avaient vu des poneys de couleur pourpre et des écureuils dansants.

— Je sais que ça a l'air…

Dingue !

— … étrange, mais…

Saisissant mes deux mains, il se tourna complètement vers moi, toujours assise sur mon carton aplati et, de nouveau, les couleurs de ses iris semblèrent palpiter au rythme des battements de mon cœur.

Il s'apprêta à parler. Je retins mon souffle, dans l'attente du verdict. Etait-ce en mentionnant les « ombres » que je m'étais irrémédiablement discréditée auprès de lui ou bien mes bévues remontaient-elles au moment où j'avais renversé mon verre ?

— En tout cas, *moi*, je trouve ça bizarre.

Je levai les yeux en même temps que Nash. Emma nous regardait, tenant à la main une bouteille d'eau fraîche dont la condensation dégouttait. De frustration, je faillis laisser échapper un juron agacé. Ce que Nash s'était apprêté à me dire, je ne le saurais jamais, j'en étais certaine ; il n'y avait qu'à voir le sourire prudent qu'il me lança avant de se tourner vers Emma.

Elle dévissa la capsule et me tendit la bouteille.

— Mais, après tout, tu ne serais plus la même si tu ne me faisais pas des trucs biscornus de temps en temps, déclara-t-elle en haussant gentiment les épaules avant de me remettre sur mes pieds. Alors comme ça, tu as eu une crise de panique parce que tu crois qu'une fille dans ce club va mourir ?

Je hochai la tête d'un geste indécis, m'attendant à ce qu'elle éclate de rire ou lève les yeux au ciel — si elle pensait que je plaisantais. Ou bien qu'elle affiche une mine inquiète — si elle croyait que j'étais sérieuse. Au lieu de quoi, elle haussa les sourcils et inclina la tête sur le côté.

— Dans ce cas, est-ce que tu ne devrais pas aller la prévenir ? Ou quelque chose comme ça ?

— Je…, bredouillai-je, confuse.

Pour une raison ou pour une autre, je n'avais même pas envisagé cette option.

— Je ne sais pas, repris-je en lançant un regard à Nash, sans toutefois trouver de réponse dans ses yeux redevenus calmes. Elle va me prendre pour une timbrée. Ou alors, c'est elle qui va disjoncter.

Et, franchement, qui pourrait le lui reprocher ?

— Ça n'a pas d'importance, continuai-je. De toute façon, je dois me tromper. Pas vrai ? C'est impossible autrement.

Nash haussa les épaules, il eut l'air de vouloir dire quelque chose. Mais Emma, jamais en peine pour exprimer son opinion, reprit la parole.

— Evidemment ! Tu as eu une nouvelle crise de panique et ton esprit s'est fixé sur la première personne qui passait. Ça aurait même pu être moi, ou Nash, ou Traci. Ça ne veut rien dire.

J'acquiesçai d'un signe de tête. Cependant, j'avais beau désirer de toutes mes forces souscrire à sa théorie, quelque chose dans ses explications ne collait pas. Malgré tout, je ne pouvais me résoudre à avertir la fille rousse. Peu importait ce que je croyais pressentir, la perspective d'annoncer à une parfaite inconnue qu'elle était sur le point de mourir me paraissait carrément délirante, et j'avais déjà eu mon compte de divagations jusqu'à présent.

Jusqu'à la fin de mes jours, en fait.

— Tu te sens mieux ? s'enquit Emma qui avait lu ma décision sur mon visage. Tu veux qu'on y retourne ?

Je me *sentais* mieux, en effet, mais cette sinistre impression de panique persistait dans un coin de mon esprit et elle ne ferait que s'accentuer si je revoyais la fille. Je n'avais aucun doute sur ce point. Et, dans la mesure du possible, je préférais ne pas rejouer devant Nash mon lamentable numéro de ce soir.

— Non, je crois que je vais rentrer chez moi.

Mon oncle avait invité ma tante à sortir pour fêter son quarantième anniversaire, et Sophie, en déplacement avec l'équipe de danse, ne reviendrait pas avant le lendemain. Pour une fois, j'aurais la maison à moi toute seule. J'adressai à Emma un petit sourire d'excuse.

— Mais si tu veux rester, je suis sûre que Traci ne verra pas d'inconvénient à te ramener.

— Nan ! Je préfère aller avec toi.

Emma me prit la bouteille des mains et but une gorgée.

— Elle nous a dit de rester ensemble, tu te souviens ?

— Elle nous a aussi interdit de boire.

Emma leva les yeux au ciel.

— Si elle parlait sérieusement, elle ne nous aurait pas fait entrer en douce dans un *bar*.

Ça, c'était le genre de raisonnement typique d'Emma. Plus on y réfléchissait, moins sa logique tenait la route.

Emma nous regarda tour à tour. Puis elle sourit et s'engagea dans la ruelle en direction du parking de l'autre côté de la rue, histoire de nous laisser seuls un instant. Je tirai mes clés de voiture de ma poche et m'absorbai dans leur contemplation, tâchant d'éviter le regard de Nash tant que je n'aurais pas trouvé quelque chose d'intelligent à dire.

Il avait vu ce qu'il y avait de pire en moi et, au lieu de s'affoler ou de se moquer de moi, il m'avait aidée à me reprendre. Nous nous étions entendus d'une façon que je n'aurais pas cru possible une heure auparavant, surtout s'agissant de quelqu'un comme lui, que sa réputation n'associait pas précisément à des conversations sérieuses. Malgré tout, je ne pouvais me défaire de la certitude que le rêve de cette soirée se terminerait en cauchemar dès le lendemain. Que la lumière du jour ramènerait Nash à la raison et qu'il se demanderait ce qui lui avait pris de rester avec moi, pour commencer.

J'ouvris la bouche, mais aucun son n'en sortit. Mes clés se balançaient en cliquetant au bout de mon index. Nash les considéra un instant, l'air soucieux.

— Tu es sûre que tu es en état de conduire ? s'enquit-il avec un sourire qui fit bondir mon cœur dans ma poitrine. Je pourrais te ramener chez toi et rentrer ensuite à pied. Tu habites dans le quartier de Parkview, n'est-ce pas ? Ce n'est qu'à deux minutes de chez moi.

Il savait où j'habitais ? Je dus laisser transparaître une expression soupçonneuse, car il s'empressa d'expliquer :

— J'ai raccompagné ta sœur une fois. Le mois dernier.

Je sentis mon visage s'assombrir.

— C'est ma cousine.

Nash avait reconduit Sophie à la maison ? *Par pitié, pourvu qu'ils ne soient pas allés plus loin !...*

En réponse à ma question muette, il secoua la tête, puis :

— Scott Carter m'avait demandé de la ramener.

Ah bon, j'aimais mieux ça !

— Alors, tu veux que je vous raccompagne toutes les deux ?

Tendant la main, il fit le geste de prendre mes clés.

— Non, ça va, je peux conduire.

De toute façon, il n'entrait pas dans mes habitudes de confier ma voiture à des gens que je connaissais à peine. Et encore moins à un amateur de filles comme lui, qui — à en croire les ragots — avait écopé de deux amendes pour excès de vitesse au volant de la Firebird de son ex-petite amie.

Nash me lança un sourire éclatant — qui révéla ses fossettes — et haussa les épaules.

— Dans ce cas, peux-tu me ramener chez moi ? Je suis venu avec Carter et il va encore rester des heures.

J'eus l'impression que mon cœur battait dans ma gorge. Nash quittait-il la discothèque de bonne heure juste pour avoir l'occasion de rentrer avec moi ? Ou bien lui avais-je tout bonnement gâché la soirée avec ma crise de nerfs grotesque ?

— Euh… d'accord, répondis-je de mauvaise grâce.

Il régnait une pagaille monstre dans ma voiture, mais il était trop tard pour s'en préoccuper.

— Il va falloir que tu t'arranges avec Emma pour qu'elle te laisse monter devant.

Heureusement, les négociations ne se révélèrent pas nécessaires. Me décochant un regard lourd de sous-entendus, Emma s'installa à l'arrière, après avoir débarrassé le siège d'un sachet de chips de maïs qui traînait là. Je la déposai chez elle en premier — soit une bonne heure et demie avant le « couvre-feu » qui lui était imposé, ce qui devait constituer une sorte de record pour elle.

Comme je faisais marche arrière dans l'allée, Nash s'installa sur le siège passager de façon à me faire face. Mon cœur continuait de battre si fort que j'en avais presque mal. Le moment était sûrement venu pour Nash de se débarrasser de moi avec tact. Il était trop cool pour le faire devant Emma et, même en son absence, il allait probablement mettre les formes. Quoi qu'il en soit, cela reviendrait au même : je ne l'intéressais pas. Du moins, pas depuis ma pitoyable débâcle publique.

— Alors, comme ça, tu as déjà eu des crises de panique dans le passé ?

De surprise, mes mains se crispèrent sur le volant tandis que je tournais à gauche au bout de la rue.

— Ça m'est arrivé deux-trois fois, répondis-je d'une voix soupçonneuse.

C'était un mensonge. J'avais fait beaucoup plus de crises que ça.

Cela dit, mon aveu aurait dû pousser Nash à s'enfuir en hurlant dans la nuit. Au lieu de cela, il souhaitait entendre les détails ? Pour quelle raison ?

— Tes parents sont au courant ?

Je me tortillai sur mon siège, comme si changer de position avait eu le pouvoir de me mettre plus à l'aise pour répondre à ses questions. Hélas, il en aurait fallu bien davantage !

— Ma mère est morte quand j'étais petite et mon père ne pouvait pas s'occuper de moi tout seul. Je vis avec mon oncle et ma tante depuis l'âge de trois ans.

D'un signe de tête, Nash m'invita à poursuivre. Il n'affichait pas le genre de sympathie gênée que la plupart des gens se croyaient obligés de manifester lorsqu'ils apprenaient que j'étais orpheline de mère et que mon père me délaissait complètement ou presque. Il ne toussota pas non plus, comme certains qui me signifiaient ainsi : « Je ne sais pas quoi dire. » Je lui en fus reconnaissante, même si je n'aimais pas beaucoup la tournure que prenaient ses questions.

— Donc, ton oncle et ta tante le savent ?

Tu parles ! Ils sont persuadés qu'il me manque une case. Mais la vérité était trop pénible pour que je l'exprime à voix haute.

Me tournant vers lui, je vis qu'il m'observait. Mes

soupçons se réveillèrent aussitôt et se remirent à me dévorer le cœur. Qu'est-ce que cela pouvait lui faire ce que ma famille savait de mes malheurs pas-si-personnels-que-ça ? A moins qu'il n'ait eu l'intention d'en faire plus tard des gorges chaudes avec ses copains, en se moquant du drôle de phénomène que j'étais.

Toutefois, l'intérêt qu'il me portait ne semblait pas malveillant. Surtout compte tenu de ce qu'il avait fait pour moi au Tabou. Sa curiosité, après tout, était peut-être feinte et c'était autre chose qu'il convoitait, pour pouvoir ensuite le raconter à ses amis. Quelque chose que les filles lui refusaient rarement, si l'on en croyait les rumeurs.

Et s'il ne l'obtenait pas, irait-il révéler à toute l'école mon secret le plus sombre, le plus douloureux ?

Non ! A cette seule pensée, mon estomac se retourna et, comme nous arrivions à un stop, je freinai brutalement.

Mon pied toujours appuyé sur la pédale de frein, je jetai un coup d'œil dans le rétroviseur, puis coupai le moteur et me tournai vers Nash. Je rassemblai tout mon courage pour lui poser la question qui me brûlait les lèvres et, avant d'avoir changé d'avis, lançai :

— Qu'attends-tu de moi ?

Nash me dévisagea avec surprise et prit du recul. A croire que j'avais été trop directe !

— C'est juste que... Rien.

— Tu ne veux rien ?

Je brûlais d'envie de voir les verts et les bruns profonds de ses iris, mais la lumière du réverbère le plus proche ne parvenait pas jusqu'à ma voiture et la faible lueur émanant de mon tableau de bord ne suffisait pas à éclairer son visage. Encore moins à me permettre de déchiffrer son expression

— Je peux compter sur les doigts d'une main les occasions où nous nous sommes vraiment parlé avant ce soir, déclarai-je en levant la main pour appuyer mes dires. Tout à coup, tu débarques de nulle part et tu joues les preux chevaliers volant au secours d'une demoiselle en détresse, et je suis censée croire que tu n'attends rien en échange ? Rien que tu pourrais raconter à tes copains lundi matin ?

Il essaya de rire, un rire maladroit et nerveux. Puis il chercha une position confortable sur son siège.

— Jamais je ne…

— Epargne-moi tes mensonges ! Tout le monde sait que tes conquêtes dépassent en nombre celles de Gengis Khan.

Je le vis me défier du regard.

— Tu crois tout ce qu'on raconte ?

A mon tour, je le défiai.

— Tu oses le nier ?

Au lieu de me répondre, il éclata de rire pour de bon et s'appuya contre la portière.

— Tu es toujours aussi mordante avec les types qui te donnent la sérénade dans les allées sombres ?

Déconcertée par ce seul rappel, je laissai ma riposte mourir sur mes lèvres. C'était vrai, il avait murmuré une chanson à mon oreille et, sans que je comprenne comment, il avait réussi à enrayer la violente crise de panique qui s'était emparée de moi. Il m'avait sauvée d'une humiliation publique. Sauf qu'il devait tout de même y avoir une raison, car il fallait avouer que, comme conquête, j'étais plutôt quelconque.

— Je n'ai pas confiance en toi, finis-je par dire, les mains mollement abandonnées sur mes genoux.

— Et, en ce moment, je n'ai pas non plus confiance en toi.

Il sourit dans l'obscurité, découvrant fugitivement ses dents blanches en même temps qu'une fossette noyée d'ombre. Puis, ouvrant les bras, il désigna l'intérieur de la voiture immobilisée.

— Tu me jettes dehors ou j'ai droit au service de livraison à domicile ?

C'est bien le seul *service dont tu profiteras !* Les yeux rivés sur la route devant moi, je redémarrai. Je bifurquai à droite pour m'engager dans le secteur de la ville où habitait Nash, secteur qui, entre parenthèses, se trouvait indéniablement à plus de deux minutes de mon propre quartier. Serait-il vraiment rentré à pied si je l'avais laissé me raccompagner à la maison ?

M'aurait-il ramenée directement chez moi ?

— Prends à gauche, ici, puis la prochaine à droite. C'est la maison qui fait le coin.

Suivant ses indications, j'arrivai devant une petite maison de bois située dans la partie la plus ancienne du lotissement. Je m'avançai dans l'allée, derrière une berline toute cabossée et couverte de poussière. La portière du côté conducteur était ouverte, un flot de lumière se déversant de l'intérieur venait éclairer un carré irrégulier d'herbe sèche en bordure de la chaussée.

— Tu as laissé la portière de ta voiture ouverte, dis-je en me mettant à l'arrêt, heureuse de cette occasion de détourner mon attention de Nash, même si je mourais d'envie de ne pas le quitter des yeux.

Il poussa un soupir.

— C'est celle de ma mère. Elle a déjà vidé trois batteries en six mois.

Il réprima un sourire en voyant vaciller la lueur du plafonnier.

— Ça fera quatre ! Eh bien… Vas-tu me laisser une chance de gagner ta confiance ?

Mon cœur se mit à battre la chamade. Parlait-il sérieusement ?

J'aurais dû dire non. J'aurais dû le remercier de m'avoir aidée au Tabou, puis le planter là, sur la pelouse devant sa maison, à me regarder partir. Hélas, je n'étais pas assez forte pour résister à ses fossettes. Et cela ne m'aida en rien de savoir que d'innombrables autres filles en avaient probablement été incapables, elles aussi.

J'attribuai ma faiblesse à ma récente crise de panique.

— Comment ? finis-je par demander.

Un large sourire illumina son visage, et je sentis aussitôt le feu me monter aux joues. Il savait depuis le début que je capitulerais.

— Tu pourrais venir chez moi demain soir ? proposa-t-il.

Chez lui ? *Pas question !* Je manquais peut-être de volonté, mais je n'étais pas stupide. De toute façon, je ne pouvais pas…

— Je travaille jusqu'à 21 heures le dimanche.

— Au Cinemark ?

Il savait aussi où je travaillais ? Totalement ahurie, je l'interrogeai du regard.

— Je t'y ai déjà vue.

— Ah bon ?

Sans doute un soir où il était sorti avec l'une de ses petites amies.

— Je vendrai les tickets au guichet à partir de 14 heures.

— On déjeune, alors ?

Déjeuner. A quelles tentations pourrais-je bien m'exposer dans un lieu aussi public qu'un restaurant ?

— D'accord. Mais je ne te fais toujours pas confiance.

Avec un grand sourire, il ouvrit sa portière et le plafonnier éclaira l'habitacle. Soudain, les pupilles de Nash s'étrécirent jusqu'à devenir aussi petites que des têtes d'épingles et, tandis que les battements de mon cœur s'emballaient, il se pencha vers moi comme s'il s'apprêtait à m'embrasser…

Malheureusement, il ne fit qu'effleurer ma joue et son souffle tiède frôla mon oreille lorsqu'il me chuchota :

— C'est ce qui fait la moitié du charme.

Je manquai de m'étrangler. Avant que j'aie eu le temps de répliquer, la voiture oscilla légèrement sous le poids de son corps — et brusquement le siège passager se retrouva vide. Nash referma la portière, remonta l'allée au pas de course et s'engouffra dans la maison en claquant la porte derrière lui.

Alors, je fis marche arrière dans une sorte d'hébétude. Lorsque je me garai enfin devant chez moi, je me rendis compte que j'étais infichue de me rappeler quoi que ce soit du trajet que je venais de parcourir.

— Bonjour, Kaylee !

Debout devant le comptoir de la cuisine, baignée par la lumière du soleil matinal, tante Val tenait à la main une énorme tasse de café fumant. Elle portait un peignoir de satin d'un bleu assorti à ses yeux, et ses cheveux châtains et brillants étaient encore tout emmêlés de sommeil. Sauf qu'elle était bouriffée à la manière des stars de cinéma quand, dans le film, l'héroïne se réveille miraculeusement pomponnée et vêtue d'un pyjama bien repassé. Moi, quand je me levais le matin, je ne pouvais même pas passer les doigts dans ma propre tignasse.

Le peignoir de ma tante et la taille de sa tasse étaient

les seuls signes indiquant que mon oncle et elle s'étaient couchés tard. Je les avais entendus rentrer vers 2 heures du matin, ils trébuchaient dans le couloir et gloussaient comme deux imbéciles.

Ensuite je m'étais enfoncé des boules Quies dans les oreilles pour ne pas avoir à entendre mon oncle prouver à sa femme combien il la trouvait encore attirante, même après dix-sept années de mariage. Oncle Brendon était plus jeune que Val, et chacune des quatre années qu'elle comptait de plus que lui la rendait hystérique.

Le problème n'était pas tant qu'elle paraissait son âge — grâce au Botox et à une gymnastique quotidienne rigoureuse et obsessionnelle, elle ne semblait pas avoir plus de trente-cinq ans —, mais que *lui* faisait jeune. Pour plaisanter, elle l'avait surnommé Peter Pan ; seulement, à l'approche du cap fatidique des quarante ans, elle avait cessé de trouver drôle sa propre boutade.

— Céréales ou gaufres ?

Tante Val posa sa tasse sur le plan de travail en marbre, sortit un paquet de gaufres surgelées aux myrtilles du congélateur qu'elle brandit à bout de bras en attendant que je fasse mon choix. Ma tante ne préparait jamais de petits déjeuners copieux. Elle prétendait ne pouvoir se permettre de consommer autant de calories en un seul repas. Par conséquent, il était hors de question qu'elle cuisine ce qu'elle n'était pas en mesure de manger. Mais libre à nous de nous servir à notre guise et d'ingurgiter tout le gras et le cholestérol que nous voulions.

D'habitude, le samedi matin, oncle Brendon ne se faisait pas prier pour se gaver de l'un et de l'autre, mais ce jour-là je l'entendais encore ronfler dans sa chambre, presque à l'autre bout de la maison. De toute évidence, tante Val l'avait drôlement lessivé.

Je traversai la salle à manger et entrai dans la cuisine, mes chaussettes molletonnées me permettant de glisser sans bruit sur le carrelage froid.

— Juste du pain grillé, merci. Je sors déjeuner dans deux heures.

Tante Val remit les gaufres dans le congélateur et me tendit un pain complet de régime — la seule sorte qu'elle acceptait d'acheter.

— Avec Emma ?

Faisant non de la tête, je glissai deux tranches dans le grille-pain, puis remontai le bas de mon pyjama et resserrai le cordon autour de ma taille.

Les sourcils arqués, elle me regarda par-dessus sa tasse.

— Tu as rendez-vous avec un garçon ? Quelqu'un que je connais ?

Ce qui, en clair, voulait dire : « Un des ex de Sophie ? »

— Non, ça m'étonnerait.

Avec moi, tante Val était perpétuellement déçue dans ses attentes, car, au contraire de sa fille, je ne manifestais aucun intérêt pour la danse, ni pour le comité des délégués de classe ou le comité chargé d'organiser le carnaval d'hiver. D'abord, pour la bonne raison que Sophie m'aurait pourri la vie si j'avais empiété sur *son* territoire. Mais aussi et surtout parce que j'étais obligée de travailler pour payer l'assurance de ma voiture, et que je préférais passer mes rares heures de loisir avec Emma, plutôt que d'aider une troupe de danseuses à harmoniser leur maquillage de scène avec leurs costumes à paillettes.

Quand bien même Nash aurait sans aucun doute recueilli l'approbation pleine et entière de tante Val, je n'avais pour ma part aucune envie qu'elle vienne rôder autour de moi quand je rentrerais à la maison, les yeux brillant d'ambition alors que l'origine sociale des uns et des autres me laissait, moi, parfaitement indifférente. Je me satisfaisais de fréquenter Emma et sa bande du moment, quel que soit leur milieu.

— Il s'appelle Nash.

Tante Val prit un couteau à beurre dans le tiroir.

— En quelle classe est-il ?

Je poussai un soupir. *Voilà, on y était ...*

— Terminale.

Son sourire parut un brin trop enthousiaste.

— Mais c'est formidable !

Ce qu'elle voulait réellement dire, bien sûr, c'était : « Sors donc de l'ombre, pauvre pestiférée de la société, et marche dans la lumière éclatante de la reconnaissance ! » Ou quelque autre foutaise du même genre. Parce que ma tante et ma chère cousine gâtée pourrie ne reconnaissaient que deux façons d'être : glamour ou grunge. Et ceux qui avaient le malheur de tomber entre les deux catégories cessaient tout simplement d'exister...

J'appliquai une généreuse couche de confiture de fraises sur ma tartine et m'installai sur un tabouret devant le comptoir. Tante Val se versa une autre tasse de café puis pointa la télécommande en direction du petit salon. L'écran plat 125 cm du téléviseur s'illumina d'un seul coup, signalant la fin de la « conversation » matinale obligatoire.

— « ... en direct du Tabou, une discothèque des quartiers ouest de la ville, où l'on a découvert cette nuit le corps d'une jeune fille de dix-neuf ans, Heidi Anderson, gisant inanimée sur le sol des toilettes pour dames. »

Oh non !...

Mon estomac se révulsa autour d'une demi-tranche de pain. Tandis que la terreur m'injectait une décharge d'adrénaline dans les veines, je pivotai lentement sur mon tabouret pour faire face au téléviseur. A l'écran, une journaliste — un peu trop impassible à mon goût — se tenait dans l'allée de brique devant la boîte de nuit dans laquelle je m'étais faufilée en catimini une douzaine d'heures auparavant. Et pendant que je la regardais, consternée, l'image fit place à une photo de Heidi Anderson, assise sur une chaise de jardin, vêtue d'un T-shirt aux couleurs de l'université d'Arlington-Texas, avec ses dents parfaites et étincelantes de blancheur et ses cheveux blond-roux flottant dans le vent des plaines texanes.

C'était elle.

Tout à coup, l'air me manqua.

— Kaylee ? Qu'est-ce que tu as ?

Je clignai des yeux, pris une rapide inspiration, puis levai le regard vers ma tante pour finalement m'apercevoir qu'elle contemplait mon assiette dans laquelle j'avais laissé tomber mon toast. C'était déjà un miracle que je n'aie pas vomi l'autre moitié.

— Rien. Tu peux monter le son ? demandai-je en repoussant mon assiette.

Tout en me décochant un regard sceptique, tante Val augmenta le volume sonore du téléviseur.

— « La cause de la mort n'a pas encore été déterminée, continuait la journaliste à l'écran. Mais selon les employés du club qui ont découvert le corps de Mlle Anderson, il n'y avait aucune trace visible de violence. »

L'image changea de nouveau et Traci Marshall apparut, le regard rivé sur la caméra. Sous le choc, son visage était devenu tout pâle et sa voix enrouée, comme si elle avait pleuré.

— Elle était allongée là, on aurait dit qu'elle dormait.

J'ai cru qu'elle s'était évanouie, et puis je me suis rendu compte qu'elle ne respirait plus.

Traci disparut et la journaliste revint à l'écran, mais sa voix fut aussitôt couverte par celle de tante Val qui demanda :

— Ce n'est pas la sœur d'Emma ?

— Si, elle est barmaid au Tabou.

Tante Val fixa la télévision d'un air sombre.

— Cette histoire est vraiment bizarre…

Je hochai la tête. *Tu n'as pas idée !* Moi, je savais.

J'en avais la chair de poule. *C'était arrivé pour de bon.*

Lors de mes précédentes crises de panique, mon oncle et ma tante n'avaient eu aucune raison de tenir compte de mes discours hystériques au sujet d'ombres menaçantes et de mort imminente. Incapables de me faire taire une fois que les cris avaient commencé, ils m'avaient tout simplement ramenée à la maison — m'éloignant par la même occasion de ce qui avait déclenché la crise — pour me calmer. Excepté la dernière fois, où ils m'avaient conduite directement à l'hôpital, m'avaient fait interner dans le service psychiatrique et avaient commencé à me regarder avec des yeux emplis de pitié. D'inquiétude. Et du soulagement inexprimé de constater que c'était moi qui devenais folle et non pas leur propre fille, fort heureusement saine d'esprit.

Mais je détenais désormais la preuve que je n'étais pas cinglée, pas vrai ? J'avais vu Heidi Anderson enveloppée d'ombre, et pressenti qu'elle allait mourir. Je l'avais dit à Emma et à Nash. Et ma prémonition s'était avérée.

Je me relevai avec tant de précipitation que mon tabouret dérapa sur le carrelage. Il fallait que je *parle* à quelqu'un. J'avais besoin de voir dans les yeux d'une autre personne une confirmation, l'assurance que la nouvelle qui venait de passer aux informations télévisées n'était pas le fruit de mon imagination. Parce que, franchement, même à supposer que j'aie été capable de m'imaginer la mort prochaine d'une personne, n'aurait-il pas été beaucoup plus difficile pour mon pauvre esprit malade d'inventer tout un reportage télévisé ? Or, je ne pouvais raconter à ma tante ce qui s'était passé sans lui avouer que j'étais entrée en douce dans la disco. Une fois qu'elle aurait entendu cette partie de mon récit, elle cesserait d'écouter le reste. Juste, elle confisquerait mes clés de voiture et téléphonerait immédiatement à mon père. Alors, non, pas question de me confier à tante Val. Mais Emma, elle, me croirait.

Tandis que ma tante continuait de fixer l'écran de télévision, je me débarrassai promptement de mon assiette dans l'évier et me précipitai dans ma chambre. Faisant la sourde oreille à ses appels, je refermai la porte d'un coup de pied, m'écroulai sur mon lit, puis m'emparai de mon mobile resté sur la table de chevet où je l'avais laissé la veille se recharger.

J'appelai Emma sur son portable. Et faillis pousser un juron en entendant sa mère répondre à sa place. Pour une fois qu'Emma était rentrée chez elle plus d'une heure avant le « couvre-feu » ! Qu'est-ce qui avait bien pu lui valoir une *nouvelle* punition ?

— Bonjour, madame Marshall ! dis-je en m'affalant sur le dos. Est-ce que je peux parler à Emma ? C'est assez urgent.

La mère de mon amie poussa un soupir.

— Pas aujourd'hui, Kaylee. Emma est rentrée cette nuit en empestant l'alcool à vingt pas. Elle est privée de sortie jusqu'à nouvel avis. J'espère bien que tu n'as pas été assez bête pour boire comme elle.

Je fermai les yeux, essayant de trouver une réponse qui ne fasse pas passer Emma pour une délinquante endurcie par comparaison avec moi. J'échouai piteusement.

— Euh, non, madame. C'est moi qui conduisais.

— Eh bien, je suis ravie de savoir qu'il y en a au moins *une* dotée d'un tant soit peu de jugeote. Rends-moi service, Kaylee, la prochaine fois, essaie de mettre un peu de plomb dans la tête d'Emma, tu veux ? A supposer, évidemment, que je l'autorise un jour de nouveau à sortir.

— Bien sûr, madame Mashall.

Je raccrochai, soudain heureuse de n'avoir pas passé la nuit chez les Marshall comme il avait été prévu à l'origine. Avec Emma interdite de sortie et Traci probablement encore sous le choc, sûr que le petit déjeuner n'aurait pas été un moment très fun.

Après une minute d'hésitation et une bonne dose d'appréhension, je décidai alors d'appeler Nash. En dépit de sa réputation et de mes soupçons à l'égard de ses motivations, il ne m'avait pas ri au nez lorsque je lui avais avoué la vérité à propos de ma crise de panique. Et maintenant qu'Emma était privée de sortie, je n'avais plus que lui à qui me confier.

Je repris donc mon téléphone — et m'aperçus que je n'avais pas le numéro de Nash.

Prenant soin d'éviter ma tante et mon oncle — lequel était à présent réveillé et, à en croire l'odeur qui se répandait dans toute la maison, faisait frire du bacon —, je me glissai furtivement dans le salon, subtilisai l'annuaire dans le tiroir d'une table basse et l'emportai dans ma chambre. Il y avait quatre Hudson dont le numéro commençait par le bon indicatif, mais un seul habitait dans la rue de Nash.

Il décrocha à la troisième sonnerie.

Mon cœur battait si fort que Nash devait l'entendre, à l'autre bout du fil, j'en étais persuadée, et, pendant plusieurs secondes, je restai muette.

— Allô ! répéta-t-il d'un ton plus agacé.

— Bonjour ! C'est Kaylee, finis-je par articuler, espérant ardemment qu'il se souvenait de moi, que je ne me faisais pas des idées en m'imaginant avoir dansé avec lui la nuit précédente.

Parce que, pour être tout à fait franche, après la prémonition que j'avais eue la veille et les informations télévisées du matin, même moi je commençais à me demander si Sophie n'avait pas raison à mon sujet.

Après s'être éclairci la gorge, Nash se mit à parler d'une voix encore rauque de sommeil.

— Bonjour ! J'espère que tu n'appelles pas pour annuler notre rendez-vous.

Malgré la raison de mon appel, je ne pus réprimer un peu de satisfaction. Puis je me lançai.

— Non, je… Tu as vu les infos, ce matin ?

Il eut un petit rire enroué.

— Tu veux rire ? Je n'ai même pas encore ouvert les yeux !

Nash bâilla et j'entendis des ressorts grincer à l'autre bout de la ligne. Il n'était même pas levé.

Nash au lit… Je refoulai les images *scandaleuses* que cette pensée fit naître dans mon esprit et m'obligeai à concentrer toute mon attention sur le sujet de notre conversation.

— Allume ta télé.

— Tu sais, les actualités, ce n'est pas vraiment mon truc…

Les ressorts de son lit gémirent de nouveau lorsqu'il

se retourna et je perçus comme un chuchotement dans le téléphone.

Je fermai les yeux et, m'adossant contre la tête de lit, pris une profonde inspiration.

— Elle est morte, Nash.

— Qui ? demanda-t-il d'une voix plus fraîche, cette fois. Qui est morte ?

— La fille du club. La sœur d'Emma l'a retrouvée morte dans les toilettes du Tabou la nuit dernière.

— Es-tu sûre qu'il s'agit bien d'elle ?

Il était tout à fait réveillé, à présent, et je l'imaginai en train de se redresser sur son lit. Torse nu, avec un peu de chance.

— Vérifie par toi-même.

Je pointai ma télécommande vers l'écran posé sur ma commode et zappai jusqu'à ce que je tombe sur un journal télévisé local qui diffusait la nouvelle en boucle.

— Va voir sur la 9.

Il y eut un clic, puis une cascade de rires préenregistrés résonna dans la chambre de Nash. Quelques instants plus tard, le son de son téléviseur s'était synchronisé avec le mien.

— Oh, merde…, murmura-t-il.

Sa voix se fit plus grave. Sérieuse.

— Kaylee, est-ce que ça t'est déjà arrivé ? Je veux dire, de ne pas te tromper ?

J'hésitai un instant, ne sachant trop jusqu'où je pouvais aller dans mes confidences. Alors, je poussai un soupir et décidai de lui dire la vérité. Après tout, il en connaissait déjà la partie la plus délirante.

— Je ne peux pas t'en parler par téléphone.

La dernière chose dont j'avais besoin, c'était bien que mon oncle et ma tante surprennent notre conversation.

Soit ils m'interdiraient de sortir jusqu'à la fin de mes jours, soit ils me réexpédieraient aussitôt dans le service psychiatrique de l'hôpital.

— Je passe te chercher, suggéra-t-il. Disons… dans une demi-heure ?

— Je t'attendrai dans l'allée devant chez moi.

3

Je pris ma douche en un temps record et, vingt minutes après avoir raccroché, j'étais lavée, frictionnée, habillée et maquillée juste ce qu'il fallait pour camoufler l'expression d'horreur que j'avais clairement distinguée sur mon visage en m'apercevant dans le miroir. Malgré tout, j'étais encore en train d'essayer de mettre de l'ordre dans mes cheveux lorsque j'entendis une voiture s'arrêter dans l'allée.

Zut ! Si je n'allais pas au-devant de lui la première, oncle Brendon inviterait Nash à entrer et le soumettrait à un interrogatoire serré.

Je débranchai le fer à défriser, me ruai dans ma chambre pour y attraper mon téléphone, mes clés de voiture et mon portefeuille, puis dégringolai l'escalier, traversai le vestibule et franchis la porte d'entrée, lançant au passage un « bonjour » et un « au revoir » d'une seule traite à mon oncle ébahi.

— Il est trop tôt pour déjeuner, remarqua Nash tandis que je me glissais sur le siège passager de la voiture de sa mère et claquais la portière. Si on allait plutôt manger des crêpes ?

— Euh… oui, bien sûr, répondis-je.

Cela dit, avec la foule de pensées morbides que j'avais

dans la tête, et la présence de Nash à côté de moi, manger était bien le dernier de mes soucis.

Une odeur de café flottait dans la voiture, et Nash sentait le savon, le dentifrice et quelque chose d'une virilité indescriptible et terriblement attirante. J'avais une envie folle de le respirer, je ne pouvais plus détacher les yeux de son visage, de ses joues rasées de près ce matin alors qu'elles étaient encore délicieusement rugueuses cette nuit. Le souvenir du contact de sa peau contre la mienne me revint avec une telle force que j'en fus réduite à fermer les yeux et à faire appel à toute ma volonté pour chasser ces dangereuses pensées.

Il a beau sentir trop bon, je ne serai pas une conquête de plus. Même si le goût de sa peau est aussi affolant que son odeur. Et, soudain, le besoin irrésistible de savoir, justement, quel goût avaient ses lèvres me fit frissonner des pieds à la tête. De nouveau, je dus faire un effort surhumain pour me ressaisir et trouver quelque chose d'anodin à dire. Quelque chose de banal, qui ne trahisse pas mes pensées torrides.

— Je crois que le moteur tourne, dis-je tout en bouclant la ceinture de sécurité.

A peine avais-je prononcé ces paroles que je me maudis d'avoir lancé la conversation d'une façon aussi affligeante. Evidemment que le moteur tournait !

Nash me jeta un regard qui me transperça.

— En effet, dit-il. On peut dire que j'ai une chance insolente.

Je ne pus qu'opiner et me cramponner à la poignée de la portière tout en m'escrimant à me concentrer sur Heidi Anderson et à oublier un peu Nash… et ce qu'il m'inspirait. D'ailleurs, pour commencer, je n'aurais jamais dû penser à ça.

De nouveau, il me lança un coup d'œil — et, cette fois, je vis qu'il laissait son regard descendre le long de mon cou, sur ma gorge et jusqu'à l'encolure de mon T-shirt. Mais, vivement, il reporta les yeux sur la route. Quant à moi, je tâchai de contrôler ma respiration en comptant mentalement jusqu'à dix.

Quelques instants plus tard, nous nous retrouvions dans un petit restaurant à l'enseigne des *Omelettes de Jimmy*, appartenant à une chaîne locale d'établissements où l'on servait des petits déjeuners jusqu'à 3 heures de l'après-midi. Nash s'assit en face de moi, posa les bras sur la table et retroussa ses manches de chemise.

Une fois que la serveuse eut pris nos commandes et fut repartie vers les cuisines, Nash se pencha en avant et riva son regard sur le mien, avec la même familiarité que s'il y avait eu entre nous bien plus qu'une comptine chuchotée dans une ruelle sombre et un presque baiser. Néanmoins, l'heure n'était plus au flirt ou aux jeux de séduction ni pour lui ni pour moi. Il affichait une expression sombre que je ne lui avais jamais vue. Presque inquiète.

— O. K., commença-t-il à voix basse, malgré les conversations, les cliquetis des couverts et tous les autres bruits que faisaient les clients autour de nous. Donc, hier soir tu prédis le décès de cette fille, et ce matin on annonce sa mort aux informations.

J'avalai péniblement ma salive. A l'entendre formuler de cette façon — si prosaïque —, ce constat semblait tout à la fois délirant et terrifiant. Et je ne savais pas très bien s'il valait mieux qu'il soit l'un ou bien l'autre.

— Tu dis que tu as déjà fait ce genre de prédictions auparavant ?

— Quelques fois, seulement.

— Y en a-t-il qui se sont réalisées ?

Je secouai la tête, puis, avec un haussement d'épaules, je m'emparai de mes couverts enveloppés d'une serviette, histoire de m'occuper les mains.

— Pas que je sache.

— Mais tu n'es au courant de celle-ci que parce que c'est passé à la télé, pas vrai ?

Sans lever les yeux, j'acquiesçai d'un signe de tête. Il reprit :

— Ce qui veut dire que les autres auraient aussi très bien pu s'accomplir sans que tu en entendes parler.

— Sans doute.

De toute façon, si tel était le cas, je n'étais pas certaine de vouloir qu'on me prévienne.

Lorsque je détachai mon regard de la serviette en papier dont j'avais extrait un couteau et une fourchette, je vis qu'il m'observait intensément, comme si chacune de mes paroles recelait une signification capitale.

Je me tortillai sur la banquette. Son regard me fouillait l'âme jusqu'à me mettre mal à l'aise. Aucun doute que, maintenant, il me prenait vraiment pour une fêlée. Une fille qui croyait savoir quand une personne allait mourir, ça pouvait présenter quelque intérêt dans certains milieux ; cela vous avait à coup sûr un petit cachet morbide. Mais une fille qui pouvait *réellement* prévoir la mort… ? C'était carrément bon à vous flanquer la frousse !

Nash fronça les sourcils. Ses yeux continuaient de sonder les miens — bizarrement, l'un après l'autre, comme s'il s'efforçait de déceler dans mes prunelles quelque chose de particulier.

— Kaylee, connais-tu la raison de tout cela ? As-tu une idée de ce que cela veut dire ?

Mon cœur cognait à grands coups dans ma poitrine, ma main se crispait autour de la serviette déchiquetée.

— Qu'est-ce qui te fait penser que cela a une signification quelconque ?

Il poussa un soupir, s'adossa contre son siège et, reportant son regard sur la table, sortit un pot de confiture de fraises miniature du tourniquet.

— Tu ne crois pas que tout cela doit avoir un sens ? Je veux dire, il ne s'agit pas là de prédire les numéros gagnants du Loto ou les chevaux qui vont remporter le tiercé. N'as-tu pas envie de savoir pourquoi tu possèdes ce don ? Ou quelles en sont les limites ? Ou…

— Non ! m'écriai-je vivement.

Un effroi terrible et familier venait de s'emparer de moi et me nouait l'estomac, m'ôtant le peu d'appétit que j'avais réussi tant bien que mal à éveiller.

— Je ne tiens pas à connaître le pourquoi ni le comment ! Tout ce que je veux, c'est savoir comment faire pour que ça s'arrête.

Nash se pencha de nouveau en avant, darda sur moi un regard si intense, si incisif que je retins mon souffle.

— Et si tu n'y arrives pas ?

Il fit tournoyer comme une toupie le pot de confiture, sur la table. Son regard se radoucit. S'emplit de bienveillance. Puis :

— Kaylee, tu as besoin d'aide.

A ces mots, une bouffée de colère monta en moi. J'eus le sentiment d'être trahie.

— Tu estimes que j'ai besoin de me faire soigner, c'est ça ?

Ma respiration s'accéléra, tandis que je tentais de refouler mes souvenirs de blouses d'hôpital, de seringues et de camisole.

— Je ne suis pas folle !

Je me levai d'un seul coup, jetant avec violence mon couteau sur la table. Mais comme je faisais mine de m'éloigner, Nash m'agrippa fermement par le poignet et pivota sur son siège pour me faire face.

— Kaylee, attends ! Ce n'est pas ce que je…

— Lâche-moi ! Laisse-moi partir !

Sur le point de me dégager d'un coup sec, je me ravisai soudain. Si Nash ne lâchait pas prise, j'allais me faire mal. Autrement dit, je ne pouvais pas me libérer. Sangles d'attache à quatre points ou bien poigne de fer, au fond, c'était du pareil au même. A cette pensée une onde de panique me remonta lentement des tripes tandis que, dans le même temps, je luttais de toutes mes forces pour ne pas m'arracher à l'étau de la main de Nash. Ma poitrine se serra, je me raidis dans un effort désespéré pour garder mon calme.

— Les gens nous regardent…, murmura-t-il d'un ton impérieux.

— Alors, lâche-moi, rétorquai-je, le souffle court et la sueur perlant au creux de ma nuque. S'il te plaît !

Enfin, il desserra les doigts.

J'exhalai un soupir et, les yeux fermés, sentis une vague de soulagement s'infiltrer lentement en moi. Malgré tout, je ne réussissais pas à bouger. Pas encore. Ou bien alors j'allais prendre mes jambes à mon cou.

Lorsque je me rendis compte que je me frottais le poignet, je serrai les poings si fort que mes ongles s'enfoncèrent dans mes paumes. De façon imprécise, je remarquai que le restaurant était devenu silencieux autour de nous.

— Kaylee, je t'en prie, assieds-toi, dit Nash d'une

voix douce, apaisante. Ce n'est pas du tout ce que je voulais dire.

Mes mains commencèrent à se décontracter. Je pris une profonde inspiration.

— S'il te plaît, répéta-t-il.

Il me fallut faire appel à tout le sang-froid dont j'étais capable pour m'obliger à revenir sur mes pas et à me laisser tomber sur la banquette rembourrée, les mains posées sur mes genoux.

Nous gardâmes le silence jusqu'à ce que les conversations reprennent autour de nous, moi regardant fixement la table et lui m'examinant sans un mot, ou du moins le supposais-je.

— Ça va mieux ? finit-il par me demander, tandis que la serveuse déposait des plats sur une table derrière moi.

Je me renversai en arrière contre la cloison de bois et sentis les muscles de mes épaules se relâcher.

— Je n'ai pas besoin de voir un médecin.

Je levai les yeux, prête à réfuter avec la dernière énergie tout argument visant à me prouver le contraire. Mais rien ne vint.

Il poussa un soupir lourd de regret.

— Je sais. Mais il faut que tu le dises à ton oncle et à tante.

— Nash…

— Ils seraient peut-être en mesure de t'aider, Kaylee. Il faut que tu en parles à quelqu'un…

— Ils le savent déjà, d'accord ?

Mes doigts étaient en train de réduire en charpie la serviette déjà en piteux état. Balayant de côté les petits bouts de papier, je regardai Nash droit dans les yeux. Et, soudain, je me sentis farouchement déterminée à lui dire toute la vérité. De toute façon, jusqu'à quel point était-il encore possible de dégringoler dans son estime ?

— La dernière fois que ça m'est arrivé, j'ai paniqué et je me suis mise à hurler. Je ne pouvais plus m'arrêter. Ils m'ont fait hospitaliser. On m'a attachée sur un lit et on m'a injecté des tas de médicaments. On m'a gardée enfermée jusqu'à ce que tout le monde tombe d'accord pour dire que j'étais guérie de mes « délires » et de mon « hystérie » et que je n'aurais plus besoin d'aborder le sujet. Tu vois ? Alors, je ne crois pas très utile de remettre ça sur le tapis, à moins d'avoir envie de passer mes vacances d'automne dans un service psychiatrique.

Le visage de Nash exprimait maintenant l'incrédulité, le dégoût et l'indignation. Puis ce fut la colère que je vis se peindre sur ses traits. Poings serrés, tendu comme un arc, il semblait prêt à cogner.

A tel point qu'il me fallut un certain temps pour comprendre que ce n'était pas dirigé contre moi. Qu'il ne se sentait pas furieux ni gêné qu'on le voie en public avec la psychopathe de l'école. Parce que personne d'autre n'était au courant, il faut le dire. Personne, excepté Sophie. Et ses parents l'avaient menacée de la mettre en quarantaine — de carrément l'assigner à résidence — si jamais elle vendait la mèche et divulguait le secret familial.

— Combien de temps cela a-t-il duré ? demanda Nash.

— Au bout d'une semaine, je leur ai dit ce qu'ils voulaient entendre, et mon oncle m'a fait sortir de l'hôpital contre l'avis des médecins. Ils ont raconté à l'école que j'avais eu la grippe.

J'étais en seconde, à l'époque, et il allait encore s'écouler presque un an avant que je fasse la connaissance de Nash, au moment où Emma commencerait à flirter avec ses copains les uns après les autres.

Nash ferma les yeux et poussa un profond soupir.

— On n'aurait jamais dû t'infliger ça. Tu n'es pas folle. Ce qui est arrivé cette nuit le prouve.

Médusée, j'étais. Si par malheur je m'étais trompée sur le compte de Nash, s'il était en train de se payer ma tête, je ne pourrais plus jamais traverser sans rougir la cour du lycée. Mais, pour l'heure, je ne réussissais même pas à envisager cette éventualité. Pas avec mon cœur mis à nu. Pas vulnérable comme je l'étais, à présent que j'avais dévoilé mes secrets. Pas ainsi menacée par cette terreur latente, tapie dans les souvenirs rendus flous par les drogues et que j'avais espéré enfouir à tout jamais.

— Il faut que tu leur en parles encore une fois et…

— Non.

— S'ils ne te croient pas, poursuivit-il sans tenir compte de mon refus, tu n'as qu'à téléphoner à ton père.

— Non, Nash.

Avant qu'il n'ait eu le temps de répliquer, un bras apparut dans mon champ de vision, et la serveuse posa une assiette sur la table devant moi et une autre devant Nash. Je ne l'avais même pas entendue approcher et, à en juger par son air, Nash non plus.

— Allez-y, les jeunes, attaquez ! suggéra-t-elle. Et appelez-moi si vous avez besoin d'autre chose, d'accord ?

Nous l'avons remerciée d'un signe de tête et elle est repartie. Cependant, nauséeuse, je me contentai de découper mes crêpes en petits triangles réguliers et de les faire tourner dans le sirop d'érable. Même Nash chipota dans son assiette.

Finalement, il reposa sa fourchette et toussota pour attirer mon attention et me faire lever les yeux.

— Si je comprends bien, je n'arriverai pas à te faire changer d'avis ?

Je secouai la tête. De nouveau, il soupira puis esquissa un petit sourire avant de demander :

— Ça te dirait d'aller voir des oies ?

Après ce drôle de petit déjeuner auquel je n'avais pas touché et que Nash n'avait goûté que du bout des lèvres, nous allâmes dans une sandwicherie acheter un sac de pain rassis avant de nous rendre au lac de White Rock pour donner à manger à un troupeau d'oies bruyantes, dont deux se révélèrent de véritables petits démons effrontés. L'une d'elles m'arracha avec aplomb un bout de pain des mains — manquant de peu d'emporter mon doigt en même temps. Quant à l'autre, elle s'attaqua aux chaussures de Nash à coups de bec lorsqu'elle estima qu'il ne sortait pas assez vite la nourriture du sac.

Une fois tout le pain distribué, nous dûmes prendre la fuite pour échapper aux volatiles — et encore, de justesse ! — et allâmes nous promener autour du lac. Le vent faisait des nœuds dans mes cheveux, je trébuchai sur une planche branlante de la jetée, mais, lorsque Nash prit ma main, je ne la retirai pas, et un silence agréable s'installa entre nous. Comment aurait-il pu en être autrement, maintenant qu'il savait ce qui se cachait dans les zones d'ombre de mon âme et qu'il ne m'avait pas une seule fois traitée de folle pour autant ? En plus, il n'avait même pas essayé de me peloter.

Et pourquoi ça, d'ailleurs ? me demandai-je tout en le regardant à la dérobée plisser les paupières pour se protéger les yeux des rayons aveuglants du soleil. Ne me trouvait-il pas assez jolie pour lui ? D'accord, je ne tenais pas à figurer au bas de sa fameuse liste de conquêtes féminines, mais il ne m'aurait tout de même pas déplu de savoir qu'il voulait m'ajouter à son tableau de chasse.

Nash sourit en me voyant l'observer. A la lumière du soleil, ses yeux paraissaient plus verts que bruns et semblaient tournoyer doucement. Sans doute reflétaient-ils les mouvements de l'eau.

— Kaylee, puis-je te poser une question personnelle ?

Comme si la mort et la maladie mentale n'étaient pas des sujets personnels !

— A condition que je puisse à mon tour te demander quelque chose.

Après avoir semblé réfléchir un instant à ma proposition, il afficha un large sourire qui creusa sur son visage une unique et profonde fossette, puis il pressa légèrement ma main.

— D'accord, toi d'abord.

— Est-ce que tu as couché avec Laura Bell ?

Sans lâcher ma main, Nash s'arrêta pile de marcher et, dans un geste théâtral, arqua exagérément les sourcils, révélant toute la beauté de ses longs cils de garçon.

— Ce n'est pas du jeu ! Je ne t'ai pas demandé avec qui tu étais sortie.

Savourant son embarras, je haussai les épaules.

— Eh bien, vas-y, ne te gêne pas !

J'aurais pu compter sur les doigts d'une main les petits copains que j'avais eus.

Il fit une grimace de contrariété ; à l'évidence, c'était une autre interrogation qu'il avait en tête.

— Si je réponds oui, tu vas te fâcher ?

J'esquissai une petite moue de dédain.

— Ça ne me regarde pas.

— Alors, pourquoi veux-tu le savoir ?

Grrr…

— Bon, d'accord, j'ai une autre question.

Je l'entraînai à reprendre notre marche, rassemblant tout mon courage pour l'interroger sur un sujet auquel je n'étais pas certaine de vouloir vraiment qu'il réponde. Mais je devais savoir à quoi m'en tenir avant que les choses n'aillent plus loin.

— Qu'es-tu en train de faire ? demandai-je en désignant nos deux mains jointes, histoire de souligner l'importance du geste. Qu'as-tu à gagner dans cette aventure ?

— Ta confiance, avec un peu de chance.

A cette réponse, la tête me tourna un peu, et je réprimai une moue étonnée.

— C'est tout ?

Même à supposer qu'il me dise la vérité, il devait y avoir autre chose. Je fis mine de me renfrogner.

— Tu es sûr que tu ne cherches pas plutôt à coucher avec moi ?

Cette fois, il eut un franc sourire. Puis il m'attira contre lui et me pressa doucement contre la vieille rambarde de bois. Je sentais son souffle sur mes lèvres.

— C'est une proposition ?

Mon cœur s'emballa. Je laissai mes mains s'attarder sur son dos, tracer du bout des doigts le contour de ses épaules à travers sa chemise. Je le sentais collé contre moi. Je humais son odeur de tout près. Caressant l'idée, juste pour un instant, l'espace d'un battement de cœur…

Puis je retombai brutalement sur terre, avec un bruit sourd à faire voler les rêves en éclats. S'il était une chose dont je n'avais pas envie, c'était bien de voir mon prénom sur la liste des filles plaquées par Nash Hudson. Mais avant que j'aie eu le temps de trouver un moyen de le lui dire sans le mettre en pétard ni passer pour une crâneuse, une lueur amusée s'alluma furtivement dans ses yeux et il se pencha pour déposer un baiser sur le bout de mon nez.

Devant mon expression ébahie, il éclata de rire.

— Je plaisante, Kaylee. C'est juste que je ne m'attendais pas à ce que tu y réfléchisses si longtemps.

Avec un grand sourire, il recula d'un pas et reprit ma main, tandis que, les joues en feu, je le fixais d'un regard ahuri.

— Pose ta question avant que je change d'avis, laissai-je tomber.

Son sourire s'évanouit ; les taquineries n'étaient plus de mise. Que pouvait-il donc désirer savoir d'autre ? Ce qu'on servait au déjeuner dans les services de psychiatrie ?

— Qu'est-il arrivé à ta mère ?

Si je m'étais attendue à cela...

— Tu n'es pas obligée de me le dire si tu n'en as pas envie, s'empressa-t-il d'ajouter avant de se tourner vers moi pour me regarder en face.

Prenant mon soulagement pour de la gêne, il fit machine arrière.

— J'étais juste curieux de savoir à quoi elle ressemblait.

J'écartai de mon visage quelques mèches de cheveux emmêlés.

— Ça ne me dérange pas.

Evidemment, j'aurais aimé que ma mère soit encore en vie, cela va sans dire. Et j'aurais préféré vivre avec ma propre famille plutôt qu'avec celle de Sophie. Mais ma mère était morte depuis si longtemps que je me souvenais à peine d'elle. En tout cas, j'avais l'habitude de ce genre de question.

— Elle est morte dans un accident de voiture quand j'avais trois ans.

— Est-ce que tu vois encore ton père de temps en temps ?

Haussant les épaules, je donnai un coup de pied dans un caillou sur la jetée.

— Au début, il venait plusieurs fois par an.

Puis ses visites s'étaient espacées et il n'avait plus fait d'apparition qu'à l'occasion de Noël et de mon anniversaire. Et, à ce jour, je ne l'avais pas revu depuis plus d'un an. Pourtant, ça m'était égal. Il vivait sa vie — selon toute vraisemblance — et j'avais la mienne.

A en juger par la sympathie qu'exprimaient ses yeux, Nash avait deviné les pensées que je n'avais pas formulées. Il se produisit ensuite un imperceptible changement dans son expression, que je ne sus pas interpréter.

— Je pense tout de même que tu devrais parler à ton père de ce qui s'est passé cette nuit.

Avec mauvaise humeur, je me remis à marcher sur la jetée, bras croisés. J'allais face au vent, les cheveux balayés en arrière, et c'était agréable.

Nash me courut après.

— Kaylee…

— Tu sais ce qu'il y a de pire dans tout ça ? demandai-je une fois qu'il m'eut rattrapée.

— Quoi ?

Il eut l'air surpris que j'accepte de revenir sur le sujet. Mais ce n'était plus de mon père que je parlais.

— J'ai le sentiment que j'aurais dû faire quelque chose pour empêcher cela. Je veux dire : je savais qu'elle allait mourir et je n'ai rien fait. Je ne l'ai même pas prévenue. Je me suis contentée de m'enfuir en courant, de manière honteuse. Je l'ai laissée mourir, Nash !

— Non, protesta-t-il d'une voix ferme.

Je fermai les yeux. Soudain, le vent retomba, je sentis

la chaleur du soleil sur mon visage — un contraste saisissant avec le froid glacial qui commençait à m'envahir.

Je rouvris les yeux lorsque Nash prit mon visage entre ses mains. Les lattes de bois de la jetée craquèrent sous nos pieds.

— Tu n'as rien fait de mal, Kaylee. Ce n'est pas parce que tu savais ce qui allait arriver que tu détenais les moyens de t'y opposer.

— Peut-être que si. Je n'ai même pas essayé !

J'avais été à tel point obnubilée par ce que la mort de cette fille signifiait pour moi que je m'étais à peine posé la question de ce que j'aurais dû faire pour lui venir en aide.

Ses yeux vrillés aux miens, Nash arborait une expression farouche.

— Ce n'est pas aussi simple que cela. La mort ne frappe pas au hasard. C'était son heure de partir, à cette fille. Il n'y avait rien que toi ou moi aurions pu faire pour l'éviter.

Comment pouvait-il en être aussi sûr ?

— J'aurais au moins dû l'avertir…

— Non !

La dureté de son ton me fit tressaillir et le surprit lui-même. Et quand il voulut me saisir le bras, je me dérobai vivement. Nash baissa la tête et me présenta ses mains, paumes tournées vers le haut pour me signifier qu'il n'avait pas l'intention de me toucher, puis il les fourra dans ses poches.

— Elle ne t'aurait pas crue, reprit-il. Et, de toute façon, c'est trop dangereux de se mêler de trucs que l'on ne comprend pas, et ce phénomène-là, tu n'es pas encore en mesure de te l'expliquer. Promets-moi que si ça recommence et que je ne suis pas là, tu ne tenteras rien. Ni ne diras quoi que ce soit. Tu feras comme si de rien n'était et tu passeras ton chemin. D'accord ?

— D'accord.

Il commençait à me faire peur, avec ses yeux qui lançaient des éclairs et son expression grave.

— Jure-le ! insista-t-il. Il faut que tu me donnes ta parole.

— Je le jure.

Et j'étais sincère, car en cet instant, avec le soleil qui donnait à son visage un relief tourmenté d'ombre et de lumière, et l'étrange chatoiement de ses iris que je croyais de nouveau voir tournoyer, Nash avait l'air à la fois effrayé et effrayant.

Mais, le pire, c'était qu'il semblait savoir *exactement* de quoi il parlait.

4

Nash me raccompagna chez moi deux heures avant le moment où je devais me rendre au travail. Dès que j'eus franchi la porte d'entrée, une forte odeur de freesia me donna un mal de tête instantané. Sophie était rentrée !

Ma cousine se leva du canapé, d'où elle m'avait de toute évidence épiée à travers les rideaux, et posa ses mains fines et soigneusement manucurées sur les os saillants de ses hanches qui ressortaient au-dessus de la ceinture de son jean moulant taille basse.

— C'était qui ? demanda-t-elle, alors que ses yeux plissés disaient clairement qu'elle avait déjà un suspect en tête.

Avec mon plus gracieux sourire, j'entrai dans le vestibule.

— Mon petit ami.

— Et comment s'appelle-t-il ?

Elle me suivit dans ma chambre et s'assit sur mon lit défait, comme en territoire conquis, ou comme si nous avions été amies. Sophie ne jouait à ce petit jeu que quand elle voulait obtenir quelque chose de moi — en général que je lui prête de l'argent ou que je la conduise quelque part en voiture. Cette fois-là, elle cherchait visiblement à m'extorquer des informations. Des ragots pour alimenter le foyer de rumeurs que ses amies et elle entretenaient à l'école.

Mais il était hors de question que j'attise les flammes.

Je lui tournai le dos pour vider mes poches sur la commode.

— Ça ne te regarde pas.

Dans le miroir, je vis une expression de mauvaise humeur se peindre sur son visage et une moue de dépit déformer ses traits de petit lutin.

Le problème, quand on a l'habitude d'obtenir tout ce que l'on veut dans la vie, c'est que l'on n'est pas préparé à affronter la déception lorsqu'elle se présente.

Je me faisais toujours un plaisir d'initier Sophie à la déception.

— Maman dit qu'il est en terminale, affirma-t-elle.

Ramenant ses jambes sous elle, elle s'assit en tailleur sur mon lit. Et avec ses chaussures, encore ! Comme je ne répondais pas, elle lança un regard furieux à mon reflet dans le miroir.

— Je peux découvrir qui c'est, si je veux. Ça me prendra quoi ? Deux secondes !

— Si c'est comme ça, pourquoi tu me le demandes ? répliquai-je tout en relevant mes cheveux pour les attacher en queue-de-cheval. Puisque tu as l'air de te prendre pour Nancy Drew[1].

De fines ridules se formèrent autour de sa bouche lorsqu'elle se renfrogna.

— Nancy qui ?

Levant les yeux au ciel, je me dirigeai vers mon placard

1. Nancy Drew (connue en France sous le nom d'Alice Roy) est une jeune détective américaine, héroïne de nombreux romans pour la jeunesse, publiés en français dans la collection *Bibliothèque verte*.

et décrochai mon polo au logo du Cinemark d'un cintre que je laissai ensuite se balancer sur la tringle.

— Sors d'ici, ordonnai-je. Il faut que j'aille travailler. Pour pouvoir payer l'assurance de ma voiture.

Sophie devait attendre encore cinq bons mois avant de pouvoir passer son permis, et ça la rendait dingue que j'aie le droit de conduire et pas elle.

Ma voiture était le plus beau cadeau que mon père m'ait jamais fait. Même si elle était d'occasion. Et même s'il ne l'avait jamais vue pour de vrai.

— A propos de voitures, celle de ton petit copain me dit quelque chose, laissa tomber Sophie. Une petite Saab gris métallisé, avec des sièges cuir, c'est bien ça ?

Elle se leva et se dirigea d'un pas tranquille vers la porte, balançant ses hanches étroites et inclinant la tête d'un air absorbé.

— Le siège arrière est tout à fait confortable, reprit-elle, même s'il est un peu déchiré sur le côté.

A ces mots, je me rendis compte que je grinçais des dents.

— Dis bonjour à Nash de ma part, roucoula-t-elle, une main posée sur la poignée de ma porte.

Puis, en l'espace d'une seconde, elle se métamorphosa. D'horrible mégère, elle prit l'air d'un bon Samaritain.

— Je ne cherche pas à te vexer, Kaylee, mais je crois qu'il faut que tu saches la vérité, dit-elle avec toute la feinte innocence dont elle était capable. Il se sert de toi pour m'atteindre.

C'était trop ! Je sentis la moutarde me monter au nez et lui claquai la porte à la figure. Poussant un glapissement, Sophie retira sa main d'un geste vif, juste à temps pour éviter de se faire écraser quatre doigts. Je serrai le poing sur le polo de mon uniforme avant de le jeter sur la couette, à l'endroit où son petit derrière de danseuse avait laissé son empreinte en creux.

Elle a tout faux ! me répétai-je pour m'en convaincre. Puis j'examinai mon reflet dans le miroir pour essayer de me voir telle que les autres me voyaient. Telle que *Nash* me voyait. Certes, je n'avais pas la minceur de Sophie ni les courbes pleines d'Emma, mais je n'étais pas hideuse non plus !

N'empêche, Nash méritait tout de même mieux que moi…

Etait-ce pour cette raison qu'il ne m'avait pas embrassée ? N'étais-je à ses yeux qu'un bouche-trou commode entre deux petites amies ? Ou bien une fille que l'on invite à sortir par pitié ? La bénéficiaire d'une sorte de programme social d'aide aux personnes défavorisées concocté pour les sportifs au grand cœur ?

Jamais de la vie ! On ne passe pas autant de temps à parler avec quelqu'un à qui on ne trouve aucun intérêt. Même quand on ne cherche qu'une petite aventure pour combler un vide temporaire dans sa vie sentimentale. Surtout qu'il y avait des filles plus faciles à draguer que moi.

Quoi qu'il en soit, un second avis sur la question ne pouvait pas me faire de mal. Téléphone en main, je m'affalai sur mon lit et composai le numéro d'Emma. Espérant que sa mère lui avait rendu son mobile, je retins mon souffle.

Ç'aurait été trop beau ! Deux interminables minutes après que j'eus expédié le texto — *Tu peux parler ?* —, la réponse s'afficha —*Elle est toujours punie. Tu la verras au travail.*

Emma n'aurait jamais dû apprendre à sa mère à

envoyer des SMS. Je lui avais bien dit qu'il n'en sortirait rien de bon.

Selon nos horaires de travail prévus pour ce jour-là, Emma et moi devions faire équipe. C'est ainsi que, tout en vendant des tickets pour le dernier dessin animé en images de synthèse et l'incontournable comédie sentimentale, je la mis au courant de mon rendez-vous avec Nash. Pendant la pause du dîner, tandis que, installées dans un coin retiré du snack-bar où personne ne pouvait nous entendre, nous partagions quelques bretzels et des frites au fromage, je lui parlai de Heidi Anderson — et lui racontai ce que sa sœur n'avait pas été en mesure de lui apprendre.

Emma fut fascinée par la justesse de ma prédiction. Elle se déclara du même avis que Nash : il fallait que j'en discute avec mon oncle et ma tante. Encore que, pour Emma, il s'agissait moins de m'aider à décider de ce que j'allais faire de mes macabres talents que d'assener un bon « Je vous avais prévenus » à ma famille.

Mais, encore une fois, je déclinai le conseil. Je n'avais aucune envie de revoir le Dr Nelson — celui des attache-poignets et des pilules qui vous transforment en zombie. Pour tout dire, je me raccrochais à l'espoir que ma prochaine prémonition — s'il devait y en avoir une — ne viendrait pas me tourmenter avant des mois, voire des années. Après tout, il s'était bien écoulé neuf mois depuis la dernière en date.

La seconde partie de ma journée de travail s'écoula deux fois moins vite qu'à l'ordinaire, car, au bout d'un quart d'heure à peine, le directeur du cinéma affecta Emma au snack-bar, me laissant seule au guichet, en compagnie d'un étudiant en informatique dont le sous-vêtement — qu'il me montra en soulevant son polo du Cinemark — clamait : « J'ai aussi l'uniforme des Stormtroopers de l'Empire. »

Lorsque la journée s'acheva enfin, je pointai à la sortie et attendis Emma dans le vestiaire des employés. Comme je remontais la fermeture à glissière de mon blouson, Emma poussa la porte et se campa sur le seuil, les sourcils froncés, la mine sinistre.

— Que se passe-t-il ? demandai-je, ma main en suspens au-dessus de la patère où son blouson était accroché.

— Viens voir. Il faut que tu entendes ça.

Elle ouvrit plus grand la porte et s'effaça pour me laisser passer. J'hésitai. Visiblement, les nouvelles qu'elle apportait n'étaient pas bonnes, et j'estimais avoir déjà eu mon compte d'histoires cauchemardesques et déprimantes pour le moment,.

— Je ne plaisante pas, insista-t-elle. C'est trop bizarre !

Avec un soupir, j'enfonçai les mains dans mes poches et la suivis dans le couloir — huit mètres de linoléum poisseux —, à travers le hall d'entrée, jusqu'au comptoir où l'on vendait des friandises et des rafraîchissements.

Jimmy Barnes était occupé avec un client, mais dès qu'il vit qu'Emma voulait lui parler, il expédia sa commande en cours avec une telle précipitation qu'il faillit oublier d'arroser le pop-corn de beurre. Il faut dire qu'il en pinçait pour Emma.

Il n'était pas le seul.

— Te revoilà déjà ?

Après m'avoir adressé un signe de tête, il se pencha en avant, ses deux bras grassouillets appuyés sur le comptoir de verre, les yeux rivés sur Emma comme si elle avait détenu dans son regard tous les secrets de l'univers. Les doigts de Jimmy étaient jaunis par le faux beurre et il sentait le pop-corn et le soda au gingembre qui avait dégouliné sur son tablier noir.

— Peux-tu répéter à Kaylee ce qu'a dit Mike ? lui intima Emma.

Le sourire niais d'adolescent amoureux s'évanouit sur le visage de Jimmy. Il se redressa pour nous faire face à toutes les deux.

— C'est la chose la plus horrible que j'ai jamais entendue.

Il tendit le bras sous le comptoir pour attraper une pile de seaux en carton géants emballés dans du plastique et, tout en parlant, se mit en devoir d'en bourrer le distributeur.

— Tu connais Mike Powell, bien sûr ?

— Oui, évidemment, répondis-je avec un regard interrogateur en direction d'Emma qui se contenta de hocher le menton vers Jimmy, m'invitant sans mot dire à lui prêter attention.

Jimmy appuya sur une pile de gobelets retournés qui s'enfoncèrent dans un trou du comptoir pour faire de la place à d'autres récipients.

— Aujourd'hui, Mike a travaillé au snack-bar de la salle d'Arlington. Il remplaçait un type qui s'est fait virer pour avoir craché dans le Coca d'un client.

— Ohé, on peut avoir du pop-corn par ici ?

Devant la caisse, un homme d'âge moyen trépignait, flanqué d'une petite fille suçant son pouce et d'un garçon un peu plus âgé dont le regard — et les pouces — était scotché sur une console PSP.

— Qu'est-ce que ce sera pour vous, monsieur ? Un maxi pop-corn ?

Jimmy leva un index pour nous demander de l'attendre une minute et se tourna vers la machine à pop-corn la plus proche. J'en profitai pour extirper mon téléphone de ma poche et vérifier l'heure. Il était 21 heures passées et je mourais de faim. Sans compter que je ne tenais pas particulièrement à écouter l'histoire tordue et terrifiante que Jimmy avait à nous raconter, quelle qu'elle soit.

Lorsque les clients repartirent avec leur plateau en carton plein de cochonneries à manger et à boire, Jimmy revint vers nous.

— Donc, il y a environ une demi-heure, Mike téléphone, complètement affolé, et raconte qu'une fille est morte cet après-midi, juste devant sa caisse. Elle est tombée raide morte, son gobelet de pop-corn encore à la main.

Une horreur muette me saisit, me glaçant de l'intérieur. Je lançai un regard à Emma, qui, la mine sombre, me répondit par un hochement de tête. Comme je me tournais de nouveau vers Jimmy, un terrible sentiment de malaise se répandit dans les profondeurs de mon être, grimpant à l'assaut de ma colonne vertébrale, comme une multitude de tentacules de glace.

— Tu parles sérieusement ?

— Tout à fait, répondit Jimmy en enroulant l'extrémité du sachet en plastique autour des gobelets restants. Mike dit que c'était hallucinant. L'ambulance a emporté la fille dans un de ces foutus sacs à cadavre, et le directeur a fermé la salle et distribué à tous les clients des tickets valables pour d'autres séances. Et les flics ont posé plein de questions à Mike pour essayer de comprendre ce qui s'était passé.

Emma guettait ma réaction, mais je me bornai à regarder dans le vide, les mains cramponnées au comptoir, incapable d'ordonner mes pensées éparpillées en un semblant de logique. La ressemblance avec le cas de

Heidi Anderson était évidente, pourtant je n'avais aucune raison concrète de faire le lien entre les deux décès.

— Est-ce qu'ils savent de quoi elle est morte ? finis-je par demander, me raccrochant à la première pensée cohérente qui se forma dans mon esprit.

Jimmy haussa les épaules.

— D'après Mike, elle allait tout à fait bien et, tout à coup, elle est tombée à la renverse. On ne l'a pas vue tousser, ni s'étrangler, ni porter la main à son cœur ou à sa tête.

Une peur vague, oppressante, s'était mise à enfler en moi, une sourde appréhension couvant lentement, comparée à l'éruption soudaine de panique que j'avais ressentie en apercevant le voile d'ombre autour de Heidi. Les deux morts étaient liées. C'était indéniable.

Emma m'observait. Je devais avoir l'air aussi patraque que je me sentais mal en point, car elle posa une main sur mon épaule.

— Merci, Jimmy, dit-elle. On se revoit mercredi.

Sur le chemin du retour, Emma desserra sa ceinture de sécurité et pivota sur le siège passager pour me scruter dans la pénombre, l'air à la fois sombre et fasciné.

— Tu ne trouves pas ça délirant, toi ? D'abord tu prédis la mort de cette fille au Tabou. Et, ce soir, une *autre* fille tombe raide morte au cinéma, exactement comme la nuit dernière.

Je mis mon clignotant pour doubler une voiture dans la file de droite.

— Ce n'est pas pareil, objectai-je bien que la même idée me soit venue à l'esprit. Heidi Anderson était soûle. Elle est probablement morte d'un coma éthylique.

— Nan ! contesta Emma en secouant la tête. Elle était ivre, d'accord, mais pas à ce point-là.

J'esquissai une moue de contrariété. Le tour que prenait la conversation me mettait mal à l'aise.

— Alors, c'est qu'elle a perdu connaissance et s'est cogné la tête en tombant.

— Si c'était le cas, tu ne crois pas que les flics en seraient arrivés à cette conclusion depuis longtemps ? rétorqua Emma, une main levée pour se protéger les yeux des phares aveuglants d'une voiture qui arrivait en sens inverse.

Voyant que je ne réagissais pas, elle enchaîna :

— A mon avis, ils ne savent pas de quoi elle est morte. Je te parie que c'est pour ça que la date de son enterrement n'a pas encore été fixée.

Mes mains se crispèrent sur le volant, je lançai un regard ahuri à Emma.

— Tu ne vas pas me dire que tu espionnes cette pauvre fille !

— Non, mais je regarde les infos à la télé. Je suis privée de sortie, je te rappelle ; je n'ai rien d'autre à faire. Et puis il s'agit des événements les plus étranges qui soient jamais arrivés par ici. Et le fait que tu en aies prédit un est encore plus bizarre.

Je remis mon clignotant et, forçant ma main à desserrer son étau sur le volant, je quittai brusquement la route pour m'engager sur la bretelle d'accès. Mes prémonitions, je ne voulais plus y penser, encore moins en discuter.

— Tu n'as aucune preuve qu'il existe un rapport entre les deux décès. Ce n'est pas comme si elles avaient été assassinées. En tout cas, pas la fille d'Arlington, puisque Mike l'a *vue* mourir.

— Elle aurait pu être empoisonnée…, insista Emma.

Je ralentis avant de tourner dans sa rue, puis, sans tenir compte de sa remarque, je poursuivis :

— Et même si elles sont liées, elles n'ont rien à voir avec nous !

— Tu savais que la première allait mourir.

— Ouais, et j'espère bien que cela ne se reproduira plus jamais.

Emma ébaucha une grimace de mécontentement, mais abandonna la partie. Après l'avoir déposée chez elle, je me garai sur un parking désert au bout de la rue et appelai Nash.

— Allô !

J'entendis, en bruit de fond, des cris et des coups de feu jusqu'à ce qu'il baisse le son de son téléviseur.

— Salut ! C'est Kaylee. Je te dérange ?

— Non, justement, je cherchais une excuse pour ne pas faire mes devoirs. Que se passe-t-il ?

Le regard braqué sur les ténèbres qui m'enveloppaient, je tâchai de rassembler mon courage. Le temps de quelques battements, mon cœur sembla défaillir.

— Kaylee ? Tu es là ?

— Oui, réussis-je enfin à articuler.

Je fermai les yeux et expulsai de force les mots de ma gorge avant qu'elle ne se paralyse pour de bon.

— Est-ce que je pourrais utiliser ton ordinateur ? J'ai besoin de vérifier quelque chose, mais à la maison, c'est impossible. Sophie est tout le temps en train de fourrer son nez dans mes affaires.

Sans compter que je ne voulais pas non plus risquer que ma tante déboule dans ma chambre sans frapper sous prétexte de m'apporter mon linge propre — comme elle en avait l'habitude — et découvre ce que je cherchais sur le Net.

— Bien sûr, pas de problème ! répondit Nash.

C'est alors qu'un doute affreux m'assaillit. Je devais

à tout prix éviter de me retrouver seule avec Nash chez lui — encore cette fichue question de volonté !

Il éclata de rire, comme s'il avait deviné mes pensées. Ou les avait déchiffrées dans la nervosité de mon silence.

— Ne t'inquiète pas. Ma mère est à la maison.

Cette fois, ce furent le soulagement et la déception qui m'envahirent, mais je pris sur moi pour ne laisser aucun de ces deux sentiments filtrer dans ma voix lorsque je répondis :

— Parfait ! Tu as faim ?

Je redémarrai le moteur ; les faisceaux de mes phares percèrent l'obscurité du parking couvert de gravier.

— J'allais me faire réchauffer une pizza au micro-ondes.

— Ça te dirait, un hamburger ?

— Je ne dis jamais non.

Vingt minutes plus tard, je me garais dans la rue devant chez Nash et descendais de voiture, un sac plein de hamburgers et de frites dans une main et un plateau de gobelets dans l'autre. Comme la veille, la Saab de sa mère était stationnée dans l'allée, mais cette fois la portière était fermée et l'intérieur plongé dans le noir.

Je traversai le petit jardin soigneusement entretenu et gravis le perron. Nash ouvrit la porte avant que j'aie eu le temps de frapper.

— Salut ! Entre.

Il me prit les boissons des mains et tint la porte ouverte pour m'inviter à pénétrer dans une salle de séjour sobrement décorée.

Il posa les gobelets sur une table basse et attendit, les mains dans les poches, que j'aie fini de regarder autour de moi. Les meubles de sa mère n'étaient pas neufs ni aussi élégants que ceux de tante Val, mais ils avaient l'air beaucoup plus confortables. Le parquet était usé mais impeccable, et toute la maison sentait le cookie aux pépites de chocolat.

Je crus tout d'abord que cette odeur provenait d'une bougie — comme celles que tante Val allumait au moment de Noël pour donner l'illusion qu'elle savait confectionner des gâteaux. Puis j'entendis la porte d'un four s'ouvrir en grinçant et le délicieux arôme de biscuit s'accentua. Mme Hudson était *bel et bien* en train de faire cuire des gâteaux secs.

Me retournant vers Nash, je surpris son regard cloué sur mon polo, un regard plus amusé que réellement intéressé. Je pris alors conscience que je portais toujours mon uniforme du Cinemark ! *Tu parles d'une tenue de circonstance, Kaylee !...*

Devant mon air embarrassé, Nash rit puis me désigna le couloir étroit qui partait du séjour.

— Viens...

Mais avant qu'il n'ait fait deux pas, la porte battante qui donnait dans la cuisine s'ouvrit, et une femme mince et élancée apparut dans l'encadrement, pieds nus et vêtue d'un jean moulant et d'un T-shirt bleu à côtes.

Je ne sais pas trop à quoi je m'étais attendue, concernant la mère de Nash, mais en tout cas, pas à cette femme si... *jeune*. Dans les trente ans. Or, il était impossible qu'elle ait cet âge-là, puisque Nash lui-même avait dix-huit ans. Elle portait ses longs cheveux blond foncé et bouclés relevés en une queue-de-cheval toute simple, et des frisettes qui s'en étaient échappées encadraient son visage. Elle aurait pu être la sœur aînée de Nash. Une sœur aînée très sexy. *Tante Val l'aurait détestée...*

Lorsque le regard de Mme Hudson croisa le mien, le monde sembla s'arrêter de tourner. Ou, plutôt, ce fut elle qui se figea. Complètement. A croire qu'elle avait cessé de respirer. J'ai supposé que, de mon côté, je n'étais pas non plus telle qu'elle m'avait imaginée. Toutes les ex-petites amies de Nash étaient superbes, et j'étais prête à parier qu'aucune d'elles ne s'était jamais présentée chez lui dans un polo mauve informe avec le logo du Cinemark brodé sur l'épaule.

Quoi qu'il en soit, l'intensité avec laquelle elle me dévisagea me rendit nerveuse, comme si elle avait cherché à lire dans mes pensées. J'éprouvai immédiatement une envie irrépressible de fermer les yeux au cas où tel aurait été le cas. Au lieu de quoi, cramponnée des deux mains à mon sac de sandwichs, je la fixai à mon tour sans ciller. Après tout, je ne percevais aucune malveillance dans son regard. Seulement une très vive curiosité.

Au bout de quelques secondes d'un silence pesant, elle me gratifia d'un sourire éclatant — sourire qui n'avait rien de maternel — et hocha la tête, comme si elle approuvait ce qu'elle avait discerné en moi.

— Bonjour, Kaylee. Je m'appelle Harmony.

La mère de Nash essuya sa main droite sur son jean — y laissant au passage la trace de ses doigts enfarinés —, puis s'avança en me la tendant. Je la lui serrai sans hésiter.

— J'ai tellement entendu parler de toi, me dit-elle. Je suis très contente de pouvoir enfin te rencontrer.

Pouvoir enfin me rencontrer ?

Tournant les yeux vers Nash, je le vis fusiller sa mère du regard et j'eus la nette impression qu'une seconde plus tôt je l'aurais surpris en train de lui faire signe de se taire.

Quelque chose m'avait-il échappé ?

— Je suis aussi très heureuse de faire votre connaissance, madame Hudson, répondis-je, me retenant à grand-peine de m'essuyer la main sur mon pantalon de travail.

Son sourire s'adoucit.

— Pas la peine de me donner du « madame », rétorqua-t-elle sans me quitter des yeux. Je vis seule avec Nash depuis longtemps. Mais toi, Kaylee ? Parle-moi de tes parents.

— Je… euh…

Nash enveloppa ma main dans la sienne. Je le laissai m'attirer contre lui.

— Kaylee a besoin d'emprunter mon ordinateur. Nous allons grignoter en travaillant.

L'espace d'un instant, Mme Hudson sembla sur le point d'objecter. Puis elle décocha à son fils un sourire sévère.

— Laissez la porte ouverte.

Nash marmonna un vague assentiment, puis se remit en route dans le petit couloir sombre. Sans un mot, je le suivis, le sac de sandwichs serré contre mon cœur.

La chambre de Nash était simple et confortable. Elle me plut d'emblée. Le lit était défait et le bureau encombré de CD, de jeux vidéo et de papiers gras. La télévision était allumée, mais il appuya sur le bouton « marche/arrêt » et la scène de bagarre finale du dernier film de la trilogie *Die Hard* s'interrompit brusquement pour laisser place à un écran noir et silencieux.

La chaise de son bureau était le seul siège dans la pièce, et la cannette de Coca ouverte posée sur la table de travail indiquait clairement que c'était là qu'il était installé avant mon arrivée. Pendant quelques instants, je demeurai figée, pareille à un lapin tenu dans le viseur d'un fusil, regardant fixement le lit — le seul endroit où je pouvais m'asseoir — tandis que mon pouls battait furieusement dans mes oreilles.

Avec une mimique amusée, Nash repoussa la porte,

ne la laissant entrebâillée que de deux centimètres, et de sa main libre me désigna le lit.

— N'aie pas peur, il ne va pas se replier contre le mur.

C'était plutôt de m'y voir engloutie qui m'inquiétait ! Qui plus est, je ne pouvais m'empêcher de me demander combien de filles s'étaient déjà assises là avant moi…

Pour finir, ne sachant plus où me mettre, je poussai de côté un manuel de chimie resté fermé, m'assis sur le bord du lit et entrepris de fouiller dans le sac en papier.

— Tiens ! dis-je en lui tendant un hamburger et un sachet de frites.

Après avoir posé la nourriture sur son bureau, il se cala dans son fauteuil et agita légèrement la souris pour rallumer l'écran de son ordinateur.

— Qu'est-ce que tu cherches au juste ? demanda-t-il avant d'enfourner une frite dans sa bouche.

Tout en déballant mon hamburger, je réfléchis à la meilleure façon de formuler ma réponse. Malheureusement, il n'y avait pas de manière plaisante d'annoncer ce que j'avais à dire.

— Une autre fille est morte ce soir. Au Cinemark d'Arlington. Un des types avec lesquels je travaille a tout vu. Il dit qu'elle est tombée raide morte, d'un seul coup, un seau de pop-corn à la main.

Nash plissa les yeux, comme pétrifié en plein milieu d'une bouchée.

— Sans blague ? dit-il enfin après avoir dégluti. Tu crois que ça a un rapport avec la fille du Tabou ?

Je haussai les épaules.

— Je n'avais pas prévu celle-là, mais c'est encore plus incroyable que ce qui est arrivé dans la discothèque. J'ai besoin de connaître les détails.

Histoire de me prouver à moi-même que les deux morts n'étaient pas aussi semblables qu'elles en avaient l'air.

— D'accord, attends une minute…

Il tapa quelque chose dans la barre d'adresse et un moteur de recherche s'afficha à l'écran.

— A Arlington, tu dis ?

— Mouais, répondis-je, la bouche pleine d'un gros morceau de hamburger.

Sans cesser de manger, Nash se mit à pianoter sur son clavier et divers liens hypertextes commencèrent à remplir la fenêtre. Il cliqua sur le premier.

— Voilà ce qu'il nous faut.

Il s'agissait du site Web d'une chaîne d'information de Dallas — celle-là même qui avait diffusé le reportage sur Heidi Anderson la veille.

Je m'approchai pour regarder par-dessus son épaule. Mmm, il sentait toujours aussi bon.

Il se mit à lire à voix haute :

— « Les autorités locales demeurent perplexes devant le décès d'une adolescente, originaire de la région métropolitaine de Dallas. Il s'agit en effet du deuxième en deux jours. En fin d'après-midi, la jeune Alyson Baker, âgée de quinze ans, est morte dans le hall du Cinemark du centre commercial des Six Flags. La police, qui n'a pas encore déterminé avec certitude la cause du décès, a cependant exclu que la drogue ou l'alcool soient en cause. Selon les déclarations d'un témoin, la jeune fille "est tombée raide morte" devant la caisse du cinéma. Une cérémonie funéraire sera célébrée demain au lycée Stephen F. Austin où Alyson Baker était élève de seconde et faisait partie de l'équipe des pom-pom girls. »

Tout en sirotant mon soda à la paille, je parcourus

l'écran des yeux après qu'il eut achevé sa lecture de l'article.

— C'est tout ?

— Il y a une photo.

Il fit défiler l'écran vers le haut pour afficher une photo en noir et blanc, extraite de l'annuaire de l'école, montrant une jolie jeune fille aux longs cheveux bruns et raides et aux traits expressifs.

— Qu'est-ce que tu en penses ?

Poussant un soupir, je me laissai aller en arrière sur le bord du lit. Ni la lecture de l'article ni le fait de voir le portrait de la fille qui venait de mourir n'avaient répondu à mes interrogations. Mais lui donner un nom et un visage, cela me rendait, hélas, sa mort infiniment plus réelle.

— Je ne sais pas. Elle ne ressemble pas à Heidi Anderson. Pour commencer, elle a quatre ans de moins.

— Et elle n'avait pas bu.

— Et je n'ai eu aucune prémonition de ce qui allait se passer.

N'ayant plus faim, j'enveloppai le reste de mon hamburger et le remis dans le sac en papier.

— La seule chose qu'elles ont en commun, c'est qu'elles sont toutes les deux mortes en public.

— Et sans cause apparente.

Nash jeta un regard sur le sac que je tenais toujours sur mes genoux.

— Tu vas le finir ?

Je lui tendis le hamburger. Ses paroles continuaient de résonner dans ma tête. Il avait mis en plein dans le mille — et m'avait atteinte droit au cœur. Heidi et Alyson étaient toutes deux littéralement tombées mortes d'un seul coup, sans signe avant-coureur, sans maladie ni blessure d'aucune sorte. Et j'avais pressenti la mort de Heidi.

Si j'avais été présente au moment où Alyson commandait son pop-corn, aurais-je eu l'intuition de sa mort prochaine ?

Et, dans ce cas, cela aurait-il servi à quelque chose que je la prévienne ?

Je m'installai au milieu du lit et repliai mes jambes contre ma poitrine. Mon sentiment de culpabilité au sujet de Heidi enflait en moi comme une éponge qui se gorge d'eau. L'avais-je *laissée* mourir ?

Nash jeta l'emballage du hamburger dans le sac en papier et fit pivoter le fauteuil de son bureau face au lit. Quand il vit la tête que je faisais, il se pencha l'air concerné vers moi, et me dégagea le visage.

— Kaylee... Il n'y avait rien que tu puisses faire.

Mes pensées étaient-elles donc si évidentes ? En tout cas, malgré la sollicitude de Nash, ses adorables fossettes et le côté sexy que lui donnait sa barbe de fin de journée, je ne réussis même pas à esquisser un sourire.

— Ça, tu n'en sais rien, lui répondis-je.

L'espace d'un instant, je crus qu'il allait riposter, mais il sourit d'un air entendu en plantant son regard dans le mien.

— Ce que je *sais*, par contre, c'est que tu as besoin de te détendre. De penser à autre chose qu'à la mort.

Sa voix sonnait comme un doux murmure à mon oreille. Il quitta son fauteuil pour venir s'asseoir à côté de moi sur le lit. Le matelas s'enfonça sous son poids.

Sous le coup de l'excitation, ma respiration devint saccadée, mon pouls s'accéléra.

— Et à quoi devrais-je penser, d'après toi ?

D'instinct, j'avais tellement baissé la voix que j'entendis à peine mes propres paroles.

— A moi, chuchota-t-il à son tour.

Il se pencha encore un peu pour effleurer mon oreille de ses lèvres. Son odeur m'enveloppa, je sentis sa peau râpeuse contre ma joue.

— Tu devrais penser à *moi*.

Il entrecroisa ses doigts avec les miens. Puis, avec lenteur, il s'écarta de mon oreille, ses lèvres frôlèrent ma joue, le long de laquelle il fit couler une cascade de petits baisers. Mon cœur se mit à battre de plus en plus fort.

Les baisers se succédèrent jusqu'à ce que sa bouche rencontre la mienne, mordille doucement ma lèvre inférieure, l'agace sans jamais se fixer tout à fait. Ma poitrine se soulevait et s'abaissait à intervalles précipités, ma respiration devenait heurtée, mon pouls s'emballait.

Encore…

Il m'entendit. C'était forcé. Il s'écarta juste le temps de croiser mon regard, une lueur flamboyante dans les yeux. Je me rendis alors compte que lui aussi respirait plus vite. Ses doigts se serrèrent autour des miens et il glissa une main dans mes cheveux, juste au-dessus de ma nuque.

Puis il m'embrassa pour de bon.

Ma bouche s'ouvrit sous la sienne, et son baiser se fit plus profond à mesure que je l'attirais à moi, soudain dévorée d'une faim féroce pour quelque chose que je n'avais même jamais goûté. De ma main libre, j'explorai le contour de son bras, me délectant de cette force contenue que je sentais sous mes doigts.

C'est alors que Nash s'écarta de nouveau et me fixa, le regard brûlant. L'intensité de son désir — sa profondeur étourdissante — me frappa avec la violence d'une vague qui s'abat sur le flanc d'un navire, manquant de me jeter par-dessus bord dans cette mer tumultueuse dont les courants ne manqueraient pas de m'emporter.

Du bout des doigts, il suivit la courbe de ma lèvre inférieure, son regard soudé au mien et ma bouche entrouverte, prête à accueillir de nouveau la sienne.

Le ciel soit loué, il hésita. J'étais tellement chamboulée que c'était à peine si j'arrivais à respirer. Mais il sentait si bon, le contact de sa peau était si délicieux que je ne voulais pas qu'il s'arrête, même si je ne devais plus jamais reprendre ma respiration.

Cette fois, ce fut moi qui l'embrassai, tout mon soûl, ravie et surprise de son empressement à me laisser faire. Je ne pensais plus à rien. Nash occupait à ce point mon esprit qu'il n'y avait plus de place pour quoi que ce soit d'autre…

C'est à cet instant précis que la porte de la chambre s'ouvrit à toute volée.

Nash s'écarta avec une telle brusquerie que j'en restai le souffle coupé. Je clignai des yeux, émergeant peu à peu de la vague de sensations dans laquelle j'avais tellement envie de me laisser couler. Les joues en feu, je rajustai ma queue-de-cheval.

Debout dans l'encadrement de la porte, les bras croisés sur sa poitrine, une tache de chocolat fondu sur le revers de son chemisier, Mme Hudson nous regardait. Pas particulièrement fâchée ni étonnée, juste sérieuse.

— Que diriez-vous de dîner ?

Nash se frotta le visage de ses deux mains. Je restai assise, sans voix, en proie à une gêne comme je n'en avais jamais connu de toute ma vie. Malgré tout, je pouvais m'estimer heureuse que nous ayons été surpris par sa mère et non par mon oncle. *Ça*, je ne m'en serais jamais remise.

— Laissez la porte ouverte pour de bon, cette fois, d'accord ?

Mme Hudson allait s'en retourner lorsque son regard tomba sur l'écran de l'ordinateur sur lequel s'affichait toujours la photo d'Alyson Baker. Un voile sombre obscurcit son visage — peur ou inquiétude ? —, puis ses traits se durcirent lorsqu'elle releva les yeux sur son fils.

— Qu'êtes-vous en train de comploter, tous les deux ? demanda-t-elle, ne faisant apparemment plus allusion à notre récente démonstration d'interaction sociale.

— Rien, répondit Nash.

Son visage était aussi expressif que celui de sa mère un instant plus tôt, pourtant je ne sus pas le déchiffrer. Et la tension monta en flèche dans la chambre.

— Je ferais mieux de partir, déclarai-je en me levant.

Je fouillai dans mes poches à la recherche de mes clés.

— Non ! objecta Nash en me saisissant par la main.

Les traits de Mme Hudson s'adoucirent et toute la tension contenue dans l'air se dissipa du même coup.

— Tu n'as pas besoin de t'en aller, dit-elle. Reste avec nous pour manger quelques biscuits. Je vous demande seulement de ne pas fermer la porte.

En prononçant ces derniers mots, elle posa sur Nash un regard appuyé. Il y répondit en levant les yeux au ciel et acquiesça d'un hochement de tête. Puis, se tournant vers moi, sa mère et lui attendirent ma décision.

— Merci, mais j'ai des devoirs à terminer…

Surtout, la mère de Nash nous avait surpris en train de nous embrasser sur son lit. Pris sur le fait. Alors, pour moi, la soirée était fichue, je ne me faisais pas d'illusions.

Nash me raccompagna à ma voiture et m'embrassa

une nouvelle fois. Son corps pressa le mien contre la portière du côté conducteur, nos doigts s'entrecroisèrent. Ce fut dans un état proche de l'hébétude que je rentrai chez moi. Je fonçai droit dans ma chambre, sans prêter la moindre attention aux sous-entendus peu subtils dont Sophie me gratifia dans une vaine tentative pour m'arracher des informations. Plus tard seulement, je devais prendre conscience que j'avais, en réalité, complètement oublié tout ce qui concernait la mort des deux filles et que je pensais encore à Nash au moment de m'endormir.

5

— On reste à l'intérieur ou on s'installe dehors ?

Nash posa son plateau sur la table la plus proche et fouilla dans ses poches. Un cliquetis de pièces de monnaie retentit, à peine audible au milieu du fracas des couverts et du bourdonnement de plusieurs dizaines de conversations simultanées. Il sortit une poignée de ferraille et se tourna vers le distributeur de soda.

Ce lundi matin, le jour s'était levé sous un ciel clair et frais, mais dès la troisième heure de cours, il avait commencé à faire si chaud que mon professeur de biologie avait ouvert les fenêtres du labo afin de chasser l'odeur âcre des produits chimiques.

— Allons dehors, proposai-je.

L'idée de déjeuner dans la cour me plaisait assez, surtout que la cafétéria grouillait d'élèves et qu'une douzaine d'entre eux au moins avaient déjà remarqué que Nash me tenait par la main dans la file d'attente devant le comptoir à pizzas.

Y compris son ex — la dernière en date — qui dardait maintenant sur moi des regards assassins, entourée de son cocon protecteur de pom-pom girls, toutes clonées sur le même modèle et visiblement hostiles à mon égard.

Je lançai un regard à Emma par-dessus mon épaule.

— Je vais chercher une table, annonça-t-elle en hochant la tête.

Elle tourna les talons et évita de justesse un élève de troisième chargé de trois cornets de glace qui faillit lui faire tomber son plateau des mains.

— Excuse-moi, marmonna-t-il, avant de la dévisager avec un air de convoitise et de désir éhonté.

Emma ne le remarqua même pas.

Nash sortit deux Coca du distributeur et en posa un sur mon plateau avant de se faufiler entre les tables en direction de la sortie. Je lui emboîtai le pas. Je croyais sentir les regards inquisiteurs de mes camarades de classe braqués sur mon dos. Je ne savais plus où me mettre. Comment Nash arrivait-il à supporter que des gens l'épient sans arrêt ?

Nous étions à cinquante centimètres de la porte à deux battants qui donnait sur la cour, lorsqu'elle s'ouvrit à toute volée, manquant d'envoyer valser mon plateau par terre. Un troupeau de filles, minces comme des fils dans leurs blousons Teddy identiques, entra alors en coup de vent. Quelques-unes s'arrêtèrent en chemin pour décocher un sourire charmeur à Nash. L'une d'elles effleura même sa manche du bout des doigts, et je me surpris à éprouver une envie soudaine et irraisonnée de lui flanquer une gifle. Un mouvement d'humeur parfaitement inutile, car Nash s'éloigna sans lui concéder plus qu'un distrait signe de tête.

Sophie fut la seule à m'accorder un regard. Pas franchement amical. Jusqu'à ce que ses yeux tombent sur Nash. Elle lui frôla le bras, le fixa droit dans les yeux, et un sourire carnassier retroussa ses lèvres fardées. Des avances à la fois discrètes et effrontées.

Quelques secondes plus tard, la petite troupe des

danseuses s'était évanouie, laissant dans son sillage un nuage de parfum si capiteux qu'il me piqua les yeux. D'un pas lourd, je franchis les portes restées ouvertes et descendis les marches du perron. Nash se hâta de me rattraper. D'une main, il portait son plateau, de son bras libre il m'enlaça la taille. C'était si… intime que les battements de mon pouls se précipitèrent.

— Elle fait ça pour te mettre en rogne, murmura-t-il.

— Elle m'a dit qu'elle était déjà montée sur ton siège arrière, lançai-je d'un ton plein d'insinuations dont je ne pus effacer une pointe de reproche.

Pourtant, en laissant sa main sur ma hanche, il faisait en quelque sorte une déclaration publique. Ce geste — de même que son silence au sujet de ma santé mentale —, ce geste aurait dû venir à bout de mes doutes, et de ma crainte de ne représenter pour lui qu'une passade tout juste bonne à agrémenter son week-end. N'empêche que Nash n'avait jamais essayé de réfuter les rumeurs concernant la liste de ses conquêtes, et je trouvais insupportable que Sophie en soit.

— Quoi ! s'exclama-t-il, s'arrêtant au beau milieu de la cour pour me regarder, l'air visiblement déconcerté.

— Le siège de ta voiture, répétai-je. Elle m'a dit qu'il y avait un accroc sur le siège arrière. C'était sans doute pour me faire comprendre qu'elle avait déjà eu l'occasion de le voir de près.

Nash laissa échapper un rire, puis se remit à marcher tout en parlant, de sorte que je n'eus d'autre choix que de le suivre.

— Hum… oui, en effet. C'est elle qui l'a déchiré. Elle était plutôt mal en point le soir où je l'ai raccompagnée. Elle a vomi sur le plancher à l'avant de ma voiture. Quand je l'ai installée sur le siège arrière, la boucle de sa chaussure s'est bêtement prise dans la couture du siège et a arraché un morceau de cuir.

Je me mis à rire, et ma colère fondit comme le maquillage de Sophie sous le soleil de juillet. A vrai dire, j'eus presque pitié d'elle — pas au point, toutefois, de me refuser le plaisir anticipé de lui balancer ce détail croustillant à la figure la prochaine fois qu'elle s'aviserait de faire du gringue à Nash en ma présence.

La cour formait un long rectangle bordé sur trois côtés par les différents bâtiments du lycée, avec l'entrée de la cafétéria à une extrémité. Le quatrième côté s'ouvrait sur les terrains de football et de base-ball du campus.

Emma avait pris possession d'une table de pique-nique au fond de la cour, à l'angle du bâtiment des sciences et de celui des langues étrangères qui la protégeaient en partie de la bise texane. Je m'assis en face d'elle et Nash se glissa sur le banc à côté de moi. La chaleur de sa cuisse, plaquée contre la mienne, se diffusa jusqu'au plus profond de mon être, malgré les froides rafales de vent qui fouettaient mon dos.

— Qu'est-ce qui leur prend, aux filles de l'équipe de danse ? demanda Emma tandis que j'attaquais ma part de pizza en mordant à belles dents dans la pointe. Il y a une minute, elles sont passées par ici en poussant des cris aigus et en faisant des bonds, à croire qu'on leur avait versé de la sauce piquante dans leurs justaucorps.

Je faillis m'étrangler de rire en avalant un morceau de salami.

— Elles ont gagné le championnat régional samedi, expliquai-je. Depuis, Sophie est carrément insupportable.

— Pendant combien de temps vont-elles glousser comme des dindes ?

Recourant au langage universel, je levai un doigt

pour réclamer une minute de patience, puis mastiquai ma bouchée et l'avalai avant de répondre :

— Les championnats de l'Etat se dérouleront le mois prochain. Après cela, nous aurons droit, selon les résultats, soit à d'autres piaillements d'enthousiasme soit à des pleurs inconsolables. Ensuite, nous aurons la paix jusqu'en mai, lorsqu'elles auditionneront pour faire partie de l'équipe l'année prochaine.

— Dans un cas comme dans l'autre, conclut Emma, il ne nous reste plus qu'à espérer devenir sourds comme des pots.

Emma leva sa bouteille et je trinquai avec elle et Nash. En tout cas, je regretterais la fin de la saison des compétitions exactement comme Sophie. Les répétitions de l'équipe de danse occupaient la plus grande partie de son temps libre pendant plusieurs mois de l'année, et je profitais de ses absences pour goûter une tranquillité bien méritée. D'autant que la plupart de ses coéquipières avaient leur permis de conduire, si bien qu'il s'en trouvait toujours une pour la raccompagner. Alors qu'une fois les championnats terminés Sophie reprendrait ses propres cours de danse quotidiens et ses parents compteraient sur moi pour jouer les chauffeurs, c'était sûr. Comme si je n'avais rien de mieux à faire de mes heures de loisirs ! Et que j'avais de l'argent pour l'essence !

En attendant, si gâtée et arrogante qu'elle soit, ma cousine se consacrait totalement à son équipe, il fallait le reconnaître. Elle traitait les autres danseuses avec davantage de respect qu'elle avait jamais jugé bon de m'en témoigner, et le dévouement et la ponctualité dont elle faisait preuve quand il s'agissait de ces filles étaient bien les seuls indices qui, en treize années de vie commune, m'aient incitée à penser que, peut-être, dans ce corps d'une grâce exaspérante, se cachait malgré tout un certain sens des responsabilités.

— Alors, reprit Emma, as-tu appris autre chose au sujet de la fille d'Arlington ?

Le visage de Nash s'assombrit, dans ses yeux le brun l'emporta sur le vert. Je laissai tomber le reste de ma pizza sur mon plateau avant de prendre une pomme rouge toute meurtrie.

— Oui, répondis-je. Elle s'appelait Alyson Baker. C'est arrivé exactement comme Jimmy nous l'a décrit. Elle est tombée raide morte et les flics n'ont aucune idée de ce qui a causé son décès.

— Elle avait bu ? demanda Emma, qui pensait sans doute à Heidi Anderson.

— Non, répondit Nash. Et elle n'avait pas non plus pris de drogue. Mais ça n'a rien à voir avec la première, n'est-ce pas ? ajouta-t-il en me lançant un regard interrogateur. Je veux dire : tu n'avais pas eu de prémonition à son sujet. Tu ne l'avais même jamais vue, pas vrai ?

Je hochai la tête et mordis dans ma pomme. Il avait raison, sans aucun doute.

Cependant, il *existait* un lien évident entre les deux filles : elles étaient l'une comme l'autre mortes sans cause apparente. Les chaînes locales d'information le savaient. Emma le savait. Et moi aussi. Seul Nash semblait ne pas en avoir conscience. Ou du moins ne pas s'y intéresser.

Emma braqua sur lui les dents de sa fourchette en plastique.

— Je le crois pas ! s'exclama-t-elle. Tu ne trouves pas ça étrange que deux filles soient mortes subitement au cours des deux derniers jours !

Il poussa un soupir, arracha la languette de sa cannette

vide et se mit à l'examiner sous toutes les coutures pour éviter de nous regarder.

— Je n'ai jamais dit que ce n'était pas bizarre. Mais je n'éprouve pas la même obsession morbide que vous deux à l'égard de ces pauvres filles. Elles sont mortes. Vous ne connaissiez ni l'une ni l'autre. Laissez-les reposer en paix.

Je levai les yeux au ciel et me mis en devoir d'ôter l'étiquette collée sur ma pomme.

— Nous ne troublons pas leur repos, protestai-je.

— Et il ne s'agit pas d'obsession, riposta à son tour Emma, pointant sur lui sa bouteille, tel un chef d'orchestre brandissant sa baguette. C'est une simple question de prudence. Personne ne sait comment elles sont mortes, et on ne me fera pas avaler la thèse de la coïncidence. Il pourrait arriver la même chose à n'importe lequel d'entre nous, pas plus tard que demain.

Elle tourna son regard vers moi, m'incluant sans équivoque dans la liste des victimes potentielles susceptibles de… euh… mourir brusquement sans raison.

— Ou n'importe laquelle d'entre *elles*, ajouta-t-elle.

Du menton, elle désigna la cafétéria. Je me retournai et vis Sophie et plusieurs de ses amies descendre les marches du perron en sautillant autour d'une demi-douzaine de garçons de l'équipe sportive du lycée qui portaient tous le même blouson vert et blanc.

— Vous réagissez de manière totalement exagérée, décréta Nash en repoussant son plateau. Il ne s'agit que d'un fâcheux concours de circonstances qui n'a rien à voir avec nous.

— Et si ce n'était pas le cas ? demandai-je, consciente de la tristesse qui perçait dans ma voix.

Je n'arrivais toujours pas à chasser de mon esprit

l'idée que j'aurais pu faire quelque chose pour venir en aide à Heidi. Que peut-être j'aurais même pu la sauver, si seulement j'avais eu le courage de parler.

— Personne ne sait ce qui est arrivé à ces malheureuses, alors comment peux-tu être aussi certain que ça ne se reproduira plus ?

Nash ferma les yeux, comme pour rassembler ses pensées. Ou peut-être s'armer de patience. Puis il les rouvrit et regarda tout d'abord Emma, puis moi.

— C'est vrai, je ne sais pas ce qui leur est arrivé, mais les flics le découvriront tôt ou tard. Elles sont sans doute mortes pour des raisons de santé, totalement différentes et sans rapport. D'une rupture d'anévrisme ou d'une de ces crises cardiaques exceptionnelles, comme peuvent en avoir parfois les adolescents. Et je vous parie ma Xbox qu'il n'y a aucun lien entre ces filles ni entre leurs morts.

Il me fixa en plissant les paupières, puis enveloppa ma main dans les siennes.

— Et que ça n'a rien à voir avec toi, ajouta-t-il.

— Alors comment Kaylee savait-elle que ça allait arriver ? insista Emma. Elle avait pressenti que Heidi allait mourir. Moi, je dirais plutôt que toute cette histoire la concerne drôlement !

— Bon, alors d'accord, concéda faussement Nash en lui lançant un regard agacé. Kaylee savait à propos de Heidi. Tu as raison, tout ça est tordu, ça flanque la frousse et on dirait que ça sort tout droit d'un film d'horreur des années 80…

— Hé, arrête ! l'interrompis-je en lui donnant un petit coup de coude dans les côtes.

Il me gratifia d'un sourire charmant.

— Excuse-moi, mais elle me cherche ! Ce que j'essaie de dire c'est que ta prémonition est la seule chose inexplicable dans cette affaire. Tout le reste n'est qu'une coïncidence. Un pur hasard. Cela n'arrivera plus.

Je retirai ma main.

— Et si tu te trompais ?

D'un air boudeur, Nash plongea les doigts dans ses cheveux ébouriffés avec art, mais avant qu'il ait eu le temps de répondre, une main pressa mon épaule. Je sursautai.

— Alors, rien ne va plus au paradis ? ironisa Sophie.

Levant les yeux, je la surpris qui contemplait Nash par-dessus ma tête, un sourire rayonnant aux lèvres.

— Si, tout va bien, merci, rétorqua Emma lorsqu'elle me vit incapable de desserrer les lèvres.

— Salut, Hudson !

Un garçon vêtu de vert enlaça les épaules de Sophie. Je reconnus Scott Carter, attaquant titulaire de l'équipe de football américain du lycée et joujou du moment de ma cousine.

— Tu t'es fait de nouvelles copines ?

Nash hocha la tête.

— Tu connais Emma ?

Carter posa les yeux sur mon amie et serra les dents. Et comment, il la connaissait ! Emma avait froidement repoussé ses avances l'été précédent. Lorsqu'il avait refusé de s'avouer vaincu, elle lui avait renversé un milk-shake entier sur la chemise en plein Cinemark. Heureusement, c'était Jimmy qui travaillait avec elle ce jour-là, sinon sa conduite aurait probablement été signalée à la direction, et elle se serait fait renvoyer.

La main de Nash pressa la mienne.

— Et voici Kaylee.

Carter me regarda — sans doute pour la première fois de sa vie —, et le sourire lui revint tandis qu'il lorgnait mes seins. Seins sur lesquels il devait jouir d'une vue plongeante, étant donné qu'il me dominait de toute sa hauteur.

— Tu es la sœur de Sophie, non ?

— La cousine ! s'empressa de préciser Sophie en même temps que moi.

C'était bien la seule chose sur laquelle nous étions d'accord, elle et moi.

— Nous allons faire un tour avec le bateau de mon père sur le lac de White Rock vendredi soir, annonça Carter. Vous devriez venir avec nous, tous les deux.

Sophie glissa son bras sous celui de Carter.

— Elle ne peut pas, ricana-t-elle avec un sourire méprisant. Il faut qu'elle aille *bosser*.

Comme s'il s'agissait d'une chose dont j'aurais dû avoir honte ! De toute façon, après tout ce qu'Emma m'avait raconté au sujet de Carter, je préférais encore passer toute une nuit à décoller du chewing-gum sous les sièges d'une salle de cinéma plutôt que de rester une seule minute avec cet individu, même sur le bateau de son père.

— Ce sera pour une autre fois, dit Nash.

Carter approuva d'un signe de tête, et Sophie l'entraîna vers une table dans un autre coin de la cour qui grouillait déjà de blousons vert et blanc.

— Quel salaud ! siffla doucement Emma. Je n'en reviens pas ! Il a lorgné ton décolleté exactement comme si Sophie et Nash n'avaient pas été là ! Tu parles d'un sportif !

— Nous ne sommes pas tous mauvais, se défendit Nash, même si, clairement, il ne semblait apprécier ni que Carter m'ait reluquée, ni qu'Emma fasse des commentaires à ce sujet.

En l'absence de ses coéquipiers, il était facile d'oublier que Nash jouait au football américain. Au base-ball aussi. Que pouvait-il bien espérer de moi, quand des filles comme Sophie bavaient d'admiration devant lui et se battaient pour gagner ses faveurs ?

— Est-ce que tu ne déjeunes pas avec eux d'habitude ? lui demandai-je en désignant l'essaim vert et blanc.

Un peu plus tôt dans l'année, nous avions déjeuné plusieurs fois avec les athlètes du lycée, à l'époque où Emma sortait avec l'un des défenseurs de l'équipe de football. Mais pour parler franchement, tout ce vacarme et cette esbroufe continuelle m'avaient tapé sur les nerfs.

— Je préfère votre compagnie à toutes les deux, déclara Nash avec un sourire.

Et, sur ces mots, il m'attira contre lui. Mais, pour une fois, je le remarquai à peine. Quelque chose dans cet attroupement de blousons identiques venait d'accrocher mon regard. Quelque chose qui… n'allait pas.

Nooon ! Ça n'allait pas recommencer ! Nash venait de dire que cela ne se reproduirait plus.

Mais déjà les griffes de la panique s'enfonçaient dans ma chair.

La périphérie de mon champ de vision s'obscurcit, comme si la mort s'était tapie dans l'ombre. Mon cœur se mit à cogner à grands coups dans ma poitrine. Des picotements dans les doigts me firent serrer les poings avec force. Nash tressaillit et retira sa main de la mienne. J'avais oublié que je la tenais et lui avais littéralement planté mes ongles dans la paume jusqu'au sang.

— Kaylee ? murmura-t-il avec inquiétude.

Mais je ne pouvais détacher mon regard de la bande en vert et blanc. J'étais incapable de focaliser mon attention sur Nash, alors que la terreur grondait dans ma tête et que l'affliction me déchirait le cœur. Quelqu'un allait mourir. Je le sentais, sauf que je ne savais pas encore qui c'était. Les blousons se confondaient les uns avec les autres, semblables à un troupeau de zèbres en Technicolor, chaque individu noyé dans la multitude. Cette tactique de camouflage ne servirait à rien. La mort n'aurait aucun mal à débusquer celui ou celle qu'elle était venue chercher. Quant à moi, je ne serais pas en mesure de prévenir la victime si je ne la localisais pas très rapidement.

Je n'étais certaine que d'une chose — il s'agissait d'une *fille*.

— Voilà que ça la reprend !

La voix d'Emma me parut lointaine — alors que mon amie était venue s'asseoir près de moi, j'en avais vaguement conscience. Je ne la regardai pas. Je n'avais d'yeux que pour le groupe qui dissimulait en son sein la fille qui allait mourir. Il fallait que je sache qui elle était. Il fallait que je voie…

L'attroupement se dispersa. Des acclamations s'élevèrent. De la musique retentit ; quelqu'un avait apporté une petite chaîne stéréo. Les filles jetèrent leurs blousons en tas par terre. Elles s'alignèrent sur l'herbe, formant une figure en zigzag que je me rappelai avoir vue lors des concours auxquels mon oncle et ma tante m'avaient souvent traînée contre mon gré. L'équipe de danse allait nous offrir une démonstration. Nous montrer le numéro qui leur avait permis de remporter le trophée régional.

C'est alors que je *l'*aperçus.

La deuxième en partant de la gauche, la troisième derrière Sophie. Une grande fille mince aux cheveux couleur de miel et aux cils lourdement maquillés.

Meredith Cole. La capitaine de l'équipe. Enveloppée

d'un voile d'ombre si épais que j'arrivais à peine à distinguer ses traits.

Dès l'instant où mes yeux se posèrent sur elle, la gorge commença à me brûler, comme si j'avais avalé une grande lampée de bain de bouche antiseptique. Une sensation d'anéantissement me submergea, menaçant de m'entraîner dans les profondeurs du désespoir. Et la sinistre et familière sensation me secoua tout entière d'un frisson convulsif. Meredith Cole allait *mourir* bientôt. Très bientôt.

— Viens, Kaylee, dit Nash en me tirant par le bras pour m'inciter à me lever. Allons-nous-en.

Ma gorge se serra, mon souffle devint plus court. La violente agitation qui montait en moi me faisait tourner la tête. Mon cœur semblait gonflé d'angoisse, près d'exploser. Pourtant, je ne pouvais me résoudre à partir. Il fallait que je lui parle ! J'avais laissé mourir Heidi, mais il m'était encore possible de sauver Meredith. Je n'avais qu'à l'avertir, et tout irait bien.

J'ouvris la bouche, mais aucun mot n'en sortit. A la place, un cri menaça de me déchirer la gorge, annonçant son arrivée par l'habituel accès de panique, et il n'y avait rien que je puisse faire pour le contrôler. J'étais incapable d'articuler — je n'aurais pu que hurler et, hélas, cela n'aurait pas suffi. J'avais besoin de *mots* pour prévenir Meredith, pas de cris inarticulés. A quoi bon posséder un « don » si je n'avais pas la possibilité de m'en servir ? Si tout ce qu'il m'était donné de faire, c'était de brailler, en vain ?

La plainte naquit au fond de ma gorge, si profond que j'eus l'impression d'avoir les poumons en feu. Pourtant, d'abord, le son fut très doux. Presque un murmure, que j'aurais ressenti plutôt qu'entendu. Saisie d'horreur, je serrai les lèvres, tandis que les yeux de Nash s'élargissaient et que ses iris semblaient de nouveau tourbillonner dans le soleil.

Ma vision s'obscurcit et se brouilla, comme si ce même voile de brouillard gris avait enveloppé la terre entière. La lumière du jour avait faibli, les ombres étaient devenues plus épaisses, l'air plus brumeux. C'était tout juste si je distinguais mes propres mains, j'étais devenue incapable de faire converger mes yeux sur elles. Les tables, les élèves, les bâtiments même du lycée étaient soudain dénués d'éclat, à croire que quelqu'un avait ouvert les vannes au pied d'un arc-en-ciel et laissé toutes les couleurs déserter la Terre

Je me levai, une main plaquée sur la bouche, suppliant du regard un Nash étrangement terni. Le cri de lamentation me remontait dans la gorge, à présent, et y restait coincé, pareil à un grondement étouffé.

Nash passa son bras autour de ma taille et fit signe à Emma de me soutenir de son côté.

— Calme-toi, Kaylee, murmura-t-il à mon oreille.

Son souffle chaud se faufila dans le duvet de ma nuque.

— Détends-toi et écoute…

Comme mon regard se portait de nouveau sur Meredith — qui dansait à présent entre Sophie et une blonde toute menue que je ne connaissais que de vue —, mes jambes se dérobèrent.

Nash me recueillit dans ses bras et me tint serrée contre sa poitrine, sans cesser de chuchoter à mon oreille. De murmurer des paroles familières. Des choses qui rimaient. Les mots coulaient sur moi, j'en sentais presque le contact physique. Ils m'apaisaient, semblables à un baume que mon ouïe aurait perçu.

Cependant, le cri se déchaînait toujours en moi,

cherchant à se libérer et prêt, semblait-il, à se frayer de lui-même une issue si je ne lui laissais pas d'autre choix.

Ouvrant la marche, Emma gagna l'extrémité du bâtiment d'anglais, tourna à l'angle et sortit de la cour. Personne ne nous remarqua — tout le monde avait les yeux rivés sur les danseuses.

Nash me déposa au bas du mur, près d'une sortie de secours. Il s'assit à côté de moi et m'entoura de ses bras tandis qu'Emma s'accroupissait près de nous. Je sentais la chaleur de Nash dans mon dos et ne percevais pour tout son que sa voix qui chuchotait à mon oreille et mes propres gémissements assourdis qui s'échappaient malgré tous mes efforts pour les contenir.

Je jetai un coup d'œil par-dessus l'épaule de Nash, au-delà du visage anxieux d'Emma, vers le gymnase étrangement grisâtre dans le lointain, concentrant tous mes efforts pour parler sans hurler. Sur ma gauche, en bordure de mon champ de vision, je vis quelque chose filer à toute vitesse. Mon regard se porta instinctivement dans cette direction et tenta de faire la mise au point. Mais l'image s'était déplacée trop rapidement, me laissant une vague impression de forme humaine. Je ne l'avais entraperçue que le temps d'un éclair — ce qui ne me permettait pas de l'identifier —, mais j'avais toutefois eu le temps de remarquer que la silhouette paraissait, d'une certaine façon, difforme. Elle avait une allure tout à fait singulière. Et après avoir cligné des yeux, je n'étais même plus certaine de l'endroit exact où je l'avais remarquée.

Sûrement un professeur, rendu méconnaissable par ce drôle de brouillard gris qui m'embrumait la vue. Je fermai très fort les paupières pour éviter toute nouvelle distraction. *Enfin*, aussi rapidement qu'elle s'était emparée de moi, la panique se dissipa. La tension s'évacua de mon corps comme l'air d'un ballon de plage, me laissant aussi épuisée que soulagée.

Lorsque je rouvris les yeux, le monde avait recouvré ses couleurs et sa clarté. Mes mains se décrispèrent, le cri mourut dans ma gorge. Mais, quelques secondes plus tard, il déchira l'air — sauf que ce hurlement-là n'était pas sorti de moi !

Il était venu de la cour.

Alors, je sus immédiatement ce qui était arrivé, sans même avoir à regarder.

Meredith s'était écroulée.

Mon envie irrésistible de hurler s'était éteinte au même instant.

Une fois de plus, j'avais pressenti que quelqu'un allait mourir. Et, une fois de plus, je n'avais rien fait pour l'empêcher.

Mes yeux se refermèrent, une nouvelle vague d'horreur et d'angoisse déferla en moi, puis une chape de culpabilité s'abattit sur moi, si écrasante que j'eus peine à relever la tête. *C'était ma faute !* J'aurais dû être en mesure de l'aider !

D'autres cris nous parvinrent de la cour, une voix ordonna qu'on appelle une ambulance. Des portes s'ouvrirent en grinçant avant de percuter le mur du bâtiment de brique. Des baskets martelèrent les marches en béton.

Des larmes de honte et de frustration inondèrent mes joues, j'enfouis mon visage au creux de l'épaule de Nash, sans me soucier de tremper sa chemise. C'était comme si j'avais tué Meredith moi-même, vu comme mon intuition lui avait servi !

Un tumulte confus s'élevait, des voix terrifiées se mêlaient les unes aux autres. Quelqu'un pleurait. Quelqu'un d'autre courait. Par-dessus le vacarme, Mme Tucker, l'entraîneuse de l'équipe féminine de softball, fit retentir son sifflet pour tenter, sans succès, de rétablir le calme.

— Qui est-ce ? demanda Emma, toujours agenouillée près de nous, les yeux agrandis de stupeur.

D'un geste bienveillant, elle repoussa une mèche de mes cheveux afin de mieux voir mon visage.

Les bras serrés contre mon ventre, j'essuyai mes larmes du revers de ma manche.

— Meredith Cole, répondis-je dans un mur-mure.

Nash m'étreignit plus étroitement contre son cœur.

Emma se releva avec lenteur. Son visage exprimait tout à la fois l'incrédulité et la frayeur. Elle s'écarta de quelques pas, chancelante. Puis elle se retourna avec précaution et jeta un regard furtif vers la cour.

— Je ne vois rien, il y a trop de monde.

— Laisse tomber, lâchai-je, surprise d'entendre ma propre voix, une voix morne et comme assommée. Elle est déjà morte.

— Comment le sais-tu ?

Ses mains agrippèrent les briques du mur, ses ongles griffèrent le mortier rugueux qui les scellaient.

— Tu es sûre que c'est Meredith ?

— Absolument.

Je poussai un soupir puis, après avoir essuyé encore quelques larmes sur mes joues, je me relevai et entraînai Nash avec moi. Emma sur ma droite, Nash sur ma gauche, je me dirigeai vers le chaos.

6

Emma avait raison — il y avait du monde partout. Plusieurs portes de salles de classe donnant sur la cour s'étaient ouvertes et des flots d'élèves s'en écoulaient, malgré les protestations de leurs professeurs. Et comme il restait encore dix minutes avant la fin du deuxième service, une ribambelle de lycéens qui s'étaient attardés dans la cafétéria se déversait sur la pelouse.

Je remarquai au moins une vingtaine d'élèves accrochés à leur téléphone mobile. A en juger par les bribes de conversation que je réussis à saisir çà et là, c'était police secours qu'ils appelaient, même si la plupart d'entre eux n'avaient aucune idée de ce qui s'était passé, ni de qui il s'agissait. Tout ce qu'ils savaient, c'était que quelqu'un était blessé et qu'il n'y avait pas eu de coup de feu.

Fermement dressée dans ses baskets, les pieds écartés pour conserver son équilibre, Mme Tucker repoussait un à un les élèves tout en beuglant dans un antique talkie-walkie appartenant au lycée. La foule finit par s'ouvrir pour la laisser passer, révélant en son centre une forme immobile étendue sur l'herbe, un bras jeté sur le côté. Je ne pus distinguer son visage car l'un des joueurs de l'équipe de football — le numéro 14 — était en train de tenter une réanimation cardio-pulmonaire.

Mais je savais que c'était Meredith Cole. Et j'aurais pu

dire au numéro 14 que ses nobles efforts étaient vains ; il ne la ramènerait pas à la vie.

Mme Tucker écarta le footballeur de son chemin, s'agenouilla près du corps et ordonna à tous de reculer. De regagner l'intérieur du bâtiment. Puis elle se pencha sur Meredith pour voir si elle respirait. L'instant d'après, elle inclina en arrière la tête de la jeune danseuse et reprit les manœuvres de RCP où le numéro 14 les avait interrompues.

Ce fut au tour de la dirigeante de l'équipe de danse du lycée — Mme Foley, l'une des professeurs d'algèbre — de jaillir d'une salle de classe et de traverser la cour au galop. Devant la confusion générale, elle demeura d'abord muette d'effarement. Après avoir échangé quelques mots avec deux élèves qui avaient assisté à l'incident, elle rassembla sa petite troupe éplorée et la fit reculer de plusieurs pas pour l'éloigner de Meredith et de Mme Tucker. Quant au reste des élèves, ils regardaient d'un air désemparé. Quelques-uns sanglotaient, d'autres chuchotaient, d'autres encore étaient pétrifiés dans un silence consterné.

Comme nous observions la scène, trois autres adultes descendirent en courant les marches de la cafétéria : la proviseure — qui paraissait bien trop pimpante dans ce désordre ambiant, avec sa jupe droite et ses hauts talons, pour exercer de l'autorité ; son assistant — un petit homme atteint d'un début de calvitie qui se cramponnait à son bloc-notes, serré sur sa poitrine chétive, comme à un canot de sauvetage ; et M. Rundell, l'entraîneur en chef de l'équipe de football.

La proviseure se haussa sur la pointe des pieds et murmura quelque chose à l'oreille de M. Rundell, lequel acquiesça d'un bref hochement de tête. L'entraîneur portait un sifflet autour du cou et tenait un mégaphone. Il n'avait besoin ni de l'un, ni de l'autre, pourtant il se servit des deux.

Le son aigu du sifflet me perça les tympans, comme si on m'avait enfoncé un clou dans la tête. Tout le monde se figea. M. Rundell leva le porte-voix devant sa bouche et se mit à rugir des ordres avec une rapidité et une clarté qui auraient fait la fierté de n'importe quel sergent instructeur.

— Vous êtes tous confinés à l'intérieur de l'établissement ! Ceux qui ont fini de déjeuner, regagnez vos classes. Les autres, retournez vous asseoir dans la cafétéria.

Sur un signe de la proviseure, son assistant repartit précipitamment pour prendre les mesures de confinement qui s'imposaient. Les professeurs commencèrent à regrouper leurs élèves dans les classes et, une à une, les portes se fermèrent. Un calme oppressant s'abattit sur la cour. L'air accablé, au bord des larmes, Mme Foley rassembla ses danseuses en pleurs et les fit entrer dans le bâtiment par une porte latérale. De son côté, la proviseure invita le reste des élèves à réintégrer la cafétéria, bientôt aidée par son assistant qui était revenu entre-temps.

Avec Nash et Emma qui me suivaient, je me mêlai au flot des lycéens, dans le sillage du peloton vert et blanc. En passant devant la dernière table de pique-nique, je jetai un coup d'œil vers M. Rundell qui avait pris la relève de Mme Tucker et tentait à son tour de réanimer Meredith. J'étais rongée par la culpabilité et saisie d'horreur, mais je me sentis tout de même obligée de la voir de mes propres yeux. Il fallait que je reconnaisse avec ma tête ce que mon cœur savait déjà.

Meredith était allongée, ses longs cheveux couleur de miel étalés sur l'herbe jaunie. Je ne voyais son visage que par intermittence, chaque fois que l'entraîneur se redressait pour reprendre son souffle et exercer une nouvelle série de manœuvres de compression thoracique.

Mes yeux s'embuèrent, je ravalai mes larmes. Comme nous grimpions les marches en béton conduisant à l'entrée du bâtiment, Nash vint se placer sur ma droite et me boucha la vue. A l'intérieur, toutes les lumières étaient éteintes, selon les consignes en vigueur en cas de confinement. Mais les fenêtres de la cafétéria — de larges baies vitrées occupant pratiquement tout un mur — n'étaient pas équipées de stores, et la lumière du jour entrait à flots, projetant des ombres épaisses et éclairant la salle de toute une palette de couleurs délavées, à la différence de la lumière crue d'ordinaire diffusée par les tubes fluorescents des plafonniers.

A une extrémité de la salle, l'équipe des sportifs s'était réunie autour d'une table dans un silence solennel. Plusieurs d'entre eux étaient assis, les coudes appuyés sur leurs genoux écartés, la tête entre les mains ou inclinée sur la poitrine. Le numéro 14 — qui avait si vaillamment tenté de sauver Meredith — tenait sa petite amie — dont le visage était barbouillé de larmes et de mascara — sur ses genoux, le bras passé autour de sa taille, le menton posé sur son épaule.

Le reste des élèves s'était installé autour des tables. Quelques-uns échangeaient à voix basse des questions auxquelles personne n'avait de réponse, d'autres sanglotaient doucement, tous affichaient un profond désarroi. Il n'y avait eu ni alerte, ni violence, ni cause apparente qui explique ce confinement-ci. Il ne ressemblait pas aux exercices d'évacuation que nous pratiquions une fois par trimestre, et tout le monde en était conscient.

Toutes les tables étant occupées, plusieurs petits

groupes d'élèves s'étaient assis par terre, adossés au mur, leur sac à dos et leurs livres dans les bras. Comme nous nous dirigions vers un coin encore libre, je sentis tout à coup mes jambes flageoler. Je dois avouer que la justesse de ma prédiction — la deuxième en l'espace de seulement trois jours — m'avait, pour ainsi dire, assommée. Emma, pour sa part, était pâle et semblait très secouée. Quant à Nash, il affichait une relative sérénité. Seule la force avec laquelle il serrait ma main me donnait à penser qu'il n'était peut-être pas aussi calme qu'il voulait le laisser croire.

Je m'assis sur le sol entre Emma et Nash. Mes pensées s'agitaient dans un chaos informe, une confusion incontrôlable de remords, d'horreur et d'incrédulité absolue, une cacophonie en totale discordance avec le silence lugubre qui régnait autour de moi dans la salle. Et je me sentais impuissante à interrompre ce flot. J'étais incapable de contenir le torrent de mes pensées, de résoudre une seule question, de m'arrêter sur une seule émotion.

Tout ce que je pouvais faire, c'était rester assise, regarder et attendre.

Bientôt, des sirènes retentirent dans la rue, faible gémissement tout d'abord, dont le volume s'intensifia en quelques secondes. L'ambulance déboula devant l'entrée de l'école dans un vacarme de tous les diables mais, le temps qu'elle contourne le bâtiment, le hurlement s'était tu. Pourtant, il n'en continua pas moins à résonner dans ma tête, bruit de fond approprié au désordre qui régnait sous mon crâne.

L'ambulance s'arrêta enfin. Elle n'était pas visible depuis l'intérieur de la cafétéria, mais son gyrophare lançait des éclairs rouges contre le mur de brique, dans un furieux optimisme que je savais être inutile.

Meredith Cole était *morte*, et ils pourraient bien s'escrimer pendant des heures, ils ne la ramèneraient pas à la vie, elle ne reviendrait pas. Cette amère certitude me rongeait, à la façon d'une colonie de termites sur un morceau de bois mort, me dévorant de l'intérieur jusqu'à ce que je me sente tellement vide que chaque cognement de mon cœur se répercutait douloureusement, tel un écho.

Les toubibs s'activaient dehors, les professeurs allaient et venaient dans la cafétéria, répondant à l'occasion aux questions de quiconque avait le courage de prendre la parole. Le conseiller pédagogique s'installa à la table des athlètes et s'adressa à voix basse à ceux qui s'étaient trouvés suffisamment près de Meredith pour la voir tomber.

Finalement, le proviseur adjoint vint nous annoncer par haut-parleurs que les cours étaient officiellement suspendus pour la journée et que nous serions tous individuellement autorisés à partir une fois que nos parents ou tuteurs légaux auraient été contactés. La lumière rouge du gyrophare s'était éteinte et, bien que personne ne nous en ait encore fait part, la rumeur de la mort de Meredith courut parmi nous, comme le font toutes les vérités fondamentales, inexprimées, indésirables et inéluctables.

Après quoi, un premier groupe d'élèves fut appelé au bureau. Emma se pencha vers moi tandis que je m'appuyais contre Nash pour chercher dans son odeur et sa chaleur l'apaisement dont j'avais besoin afin de supporter l'attente. Quelques minutes plus tard, Mme Tucker s'arrêta dans l'encadrement de la porte et parcourut des yeux la foule des visages, jusqu'à ce que son regard se pose sur moi. D'instinct, je me redressai. Se frayant un chemin dans le dédale des tables, elle se dirigea droit sur nous, puis, sans accorder un regard à

Emma et Nash qui se levaient, elle me tendit la main et m'aida à me remettre sur mes pieds.

— Les filles de l'équipe de danse sont bouleversées, ce qui est d'ailleurs compréhensible, et nous appelons leurs parents en premier. Sophie prend très mal ce qui vient de se passer. Mme Foley a parlé à vos parents. Ils demandent que vous rameniez votre sœur à la maison.

Je poussai un soupir, heureuse de sentir la main de Nash se glisser dans la mienne.

— C'est ma cousine, pas ma sœur.

Mme Tucker fronça les sourcils, comme pour dire que pareils détails ne sauraient avoir d'importance dans les circonstances présentes. Elle avait raison, j'en convenais, mais je ne pus me résoudre à lui présenter mes excuses.

— Ne vous inquiétez pas pour vos livres, dit-elle en me toisant d'un regard devenu sévère. Occupez-vous seulement de la raccompagner chez elle.

Je hochai la tête. Mme Tucker me fit signe de la suivre, tourna les talons et repartit comme elle était venue.

— A plus tard ! lançai-je à mes deux amis.

Emma esquissa un pauvre sourire. Nash me répondit d'un hochement de tête et plongea la main dans sa poche pour en extirper son téléphone mobile.

Je venais juste d'arriver dans le hall, en route pour le bureau, lorsque mon propre téléphone vibra. Sur l'écran, une icône clignotait, m'annonçant que j'avais reçu un texto. Il venait de Nash.

Ne dis rien à personne. T'expliquerai.

Quelques instants plus tard, un autre message m'arrivait. Il ne contenait que trois mots : *S'il te plaît.*

Je ne répondis pas. Pour la bonne raison que je ne savais pas quoi dire. Si j'essayais d'expliquer ce qui s'était passé, personne ne me croirait. Pourtant mes prémonitions étaient bien réelles, elles s'étaient avérées ! Je n'avais donc plus, semblait-il, le droit de garder le silence, surtout s'il existait la moindre possibilité d'empêcher une future prédiction de se réaliser. Si je pouvais au moins avertir la prochaine victime — et peut-être lui donner une chance de s'en tirer —, n'étais-je pas moralement obligée de le faire ? De plus, Nash ne m'avait-il pas lui-même suggéré d'en parler à mon oncle et à ma tante, pas plus tard que la veille ?

— Kaitlin ! Par ici !

Je levai les yeux et vis Mme Foley agiter la main pour me faire signe de la rejoindre dans l'atrium vitré situé devant le bureau. Derrière elle, Sophie était assise par terre, sous le feuillage d'une énorme plante en pot, entourée d'une demi-douzaine d'autres visages rougis et maculés de mascara.

— C'est Kaylee, mon prénom, grommelai-je avant de m'arrêter devant les jeunes danseuses hébétées.

— Oui, bien sûr, répliqua distraitement Mme Foley, qui devait s'en fiche comme d'une guigne. J'ai parlé à votre mère…

A ma mère ? Je ne pris pas la peine de lui dire que c'était impossible, sauf si elle possédait une planche de Oui-ja pour interroger les esprits.

— … et elle veut que vous raccompagniez Sophie directement à la maison. Elle vous rejoindra là-bas.

Je hochai la tête, ignorant la main compatissante que la dirigeante de l'équipe de danse posa un instant sur mon épaule, comme pour me remercier de partager avec elle le poids de quelque vénérable fardeau.

— Tu es prête ? demandai-je en regardant vaguement ma cousine.

Surprise ! Elle inclina la tête en signe d'assentiment.

Puis elle se leva et, son sac à la main, me suivit dans la cour sans manifester la moindre intention hostile. Elle devait être encore sous le choc…

Arrivée sur le parking, je déverrouillai la portière côté passager, puis fis le tour de la voiture pour aller m'installer au volant. Sophie se glissa sur son siège et ferma la portière. Alors, lentement, elle se tourna vers moi. L'habituelle arrogance de son expression avait fait place à ce qu'il était impossible de décrire autrement que comme une pitoyable détresse.

— Tu as vu ? demanda-t-elle.

Sa pulpeuse lèvre inférieure — non maquillée, pour une fois — tremblait. Elle avait dû essuyer le brillant à lèvres en même temps que ses larmes et le plus gros de son maquillage. Elle avait l'air presque… naturel, ordinaire. Et sa vulnérabilité m'arracha un élan de sympathie dont je ne pus me défendre — et ça, malgré la *garcitude* qui irradiait d'elle le reste du temps. En cet instant, elle n'était qu'une pauvre gamine effrayée, désemparée et blessée qui cherchait une oreille compatissante.

Exactement comme moi.

Du coup, cela me faisait mal de ne pouvoir baisser la garde avec elle. Seulement, si je m'y laissais aller, Sophie recommencerait à jouer les *Lolita malgré moi* sitôt son chagrin estompé — je n'en doutais pas une seconde — et elle n'hésiterait pas à retourner contre moi toute confidence que j'aurais eu l'imprudence de lui faire dans un moment de faiblesse.

— Vu quoi ? soupirai-je tout en réglant l'orientation de mon rétroviseur afin de pouvoir garder un œil discret sur elle.

Ma cousine leva les yeux au ciel et, l'espace d'un instant, son impatience coutumière réapparut sous la couche toute fraîche de pur chagrin qui couvrait son visage.

— Meredith. Tu n'as pas vu ce qui est arrivé ?

Je tournai la clé de contact et ma petite Sunfire se réveilla avec un vrombissement. Le volant se mit à vibrer entre mes mains.

— Non.

Je ne ressentais pas comme une perte irréparable le fait d'avoir manqué le spectacle ; j'en avais eu un aperçu, et je l'avais trouvé déjà assez pénible à supporter.

— C'était horrible ! poursuivit-elle, regardant droit devant elle.

Je bouclai ma ceinture de sécurité et sortis du parking. A l'évidence, ma cousine n'y prêta pas attention.

— On était en train de danser, on voulait juste frimer un peu devant Scott et ses copains. On avait exécuté toutes les figures difficiles, y compris le pas compliqué que Laura rate chaque fois pendant les répétitions…

Je n'avais aucune idée du pas dont elle parlait, mais je la laissai babiller. Cela semblait lui faire du bien, tout en présentant l'avantage non négligeable de me mettre à l'abri de ses éventuelles malveillances.

— … et nous avions presque fini. Et puis Meredith s'est… écroulée d'un seul coup. Elle s'est affalée par terre comme une poupée de chiffon.

Mes mains se crispèrent sur le volant, je dus faire un effort pour les ouvrir et mettre mon clignotant. Je tournai à droite au feu rouge et, une fois l'école — et par conséquent la source de ma dernière prémonition — hors de vue, je laissai échapper un soupir de soulagement. Sophie n'en finissait plus de jacasser, exhalant sa douleur en guise de thérapie, totalement inconsciente de mon propre malaise.

— J'ai cru qu'elle s'était évanouie, continua-t-elle. Elle ne mange même pas de quoi nourrir un hamster, tu sais.

Non, bien sûr, je ne le savais *pas* ! En règle générale, je ne me préoccupais pas des habitudes alimentaires de l'équipe de danse sportive du lycée. Mais si Meredith avait le même appétit de moineau que ma cousine — ou ma tante, d'ailleurs —, l'hypothèse de l'évanouissement aurait pu tenir la route.

— Alors, nous nous sommes aperçues qu'elle ne bougeait plus. Elle ne respirait même pas.

Sophie marqua un temps d'arrêt, et je savourai ce bref instant de silence avec le même plaisir que l'on aspire la première goulée d'air après un plongeon en eaux profondes. Je ne voulais plus entendre parler de la mort que j'avais été incapable de prévenir. Je me sentais déjà bien assez coupable comme ça.

Cependant, Sophie n'avait pas terminé.

— Peyton pense qu'elle a eu une crise cardiaque. L'année dernière, Mme Rushing nous a expliqué en cours de science que si l'on surmène son corps et que l'on ne le nourrit pas assez, le cœur risque pour finir de s'arrêter. Comme ça, d'un seul coup !

Elle fit claquer ses doigts et les paillettes de son vernis à ongles scintillèrent dans les rayons du soleil.

— Tu crois que c'est ce qui s'est passé ?

Il me fallut un moment pour prendre conscience que sa question n'était pas juste rhétorique. Elle me demandait bel et bien mon avis et il n'entrait dans son interrogation aucune raillerie.

— Je ne sais pas.

Tout en tournant dans notre rue, je jetai un coup d'œil dans le rétroviseur et constatai sans surprise que la voiture de tante Val se trouvait derrière nous.

— Peut-être.

Ce qui était un pur mensonge. Meredith Cole était la troisième adolescente à mourir subitement au cours des trois derniers jours, et même si je n'étais pas disposée à exprimer tout haut mon opinion — du moins, pas encore —, je ne pouvais plus prétendre que les trois morts n'avaient aucun rapport entre elles.

La thèse de la « coïncidence », avancée par Nash, avait heurté un iceberg et prenait l'eau de toute part.

Je me garai dans l'allée tandis que tante Val nous dépassait pour aller prendre sa place dans le garage. Avant que j'aie eu le temps de couper le moteur, Sophie avait bondi hors de la voiture. Dès qu'elle vit sa mère, elle éclata de nouveau en sanglots, à croire que les vannes de ses larmes n'étaient pas assez solides pour supporter le poids d'un regard de sympathie ou la pression d'une épaule sur laquelle pleurer.

Tante Val emmena sa fille en pleurs dans la cuisine et la fit doucement asseoir sur un tabouret. J'entrai à leur suite et appuyai sur le bouton pour fermer la porte automatique du garage. Puis je jetai le sac de Sophie sur le comptoir. Sans cesser de pleurnicher, de renifler et de hoqueter, ma cousine se mit à débiter des propos incohérents, tout en essuyant ses joues, d'abord, puis son nez déjà tout rouge avec un mouchoir en papier.

Toutefois, tante Val ne semblait pas particulièrement intéressée par les détails de son récit, qu'elle avait sans doute déjà entendus de la bouche de Mme Foley. Tandis que je restais assise à table avec une cannette de Coca et un profond désir de tranquillité, elle s'affaira dans la cuisine, prépara du thé, essuya les plans de travail, et ce ne fut que lorsqu'elle ne trouva plus rien à faire qu'elle se hissa lourdement sur un tabouret à côté de sa fille. Tante Val obligea Sophie à boire son thé à petites gorgées, jusqu'à ce que les sanglots s'apaisent et que cesse le hoquet. Pour autant, Sophie n'interrompit pas son flot de paroles.

La mort de Meredith était la première tragédie à s'abattre sur le monde enchanté dans lequel vivait ma cousine, la première à la faire redescendre sur terre. Sophie n'avait aucune idée de la façon dont elle devait affronter la situation. Lorsque, au bout de vingt minutes, tante Val constata que sa fille sanglotait toujours, qu'elle laissait couler sa morve dans le thé refroidi sans réagir, elle s'éclipsa dans la salle de bains. Elle en revint avec un petit flacon marron que je reconnus immédiatement : c'étaient les pilules à zombies qui restaient de ma dernière visite chez le Dr Nelson dans le service psychiatrique.

Je pivotai sur ma chaise et interrogeai ma tante du regard. Presque à regret, elle me décocha un pauvre sourire, puis haussa les épaules comme pour me faire comprendre qu'elle ne voyait pas d'autre solution.

— Ça va la calmer et l'aider à s'endormir, se justifia-t-elle. Elle a besoin de repos.

Oui, bien sûr, mais c'était un sommeil *naturel* qu'il fallait à ma cousine, pas le quasi-coma provoqué par ces stupides sédatifs. Cela dit, même si j'avais donné mon opinion au sujet de cette maudite amnésie chimique, ni la mère, ni la fille n'auraient été disposées à m'écouter.

Sophie était en train de perdre son innocence. Cela se passait sous mes yeux, à moi qui la lui avais si souvent enviée. J'avais été confrontée à la mort très tôt dans ma vie ; tandis que Sophie, si inconsolable soit-elle en cet instant, avait tout de même eu la chance de disposer de quinze années de vie douillette et surprotégée pour batifoler, bien à l'abri dans sa bulle de plastique coloré où n'avaient jamais osé pénétrer les ténèbres. Et, quoi que lui réserve l'avenir, personne ne pourrait jamais lui retirer sa jeunesse heureuse et insouciante.

Tante Val regarda Sophie avaler une minuscule pilule blanche, puis la conduisit dans sa chambre et j'entendis bientôt les ressorts de son sommier grincer. Dix minutes plus tard, ma cousine ronflait d'une manière abominable qui ne laissa dans mon esprit aucun doute sur le fait qu'elle avait autant hérité de son père que de sa mère.

Pendant que ma tante mettait Sophie au lit, j'étais allée chaparder un deuxième Coca sur la clayette réservée à mon oncle Brendon dans le réfrigérateur — le seul territoire que le régime sans sucre, sans graisse et totalement insipide de tante Val n'avait pas encore conquis — et l'avais emporté dans le séjour. J'allumai le téléviseur pour regarder les informations locales. Mais on ne diffusait aucun bulletin à 14 h 30, il me fallait patienter jusqu'au journal de 17 heures.

J'éteignis la télé. Mes pensées se reportèrent alors sur la famille Cole, que je n'avais rencontrée qu'une seule fois, à l'occasion d'un concours de danse auquel l'équipe du lycée avait participé l'année précédente. Les larmes me montèrent aux yeux lorsque j'imaginai la mère de Meredith en train d'essayer d'expliquer à son fils cadet que sa sœur ne rentrerait pas de l'école. Plus jamais.

Un tintement de verre dans la cuisine me sauva momentanément du marécage de culpabilité et de chagrin dans lequel je m'enfonçais. Je tournai la tête et aperçus ma tante qui se versait du thé chaud dans une tasse à café géante. Perplexe, je me demandai : « Peut-être tante Val a-t-elle besoin elle aussi d'un sédatif ? » avant de la voir se hisser sur la pointe des pieds pour ouvrir le placard du haut. Celui où mon oncle Brendon et elle rangeaient les boissons alcoolisées.

Ma tante s'empara d'une bouteille de cognac, dévissa le bouchon, puis versa une généreuse rasade dans la tasse. Et laissa la bouteille sur le comptoir, dans l'intention évidente de se servir plus tard une seconde tournée.

Elle but une gorgée de son « thé » et se tourna vers le séjour, télécommande en main. Au moment où son regard rencontra le mien, elle se figea. Ses joues s'enflammèrent.

— Ils n'en ont pas encore parlé aux infos, annonçai-je.

Je ne pus m'empêcher de noter ce que sa démarche avait de lourd et de fourbu quand elle traversa la cuisine pour venir me rejoindre dans le séjour. Tante Val et Mme Cole s'entraînaient ensemble dans la même salle de sport depuis des années. Peut-être la mort de Meredith avait-elle affecté ma tante beaucoup plus profondément que je ne l'avais cru. Ou alors elle était bouleversée par la réaction violente de Sophie. Ou bien encore, elle avait fait le rapport entre la mort de Meredith et celle de Heidi Anderson — à ma connaissance elle n'était pas encore au courant à propos d'Alyson Baker — et elle commençait à soupçonner que quelque chose ne tournait pas rond ? Comme je l'avais fait moi-même.

En tout cas, son visage était pâle et ses mains tremblaient. Elle avait l'air si fragile que j'hésitai à la solliciter, m'en voulant d'ajouter à ses soucis. Mais les prémonitions avaient dépassé les limites. J'avais un besoin urgent d'aide ou de conseil ou… Enfin bref, de quelque chose de ce genre.

Ce dont je ressentais *l'absolue* nécessité, c'était que quelqu'un m'explique à quoi m'avançait d'avoir des prémonitions de mort imminente si elles ne me servaient pas à prévenir les gens. A quoi bon savoir que quelqu'un allait mourir si je ne pouvais empêcher que ça arrive ?

Tante Val n'avait sans doute aucune réponse à m'apporter, ni elle ni qui que ce soit, d'ailleurs. Mais en l'absence de mes propres parents, je n'avais personne d'autre à qui me confier.

Les mains pressées l'une contre l'autre sur mes genoux, je la regardai se laisser tomber d'un air las sur le canapé, les jambes serrées, les chevilles sagement croisées. Ses lèvres pincées et le tremblement de ses mains révélaient qu'elle n'était *pas* aussi calme qu'elle voulait visiblement le faire croire.

Ça, et l'odeur qui montait de sa tasse et qui avait peu à voir avec celle du thé.

La dernière fois que j'avais essayé de lui faire part de mes macabres pressentiments, oncle Brendon et elle m'avaient emmenée directement à l'hôpital et m'y avaient laissée enfermée. Il faut dire qu'à ce moment-là je poussais des hurlements hystériques et cognais sur quiconque tentait de me toucher. Sans doute n'avaient-ils pas eu d'autre choix. A coup sûr, les choses se passeraient mieux cette fois, parce que je me montrais calme et raisonnable et que je n'étais pas, pour l'heure, en proie à une crise de hurlements irrépressibles. Et parce qu'elle avait déjà entamé une bouteille de cognac.

— Tante Val ?

Elle sursauta, se renversa du « thé » sur les genoux.

— Excuse-moi une seconde, ma chérie !

Elle reposa sa tasse sur un sous-verre avant de se précipiter dans la cuisine pour nettoyer son pantalon avec un torchon mouillé.

— Cette histoire m'a complètement retournée, me lança-t-elle.

Je savais exactement ce qu'elle ressentait.

J'expirai doucement, puis pris une profonde inspiration tandis qu'elle revenait dans le séjour. La tache s'étalait à présent sur toute sa cuisse.

— Ouais, c'était assez… horrible, approuvai-je.

A ces mots, elle s'arrêta à quelques pas de son fauteuil, me scruta en plissant les yeux, le regard lourd d'inquiétude et de… de suspicion ?

— Tu y étais ?

Avait-elle déjà deviné ce que j'allais dire ?

Nash avait peut-être raison, après tout. J'aurais eu intérêt à garder mon secret pour moi quelque temps encore…

Je secouai la tête avec lenteur et portai mon regard sur des bâtonnets qui dépassaient d'un minuscule flacon de parfum.

— Non. En fait, je ne l'ai pas vraiment vue…

Elle poussa un soupir de soulagement, et j'en vins presque à me détester de devoir tout gâcher. Pourtant :

— Mais… tu te rappelles la fille qui est morte au Tabou, l'autre jour ?

— Bien sûr, quel malheur !

Elle s'assit et but une petite gorgée de son « thé », les yeux clos comme si elle réfléchissait. Ou priait, qui sait ? Puis elle avala une longue lampée et reposa sa tasse, l'œil soudain méfiant.

— Kaylee, ça n'a rien à voir avec ce qui est arrivé aujourd'hui. Ils ont bien dit à la télé qu'elle était ivre et avait sans doute absorbé des substances plus dangereuses que l'alcool.

Je n'avais, pour ma part, pas entendu mentionner ce détail piquant, mais je n'eus pas l'occasion de lui demander des éclaircissements, car elle s'était remise à jaser. Telle mère, telle fille.

Ma tante faisait de grands gestes en parlant, mais cette fois elle ne renversa rien. Sa tasse était déjà vide.

— Sophie dit qu'elle s'est écroulée d'un seul coup pendant qu'elle dansait. Cette pauvre enfant se nourrissait à peine et ne vivait que de caféine. Ce n'était qu'une question de temps avant que son corps ne se rebiffe.

— Je sais, Sophie a sûrement raison.

J'entrepris de tordre la languette de ma cannette de Coca dans tous les sens pour la détacher de son couvercle. En baissant ainsi les yeux, je tenais surtout à m'éviter de voir sur le visage de tante Val le scepticisme et la pitié que cachait à coup sûr sa prudente compassion.

— Il se peut que ces filles soient mortes de façon fortuite et qu'il n'y ait aucun rapport entre elles trois, concédai-je en dépit de mes doutes sérieux à ce sujet. Mais, tante Val, je crois que c'est *moi* le lien entre elles.

— Quoi ?

Je relevai les yeux et vis ma tante froncer les sourcils, déconcertée. Puis elle se décrispa en même temps qu'elle semblait comprendre à quoi je faisais allusion et qu'elle en était soulagée. Si apprendre que mes « hallucinations » étaient revenues la tranquillisait, à quoi diable s'était-elle donc attendue de pire ?

Son expression s'adoucit, mais la voir afficher son masque familier de sympathie condescendante me piqua au vif.

Elle se pencha vers moi.

— Kaylee, tu veux parler de tes *crises de panique* ? demanda-t-elle en chuchotant les derniers mots comme si elle avait craint que quelqu'un ne les entende.

Alors, une sourde colère explosa en moi. Je me forçai à reposer ma cannette avant de l'écraser rageusement entre mes doigts.

— Il ne s'agit pas d'une plaisanterie, tante Val ! Et je ne suis pas folle. J'avais pressenti la mort de Meredith avant qu'elle ne survienne.

L'espace d'un instant — à peine le temps d'un battement de cœur —, ma tante parut terrorisée. A croire qu'elle venait de voir son propre fantôme. Ou de craindre une rechute de ma part. Puis elle secoua la tête, chassant tout ça de son esprit, et adopta une expression de stoïque détermination. Je ne m'étais pas trompée. Elle ne m'écouterait pas. Jamais.

— Kaylee, ne recommence pas, supplia-t-elle.

De chaque côté de sa bouche se dessinaient maintenant de profonds plis de contrariété.

Elle se leva pour remporter sa tasse vide dans la cuisine. Je la suivis, en proie à une irritation croissante.

Elle empoigna la bouilloire sur la cuisinière.

— Ce n'est pas ainsi que tu dois gérer ton chagrin. Je sais que tu as été très secouée par la mort de Meredith, mais te raconter des histoires ne la fera pas revenir

— Ça n'a rien à voir avec le chagrin, insistai-je, les dents serrées.

Je jetai ma cannette dans la poubelle. Elle tomba avec un bruit sourd, suivi d'un pétillement et d'un gargouillis liquide.

Je lus de la frustration dans les yeux de ma tante. Du désespoir dans la violence avec laquelle elle se cramponnait à l'anse de la bouilloire. Elle aurait sûrement voulu pouvoir m'estourbir aussi facilement qu'elle l'avait fait avec Sophie ! D'ailleurs, une part de moi savait bien qu'il était inutile de discuter davantage avec elle, tout comme il n'avait servi à rien de tenter de prévenir Meredith. Mais une autre part de moi — plus obstinée, celle-là — refusait de rendre les armes. J'en avais plus qu'assez des secrets et des regards compatissants. Et j'en avais définitivement terminé avec les hôpitaux et les petites pilules blanches. Je ne laisserais plus personne me traiter de folle. Plus jamais, de toute ma vie.

Tante Val dut percevoir ma détermination, car elle reposa la bouilloire sur la cuisinière et, mettant ses deux mains à plat sur le comptoir, elle me dévisagea.

— Pense un peu à Sophie. Elle est déjà très traumatisée. Ne vois-tu pas les dégâts que cette histoire à dormir debout pourrait causer ? Et tout ça à cause de ton désir égoïste d'attirer l'attention !

— Qu'elle aille se faire voir, Sophie !

Des larmes me piquèrent les yeux, mes poings s'abattirent avec violence sur le comptoir, le coup se répercuta le long de mon bras, semblable à une douloureuse onde de choc.

Ma tante recula vivement et j'éprouvai une bouffée de satisfaction. Puis je m'écartai délibérément du bar, les mains sur les hanches.

— Je regrette, dis-je, parfaitement consciente que je n'avais pas l'air si désolée que ça. Mais rien de tout cela ne concerne Sophie. Ce que j'essaie de te dire, c'est que j'ai un sérieux problème, et tu ne m'écoutes même pas !

Tante Val ferma les yeux et inspira un grand coup, comme pour effectuer un exercice de yoga. Ou pour essayer de puiser en elle toute la patience dont elle était capable.

Elle rouvrit les yeux.

— Nous savons tous que tu as des problèmes, Kaylee, répondit-elle d'un ton serein et posé qui m'exaspéra. Calme-toi et…

— J'avais pressenti ce qui allait se passer, tante Val, l'interrompis-je.

Je plaquai mes mains sur le comptoir et regardai fixement la surface granitée. Puis je relevai les yeux et m'obligeai à poursuivre :

— Et j'avais aussi deviné, pour la fille du Tabou.

Les yeux de ma tante s'étrécirent à l'extrême et ses paupières se plissèrent, accusant ainsi ses pattes-d'oie.

— Comment est-ce possible, à moins de t'être trouvée sur place ? gronda-t-elle.

Je haussai les épaules et croisai les bras.

— J'étais entrée en cachette.

Pas question, bien sûr, de cafarder Emma ni sa sœur.

— Prive-moi de sortie si tu veux, mais ça ne changera rien. J'étais là et j'ai vu Heidi Anderson. Et je *savais* qu'elle allait mourir. Tout comme je le savais pour Meredith.

Tante Val ferma une fois encore les yeux, puis détourna la tête pour regarder par la fenêtre au-dessus de l'évier, s'agrippant de toutes ses forces au comptoir. Les articulations de ses doigts en devinrent toutes blanches. Elle exhala un profond soupir avant de se retourner vers moi.

— Bon, à part cette autre fille…, commença-t-elle, alors que nous savions pertinemment l'une comme l'autre qu'elle ne manquerait pas de remettre cette histoire de discothèque sur le tapis. Si tu savais que Meredith allait mourir, pourquoi ne l'as-tu pas dit à quelqu'un ?

Un accès de remords me secoua, une remontée qui ressemblait à la réplique d'un séisme. Je me perchai sur l'un des tabourets de bar, croisai les bras sur le comptoir et affrontai le regard de ma tante.

— J'ai essayé.

Mes yeux se remplirent de larmes qui me brouillèrent la vue. Je les essuyai de ma manche avant qu'elles ne dégoulinent sur mes joues.

— Seulement, j'ai ouvert la bouche, mais tout ce

que je pouvais faire, c'était crier. Et c'est arrivé si vite ! Le temps que je sois de nouveau capable de parler, elle était morte.

Relevant la tête, je guettai sur le visage de tante Val un signe de compréhension. N'importe lequel. Quelque chose qui témoigne qu'elle me faisait confiance. Mais je ne distinguai rien de tel, ce qui me terrifia presque autant que de voir Meredith mourir.

— Je ne suis même pas certaine que ça aurait servi à grand-chose de parler, continuai-je, sentant mon courage battre de l'aile. Mais je te jure que j'ai essayé.

Tante Val se frotta le front puis reprit sa tasse et la porta à ses lèvres — avant de se rendre compte qu'elle l'avait déjà vidée.

— Kaylee, tu n'ignores pas à quoi tout cela fait penser, n'est-ce pas ? On te l'a déjà dit.

Les yeux baissés, je hochai la tête.

— J'ai l'air d'une folle, admis-je.

Je le savais mieux que personne.

Elle secoua la tête.

— Pas folle, ma chérie, dit-elle en me prenant la main. Tu as simplement eu un accès de délire. Il y a une grande différence. Tu as probablement été bouleversée par ce qui est arrivé à Meredith et ton cerveau essaie de gérer la situation en inventant des histoires pour te détourner de la réalité. Je comprends tout à fait. C'est terrifiant de penser que la mort peut frapper n'importe qui, n'importe où, d'un seul coup, sans prévenir. Si cela a pu lui arriver à elle, ça pourrait tout aussi bien toucher n'importe lequel d'entre nous, pas vrai ?

Je retirai ma main et dévisageai ma tante d'un regard ébahi. Je n'en croyais pas mes oreilles. Que fallait-il donc faire pour qu'elle me croie enfin ? Difficile de fournir des preuves quand mes prémonitions ne se manifestaient que quelques minutes à l'avance !

Je me laissai glisser à bas de mon siège et reculai d'un pas, désireuse de mettre un peu de distance entre nous.

— Je connaissais à peine Meredith. Je n'ai pas peur parce que je crois qu'il peut m'arriver la même chose. J'ai peur parce que je savais que cela allait se produire et que je n'ai pas su l'éviter.

J'inspirai profondément, luttant de toutes mes forces pour repousser le sentiment de culpabilité et de désolation qui menaçait de m'étouffer.

— Je préférerais presque devenir folle pour de bon. Comme ça au moins, je me sentirais moins coupable d'avoir laissé quelqu'un mourir. Mais je ne suis pas cinglée. Tout cela est bien réel.

Pendant plusieurs secondes, ma tante se contenta de me regarder fixement. Son visage affichait un mélange de perplexité, de soulagement et de pitié, comme si elle n'avait pas été trop certaine de ce qu'elle aurait dû éprouver, en fin de compte.

Je soupirai, mes épaules s'affaissèrent.

— Tu ne me crois toujours pas.

L'expression de ma tante s'adoucit, elle me parut d'un maintien un peu moins raide.

— Oh, ma chérie, je ne doute pas que tu croies à ce que tu dis, répondit-elle avant de s'interrompre.

Elle hésita, haussa les épaules, d'un mouvement qui semblait toutefois plus calculé que fortuit.

— Tu devrais peut-être prendre un sédatif, toi aussi, reprit-elle. Ça t'aidera à dormir. Je suis certaine que tout te paraîtra plus clair quand tu te réveilleras.

— Dormir ne servira à rien, protestai-je d'un ton que je trouvai moi-même acerbe. Ni tes pilules idiotes !

Sur ce, je saisis le flacon sur le bar où elle l'avait laissé et le lançai avec violence contre le réfrigérateur. Le plastique se fendit, le bouchon se détacha, et toutes les petites pilules blanches s'éparpillèrent sur le sol.

Tante Val tressaillit, puis elle me dévisagea comme si je venais de lui briser le cœur. Pendant qu'elle s'agenouillait pour nettoyer le gâchis, je m'élançai hors de la cuisine et me précipitai dans ma chambre. La porte claqua derrière moi avec fracas. J'avais fait tout ce qui était en mon pouvoir pour convaincre ma tante ; j'essaierais de nouveau avec mon oncle Brendon quand il rentrerait.

Ou peut-être pas.

Manifestement, Nash savait de quoi il parlait en me conseillant de ne rien dire à personne.

7

Pendant plusieurs minutes, je demeurai immobile dans ma chambre, furieuse, effrayée et désorientée au point de ne plus savoir si je devais crier, pleurer ou me défouler en tapant sur quelque chose. Pour détourner mes pensées du désastre que ma vie était devenue, j'essayai de me plonger dans la lecture du roman policier posé sur ma table de chevet. Puis, voyant que cela ne produisait pas le résultat espéré, j'allumai le téléviseur. Mais rien à l'écran ne retenait mon attention et toutes les chansons enregistrées dans mon iPod ne faisaient, semblait-il, qu'accroître ma colère et ma frustration.

Il régnait une telle pagaille dans mon esprit, mes pensées se succédaient à une telle vitesse, que, quoi que je fasse et où que je me trouve, je ne pouvais échapper au pitoyable grondement des impressions encore indistinctes qui me donnaient le tournis.

Je commençais à reconsidérer la solution du sédatif — prête à tout pour ne plus me trouver *nulle part*, ne serait-ce qu'un petit moment — lorsque mon téléphone sonna dans ma poche.

Un autre texto de Nash.

Ça va ?

Bien, mentis-je. *Toi ?*

Je faillis lui dire qu'il avait eu raison. Que je n'aurais

pas dû parler à ma tante. Mais c'était trop d'informations pour tenir dans un SMS.

Oui. Suis avec Carter, répondit-il. *A plus*.

J'envisageai une seconde d'envoyer un message à Emma, mais elle était toujours privée de sortie. Et d'après ce que je connaissais de sa mère, elle n'avait aucune chance de voir sa punition levée, même si elle avait pratiquement assisté à la mort subite d'une camarade de classe.

Frustrée et moralement épuisée, je finis par m'endormir au milieu d'un film d'action que je ne regardais même pas. Moins d'une heure plus tard, je me réveillai et éteignis la télé. C'est alors que je pris conscience qu'en dormant j'avais bien failli louper quelque chose d'important.

Ou, du moins, quelque chose d'intéressant.

Dans le silence soudain, j'entendis ma tante et mon oncle se disputer âprement, mais à voix trop étouffée pour que je puisse saisir leurs paroles de ma chambre, à l'autre bout de la maison. J'entrouvris ma porte de quelques centimètres, retenant mon souffle jusqu'à ce que je sois sûre que les gonds n'allaient pas grincer. Puis je passai ma tête dans l'entrebâillement et jetai un coup d'œil furtif dans le couloir.

Ils se trouvaient dans la cuisine ; l'ombre de ma tante faisait les cent pas sur le seul mur visible de l'endroit où je me tenais. Je l'entendis prononcer mon nom — d'un ton encore plus bas que le reste de la querelle — et ravalai péniblement ma salive. A tous les coups, elle tentait de convaincre oncle Brendon de me ramener à l'hôpital.

Ce qui était *hors* de question.

En proie à une colère noire, j'ouvris plus grand ma porte et me glissai dans le couloir. Si mon oncle cédait aux exigences de ma tante, je leur dirais tout simplement que je refusais d'y aller. Ou alors je sauterais dans ma voiture et m'enfuirais en attendant qu'ils reviennent à la raison. Je pourrais me réfugier chez Emma. Ah, non, j'oubliais, elle était punie. Alors, j'irais chez Nash.

L'endroit où je finirais par échouer importait peu, du moment que ce n'était pas dans un service psychiatrique.

Je longeai le couloir à pas de loup, remerciant tout bas mes chaussettes molletonnées et le sol carrelé qui ne craquait pas sous mon poids. Arrivée à quelques pas du seuil de la cuisine, je me figeai en entendant mon oncle dire à voix basse, encore qu'à présent tout à fait audible :

— Tu réagis de façon tout à fait excessive, Valérie. Elle s'en est sortie la dernière fois, elle s'en remettra cette fois encore. Je ne vois aucune raison de le déranger à son travail.

Certes, j'étais reconnaissante à mon oncle de prendre ma défense, même s'il n'ajoutait pas, lui non plus, foi à mes prémonitions. Cependant, je doutais sérieusement que le Dr Nelson s'estimerait « dérangé » par un coup de téléphone au sujet d'un patient. Sans même prendre en compte les honoraires qu'il devait toucher.

— Je ne sais pas quoi faire d'autre, soupira tante Val.

Une chaise racla le sol, l'ombre de mon oncle se leva.

— Elle est vraiment très ébranlée, continua-t-elle, et j'ai l'impression que je n'ai fait qu'aggraver la situation. Elle sait qu'il se passe quelque chose. J'ai essayé de lui faire prendre un sédatif, mais elle a fracassé le flacon contre le frigo.

Oncle Brendon ricana.

— Elle sait très bien qu'elle n'a pas besoin de ces maudites pilules.

Et comment ! Je commençais à me demander si mon oncle portait une cotte de mailles sous ses vêtements. Il semblait tellement désireux d'occire le dragon du soupçon ! Et j'étais prête à me lancer dans la bataille avec lui…

— Je te l'accorde…, concéda tante Val d'un air las, tandis que son ombre croisait les bras. Les pilules ne sont qu'une solution provisoire, comme de mettre son doigt dans la fissure d'un barrage. Ce dont elle a réellement besoin, c'est son père, et si tu ne veux pas l'appeler, c'est moi qui le ferai.

Mon père ? Tante Val voulait qu'il téléphone à mon père ? Pas au Dr Nelson ?

Mon oncle exhala un soupir.

— Je n'ai pas du tout envie de déclencher tout ça maintenant s'il y a la moindre possibilité de le remettre à plus tard.

La porte du réfrigérateur couina, et une cannette de soda s'ouvrit avec un pétillement suivi d'un sifflement.

— C'est une pure coïncidence si cela s'est produit deux fois en une semaine. Il se peut très bien que ça ne se répète pas avant un an ou même plus.

Tante Val poussa un grognement d'exaspération.

— Brendon, tu ne l'as pas vue. Tu ne l'as pas *entendue*. Elle croit qu'elle est en train de perdre l'esprit. Déjà qu'elle est en sursis, on n'a pas le droit de l'obliger à passer le temps qui lui reste à se dire qu'elle est folle.

En sursis ?

Un choc épouvantable me secoua des pieds à la tête. Mon cœur s'arrêta et, l'espace d'un instant, sembla réticent à se remettre à battre. Qu'est-ce que ça voulait dire ? J'étais malade ? mourante ? Comment avaient-ils osé me le cacher ? Et comment pouvais-je être à l'article de la mort alors que je me sentais tout à fait bien ? Mis à part le fait que je pressentais la mort des autres…

Et si c'était vrai, n'étais-je pas censée deviner ma propre mort ?

Oncle Brendon soupira et une chaise racla de nouveau le sol. Il se laissa tomber sur son siège et grommela :

— D'accord. Appelle-le si tu veux. Tu as sans doute raison ; j'espérais vraiment que nous disposerions encore d'un an ou deux. Au moins jusqu'à ce qu'elle ait terminé ses études au lycée.

— Nous n'avons jamais eu aucune certitude à ce sujet.

Comme elle avançait dans ma direction, la silhouette de tante Val rétrécit. Je filai aussitôt vers ma chambre, le dos collé au mur lisse et froid du couloir. Mais elle s'arrêta, son ombre se retourna.

— Où est le numéro ?

— Tiens, prends mon téléphone. C'est le deuxième sur ma liste de contacts.

L'ombre de ma tante s'allongea en même temps qu'elle s'éloignait, emportant vraisemblablement avec elle le mobile de mon oncle.

— Tu es sûr que tu ne veux pas t'en charger ?

— Absolument !

Une autre chaise crissa sur le carrelage. Ma tante s'assit et son ombre devint une tache informe sur le mur. Une série de bips aigus m'indiqua qu'elle appuyait sur les touches du téléphone. Quelques instants plus tard, elle se mit à parler. Je retins mon souffle, je voulais à tout prix entendre tous les détails de ce qu'on m'avait toujours caché.

— Aiden ? C'est Valérie, dit-elle avant de marquer une pause, sans que je puisse entendre la réponse de mon père. Oui, nous allons très bien. Brendon est à côté de moi. Ecoute, je t'appelle à propos de Kaylee.

Un autre silence, et cette fois je perçus un grondement

indistinct, que j'eus quelque peine à reconnaître comme étant la voix de mon père.

Tante Val laissa échapper un autre soupir. Son ombre s'affala sur sa chaise.

— Je sais, mais ça recommence… Evidemment que j'en suis sûre ! Deux fois en l'espace de ces trois derniers jours. La première fois, elle ne nous a rien dit, sinon je t'aurais appelé plus tôt. En l'occurrence, je ne sais même pas comment elle a pu garder le silence.

Mon père répondit quelque chose que je ne compris pas.

— C'est ce que j'ai fait, mais elle refuse de les prendre, et je ne peux pas la forcer. Je crois que nous avons dépassé le stade des médicaments, Aiden. Le moment est venu de lui dire la vérité. Tu lui dois bien ça.

Il me la devait ? Un peu qu'il était tenu de me dire la vérité — quelle qu'elle soit ! Ils me la devaient tous.

— Oui, mais je pense vraiment que ça devrait venir de son père, reprit tante Val maintenant en colère.

Mon père parla de nouveau et, cette fois, le son de sa voix me donna à penser qu'il argumentait. J'aurais pu lui dire qu'il était inutile de discuter avec tante Val. Une fois qu'elle avait pris une décision, rien ne pouvait la faire changer d'avis.

— Aiden Cavanaugh, tu te bouges les fesses et tu sautes dans le premier avion, sinon je te renvoie ta fille illico ! Elle a droit à la vérité et tu vas la lui expliquer. De toute façon, tu n'as pas le choix.

Je regagnai furtivement ma chambre, choquée, désorientée, et pas qu'un peu fière de ma tante. Quelle que soit cette mystérieuse vérité, elle tenait à ce que je l'apprenne. Et elle ne pensait pas que je perdais l'esprit. Aucun d'eux ne le croyait, d'ailleurs.

Pourtant, ils semblaient tous penser que j'étais mourante.

Je crois que j'aimerais encore mieux être folle.

Je n'avais jamais vraiment envisagé ma propre mort jusqu'à ce jour. J'aurais imaginé que cette seule idée me terrifierait au point d'empêcher mon cerveau de fonctionner. Surtout après avoir pratiquement assisté à la mort d'une autre personne quelques heures plus tôt. Au lieu de quoi, je me retrouvais plus hébétée qu'effrayée.

Entendons-nous bien. Une peur terrible enflait en moi, qui me serrait la gorge et faisait battre mon cœur si fort que je l'entendais presque distinctement battre dans ma poitrine. Mais il s'agissait d'une terreur très lointaine, comme si j'avais été incapable d'appréhender le concept de ma propre fin, l'idée de ne plus exister un jour.

Peut-être la nouvelle n'avait-elle pas encore fait son chemin dans ma conscience. Ou alors je n'y croyais pas tout à fait. En tout cas, j'avais désespérément besoin d'en parler avec quelqu'un qui ne cherche pas à me cacher des secrets vitaux. J'envoyai un texto à Emma, avec l'espoir que sa mère aurait levé l'interdit sur son téléphone mobile.

Mme Marshall répondit quelques minutes plus tard pour m'informer qu'Emma était toujours punie mais qu'elle me verrait le lendemain à la cérémonie funéraire à la mémoire de Meredith, au cas où j'aurais l'intention de m'y rendre.

Je lui renvoyai un message confirmant ma présence. Puis je jetai mon téléphone sur le lit avec un geste de dégoût. A quoi servait la technologie si vos amis en étaient tout le temps privés ? Ou étaient en train de traîner avec leurs copains de l'équipe de foot ?

Faute d'avoir mieux à faire, je rallumai la télévision. Mais j'étais infichue de me concentrer ; je me repassais sans cesse dans la tête la conversation que je venais de surprendre. J'analysai chaque mot, tâchant de comprendre ce qui m'avait échappé. Ce qu'ils avaient passé sous silence.

J'étais malade ; cela au moins était clair. « Etre en sursis » pouvait-il vouloir dire autre chose ? Mais de quoi est-ce que je souffrais au juste ? Quel genre de maladie tordue comptait les « prémonitions de mort » parmi ses symptômes principaux et la mort elle-même comme issue finale ?

Aucune, à moins d'envisager encore une fois la démence précoce. Ce qui n'était *pas* mon cas, puisqu'ils estimaient que je n'avais pas besoin des pilules à zombies.

Alors, quelle sorte de maladie pouvait donc me faire *croire* que j'étais folle ?

Sans plus prêter attention à ce qui se passait sur l'écran de télévision, je me calai sur la chaise de mon bureau et allumai l'ordinateur portable que mon père m'avait envoyé pour mon dernier anniversaire. Chacune des secondes qu'il mit pour démarrer déclencha en moi une nouvelle vague d'anxiété, accentuant mon malaise jusqu'à ce que la peur que j'avais anticipée finisse par s'enraciner pour de bon.

J'allais mourir.

Le simple fait de penser ces mots répandit l'épouvante en moi. On aurait dit une multitude grouillante de rats galopant sur les flancs d'un navire. J'étais incapable de rester tranquille quelques minutes, ne serait-ce que le peu de temps qu'il fallait à Windows pour se charger. Lorsque mes jambes se mirent à tressauter nerveusement, je me levai et allai me planter devant ma commode pour m'examiner dans le miroir. Si j'étais réellement sur le point de claquer, comme on dit, je le verrais à la seconde où je poserais les yeux sur mon reflet. N'était-ce pas ainsi que ça marchait, quand quelqu'un d'autre se trouvait sur le point de mourir ? On s'en rendait compte au premier regard.

Mais je ne ressentis rien du tout, devant mon reflet, excepté le sentiment de dépit que j'éprouvais toujours en constatant que, contrairement à ceux de ma cousine, mon teint était pâle et mes traits tout à fait quelconques.

Ça ne marchait peut-être pas, avec les reflets, alors ? Je n'avais jamais vu Heidi dans un miroir, ni Meredith.

Retenant mon souffle et résistant difficilement à l'absurde envie de croiser les doigts pour éloigner le malheur, je détournai les yeux du miroir et les baissai sur moi-même, ne sachant pas trop si je craignais ou non d'éprouver le besoin irrésistible de hurler.

Cette fois encore, je ne sentis rien.

Cela signifiait-il que, tout compte fait, je n'étais pas à l'article de la mort, ou bien que mon macabre talent n'avait aucun effet sur moi-même ? Ou encore simplement que ma mort n'était pas imminente ? *Aarrggh ! Tout cela ne rimait à rien !*

Mon ordinateur émit son petit jingle pour m'avertir qu'il était opérationnel, et je me laissai tomber sur la chaise face à mon bureau. Je lançai le navigateur internet et tapai « causes principales de décès chez les adolescents » dans le moteur de recherche. Ma poitrine, oppressée par une appréhension morbide, me faisait un mal de chien.

La première réponse contenait une liste des dix premières causes de décès chez les individus âgés de quinze à dix-neuf ans. Blessures accidentelles, homicides et suicides se classaient aux trois premiers rangs. Or, je n'avais nulle intention de mettre fin à mes jours et il n'y avait aucun moyen de prévoir les accidents. Ni les meurtres, à moins que mon oncle et ma tante n'aient projeté de m'expédier eux-mêmes dans l'autre monde.

Plus bas sur la liste venaient plusieurs causes tout aussi cauchemardesques, telles que les maladies cardiaques, les infections respiratoires et le diabète, entre autres. Cependant, ces pathologies présentaient toutes des symptômes qu'il m'aurait été impossible de ne pas remarquer.

Ce qui laissait possible la quatrième cause de décès chez les jeunes de mon âge : le néoplasme malin.

Je dus vérifier la signification de ce terme.

La description que j'en dénichai sur un site médical très sérieux s'avéra dense et presque incompréhensible. Mais la définition en langage profane était malheureusement très claire. « Néoplasme malin » était du jargon médical pour désigner le cancer.

Le cancer.

Et, subitement, tous les espoirs que j'avais nourris, tous les rêves que j'avais caressés apparaissaient trop fragiles pour subsister. Mon avenir ressemblait à une baudruche dans une pièce hérissée d'épingles, dégringolant à toute vitesse vers leurs pointes inéluctables.

J'avais une tumeur. De quoi d'autre pouvait-il être question ? Et ce devait être une tumeur au cerveau pour affecter ainsi les choses que je sentais et que je savais, pas vrai ? Ou du moins les choses que je croyais savoir.

Cela signifiait-il que les prémonitions n'étaient pas réelles ? Les tumeurs cérébrales provoquaient-elles des crises de délire ? Une sorte d'hallucinations sensorielles ? Avais-je imaginé que j'avais prédit la mort de Heidi et celle de Meredith, après coup ?

Non, c'était impossible. Je refusais de croire qu'une simple maladie — à l'exception de celle d'Alzheimer — puisse réécrire mes souvenirs.

Oscillant à présent sur les bords acérés et brûlants de la panique, je retournai dans la fenêtre du moteur de recherche et tapai : « symptômes des tumeurs au cerveau ». La première réponse consistait en un site d'oncologie qui listait sept types de cancer au cerveau ainsi que les principaux symptômes de chacun. Je n'en avais aucun. Ni nausée, ni convulsion, ni perte de l'audition. Je ne présentais pas de difficultés d'élocution ni de troubles des fonctions motrices ni de désorientation spatiale. Je n'avais pas d'étourdissements ni de maux de tête ni de faiblesse musculaire. Je ne souffrais pas d'incontinence — Dieu merci — ni de saignements ou d'œdèmes inexpliqués, ni d'altération du jugement.

Bon, d'accord, certains diraient que se faufiler en douce dans une discothèque était un signe d'altération du jugement, mais j'étais pratiquement certaine que mes capacités décisionnelles correspondaient tout à fait aux besoins d'une personne de mon âge et s'élevaient même à des kilomètres au-dessus des facultés de discernement de beaucoup. Comme une certaine cousine gâtée pourrie et sujette aux vomissements dont je tairai le nom.

J'étais tentée d'éliminer les possibilités de cancer du cerveau sur la base des seuls symptômes, lorsque la section sur les tumeurs du lobe temporal attira mon attention. Selon le site Web, alors que les « néoplasmes » du lobe temporal étaient parfois à l'origine de difficultés d'élocution et provoquaient des convulsions, ils étaient tout aussi souvent asymptomatiques.

Comme moi.

C'était ça ! J'avais une tumeur du lobe temporal. Mais, dans ce cas, comment tante Val et oncle Brendon l'avaient-ils appris ? Et surtout, depuis combien de temps le savaient-ils ? Et combien de temps me restait-il à vivre ?

Mes doigts tremblaient sur les touches du clavier, un mot biscornu apparut dans la barre d'adresse. Je repoussai ma chaise du bureau et refermai mon portable sans même prendre la pcine de l'éteindre. Il fallait que je parle à quelqu'un. Tout de suite. J'écartai la chaise de côté et rampai à quatre pattes sur mon lit, attrapant au passage mon téléphone enfoui dans la couette. Prenant appui sur la tête de lit, je repliai mes jambes contre ma poitrine. Des larmes plein les yeux, je fis défiler la liste de mes contacts à la recherche du numéro de Nash. Je m'employais à essuyer mon visage inondé de pleurs avec mes manches lorsqu'il répondit.

— Allô ! lança-t-il d'une voix distraite.

En fond sonore, j'entendis des bruits de bagarre, puis plusieurs types qui poussèrent en chœur des grognements.

— Salut, c'est moi ! dis-je en reniflant pour empêcher mon nez de couler.

— Kaylee ?

Des ressorts de canapé grincèrent lorsqu'il se leva — j'avais enfin capté son attention.

— Quelque chose ne va pas ? murmura-t-il d'un ton pressant. Est-ce que c'est encore arrivé ?

— Non, euh… Tu es toujours chez Scott ?

— Oui, attends une seconde.

Quelque chose frôla le téléphone et j'entendis confusément Nash dire : « Tiens, mec, prends ma place. » Puis des pas pesants retentirent et le bruit de fond s'estompa peu à peu. Une porte se referma avec un grincement, le vacarme cessa d'un seul coup.

— Que se passe-t-il ?

Je me retournai à plat ventre, hésitant à répondre.

Nash ne s'était sûrement pas attendu à devoir être partie prenante dans ce genre de drame. Pour autant, mes sinistres prédictions ne l'avaient pas fait fuir, et j'avais besoin de me confier à quelqu'un. Je n'avais le choix qu'entre Nash et la mère d'Emma.

— Bon, ça va te paraître bête, mais je ne sais plus quoi penser. J'ai entendu mon oncle et ma tante se disputer, et ensuite ma tante a appelé mon père en Irlande.

Je ravalai un sanglot, séchai encore quelques larmes sur mes joues avant de poursuivre :

— Nash… je crois que je suis en train de mourir.

Il y eut un silence à l'autre bout du fil, puis un bruit de moteur au moment où une voiture passa à proximité. Il devait se tenir dans le jardin de Scott.

— Attends, je ne comprends pas. Pourquoi penses-tu que tu vas mourir ?

Je pliai en deux mon oreiller de plume tout avachi et m'allongeai en y posant la joue, savourant sa fraîcheur contre mon visage brûlant de pleurs.

— Mon oncle a dit qu'il croyait que j'avais encore du temps devant moi, puis ma tante a expliqué à mon père qu'il devait me dire la vérité pour que je ne m'imagine pas que j'étais folle. Je crois que j'ai une tumeur au cerveau.

— Kaylee, tu as sûrement mal compris. Ne tire pas de conclusions hâtives de ce que tu as entendu. Il doit y avoir quelque chose que tu as loupé.

Il s'interrompit et le bruit de ses pas résonna sur du béton, comme s'il s'était avancé sur le trottoir.

— Qu'est-ce qu'ils ont dit exactement ?

Je me redressai sur mon lit et m'obligeai à inspirer lentement pour tâcher de me calmer. Les mots ne me venaient pas comme il fallait. Pas étonnant que Nash n'ait aucune idée de ce que je voulais dire.

— Hum… Tante Val a dit que j'étais une morte en sursis et que je ne devais pas passer le temps qui me restait à me persuader que j'étais folle. Elle a dit à mon père qu'il était temps de m'apprendre la vérité.

Je me levai et me mis à faire les cent pas sur mon tapis.

— Ça veut bien dire que je suis en train de mourir, non ? Et elle veut qu'il me mette au courant !

— En tout cas, il est évident qu'ils ont *quelque chose* d'important à t'apprendre. Mais je doute sérieusement que tu aies une tumeur au cerveau. Tu ne devrais pas avoir des symptômes ou des trucs comme ça, si tu étais malade ?

Je m'écroulai de nouveau sur la chaise de mon bureau et caressai le pavé tactile de mon ordinateur pour réveiller son écran.

— J'ai regardé sur internet et…

— Tu as cherché des infos sur les tumeurs au cerveau ? Cet après-midi ?

Nash marqua un temps d'arrêt, les pas cessèrent.

— Kaylee, est-ce que c'est à cause de Meredith ?

— Non !

Je repoussai mon bureau d'un geste si violent que ma chaise à roulettes alla cogner contre le lit.

— Je ne suis pas hypocondriaque ! J'essaie juste de comprendre pourquoi ça m'arrive à moi, et aucune autre explication ne tient debout.

Frustrée, je me frottai le visage d'une main et pris une nouvelle inspiration.

— Ils ne pensent pas que je sois cinglée, donc ce n'est pas un problème psychologique.

Et je devais avouer que j'avais accueilli cette nouvelle avec un soulagement aussi immense que l'océan Pacifique.

— Ça ne peut être que physique.

— Et tu es persuadée qu'il s'agissait d'un cancer du cerveau…

— Je ne vois pas ce que ça pourrait être d'autre. Il existe une sorte de tumeur au cerveau qui, dans certains cas, ne provoque aucun symptôme. Si ça se trouve, c'est celle-là que j'ai.

— Une seconde…, dit-il, comme une bourrasque de vent sifflait sur la ligne. Si je comprends bien tu crois que tu es atteinte d'un cancer parce que tu ne présentes *pas* de symptômes ?

Bon, admettons, je reconnais que mes propos étaient plutôt incohérents. Je fermai les yeux et renversai ma tête contre le dossier de la chaise.

— Ou alors, ce sont mes prémonitions, les symptômes. Une sorte d'hallucinations.

Nash s'esclaffa.

— Tu n'as pas d'hallucinations, Kaylee. Sinon, Emma et moi serions aussi atteints d'une tumeur. Nous t'avons tous les deux vue prédire deux décès, et nous avons même assisté à l'un d'entre eux. Tu ne l'as pas imaginé.

Je me redressai sur mon siège et exhalai cette fois un long soupir de soulagement.

— J'espérais que tu dirais ça.

Il était assez réconfortant — quand bien même ce n'était qu'un tout petit peu — de savoir que, si j'étais condamnée, du moins partirais-je avec toutes mes facultés intellectuelles encore intactes.

— Ravi d'avoir pu t'aider.

Le sourire que je perçus dans sa voix me fit sourire à mon tour.

Je pivotai sur ma chaise et posai les pieds sur ma table de chevet.

— O.K., disons que mes prémonitions sont dues à la

tumeur. Elle doit activer une partie du cerveau d'habitude inaccessible à la plupart des gens. Ou un truc de ce genre. Tu sais, comme dans ce vieux film avec John Travolta.

— *La Fièvre du samedi soir* ?

— Non, pas si vieux que ça !

Mon sourire s'élargit quelque peu, malgré ce qui aurait dû rendre cette conversation lugubre. J'adorais la facilité avec laquelle Nash arrivait à m'apaiser. Le son de sa voix possédait un pouvoir hypnotique, un peu comme un tranquillisant auditif. Un calmant auquel j'aurais facilement pu devenir accro.

— Celui où il possède le pouvoir de déplacer des objets à distance et d'apprendre des langues étrangères rien qu'en lisant un livre. Et il se trouve que tout ça, c'est parce qu'il a un cancer du cerveau et qu'il est en train de mourir.

— Je ne me rappelle pas avoir vu ce film-là.

— Il possède toutes sortes de facultés bizarres, et à la fin il meurt. C'est tragique. Je ne veux pas finir tragiquement, Nash. Je veux vivre !

Et soudain les larmes revinrent. Je ne pus les refréner. J'en avais eu plus qu'assez de la mort ces derniers jours, pas la peine d'ajouter la mienne sur la liste !

— Ecoute, Kaylee, il va falloir que tu me fasses confiance.

Le bruit de ses pas reprit. Une porte se ferma. Les rafales de vent s'éteignirent au bout de la ligne. Puis sa voix se radoucit.

— Tes prémonitions ne viennent pas d'une tumeur au cerveau. Je ne sais pas exactement de quoi ton oncle et ta tante parlaient, mais, en tout cas, ça n'a rien à voir.

— Comment peux-tu en être aussi sûr ?

Les larmes recommencèrent à couler, me brouillant

la vue. Je les refoulai d'un battement de paupières, agacée de constater à quel point je devenais émotive. Ne s'agissait-il pas là encore d'un symptôme du cancer au cerveau ?

Nash laissa échapper un soupir, non pas tant d'exaspération que d'inquiétude.

— J'ai quelque chose à te dire. Je viens te chercher dans dix minutes.

8

Sept minutes plus tard, j'étais assise dans le séjour, mes clés en poche, mon téléphone mobile sur les genoux, à gratter nerveusement de mes ongles le revêtement de satin du canapé, placée de façon à pouvoir surveiller à la fois la télévision — qui diffusait en silence le bulletin des informations locales — et la fenêtre qui donnait sur la rue, avec l'espoir que personne ne s'apercevrait que j'attendais de la visite.

Et, par « personne », j'entends mon oncle et ma tante. Sophie était toujours H.S., et je commençais à me demander combien de ces maudites pilules sa mère lui avait fait avaler.

Tante Val était dans la cuisine, s'affairant au milieu d'un fracas de casseroles et de portes de placard, occupée à préparer des spaghettis — sa source de réconfort favorite en matière de nourriture. En temps normal, elle ne se serait jamais permis d'absorber une telle quantité de calories en un seul repas, mais, visiblement, elle avait eu une journée difficile. Très éprouvante, à en juger par l'odeur de pain à l'ail qui se dégageait du four.

— Alors, Kay-l'ours, tu tiens le coup ?

Je levai les yeux et vis mon oncle appuyé sur la colonne de plâtre qui séparait la salle à manger du séjour. Il ne m'avait pas appelée ainsi depuis près d'une dizaine d'années, et le fait qu'il utilise mon ancien surnom signifiait sans doute qu'il me jugeait… fragile.

— Je ne suis pas folle, affirmai-je, croisant son regard vert pour le mettre au défi de soutenir le contraire.

Il sourit, et les fines rides que sa mimique dessina sur son visage le firent paraître, d'une certaine manière, encore plus jeune que d'habitude.

— Je n'ai jamais dit que tu l'étais.

Je poussai un soupir et lançai un regard noir vers la cuisine, où tante Val touillait des pâtes dans un énorme faitout en aluminium.

— Elle, elle en est convaincue.

En l'occurrence, je savais maintenant que ce n'était pas le cas, mais je n'allais évidemment pas lui raconter que j'avais surpris leur conversation.

Oncle Brendon secoua la tête et s'avança vers moi, les bras croisés sur le T-shirt délavé qu'il avait enfilé en rentrant du travail.

— Elle se fait du mauvais sang pour toi, c'est tout. Nous sommes tous les deux très inquiets.

Il se laissa tomber dans le fauteuil revêtu de tissu à fleurs qui se trouvait en face de moi. Il s'asseyait toujours là, plutôt que dans le fauteuil blanc ou sur le canapé, dans l'espoir que, si par malheur il renversait quelque chose, tante Val ne remarquerait pas la tache au milieu de toutes ces fleurs imprimées.

— Pourquoi vous ne vous préoccupez pas plutôt de Sophie ?

— Nous nous inquiétons pour elle aussi, bien sûr, s'empressa-t-il d'affirmer.

Il s'interrompit, puis sembla réfléchir à ce qu'il allait ajouter.

— Mais Sophie est… résiliente. Elle se remettra

très bien une fois qu'elle aura pu donner libre cours à son chagrin.

— Et moi, non ?

Mon oncle haussa un sourcil.

— Val dit que tu connaissais à peine Meredith Cole.

Et voilà ! En un tournemain, il avait éludé la véritable question — celle de mon bien-être futur.

Et nous en étions l'un comme l'autre parfaitement conscients.

Avant que j'aie eu le temps de répondre — ce que, somme toute, je n'étais pas pressée de faire —, le ronronnement d'un moteur se fit entendre au-dehors. Je jetai un coup d'œil et vis une décapotable bleue que je ne connaissais pas se garer dans l'allée à côté de ma voiture. Sous le soleil de l'après-midi, elle étincelait. Derrière le volant, j'aperçus un visage — qui, lui, m'était très familier —, surmonté d'une épaisse crinière de cheveux châtains tout aussi reconnaissable.

Je me levai, fourrai mon téléphone dans ma poche.

— Qui est-ce ? demanda oncle Brendon en se retournant pour regarder par la fenêtre.

— Un ami. Je dois y aller.

Il se leva à son tour, mais j'avais déjà traversé la moitié de la pièce.

— Val est en train de préparer le dîner ! cria-t-il dans mon dos.

— Je n'ai pas faim !

En réalité, je mourais de faim, mais il fallait que je sorte de cette maison. Je ne me voyais pas engloutir des spaghettis comme n'importe quel lundi soir ordinaire. Pas en sachant que toute ma famille me mentait depuis Dieu savait combien de temps.

— Kaylee, reviens ici ! gronda oncle Brendon en me suivant jusque sur le perron.

Je l'avais rarement entendu élever la voix et jamais je ne l'avais entendu crier comme ça.

Je pris mes jambes à mon cou, me glissai sur le siège passager, claquai la portière et la verrouillai.

— C'est ton oncle ? demanda Nash, hésitant à démarrer. Je devrais peut-être lui…

— Démarre ! m'écriai-je, plus fort que je n'en avais eu l'intention. On fera les présentations plus tard.

A condition que je *vive* jusque-là.

Se retournant sur son siège pour surveiller la lunette arrière, Nash enclencha la marche arrière et sortit de l'allée sur les chapeaux de roue. Comme nous nous éloignions de la maison, je jetai un coup d'œil vers mon oncle qui nous regardait partir, debout au milieu de l'allée, ses bras massifs croisés sur sa poitrine. Derrière lui, tante Val se tenait sur le perron, un torchon à la main, sa bouche parfaite grande ouverte, figée dans une expression de surprise.

Une fois tourné l'angle de la rue, je m'avachis dans le siège. Et ce fut seulement alors que je remarquai à quel point la voiture était chic.

— S'il te plaît, dis-moi que tu n'es pas venu me chercher dans une voiture volée.

Nash éclata de rire et détourna un instant son regard de la route pour me sourire. Lorsque nos yeux se croisèrent, mon pouls s'accéléra, malgré les circonstances peu favorables, il fallait bien le reconnaître.

— C'est celle de Carter. Il me l'a prêtée jusqu'à minuit.

— Comment se fait-il que Scott Carter t'ait laissé prendre sa voiture ?

Il haussa les épaules.

— C'est un pote.

Je me contentai de le scruter en clignant les yeux. Indépendamment du choix discutable de ses petits copains, je considérais Emma comme ma meilleure amie. Pourtant, jamais je ne lui aurais confié ma voiture. Et j'étais loin de posséder une Mustang décapotable flambant neuve.

Voyant ma mine peu convaincue, Nash sourit. Son regard s'attarda plus que nécessaire sur mon visage avant de descendre fugitivement vers mon décolleté.

— Il doit avoir l'impression que tu… euh… as sérieusement besoin de réconfort, me dit-il.

Mon cœur bondit dans ma poitrine, je dus faire un effort pour répondre :

— Et tu t'estimes à la hauteur ?

Il aurait dû me sembler pour le moins déplacé de flirter, étant donné la journée que je venais de vivre. Mais, au contraire, ce petit jeu me donnait l'impression d'être vivante, surtout dans un moment où j'envisageais l'éventualité de ma propre mort, qui planait au-dessus de ma tête, tel un nuage noir, et projetait son ombre maléfique sur ma vie. Sur tout ce qui m'entourait, excepté Nash et la sensation que j'éprouvais quand il me regardait. Quand il me touchait…

Nash haussa les épaules.

— Carter a proposé de venir te chercher lui-même…

Pas étonnant ! Il était le meilleur ami de Nash et le petit copain de Sophie. Hélas, ma cousine avait franchement mauvais goût en matière de garçons ! Et, apparemment, Nash ne choisissait pas trop bien ses amis non plus.

— Pourquoi tu traînes toujours avec lui ?

— Nous faisons partie de la même équipe.

Ahhh ! Evidemment, si les liens du sang sont les plus forts, les liens du football, eux, sont imbattables.

— Et ça fait de vous des amis ?

Je jetai un coup d'œil furtif sur le minuscule siège arrière, lequel était vide et sentait encore le cuir. Et le parfum de freesia de ma cousine.

Nash fronça les sourcils, comme s'il ne comprenait pas où je voulais en venir. Ou comme s'il voulait changer de sujet.

— On a des trucs en commun. Il sait s'amuser. Et quand il veut quelque chose, il n'hésite pas à se lancer à sa poursuite.

Description qui aurait tout aussi bien convenu au berger allemand de mon père. De même que mes aboiements quand je répondis :

— Oui, mais une fois qu'il l'a obtenu, il a envie d'autre chose.

Les mains de Nash se crispèrent sur le volant. Il me décocha un regard étonné, plein de déconvenue.

— C'est ce que tu penses aussi de moi ?

Je haussai les épaules.

— Tes exploits passés parlent d'eux-mêmes.

Pourquoi un type comme Nash aurait-il voulu rester auprès de moi, malgré des prémonitions lugubres à vous glacer le sang et l'éventualité d'une tumeur au cerveau, s'il n'avait pas eu un objectif précis en tête ? Pour quelle autre raison aurait-il accepté de supporter tant de choses de ma part ?

Cela dit, de toute façon, il aurait eu beaucoup moins d'efforts à faire avec une autre que moi, et pour un résultat bien plus avantageux !

— Ce n'est pas pareil, Kaylee, insista-t-il.

Pareil que quoi ? Je n'étais pas certaine de vouloir le savoir.

— C'est… Toi et moi, c'est différent, conclut-il sans me regarder.

Je me sentis rougir jusqu'aux oreilles.

— Que veux-tu dire ?

Il soupira, ses mains se desserrèrent sur le volant.

— Tu as faim ?

Une demi-heure plus tard, nous étions installés dans la voiture de Scott Carter, sur les sièges avant que nous avions reculés au maximum, à regarder le soleil couchant peignant le lac de White Rock de rouge et de pourpre profonds dans une douzaine de nuances différentes. Le spectacle occupait tout le pare-brise.

J'avais déjà bien entamé un sandwich mixte à la dinde de plus de quinze centimètres de long, et Nash avait à moitié terminé le sien, composé de fromage italien, de jambon, de salami et de deux autres viandes que je n'avais pas su identifier. En tout cas, ça sentait bon.

J'avais failli renverser de la moutarde sur le levier de vitesses et du vinaigre sur le siège. Nash s'était contenté de rire avant de m'aider à tout éponger.

Au cas où je me serais bel et bien trouvée aux portes de la mort, j'avais décidé de ne pas laisser passer une seule des journées qui me restaient à vivre sans manger au moins une fois en compagnie de Nash. Bavarder avec lui me faisait du bien, même si tout le reste de ma vie s'écroulait autour de moi.

J'avalai une grosse bouchée, puis la fis descendre avec une gorgée de soda.

— Promets-moi que, si j'ai une tumeur au cerveau, tu m'apporteras des sandwichs à l'hôpital.

Il me dévisagea, presque avec gravité.

— Tu n'as pas de cancer, Kaylee. En tout cas, ce n'est pas la cause de tes prémonitions.

— Qu'est-ce que tu en sais ?

Je mordis dans mon sandwich, en détachai un gros morceau avec mes dents et me mis à mastiquer en attendant une réponse qu'il semblait réticent à me fournir.

Finalement, au bout de trois bouchées supplémentaires et deux faux départs, Nash enveloppa le reste de son sandwich et le coinça entre nos gobelets sur la tablette centrale. Puis il prit une longue inspiration et accrocha mon regard. Il avait l'air en proie à une grande nervosité, mais ses yeux ne cillaient pas.

— Il faut que je te dise quelque chose, et tu ne vas pas me croire. Pourtant je peux te le prouver. Alors, tâche de ne pas péter les plombs, d'accord ? Du moins, pas avant de m'avoir écouté jusqu'au bout.

J'avalai une dernière bouchée, emballai le reste de mon sandwich et le posai sur mes genoux. Tout cela ne m'avait pas l'air d'être le genre de nouvelle à écouter la bouche pleine. Sauf si je voulais passer l'arme à gauche plus tôt que prévu en m'étranglant avec un morceau de dinde coincé dans la gorge.

— O.K… De toute façon, ça ne peut pas être pire qu'un cancer du cerveau, pas vrai ?

— Exactement.

Il passa la main dans ses cheveux, puis me considéra avec une intensité presque effrayante.

— Tu n'es pas humaine.

Pas humaine…

Gros blanc. La confusion s'installa dans ma tête avec une espèce de tranquillité blanche, alors que je m'étais attendue à un déchaînement de terreur ou même de fureur. Je m'étais préparée à entendre quelque chose d'abracadabrant — je m'y connaissais en dinguerie —, mais ces mots-là, « pas humaine », je dois dire qu'ils me laissèrent hébétée.

— Soit ton oncle et ta tante l'ignorent, soit ils ne veulent pas que tu sois au courant, pour une raison ou pour une autre. C'est pour cela que je ne t'en ai pas parlé hier pendant notre petit déjeuner. Mais tu me tues avec ton histoire de tumeur au cerveau !

Il me scrutait avec attention, essayant probablement de juger, d'après mon expression, à quel point j'étais près de craquer.

Et, pour parler franchement, j'approchais de la limite.

— A mon avis, s'ils savaient que tu es persuadée de ta mort prochaine, ils te diraient la vérité, poursuivit-il. D'ailleurs, j'ai l'impression qu'ils ne vont pas tarder à le faire, mais je ne voulais pas que tu croies que je te mentais, moi aussi.

L'éclair d'un sourire révéla ses fossettes.

— Ni que tu es atteinte d'un cancer.

Pendant un moment, je ne pus que le considérer fixement, muette de stupeur, abasourdie par ce déferlement de paroles dénuées de sens. Et je dois avouer que, l'espace de quelques secondes, je me demandai si ce n'était pas lui qui avait besoin d'une camisole de force.

Mais il m'avait crue lorsque je lui avais parlé de Heidi, si dingue que paraissait toute l'histoire, et il m'avait aidée et soutenue au cours de mes deux récentes prémonitions. Le moins que je pouvais faire, c'était de l'écouter jusqu'au bout.

— Qu'est-ce que je suis ?

La question même — et mon empressement à la poser — fit battre mon cœur si fort et si vite que j'eus l'impression que la voiture s'était mise à tournoyer. Un frisson courut partout sur ma peau.

Regardant droit devant lui, Nash plissait les yeux pour contempler le soleil devenu semblable à un gros ballon écarlate à l'horizon La lumière déclinante du jour jetait des ombres sur son visage, soulignant son contour.

Soudain, il se tourna de nouveau vers moi et me contempla intensément.

— Tu es une *banshee*, Kaylee.

Un autre moment de silence consterné, auquel je me raccrochai — court répit avant la folie vers laquelle chacun de ses mots semblait me pousser.

— Les prémonitions de mort sont normales, poursuivit Nash. Elles font partie de ce que tu es.

Enfin, je me forçai à prononcer la seule question pertinente qui m'était venue, histoire de ne pas rester stupide :

— Pardon, une… quoi ?

Avec un sourire, il frotta son menton déjà ombré de barbe.

— Je sais, c'est là que tu commences à te dire que je suis cinglé.

En fait…

— Mais je te jure que c'est la vérité. Tu es une *banshee*. Comme tes parents. En tout cas, l'un des deux au moins.

Je secouai la tête et rejetai mes cheveux en arrière, m'efforçant de dissiper le trouble de mes pensées, de trouver un sens à ce qu'il venait de dire.

— Une *banshee* ? Comme celles de la mythologie ?

Nous avions eu un cours sur le sujet, en classe d'anglais, l'année précédente, mais ça parlait surtout des Grecs et des Romains. Les dieux, les déesses, les demi-dieux, les monstres. A peine un paragraphe était consacré aux *banshee*.

— Ouaip ! Les seules, les vraies.

Il but une gorgée, puis reposa son gobelet.

— Il y a plein de choses qu'on ne nous apprend pas. Des choses qu'ils ne connaissent même pas, parce qu'ils pensent qu'il s'agit juste d'un ramassis de vieilles légendes.

— Et toi, tu prétends le contraire ?

Je me surpris à me rencogner dans la portière, au point que la poignée me rentre dans le dos. Tout ce que je voulais, c'était mettre de la distance entre moi et le seul type sur cette terre qui prétendait me faire croire que j'étais, au fond, normale.

Il posa sur moi un regard grave, l'air d'attendre quelque chose. Et malgré tout le désir que j'avais de me réfugier dans la dénégation, j'en fus incapable. Car, quand bien même Nash aurait eu une araignée au plafond, il y avait quelque chose de fascinant chez lui. Quelque chose d'irrésistible, et qui se situait bien au-delà de son corps admirablement sculpté, de ses yeux magnifiques et de ses adorables fossettes. Avec lui, je me sentais… pleine. Détendue. Comme si tout allait s'arranger, d'une façon ou d'une autre. Ce qui était plutôt un exploit, vu qu'il venait d'affirmer que je ne possédais pas les qualités requises pour prétendre à l'espèce humaine.

— Réfléchis une minute, me conseilla-t-il. Que sais-tu des *banshee* ?

Je haussai les épaules.

— Ce sont des femmes vêtues de longues robes légères qui viennent rôder pendant les cérémonies funèbres et pleurer les morts. Parfois, elles poussent des cris de lamentation destinés aux mourants, pour annoncer que leur fin est proche.

Je sirotai une gorgée de mon soda noyé d'eau, puis agitai mon gobelet.

— Mais, Nash, ce ne sont que des histoires. De vieilles légendes venues d'Europe.

Il hocha la tête.

— C'est vrai, pour la plupart. Déjà, pour commencer, leur nom est mal orthographié. En gaélique, ça s'écrit b-e-a-n s-i-d-h-e. En deux mots. Littéralement, cela veut dire « femme de la colline des fées ».

Je sentis mes yeux devenir ronds comme des soucoupes.

— Attends une minute ! D'après toi, je serais une fée ? Du genre, avec des petites ailes scintillantes et une baguette magique ?

Nash se rembrunit.

— Il ne s'agit pas de Disneyland, Kaylee. Le mot « fée » est un terme très large. En gros, il signifie « autre qu'humain ». Oublie les longues robes vaporeuses et les cérémonies funèbres. Tout cela est passé de mode depuis longtemps. Mais le reste ? Les femmes annonciatrices de mort ? Ça ne te rappelle rien ?

D'accord, je reconnaissais qu'il existait une *légère* ressemblance possible avec mes morbides pressentiments, mais…

— Les *banshee* n'existent pas, quelle que soit la manière dont tu écris leur nom, répliquai-je avec obstination.

— Et les prémonitions non plus, n'est-ce pas ?

Ses yeux noisette étincelèrent dans la lumière déclinante lorsqu'il sourit. Il refusait de se laisser démonter par mon cynisme.

— Bon, voyons si j'ai bien compris, reprit-il. Ton père… il fait très jeune, pas vrai ? Trop jeune pour avoir une fille de seize ans ? Et ton oncle aussi. Ils sont frères, non ?

Guère impressionnée, je levai les yeux au ciel et repliai une jambe sous moi sur l'étroit siège de cuir de la voiture.

— Qu'est-ce qu'on en sait ? Mon père, ça fait un an et demi que je ne l'ai pas revu.

N'empêche que, quand j'étais enfant, je l'avais toujours trouvé jeune et beau. Mais c'était il y a longtemps…

— Ton oncle aussi a l'air trop jeune pour avoir une fille de l'âge de Sophie. L'air, ça ne veut rien dire, chez les *banshee*. Il pourrait tout aussi bien avoir cent ans.

Cette fois, j'éclatai de rire.

— Oui, c'est ça ! Mon oncle est une personne du quatrième âge.

Sûr que ça mettrait tante Val en pétard de penser que son mari pouvait avoir plus du double de son âge et paraître quand même plus jeune qu'elle !

Nash se renfrogna devant mon scepticisme. Les derniers rayons du jour jetaient des lueurs sanglantes dans le ciel.

— O.K., passons au reste de ta famille. Tes ancêtres étaient irlandais, non ?

Je levai encore les yeux au ciel et croisai les bras.

— Mon nom de famille est Cavanaugh. Quelle perspicacité de ta part !

— Les *banshee* sont originaires d'Irlande. C'est pour cette raison que toutes les histoires qu'on raconte à leur sujet viennent de vieux contes populaires irlandais.

Ça, en effet, c'était une drôle de coïncidence. Mais rien de plus.

— Tu as autre chose, Houdini ?

Nash me prit la main.

— Kaylee, j'ai su qui tu étais dès l'instant où tu m'as dit que Heidi Anderson allait mourir. Mais je l'aurais probablement deviné plus tôt si j'avais fait plus attention.

Juste, je ne m'attendais pas à rencontrer une *banshee* dans ma propre école.

— Et comment aurais-tu pu le découvrir plus tôt, s'il te plaît ?

— Grâce à ta voix.

— Hein ?

Mon cœur se mit à cogner à grands coups, comme s'il avait su quelque chose que ma tête n'avait pas encore tout à fait assimilé.

— Vendredi dernier, au déjeuner, je t'ai entendue avec Emma parler de vous faufiler en cachette dans la discothèque. Après ça, je n'ai plus cessé de penser à toi. Ta voix ne me quittait plus, je l'entendais tout le temps. Elle porte plus haut que tout le reste. Même si je ne te vois pas, je peux te retrouver au milieu de toute une foule, du moment que tu parles. Mais je n'avais pas encore compris pourquoi. Je savais juste qu'il fallait absolument que je discute avec toi en dehors de l'école et que tu serais au Tabou samedi soir.

Tout à coup, j'eus du mal à respirer. Il me sembla que mes poumons cherchaient à faire exploser ma poitrine et que, pourtant, je n'arrivais plus à en dilater les alvéoles.

— Tu m'as suivie au Tabou ? murmurai-je difficilement.

Son aveu me faisait tourner la tête. Questions et confidences s'y bousculaient, c'était à celles qui s'exprimeraient les premières. Toutefois je ne parvenais pas à clarifier suffisamment mes pensées pour pouvoir me concentrer sur elles.

— Ouais, répondit-il.

Son ton semblait si détaché, comme s'il n'y avait rien eu d'étonnant à ce qu'un type sexy — et incontestablement trop bien pour moi — se rende dans un club un samedi soir uniquement pour me voir.

— Je voulais te parler.

Je déglutis péniblement et me plongeai dans la contemplation de mes mains. Je pouvais à peine croire ce que je m'apprêtais à lui répondre.

— Quand tu me parles, j'ai l'impression que tout va bien, même quand tout s'écroule autour de moi. Pourquoi ?

Je levai les yeux et croisai son regard, y cherchant une vérité que j'étais peut-être incapable de comprendre.

— Qu'est-ce que tu m'as fait ?

— Rien. En tout cas, rien de délibéré.

Il pressa ma main.

— Je suis un *banshee*, moi aussi. Tout comme ma mère et mon père, et tes parents aussi. Comme toi. Nous nous entendons parce que nous sommes semblables, Kaylee.

Comme moi. Etait-ce possible ? Mon instinct me disait que non. Il me soufflait de secouer la tête et de fermer les yeux jusqu'à ce que je sois sûre que ce rêve insensé avait pris fin. Pourtant, en toute bonne foi, en quoi le fait d'être unc *banshee* était il plus délirant que celui d'être hantée par des prémonitions funèbres ?

Néanmoins, quelque chose ne collait pas…

— Dans les contes, il n'y a pas de garçon *banshee*.

— Je sais.

Il sourcilla, lâcha ma main.

— Les histoires se fondent sur ce que les humains connaissent à notre sujet, et apparemment ils ne sont au courant que de l'existence des femmes. Vous, les filles, il est difficile de ne pas vous remarquer, avec vos hurlements et vos cris de lamentation.

— Très drôle ! ripostai-je.

Je m'apprêtai à le repousser, lorsque je me figeai tout à coup. Je venais de prendre la défense — encore que pour plaisanter — d'une espèce à laquelle je prétendais ne pas appartenir. Et même ne pas croire.

C'est alors que cela fit tilt. Que je compris véritablement le sens de toute cette histoire.

Certes, à l'entendre, elle paraissait complètement loufoque. Malgré tout, elle me donnait l'impression d'être *juste*. Et, d'une certaine façon, ça tenait même debout, à condition de parler d'intuition que de logique.

Des larmes de soulagement commencèrent à me brûler les yeux. Je préférais être non humaine que folle. Ou condamnée à mourir d'un cancer. Mais, surtout, j'aimais mieux avoir des réponses — si étranges soient-elles — que de rester dans l'incertitude absolue. Que de douter de ce que je vivais et éprouvais.

— Alors, comme ça, je suis une *banshee* ?

Deux larmes roulèrent avant que j'aie eu le temps de les refouler. Je me hâtai d'essuyer les autres du revers de ma manche. Nash confirma d'un signe de tête solennel. Histoire de m'accoutumer à cette idée, je répétai :

— Je suis une *banshee*.

Le fait de l'énoncer à haute voix m'aida à intégrer pleinement la nouvelle. Ça se mettait en place. Je sentis alors ma poitrine se desserrer. Un long soupir s'exhala de ma gorge, je me renversai dans mon siège, regardant au travers d'un coucher de soleil que je remarquai à peine. La tension de mon corps, dont je n'avais même pas imaginé le degré, commença à se relâcher.

Seulement, si Nash m'avait fourni une réponse, du même coup il avait soulevé une douzaine d'autres questions dans mon esprit. Il me fallait davantage d'informations.

— Comment se fait-il que personne ne sache qu'il existe des garçons *banshee* ?

Je crus voir frémir sa main, quand il attrapa son gobelet. Le soleil teintait sa peau de sang.

— Le terme a été inventé par les humains, et ils ne savent pas qu'il existe des garçons *banshee* pour la bonne raison que nous ne poussons pas de plaintes funèbres. Nous n'avons pas de prémonitions.

Je fronçai les sourcils.

— Qu'est-ce qui fait de vous des *banshee*, dans ce cas ? Je veux dire : en quoi êtes-vous différents des… humains ?

Même après avoir accepté ma nouvelle identité, ça me faisait encore tout drôle de parler de moi-même comme d'un être non humain.

Nash s'appuya contre la poignée de la portière et avala une longue goulée de sa boisson avant de répondre :

— Nous avons des pouvoirs. Mais ce que je peux faire, moi, n'aura pas beaucoup de sens pour toi tant que tu ne sauras pas ce dont *toi* tu es capable.

Je secouai la tête, sans comprendre.

— Je croyais que j'étais une messagère de mort.

— Ça, c'est ce que tu es, pas ce que tu es en mesure de faire. Du moins, tes compétences ne se limitent pas à ça.

9

J'attendis la suite, plus curieuse que je ne voulais bien l'admettre. Mais Nash se tourna pour regarder par la vitre du côté conducteur.

— J'ai des fourmis dans les jambes, annonça-t-il. Allons marcher un peu.

Et sans attendre ma réponse, il ouvrit sa portière et descendit de voiture.

— Comment ça ? protestai-je.

Je m'appuyai sur la console et le regardai qui s'étirait, levant les deux bras au-dessus de sa tête pour détendre ses muscles.

— Tu as l'intention de faire durer le suspense ? demandai-je.

— Non, juste de te remettre en mouvement.

Je poussai un grognement d'impatience. Il passa la tête à l'intérieur de la voiture et me gratifia d'un sourire.

— Quoi, tu ne sais pas marcher et parler en même temps ?

Là-dessus, son sourire s'élargit et il me claqua la portière au nez. Je n'eus d'autre choix que de le suivre.

Au moment où je posai les pieds sur le sol, des réverbères s'allumèrent automatiquement, baignant d'une douce lueur jaunâtre le parking tout entier, l'aire de jeu adjacente — déserte à cette heure — ainsi qu'une partie de la jetée. Je fis le tour de la voiture et donnai la main à Nash qui me tendait le bras.

— Bon, voilà, je marche ! Maintenant, vas-y…

Au lieu de quoi, Nash m'enlaça et m'embrassa. Ma phrase se perdit pour toujours sur ses lèvres. Lorsqu'il s'écarta un peu, finalement, ce fut pour me laisser pantelante, en proie à une furieuse envie de quelque chose que je pouvais à peine concevoir. Son regard rencontra le mien, et je remarquai que ses iris tourbillonnaient encore dans la lumière jaune. Ou peut-être s'étaient-ils *remis* à tournoyer.

Soudain, ses yeux ne me paraissaient plus aussi étranges. De même que la fascination que j'éprouvais à leur égard.

— Alors… tes yeux ? murmurai-je sans esquisser un geste pour reculer, dès que la parole me revint. Ça fait partie de ce que font les *banshee* ?

Il cligna des paupières.

— Mes yeux ? Les couleurs font des remous, c'est ça ?

— Oui.

Je me rapprochai pour mieux voir et, puisque j'étais déjà si près, de toute façon, j'en profitai pour lui rendre son baiser. Je mordillai sa bouche puis m'aventurai davantage avec la langue. J'entendis Nash gémir, puis il m'empoigna la taille à deux mains et une ivresse m'envahit. Ses mains commencèrent à glisser sur mes reins, plus bas. Ce ne fut qu'au moment où je pris conscience avec effarement que je ne voulais pas qu'il s'arrête que je fis un pas en arrière.

— Hum…

Je me raclai la gorge, enfonçai les mains dans mes poches. Finalement, je relevai les yeux. Il m'observait.

— Tes yeux sont magnifiques, soufflai-je dans un

effort désespéré pour remettre la conversation sur les rails. Mais est-ce qu'ils ne te trahissent pas ? Est-ce qu'ils ne donnent pas à penser aux gens que tu pourrais ne pas être… humain ?

Il repoussa une mèche de cheveux sur son front et sourit.

— Nan, ça n'arrive que quand je vis quelque chose de… euh… vraiment intense.

Je me sentis rougir, mais il poursuivit comme s'il n'avait rien remarqué :

— Les yeux des *banshee* sont comme ces bagues qui changent de couleurs suivant l'humeur de la personne qui les porte. A cette différence qu'on ne choisit pas. Et il est impossible de lire dans ses propres yeux. Quant aux humains, ils ne voient rien de ce qui se passe dans nos yeux : il n'y a que les autres *banshee* qui en ont la capacité.

Il soutint mon regard avec gravité.

— Les tiens aussi changent. Ils ont plus de nuances différentes de bleu que la mer des Caraïbes, et ils tournoient.

Cette fois, je sentis mes joues carrément s'enflammer : Nash venait de me dire à demi-mot qu'il lisait dans mes yeux ce que je pensais — ce que je *désirais*. De la même façon que je décelais en lui ce qu'il convoitait…

— Continue, dis-moi tout.

Je tournai les talons et me dirigeai vers le parc, les mains toujours dans les poches. Je brûlais d'envie de tout savoir — mais, surtout, je voulais m'éloigner des sujets dérangeants.

Nash enjamba un butoir du parking et me rattrapa.

— La tradition chez les humains raconte que, lorsqu'une *banshee* pousse ses hurlements, c'est pour pleurer les morts ou du moins ceux qui vont bientôt mourir. Mais ce n'est pas tout.

Il m'étudia.

— Je t'ai vue retenir ton cri en deux occasions. Que te rappelles-tu à propos de la fois où tu l'as laissé s'échapper ?

A ce souvenir, je tressaillis, répugnant à revivre un événement qui m'avait expédiée à l'hôpital.

— C'était affreux. Une fois que je l'ai eu lâché, j'ai été incapable de le ravaler. Et je ne pouvais plus penser à rien d'autre. C'était un sentiment de désespoir total. Ce bruit épouvantable qu'on aurait dit jailli de ma gorge.

Je sautai par-dessus la clôture en rondins, puis à pieds joints sur l'épais tapis de copeaux de bois qui recouvrait le sol de l'aire de jeu. Nash m'emboîta le pas.

— Mon cri me dominait entièrement. Les gens me regardaient d'un air ébahi, ils lâchaient leurs sacs pour se couvrir les oreilles. Une petite fille s'est mise à hurler en se cramponnant à sa mère, mais je ne pouvais pas m'arrêter. Ça a été le jour le plus horrible de ma vie.

— Ma mère dit que la première fois est toujours très pénible. Mais, d'habitude, on ne finit pas interné.

Ah oui, c'est vrai, sa mère était une *banshee*, elle aussi. Pas étonnant qu'elle m'ait dévisagée avec une telle insistance ! Elle savait sans doute que je n'avais aucune idée de ma véritable nature.

Arrivé au milieu de l'aire de jeu — où trônait un énorme château fort de bois, plein de tours, de tunnels et de toboggans —, Nash leva le bras pour attraper le premier barreau du pont de singe.

— Regardais-tu le pré-défunt au moment où il a réellement… trépassé ?

Je haussai un sourcil avec un sombre amusement, m'appliquant à ne pas trop regarder les muscles de Nash.

— Le pré-défunt ?

Il sourit.

— C'est un terme technique.

— Ah ! non, je ne regardais rien du tout.

Je m'assis sur une balançoire-pneu suspendue par trois chaînes, et me balançai doucement d'avant en arrière, essayant d'oublier mes paroles au moment même où je les prononçais:

— Je m'acharnais à faire cesser le hurlement. Mon oncle m'a prise dans ses bras comme une gamine et m'a entraînée dehors.

Nash lâcha le barreau et, sans me quitter des yeux, alla s'installer sur les marches du toboggan.

— Si tu avais observé, tu aurais vu l'âme du défunt. En train de flotter.

— Flotter ?

— Les âmes sont aimantées par la plainte des *banshee* et, tant qu'elle dure, elles ne peuvent pas s'en aller. Elles ne font que planer dans les airs, comme suspendues. Tu te souviens des sirènes de la mythologie ? Tu te rappelles comment leur chant avait le pouvoir d'attirer les marins vers leur mort ?

— Et… ?

L'image n'était pas de nature à apaiser l'appréhension qui montait en moi, pareille à une brûlure d'estomac.

— Eh bien, c'est la même chose. Sauf que les gens sont déjà morts. Et qu'en général ils ne sont pas marins.

— Waou…

Je plantai mes pieds dans le sol pour faire cesser le mouvement oscillatoire du pneu.

— Si je comprends bien, je suis comme du papier

attrape-mouches, mais pour les âmes. C'est… bizarre. Pourquoi faire une chose pareille ? Suspendre l'âme d'un pauvre malheureux ?

Nash haussa les épaules et se leva pour m'aider à me remettre debout.

— Pour des tas de raisons. Une *banshee* qui possède un peu d'expérience est capable de retenir une âme le temps qu'il lui faut pour se préparer à l'au-delà. Pour se mettre en paix avec elle-même.

Je fronçai les sourcils, infichue de me représenter la scène.

— D'accord, mais peut-on vraiment parler de paix, si la *banshee* en question braille comme une possédée ?

Il rit. Je le suivis jusqu'à un pont branlant fait de planches de bois grossièrement reliées les unes aux autres par des chaînes.

— Pour les âmes, Ça ne ressemble pas à un hurlement. Et pour moi non plus. Ta plainte est très belle aux oreilles des garçons *banshee*.

Nash se retourna pour me jauger d'un regard tendre, presque pensif.

— Elle ressemble davantage à un chant mélancolique, obsédant. Je voudrais que tu l'entendes comme nous la percevons.

— Et moi donc !

Tout, plutôt que ce hurlement strident qui m'avait déchiré les tympans.

— Est-ce que je possède d'autres pouvoirs ? Parle-moi de ceux qui ne me donneront pas envie de m'arracher les oreilles du crâne ?

Nash m'attira sur la passerelle qui se mit à osciller sous nos pas. Parvenue à mi-chemin, je m'assis, les jambes pendantes.

— Tu peux retenir une âme assez longtemps pour qu'elle entende les pensées et les condoléances de ses amis. Ou pour qu'elle ait la possibilité de dire adieu à ses proches, même si eux ne l'entendent pas.

— Alors, je suis… *utile* ? demandai-je, soudain pleine d'espoir.

— Absolument.

Il s'assit sur la planche à côté de moi, une jambe se balançant dans le vide, l'autre repliée derrière mon dos.

Mon sourire s'élargit, une douce chaleur se répandit dans mes veines, remplaçant peu à peu le malaise qu'avait suscité en moi la seule idée de tenir en suspens l'âme d'un être humain. Cette paix que je sentais s'épanouir en mon for intérieur, émanait-elle de ma toute nouvelle raison d'être, dans la vie comme dans la mort ? Ou bien me venait-elle de la façon dont Nash me couvait du regard, comme s'il avait été prêt à tout pour m'arracher un sourire ? Je ne savais pas.

— Et toi, quels pouvoirs détiens-tu, Nash ?

— Disons que mes cordes vocales ne sont pas aussi puissantes que les tiennes, mais la voix des *banshee* mâles possède une sorte de… *d'influence*.

Il haussa les épaules, enroula autour de son bras la corde qui servait de garde-fou et s'inclina en arrière pour mieux me voir.

— Nous avons la capacité de provoquer chez les autres un sentiment de confiance en soi ou d'exaltation. Ou toute autre émotion. A plusieurs, nous sommes en mesure d'inciter des groupes entiers de gens à agir, ou de calmer des foules. Ce talent-là nous a été très utile pendant les procès en sorcellerie et les émeutes, jadis.

Il s'interrompit le temps d'un sourire avant de reprendre :

— Mais la plupart du temps, nous ne faisons qu'aider les gens à se détendre quand ils sont nerveux ou bouleversés.

Sur ce, il me lança un regard éloquent. J'en restai le souffle court.

— Tu m'as calmée, pas vrai ? dis-je. Dans la ruelle derrière le Tabou ?

— Et derrière l'école, cet après-midi. Avec Meredith…

Je n'avais jamais été capable de maîtriser seule cette panique, à moins de mettre de la distance entre moi et… le « pré-défunt ».

D'un clignement de paupières, je refoulai des larmes de gratitude. Je voulus remercier Nash, mais il reprit la parole avant que j'aie eu le temps de prononcer le moindre mot.

— Ne t'en fais pas. C'était cool d'avoir enfin l'occasion de me faire mousser.

— Et il y a autre chose, à part l'*influence* ?

Il hocha la tête, se pencha vers moi et me regarda d'un air solennel.

— Je suis capable de diriger les âmes.

— Quoi ?

Un frisson glacé me traversa, le duvet de mes bras se hérissa. Il faisait pourtant bon, ce soir.

Nash haussa les épaules, comme s'il ne voyait pas là de quoi fouetter un chat.

— Toi, tu peux retenir une âme, et moi, je suis à même de la manipuler. De lui dire où aller.

— Sérieux ? Et où est-ce que tu l'envoies ?

J'éprouvai quelque difficulté à assimiler.

— Nulle part.

Il s'adossa de nouveau à la corde et sembla soucieux.

— C'est ça le problème, poursuivit-il. Tes talents sont utiles. Altruistes, même. Mais les miens ? Ça se discute.

— Pourquoi dis-tu ça ?

— Parce qu'il n'y a qu'un endroit où envoyer une âme.

— Dans l'au-delà ?

Je me tournai vers lui, m'efforçant de ne pas me laisser engloutir par le gouffre qui s'ouvrait devant moi. Au loin, une cigale se mit à chanter.

— Les âmes n'ont pas besoin de moi pour aller dans l'au-delà, me répondit Nash.

Et tout à coup je compris.

— Tu peux lui faire réintégrer son *corps* ?

Je me redressai. La passerelle craqua sous mon poids.

— Tu as le pouvoir de ramener quelqu'un à la vie !

Nash secoua la tête, le visage toujours aussi sombre malgré mon exaltation. Puis il se leva et m'invita à l'imiter.

— Non. Il faut être deux. Une *banshee* pour capturer l'âme et un *banshee* pour lui faire regagner son corps. Un homme et une femme, si tu veux.

Sa main se posa sur ma hanche, et je ressentis presque la brûlure du feu qui brillait dans ses yeux.

— Nous formerions une équipe formidable, toi et moi, Kaylee.

Mes joues s'empourprèrent. Je venais de réaliser la portée de ce qu'il était en train de me dire. La réalité me frappa aussi vivement qu'une bourrasque glacée en pleine figure.

— Tu veux dire que nous pouvons sauver des gens ? Faire reculer la mort ? Tu aurais dû commencer par là !

Une bouffée d'euphorie me submergea. Puis la sensation d'ivresse se dissipa, bientôt remplacée par un profond sentiment de regret. De remords.

— En fin de compte, non seulement je n'ai pas prévenu Meredith, mais je l'ai laissée mourir alors que nous aurions pu la sauver. Pourquoi tu ne m'en as pas parlé avant, Nash ?

Je fus impuissante à retenir l'explosion de colère que déclencha cette prise de conscience. Meredith aurait encore été en vie si j'avais su comment l'aider !

Nash me prit par le menton et leva mon visage vers lui. Une drôle de lueur tournoyait dans ses yeux.

— Non, Kaylee. On ne peut pas se balader et remettre les âmes dans les cadavres, comme ça. Ça ne marche pas de cette façon. On n'a même pas le pouvoir de prévenir quelqu'un de l'approche de sa propre mort. C'est physiquement impossible, pour la simple raison que, quand tu chantes pour une âme, tu es bien trop absorbée pour faire quoi que ce soit d'autre. Pas vrai ?

Je hochai la tête d'un air malheureux.

— C'est vrai, ça me pompe toute mon énergie…

D'ailleurs, je n'arrivais toujours pas à imaginer que cet horrible hurlement ressemblait à un chant.

— Mais il doit bien y avoir un moyen de contourner ça.

Je dépassai Nash sur la passerelle et dégringolai les marches deux à deux. Mon esprit fonctionnait à toute allure, j'avais besoin de bouger.

— Nous pourrions inventer une sorte de signal ou un truc comme ça. Dès que j'aurais une prémonition, je te montrerais du doigt le… euh… pré-défunt et tu irais l'avertir…

Nash me rattrapa, secouant de nouveau la tête. Il essaya de me retenir par le bras, mais lâcha prise lorsque je me raidis.

— Même si on pouvait prévenir le malheureux, ça ne servirait à rien. Ça ne ferait que rendre ses derniers instants terrifiants.

Comme je refusais d'entendre, il se hâta de poursuivre :

— C'est ce que j'ai essayé de te faire comprendre, Kaylee. On ne peut pas arrêter la mort.

— Mais tu viens de dire que c'était possible !

M'adossant contre le toboggan, je décochai à Nash un regard maussade.

— Ensemble, nous aurions pu sauver Meredith. Si ça trouve, Heidi Anderson aussi, qui sait ? Ça ne te tracasse pas que nous n'ayons même pas tenté le coup ?

— Bien sûr que si ! Mais sauver Meredith n'aurait pas empêché sa mort, ça n'aurait fait que prolonger sa vie. Et ranimer quelqu'un dont l'heure est venue entraîne des conséquences très graves. Crois-moi, ça ne vaut pas la peine d'en payer le prix.

— Qu'est-ce que ça veut dire ?

Comment le fait de sauver la vie d'une personne pouvait-il ne pas valoir le prix ?

Le regard de Nash me transperça, comme pour souligner l'importance de ce qu'il s'apprêtait à dire.

— Une vie contre une vie, Kaylee. Si nous avions sauvé Meredith, quelqu'un d'autre aurait été emporté à sa place. Ça aurait pu être l'un de nous, ou n'importe qui se trouvant à proximité.

L'horreur.

Je m'effondrai au pied du toboggan. Je fermai les yeux. C'était cher payer, je l'admettais. Et quand bien même j'aurais été disposée à m'exposer au pire, je n'avais aucun droit de sacrifier sans le savoir un innocent qui n'aurait commis l'erreur que de se trouver là. Ou d'entraîner Nash dans ma chute.

Cependant, je refusais de m'avouer vaincue. Nash aurait beau dire — et peu importait la logique de ses arguments —, je restais sur l'impression qu'on n'aurait pas dû se contenter de laisser mourir Meredith. Et je ne supportais pas la pensée de me trouver de nouveau, un jour, dans la même position de passivité.

Avec un soupir, Nash s'assit à côté de moi, les coudes posés sur ses genoux.

— Kaylee, je sais ce que tu ressens, mais c'est ainsi que ça se passe avec la mort. Quand l'heure d'une personne est venue, cette personne doit partir, point barre. Tu deviendrais cinglée à essayer de trouver des échappatoires. Fais-moi confiance, je sais ce que je dis.

La détresse que je perçus dans la voix de Nash résonna dans mon cœur. Il me prit un désir fou de le toucher. Pour apaiser son chagrin, la souffrance qui le faisait parler ainsi.

— Tu as essayé, n'est-ce pas ? murmurai-je.

Il hocha la tête. Je me penchai pour poser mes lèvres sur les siennes. Le contact enflamma mes sens. J'eus envie de tenir Nash dans mes bras, de faire ce qu'il fallait pour que tout s'arrange.

— De qui s'agissait-il ?

— De mon père.

Abasourdie, je scrutai Nash. La douleur que je lus sur son visage sembla s'infiltrer en moi, me glaçant d'effroi.

— Que s'est-il passé ?

Nash soupira et s'appuya contre le toboggan. La lumière du réverbère, au-dessus de nos têtes, joua sur sa main. Il se frotta le front, comme pour repousser ses souvenirs.

— Il est tombé d'une échelle alors qu'il repeignait les volets d'une fenêtre du premier étage. Sa tête a heurté les briques qui bordaient le parterre de fleurs de ma mère. Elle était en train de tailler la haie, au moment où c'est arrivé. Elle l'a vu tomber.

— Et toi, où te trouvais-tu ? demandai-je doucement, de peur que ma voix ne fasse voler sa mémoire en éclats.

— Dans le jardin, derrière la maison. J'ai tout de suite accouru en entendant ma mère crier. Quand je suis arrivé, elle tenait la tête de mon père sur ses genoux et elle pleurait. Elle avait les jambes couvertes de sang. Puis elle s'est mise à chanter. C'était beau, tu sais.

Il se redressa, sa voix se fit pressante, comme s'il avait tenté de me convaincre.

— Triste et lugubre. Et l'âme de mon père était là, pour ainsi dire suspendue au-dessus d'eux. J'ai essayé de la guider. Je ne savais pas vraiment ce que je faisais, mais il fallait que je tente de le sauver. Il m'en a empêché. Son âme…, je pouvais l'entendre. Il m'a dit qu'il était obligé de partir et que je devais veiller sur ma mère. Il a dit qu'elle aurait besoin de moi, et il avait raison. Elle se sentait coupable parce qu'elle lui avait demandé de repeindre les volets. Elle n'a plus jamais été la même, après.

Je respirai un grand coup. Je ne m'étais pas rendu compte jusque-là que je retenais mon souffle.

— Quel âge avais-tu ?

— Dix ans, répondit-il avant de fermer les yeux. L'âme de mon père était la première que je voyais et je n'ai pas été capable de le sauver. A moins de tuer quelqu'un d'autre, et il a refusé que je risque ma propre vie. Ou celle de ma mère.

Il rouvrit les yeux et me fixa avec intensité.

— Et pour cela aussi, il avait raison, Kaylee. On ne peut pas prendre une vie innocente pour épargner quelqu'un qui *doit* mourir.

Ce n'était pas moi qui allais le contredire. Toutefois…

— Mais si Meredith n'était pas censée mourir ? Si son heure n'était pas venue ?

— Elle l'était. C'est comme ça que ça marche.

Nash exprimait autant de conviction qu'un enfant qui croit dur comme fer à l'existence du Père Noël. Il affichait une trop grande certitude, à croire que la force de ses affirmations servait à compenser quelque doute secret.

— Comment le sais-tu ?

— Parce qu'il existe des plannings. Des listes officielles. Il y a des gens qui veillent à ce que la mort soit appliquée selon le programme prévu.

Eberluée, je clignai des yeux.

— Tu es sérieux ?

— Oui, malheureusement.

Il me sembla voir un souffle d'amertume passer sur son visage, si furtif que je ne fus pas certaine de l'avoir vraiment perçu.

— Ça m'a l'air tellement… bureaucratique.

— Il s'agit d'un système très bien organisé, en effet.

— Tout système a ses lacunes, Nash.

Il voulut objecter, mais je me hâtai de poursuivre.

— Réfléchis. Trois filles sont mortes dans le même secteur au cours des trois derniers jours, et toutes les trois sans cause connue. Elles sont juste tombées par terre d'un seul coup, mortes. Ce n'est pas dans l'ordre normal des choses. Je dirais que c'est l'exemple même de ce qui est « anormal ». Ou pour le moins « suspect ».

— C'est inhabituel, en effet, concéda-t-il d'une voix lasse en se frottant les tempes. Mais même à supposer qu'elles n'aient pas été censées mourir, il n'y avait rien que nous aurions pu faire sans que quelqu'un d'autre perde la vie à leur place.

— O.K…, reconnus-je, dans l'impossibilité où je me trouvais de contester la logique de son raisonnement. Mais si une personne n'est pas destinée à mourir, est-ce que la pénalité pour l'avoir sauvée s'applique quand même ?

Nash afficha tout à coup une mine perplexe, comme si cette éventualité ne lui était jamais venue à l'esprit.

— Je ne sais pas. Mais je connais quelqu'un qui pourra peut-être nous renseigner.

10

— Alors, c'est qui, ce Tod ? demandai-je avant d'avaler le reste de mon soda.

Le faisceau lumineux d'un phare de moto illumina fugitivement les traits de Nash. Chaque fois qu'un rai de lumière tombait sur son visage, j'avais l'impression de le redécouvrir.

— Il travaille de nuit à l'hôpital, répondit Nash en allumant son clignotant pour tourner à gauche.

— Qu'est-ce qu'il fait ?

— Tod est… interne.

Il prit un autre virage à gauche, et le Arlington Memorial Hospital se profila sur notre droite. Les fenêtres de la toute nouvelle tour du service de chirurgie réfléchissaient la lumière des réverbères.

Je ramassai les emballages de notre repas et les fourrai dans le sac en papier, sur le plancher, entre mes pieds.

— Je ne savais pas que les internes avaient des horaires fixes.

Nash s'engagea dans le parking couvert faiblement éclairé et jeta des coups d'œil à droite et à gauche pour trouver une place libre près de l'entrée. Mais, à l'évidence, il cherchait aussi à éviter mon regard.

— Il n'est pas exactement interne en médecine.

— Qu'est-ce qu'il est, alors ? *Exactement.*

Il se gara sur un emplacement libre à l'extrémité du premier niveau, prenant davantage soin de ne pas érafler la voiture de Carter qu'il ne l'avait fait avec celle de sa mère. Puis il coupa le moteur avant de se tourner pour me faire face.

— Ecoute, Kaylee, Tod non plus n'est pas humain. Et ce n'est pas exactement un ami. Il se peut donc qu'il n'ait pas envie de répondre à nos questions.

Je croisai les bras et voulus prendre l'air agacé — ce qui n'était pas facile, vu que chaque fois que Nash me contemplait ainsi, comme s'il n'y avait rien d'autre au monde qui valût la peine d'être regardé, mon cœur se mettait à battre la chamade et ma gorge se serrait.

— Un non-humain non ami ? Qui travaille à l'hôpital comme non-interne en médecine ?

Du moins n'était-ce pas un joueur de football !

— Maintenant que nous avons établi ce qu'il n'est *pas*, tu veux bien me dire ce qu'il *est* ?

Nash laissa échapper un soupir et je compris que je n'allais pas aimer ce qu'il avait à me dire.

— C'est un Faucheur.

— Un quoi ?

J'avais sûrement mal compris.

— Tu veux dire, genre la Grande Faucheuse ? Tod est la Grande Faucheuse ?

Nash secoua la tête. Ouf ! Les *banshee*, c'était une chose — nous ne nuisions à personne —, mais je ne me sentais pas prête à me retrouver nez à nez avec la Mort, surtout en chair et en os. Et encore moins à lui poser des questions.

— Il n'est pas la Grande Faucheuse, rectifia Nash en guettant ma réaction avec attention. Il n'est qu'un Faucheur. Un parmi des milliers. C'est un boulot.

— Un boulot ? La mort, un boulot ? Attends une minute…

Je pris une profonde inspiration, fermai les yeux. Je comptai jusqu'à dix. Comme ça n'avait pas suffi, je continuai jusqu'à trente. Puis je croisai le regard de Nash, priant le ciel pour que la panique ne se voie pas dans les profondeurs probablement tourbillonnantes du mien.

— Alors… quand tu disais qu'on ne peut pas arrêter la mort, ce que tu voulais dire, en réalité, c'est qu'on ne peut pas arrêter Tod ?

— Pas lui en particulier, mais oui, en gros, c'est ça. Les Faucheurs ont un travail à accomplir, comme tout le monde. Et, en général, ils n'aiment pas beaucoup les *banshee*.

— Quelque chose me dit que je ferais mieux de ne pas demander pourquoi !

Esquissant un sourire, Nash prit ma main. Son contact suffit à faire grimper ma tension en flèche. *Nom d'un chien !* Je voyais d'ici que, dans l'avenir, toute colère contre lui se dégonflerait comme un ballon de baudruche.

— La plupart des Faucheurs ne nous aiment pas parce que nous avons la possibilité de saboter leur travail, m'expliqua-t-il. Même si nous ne détenons pas véritablement le pouvoir de ramener l'âme d'une personne, un Faucheur ne peut pas y toucher tant qu'une *banshee* la retient. Donc chaque seconde qu'elle passe à chanter signifie pour lui une seconde de retard dans la livraison de cette âme. Dans un quartier très fréquenté, ça risque de lui faire prendre un retard désastreux. Et puis ça les fait suer, tout bonnement. Les Faucheurs détestent qu'on vienne jouer dans leur cour.

Génial !

— Alors, non seulement je ne suis pas humaine, mais en plus la Mort est mon ennemie jurée ?

Céder à la panique, moi ?

— As-tu autre chose à me dire, puisque nous en sommes au chapitre des confidences ?

Nash essaya de réprimer son rire, mais en vain.

— Les Faucheurs ne sont pas nos ennemis, Kaylee. Seulement, ils n'apprécient pas particulièrement notre compagnie.

Quelque chose me souffla que le sentiment allait être réciproque. D'un signe de tête mal assuré, je signifiai à Nash que j'étais prête à partir à la recherche de Tod. Il ouvrit sa portière et sortit sur le parking obscur. Je l'imitai de mon côté et, une fois que j'eus refermé la portière côté passager, il pressa un bouton accroché au porte-clés de Carter pour verrouiller la voiture. Les bruits se répercutaient autour de nous. Selon toute vraisemblance, nous étions seuls. Ce qui était une chance, tout compte fait, étant donné le genre de conversation que nous étions en train de mener.

— Eh bien, à quoi ressemble-t-il, ce fameux Tod ? A un squelette tout blanc rôdant furtivement, enveloppé dans une grande cape noire avec une capuche ? Il porte une faux ? Parce que, à mon avis, il doit provoquer une panique monstre dans l'hôpital !

Nash prit ma main et m'entraîna vers la sortie. Le bruit de nos pas résonnait de façon sinistre.

— Kaylee, franchement… Est-ce que tu cours après les cortèges funèbres vêtue d'une longue robe sale, les cheveux flottant au vent, toi ?

Je fis mine de me fâcher.

— Tu m'as encore suivie !

Il leva les yeux au ciel.

— Il a l'air tout à fait normal — pour ce que ça importe. Les Faucheurs sont invisibles, sauf s'ils en décident autrement.

Le vent tiède de fin septembre qui se glissait par la porte du parking agitait les prospectus coincés sous les essuie-glaces des pare-brise, et faisait voltiger les emballages de sandwichs éparpillés sur le sol en béton.

— Tod voudra-t-il se montrer à nous ?

— Ça va dépendre de son humeur.

Dédaignant l'énorme porte à tambour, Nash lui préféra le lourd panneau de verre qu'il tint ouvert pour me laisser entrer. Je lui ouvris à mon tour la porte suivante et pénétrai à sa suite dans un hall silencieux, encombré de fauteuils vides à l'aspect très inconfortable. Il régnait à l'intérieur une chaleur agréable et je n'eus plus de frissons à mesure que nous nous éloignions de la porte principale.

Nash fit semblant de ne pas voir la bénévole assise au bureau des renseignements — aucune importance, de toute façon, elle dormait — et me conduisit vers les ascenseurs, à l'autre bout du hall.

Mes chaussures craquaient sur le sol ciré, chaque inspiration m'envoyait dans les narines une bouffée de désinfectant et de désodorisant (senteur pin). Isolément, ces deux odeurs étaient déjà insupportables. Ensemble, elles constituaient une menace pour mon nez et mes poumons. Heureusement, l'ascenseur de gauche était libre et nous pûmes l'emprunter tout de suite.

Nash pressa le bouton du deuxième étage. Une fois la porte fermée, le parfum de « bienvenue » s'évanouit, immédiatement remplacé par l'odeur commune à tous les hôpitaux — air confiné, pain de viande de cafétéria et eau de Javel.

— Tod travaille au deuxième étage ? demandai-je tandis que l'ascenseur s'élevait dans le grincement de ses engrenages.

— Il travaille dans tout l'hôpital, mais l'unité des soins intensifs se trouve au deuxième, et c'est là que nous aurons le plus de chances de le trouver. A condition qu'il le veuille bien.

Les soins intensifs… Comme j'assimilais cette information, je fus glacée d'effroi. Evidemment ! Ça tombait sous le sens ! Nous rencontrerions sans doute Tod là où les gens risquaient le plus de mourir.

Les paumes de mes mains devinrent moites et mon cœur cognait si fort qu'à coup sûr Nash devait l'entendre résonner dans la cabine de l'ascenseur. Quelles étaient les probabilités que je puisse traverser l'USI sans tomber sur une âme pour laquelle chanter ? Pratiquement nulles, j'étais prête à le parier. Et comme nous nous trouvions déjà sur place, dans l'hôpital, si je pétais les plombs cette fois encore, ils m'expédieraient sûrement par brancard express au service de psychiatrie. Ne passez pas par la case départ. Ne touchez pas deux cents dollars.

Il était *hors de question* que j'y retourne.

Ma main empoigna celle de Nash. Il caressa mes doigts avec son pouce.

— Si tu sens que ça commence, une pression de la main et nous sortirons.

Je m'apprêtais à protester mais il effleura mon visage du bout des doigts, son regard rivé au mien.

— Je te le promets.

— D'accord, soupirai-je.

Il m'avait déjà aidée à surmonter deux crises de panique — je ne pouvais m'empêcher de les considérer comme telles —, et je ne doutais pas qu'il réussirait à le faire une fois encore. De toute façon, je n'avais pas vraiment le choix. Je ne serais jamais en mesure de secourir la prochaine victime d'une mort prématurée si je ne trouvais pas Tod-le-Faucheur, et pour cela il me fallait le chercher dans tous ses lieux de prédilection.

L'ascenseur s'arrêta en faisant *ding,* la porte coulissa avec un léger chuchotis. Je lançai un regard à Nash, redressai les épaules et tâchai de rassembler mon courage.

— Allons-y, finissons-en !

Le couloir principal du deuxième étage s'étirait des deux côtés de l'ascenseur, dont la porte s'ouvrait sur un hall d'un blanc aseptisé. Un homme et une femme, tous deux vêtus d'une blouse bleue identique, étaient assis derrière un grand bureau circulaire. Au bruit que firent mes chaussures sur le sol, l'homme releva la tête. La femme ne remarqua même pas notre présence.

Nash indiqua d'un hochement de tête le couloir qui partait vers la gauche. Je lui emboîtai le pas. Comme lui, je marchai à pas lents, feignant de lire les noms inscrits sur les plaques fixées sur les portes des chambres. Nous étions deux gosses venus dans l'espoir de présenter une dernière fois nos respects à notre grand-père. Sauf qu'il demeurait « introuvable » dans le couloir que nous avions choisi, de même que dans tout le reste du deuxième étage. Ce que je ressentis presque comme une déception, après la peur initiale qui m'avait saisie à l'idée de pénétrer dans l'USI. Heureusement, Arlington n'était pas une si grande ville que ça, et seuls trois lits du service des soins intensifs étaient occupés. Et aucun de ces patients ne risquait dans l'immédiat de rencontrer un Faucheur.

Tod était également absent des troisième, quatrième et cinquième étages, du moins dans la mesure où il nous fut donné de le constater. Les derniers endroits qu'il nous restait à fouiller étaient la tour du service de chirurgie, la salle des urgences au rez-de-chaussée et la maternité au premier étage.

Je ne voulais *pas* trouver un Faucheur — même s'il ne portait pas de faux — dans le service de maternité. Quant au service de chirurgie, nous n'aurions pas manqué de nous faire repérer si nous nous y étions aventurés. Ce qui nous laissait les urgences à vérifier en priorité.

Lors de mon précédent séjour à l'hôpital d'Arlington, mon oncle et ma tante avaient appelé à l'avance pour prévenir de notre arrivée. Le service de psychiatrie nous attendait, de sorte que nous n'avions pas eu à passer par la salle des urgences. Aussi n'avais-je jamais eu l'occasion de visiter ce genre d'endroit. Jusqu'à ce que Nash et moi ayons traversé le hall d'entrée, poussé la double porte et pénétré dans la salle d'attente du service.

Que les choses soient claires : un service de psychiatrie n'a rien d'une visite à Disneyland. Il est peuplé d'infirmières qui vous regardent avec pitié ou mépris et de patients en pantoufles qui évitent votre regard ou au contraire ne vous lâchent pas des yeux. Mais un service des urgences a son propre lot de misères bien particulières.

Loin du dynamisme et des flots d'adrénaline auxquels je m'étais attendue sur la foi de certaines séries télévisées, la salle des urgences était en réalité silencieuse et lugubre. Des patients attendaient sur des chaises à peine rembourrées, alignées le long des murs ou regroupées au milieu de la salle tout en longueur, leurs visages tordus par des grimaces de douleur, de peur ou d'impatience.

Dans un fauteuil roulant, une vieille femme se morfondait sous une couverture élimée. Plusieurs enfants frissonnaient de fièvre dans les bras de leurs mères. Des hommes en bleu de travail serraient des pansements de gaze encroûtés sur des plaies suintant de sang ou des poches de glace sur des bosses violettes qui leur déformaient le crâne. A l'autre bout de la salle, près du poste d'accueil, une adolescente gémissait en se tenant la poitrine tandis que sa mère feuilletait un vieux tabloïde, manifestement sans prêter la moindre attention à sa fille.

De temps à autre, des employés en blouse entraient à une extrémité de la salle, traversaient toute la surface du linoléum défraîchi et ressortaient à l'autre bout par une porte à double battant. Ceux qui se déplaçaient seuls consultaient les dossiers qu'ils tenaient à la main ou regardaient droit devant eux, tandis que ceux qui circulaient par deux brisaient la morosité du quasi-silence par les bribes intempestives de leurs conversations désinvoltes. Les uns et les autres se donnaient un mal de chien pour éviter de regarder dans les yeux les malheureux qui attendaient et guettaient leur arrivée avec un espoir si évident qu'il me mettait mal à l'aise.

— Tu le vois ? chuchotai-je à Nash, survolant du regard les femmes et les enfants malades pour me concentrer sur les visages des hommes.

— Non, il va falloir attendre qu'il veuille bien se montrer.

Je fourrai mes poings dans mes poches, histoire de résister à une furieuse envie de lui prendre la main pour me rassurer. Parce que cette salle des urgences me faisait froid dans le dos. Si j'étais incapable de supporter le regard perdu dans le vide des masses souffrantes, comment pouvais-je espérer faire face à la Grande Faucheuse ? Ou même à l'*un* de ses Faucheurs ?

— Alors, comment sommes-nous supposés le repérer ?

— J'espérais que ce serait lui qui nous trouverait, me répondit Nash dans un murmure. Deux *banshee* qui rôdent dans les parages pendant qu'il essaie de travailler, cela aurait dû le pousser assez vite à se montrer au grand jour, ne serait-ce que pour nous faire déguerpir.

— Donc, je suppose qu'il a décidé de ne pas sortir du bois.

— Oui, on dirait.

Le regard de Nash se posa sur un panneau accroché au mur qui pointait indiquant la boutique de l'hôpital, de la cafétéria et du laboratoire de radiologie.

— Tu as soif ?

— Pas vraiment.

Déjà que j'avais avalé presque tout un litre de soda dans la voiture, j'aurais bien assez tôt besoin de chercher les toilettes !

— Alors, viens t'asseoir avec moi. Si nous lui montrons clairement que nous sommes prêts à attendre toute la nuit, il se sentira obligé de venir nous bousculer.

— Mais nous n'avons pas toute la…

— Chut ! chuchota-t-il dans mon oreille en passant un bras autour de ma taille. Il ne faut pas abattre notre jeu.

La caresse de son souffle sur le lobe de mon oreille fit courir une vague de frissons délicieux le long de mon cou puis à travers mon corps tout entier.

Me précédant dans le couloir, Nash suivait les panneaux fléchés jusqu'à la cafétéria où l'on servait encore des repas. Il acheta une énorme part de gâteau au chocolat et une petite bouteille de lait. Je pris un Coca. Puis il choisit une petite table carrée dans un coin de la salle presque déserte.

Assis dos au mur, Nash se mit à manger comme si de rien n'était. Comme s'il avait eu l'habitude de partir à la recherche d'un agent de la Mort tous les soirs. De mon côté, je ne tenais pas en place. Mon regard balaya la salle, survola un agent d'entretien qui vidait une poubelle, puis une femme coiffée d'une résille qui inspectait le buffet des crudités pour y traquer la moindre feuille de laitue fanée. Mes pieds trépignaient sur le sol, mes genoux martelaient le dessous de la table. Chaque secousse renversait quelques gouttes de la boisson de Nash qui semblait ne rien remarquer.

Il avait englouti la moitié de son gâteau — moins une ou deux bouchées que j'avais réussi à caser dans mon estomac — lorsqu'une ombre se profila sur notre table. Je levai les yeux ; un jeune homme se tenait debout devant la chaise vide à ma droite. Il portait un jean délavé trop large et un T-shirt blanc à manches courtes. Mais pas de veste. Son expression farouche n'arrivait pas à durcir sa bouche séraphique ni ses yeux bleu clair surmontés d'une crinière blonde et bouclée.

Nash ne releva même pas la tête.

Je jaugeai discrètement l'inconnu, puis suivis son regard vers les flacons jetables de sel et de poivre posés au milieu de la table. Supposant qu'il voulait les emprunter, je tendis la main vers la salière, lorsqu'il empoigna la chaise vide et s'y laissa tomber, croisant ses bras nus sur la table devant lui.

— Qu'est-ce que tu veux ? grogna-t-il d'un ton si bas et si grave que je n'aurais jamais cru possible qu'une telle voix puisse sortir d'une bouche aussi angélique.

Nash prit son temps pour mastiquer avant d'avaler, puis repoussa son assiette.

— Des réponses.

Je dévisageai le blond avec incrédulité.

— Quoi, c'est toi le Faucheur ?

Alors seulement Tod daigna me jeter un coup d'œil. Son air renfrogné ne le quittait jamais, semblait-il, comme gravé sur son visage.

— Tu t'attendais à quelqu'un de plus âgé ? de plus grand ? dans le genre pâle et décharné ?

Le mépris dégoulinait de ses paroles, pareil à de l'acide. Agacé, il reporta brusquement son attention sur Nash.

— Tu vois ? C'est le problème avec l'ancienne appellation. Je devrais peut-être commencer à me présenter sous le titre « agent de recouvrement » ou quelque chose comme ça.

— A ce moment-là, on t'obligerait à porter un costume et une cravate, intervins-je, amusée par l'image que mes propres paroles avaient fait naître dans mon esprit.

Nash eut un sourire en coin.

— Qui est-ce, ta copine ? s'enquit Tod en me désignant du menton.

Toutefois, son attention — et son irritation — demeurait focalisée sur Nash.

— Nous avons besoin de connaître les conditions et le taux de change, dit Nash sans me laisser le temps de me présenter.

Les sourcils de Tod se rejoignirent au-dessus de ses yeux bleus noyés d'ombre et, dans la lueur des ampoules fluorescentes du plafond, je remarquai une courte barbiche de poils clairs à la pointe de son robuste menton carré.

— Est-ce qu'il y a écrit « bureau de renseignements » sur mon front ? bougonna-t-il.

— Tu as l'air de… t'ennuyer.

Une expression malicieuse se peignit sur le visage de Nash tandis que la mine de Tod s'assombrissait de plus belle. Quelque chose avait dû m'échapper, mais j'ignorais quoi.

— L'hôpital ne te donne pas de quoi t'occuper ? reprit Nash. J'ai entendu dire qu'il y avait un poste vacant au Manoir Colonial. Tu te plaisais bien là-bas, non ?

— La maison de retraite ? m'étonnai-je,

Aucun des deux ne m'accorda un regard, trop occupés qu'ils étaient à se fixer d'un œil noir. Mais j'insistai :

— Pourquoi une maison de retraite voudrait-elle engager quelqu'un pour tuer ses pensionnaires ? Et d'ailleurs pour quelle raison un hôpital le ferait-il ?

Nash ricana et passa la main dans le fouillis de ses épis châtains. Tod se tourna brusquement vers moi, ses mâchoires se crispèrent.

— Elle a pas un bouton pour éteindre le son ?

— Il ne travaille pas *pour* l'hôpital, m'expliqua Nash, ignorant la question de pure rhétorique — du moins, je l'espérais — posée par Tod. Il travaille *dans* l'hôpital. Et à ce rythme, il va rester coincé ici pendant encore un siècle au moins. Pas vrai, Tod ?

Le Faucheur ne répondit pas, mais j'entendis ses dents grincer.

— Tu sais, fis-je remarquer, si tu continues à refouler ta colère comme ça, tu ne seras nulle part dans un siècle, et tu auras encore moins un travail à plein temps.

Dieux du ciel ! J'étais tout bonnement en train d'asticoter un agent de la Mort ! *Probablement pas une bonne idée, Kaylee…*

— Les Faucheurs ne vieillissent pas, rétorqua Tod avec un regard furieux. Ça fait partie des avantages en nature.

— Comme nous, alors ?

Je me tournai vers Nash et je compris, mais trop tard, que j'avais dit quelque chose qu'il ne fallait pas. Quand je me risquai à regarder de nouveau Tod, je m'aperçus qu'il me dévisageait d'un air stupéfait. Un sourire espiègle flottait sur ses traits angéliques.

— Où l'as-tu trouvée, celle-là ? voulut-il savoir.

— Si, nous vieillissons…, rectifia Nash.

Il s'interrompit au milieu de sa phrase, comme s'il avait été sur le point de prononcer mon nom et qu'à la dernière seconde il l'avait ravalé.

Et c'est alors que je compris : il ne voulait pas que Tod puisse m'identifier.

Ce qui, somme toute, me convenait tout à fait. La seule idée que la Mort connaisse mon nom me donnait la chair de poule. Même si Tod n'était qu'un représentant de la Mort parmi tant d'autres, et presque trop beau garçon pour être un vrai Faucheur.

— C'est juste que nous vieillissons lentement, reprit Nash.

Je me sentis furieusement rougir. Je venais de passer — et par ma faute, encore ! — pour une parfaite idiote. Quelle imbécile de ne même pas connaître la longévité de ma propre espèce !

Sous la table, Nash me fit du pied en signe de sympathie et pour me consoler. Je lui lançai un regard reconnaissant, puis me forçai à croiser les yeux de Tod avec hardiesse. Le meilleur moyen de jouer avec lui sur un pied d'égalité, c'était de lui rabattre son caquet.

— Pourquoi es-tu coincé ici ? demandai-je, espérant que j'avais deviné son point sensible.

— Parce que c'est un bleu, railla Nash avec un sourire narquois. Et il n'y a pas beaucoup de possibilités d'avancement dans un métier où les employés ne meurent jamais.

— Tu es encore débutant ? insistai-je.

Et de nouveau je vis les muscles de ses mâchoires se contracter sous l'effet de l'agacement.

— Quel âge as-tu ?

J'avais supposé, me fondant sur sa remarque à propos de son « éternelle jeunesse », qu'il devait être beaucoup plus vieux qu'il ne le paraissait.

— Il a dix-sept ans, répondit Nash sans se départir de son sourire goguenard.

— J'*avais* dix-sept ans lorsque j'ai commencé ce boulot, répliqua le Faucheur. Mais c'était il y a quatre ans.

— Tu fais ce travail depuis quatre ans et tu es toujours novice ?

Devant l'air profondément vexé que Tod afficha, j'hésitai. Je ne savais plus si je devais rire ou m'excuser.

— Eh bien, disons que celui qui m'a embauché n'était pas trop regardant en ce qui concerne les publicités mensongères. Et ton petit ami a raison à propos du taux de renouvellement du personnel — il est pratiquement nul. Les Faucheurs les plus anciens dans ce district approchent des deux cents ans. Si nous n'en avions pas perdu un l'année dernière, je serais encore dans la salle de télévision du Manoir Colonial, à attendre qu'un petit vieux s'effondre dans ses flocons d'avoine.

— Attends une seconde ! Comment est-ce qu'on peut perdre un Faucheur ? Un accident de faucille ?

Ma plaisanterie ne parut pas les amuser.

— Kaylee, moins tu en sais sur les affaires des Faucheurs, mieux c'est, murmura Nash.

Tod approuva d'un hochement de tête plein de morgue.

Oh ! Je levai les deux mains dans un geste d'excuse et me renversai contre le dossier de ma chaise.

— Désolée. Alors, comme ça, les petits vieux s'écroulent dans leurs flocons d'avoine… ?

Tod haussa les épaules.

— Ouaip. Au moins, ici, il m'arrive de temps en temps d'avoir affaire à la victime d'un coup de feu ou d'une rechute imprévue. La vie est pleine de surprises, pas vrai ?

— Je suppose.

A mes yeux, cependant, les prétendues « surprises » avaient pour ainsi dire perdu de leur éclat depuis que j'en avais eu une de taille en découvrant ma non-humanité. Sauf que j'aurais aimé que la mort elle-même demeure pour moi une surprise — je veux dire, qu'elle ait encore le pouvoir de me prendre au dépourvu, comme elle le faisait pour les gens normaux.

Enfin, pas ma propre mort, naturellement.

— En parlant de surprises…

Tout en dévissant la capsule de mon Coca, j'interrogeai Nash du regard. D'un hochement de tête, il me fit signe de poursuivre. Evidemment, je ne me faisais aucune idée quant à l'empressement de Tod à répondre à ma demande, plutôt qu'à celle de Nash.

— Nous avons besoin de ton aide pour éviter une très vilaine surprise.

Tod fit mine de jeter un coup d'œil à son poignet, pourtant dépourvu de montre.

— Vous m'avez déjà gâché ma pause, tous les deux. J'ai une rupture d'anévrisme au troisième étage dans dix minutes. Je ne dois pas arriver en retard. Je déteste ceux qui s'attardent.

— Ça ne te prendra pas longtemps.

Du regard, je le clouai sur place, bien décidée à ne pas le lâcher une fois que j'eus perçu son hésitation.

— S'il te plaît !

Le Faucheur leva les yeux au ciel, fourragea dans sa tignasse bouclée.

— Je vous donne cinq minutes.

Je poussai un soupir de soulagement. Puis pris conscience de la terrifiante réalité de la situation. Ne venais-je pas à l'instant de solliciter une audience avec la Mort ?

11

— C'est à propos du taux de change ? demanda le Faucheur, m'arrachant à mes pensées.

Les effets du choc causé par les événements de ces deux dernières heures commençaient enfin à se faire nettement sentir.

Voyant que je ne répondais pas, Nash hocha la tête.

Le Faucheur haussa les épaules et s'affala sur son siège.

— Vous en savez autant que moi là-dessus. Une vie contre une vie. C'est le tarif.

Nash me demanda d'un regard si j'étais d'accord. J'acquiesçai d'un signe de tête, m'efforçant de recentrer mes pensées. Il se pencha en avant, croisa les bras sur la table.

— Mais ça, c'est la pénalité encourue quand on sauve quelqu'un qui figurait sur ta liste, non ? demanda-t-il à Tod. Quelqu'un qui était *supposé* mourir.

— Vous ne sauvez personne, affirma Tod dont nous avions manifestement touché la corde sensible. Vous volez juste des âmes, ce qui ne fait que retarder l'inéluctable. Et mettre la pagaille dans mon planning. Et foutre mon patron dans une colère noire comme vous n'imaginez pas. Et je ne vous parle même pas de la paperasserie qu'implique le moindre échange standard.

— Je ne…, commença Nash.

Mais Tod l'interrompit.

— Mais surtout, c'est illégal. D'où la pénalité.

Je revissai la capsule sur ma bouteille et la poussai vers le centre de la table.

— Mais est-ce que la sanction s'applique quand même si nous sauvons quelqu'un qui n'était pas censé mourir ?

D'abord perplexe, le visage de Tod devint soudain inexpressif. Une lueur froide brillait dans ses yeux.

— Ce genre de bavure ne se produit pas chez nous…

— Et puis quoi encore ? s'exclama Nash en le fixant intensément et presque douloureusement. Tu me dois la vérité, Tod.

Mais, sans relever, Tod poursuivit.

— Et même si ça se produisait, on ne le saurait jamais ; parce que aucun Faucheur ne pourrait se permettre de reconnaître qu'il s'est trompé d'âme et en a emporté une par mégarde.

— Nous ne voulons pas parler d'erreur accidentelle.

Tout à coup, les portes de la cafétéria s'ouvrirent à la volée. Je relevai la tête. En voyant une femme entrer, suivie de trois gosses en file indienne, je pris conscience, pour la première fois depuis que Tod nous avait rejoints, que nous étions en train de discuter de choses très étranges dans un lieu très public.

— Et la liste ? demanda Nash en baissant la voix eu égard aux nouveaux arrivants. Est-ce qu'elle ne servirait pas à prouver que quelqu'un ne devait pas mourir ?

Tod se frictionna le visage, visiblement frustré et impatienté par nos questions.

— Sans doute, mais vous ne pourrez jamais mettre la main sur cette liste. Et même dans le cas contraire, ce serait trop tard. La pénalité aurait déjà été infligée.

— Tu veux dire qu'un Faucheur prendrait une vie

innocente en échange d'une âme qu'il n'aurait pourtant jamais dû réclamer ? m'écriai-je.

L'indignation faisait bouillir mon sang dans mes veines. S'il y avait une chose en ce bas monde qui aurait dû rester exempte de toute corruption, c'était bien la Mort. Après tout, n'était-elle pas la grande égalisatrice ?

Ou bien étaient-ce les impôts ?

— Tu as raison, concéda Tod avec un hochement de tête sans conviction. En théorie, la sanction ne devrait pas s'appliquer dans ce genre de cas. Mais théorie et réalité ne cohabitent pas forcément quand il est question de la mort. Alors, même si vous parveniez à dénicher la bonne liste, et même si vous aviez raison au sujet de… l'erreur du Faucheur, il est très probable qu'une âme innocente aurait déjà été emportée. Ou, peut-être, la vôtre, qui sait ?

Je ne pus me défendre de remarquer qu'il ne nous incluait pas dans la catégorie des « âmes innocentes ».

— Alors, dans tous les cas, nous sommes fichus !

Exaspérée, je me laissai retomber contre le dossier de ma chaise, les yeux fermés.

— Mais enfin, de quoi est-ce qu'il retourne ? voulut savoir Tod.

Quand je rouvris les yeux, ce fut pour le découvrir en train de me considérer avec… Etait-ce de l'intérêt ?

— Qui essayez-vous de sauver ? reprit-il.

— Nous ne savons pas. Personne, si ça se trouve.

Nash piqua sa fourchette dans le dernier morceau de gâteau et étala le glaçage au chocolat sur son assiette en carton.

— Plusieurs filles sont mortes dans notre quartier récemment, et Kay…

Il s'interrompit à la dernière seconde, afin de ne pas prononcer mon nom.

— Elle…, reprit-il en hochant la tête dans ma direction, elle trouve leurs morts louches.

— Ah oui ?

Un sourire étira les lèvres du jeune Faucheur, et j'entendis presque les rouages de son cerveau tourner dans sa tête.

— Qu'ont-elles donc de suspect ?

— Ces filles étaient toutes des adolescentes. Toutes très jolies. Elles sont mortes de la même façon. Elles ne souffraient d'aucune maladie. Elles sont mortes à un jour d'intervalle.

A mesure que j'énumérais les faits, je dépliais mes doigts, l'un après l'autre. Une fois que j'eus ouvert tous les doigts d'une main, je la brandis sous le nez de Tod.

— Tu n'as que l'embarras du choix. De toute façon, ça fait trop de coïncidences. Il est *impossible* que les trois filles aient été destinées à mourir, et je me fiche de savoir sur quelle liste elles figuraient.

Une lueur de curiosité dans les yeux de Tod me confirma que j'avais de nouveau capté son attention.

— Tu crois qu'elles ont été tuées ?

J'essayai de mettre un semblant d'ordre dans mes pensées.

— Je ne sais pas. Peut-être. Mais si c'est le cas, je n'ai aucune idée de la façon dont c'est arrivé. A l'exception de la première, elles sont mortes devant plusieurs témoins et aucun n'a rien remarqué d'anormal. Rien qu'une jolie fille qui, tout à coup, s'est écroulée par terre.

Tod se leva à moitié et approcha sa chaise de la table, puis il se rassit.

— Bien sûr, il existe des moyens pour faire en sorte

que ça arrive, expliqua-t-il. Mais même si elles ont été tuées, ça ne change rien. Chaque jour, la liste principale compte de nouvelles victimes d'assassinat. Je n'en ai eu que deux en quatre ans, mais les Faucheurs plus anciens en ont toutes les semaines.

Consternée, je sentis mes yeux s'écarquiller et un poids m'oppresser la poitrine.

— Tu veux dire qu'il y a des gens qui sont *censés* se faire assassiner ?

Pendant un instant, un sentiment d'indicible horreur éclipsa la détermination et la peur qui se combattaient déjà à l'intérieur de moi. Comment le meurtre pouvait-il faire partie de l'ordre naturel ?

— Tous les gens doivent mourir, m'expliqua Tod. Les modalités varient énormément ; le meurtre en est une.

Je me tournai vers Nash, refoulant d'un battement des paupières les larmes de colère qui me piquaient les yeux.

— Dans ce cas, à quoi bon tout ça ? Si je ne peux rien y changer, à quoi ça sert que je le sache ?

Nash me prit la main.

— Elle a du mal à renoncer, dit-il à Tod qui eut l'air de compatir.

— Qu'est-ce que tu en sais ? rétorquai-je.

Je ne me souciais plus, désormais, de savoir que rien de tout cela n'était la faute du Faucheur. Ni que j'aurais sans doute dû avoir peur de lui.

— Pour toi, prendre des âmes, c'est un moyen de gagner ta vie, m'indignai-je. La mort n'est qu'un événement banal, à tes yeux.

Nash souffla et afficha un air de contentement.

— Et à l'entendre aujourd'hui, on ne croirait jamais qu'il a eu tant de mal à ses débuts, ironisa-t-il.

— Fais gaffe, Hudson ! gronda Tod, ses yeux bleu clair devenus froids comme la glace.

Une nouvelle expression se peignit sur les traits de Nash — un mélange d'amusement et de malice.

— Raconte-lui l'histoire de la petite fille, suggéra-t-il.

— Tu es malade ? Tes neurones ne se connectent plus là-dedans ? vociféra Tod. C'est ça qui te rend incapable de la fermer ? Ou est-ce que tu es juste idiot ?

— Quelle petite fille ? demandai-je sans tenir compte de la flambée de rage du Faucheur ni du demi-sourire satisfait du *banshee.*

— Ça l'aiderait à comprendre, insista Nash lorsqu'il devint évident que Tod refusait de répondre.

— Comprendre quoi ? dis-je en les regardant tour à tour.

Finalement, Tod poussa un soupir et fusilla Nash du regard.

— Tu essaies de me faire passer pour un imbécile, gronda le Faucheur. Mais n'oublie pas que je sais des choses sur toi qui te montreraient sous un drôle de jour. Alors fais gaffe, voleur d'âmes, la prochaine fois que tu ouvriras ta grande gueule.

Nash haussa les épaules. Selon toute vraisemblance, la menace ne l'inquiétait pas outre mesure. Tod se tourna vers moi.

— Au début, je n'aimais pas trop mon boulot. Tout ça me paraissait triste et dénué de sens, et parfois carrément injuste. Une fois, j'ai refusé une mission et j'ai bien failli me faire renvoyer. Je suppose que c'est de cela qu'il veut parler.

Du coin de l'œil, je vis Nash opiner du bonnet, mais je gardai mon regard braqué sur le Faucheur.

— Pourquoi as-tu refusé une mission ?

Tod laissa échapper un soupir de frustration. Ou, peut-être, d'embarras.

— Je travaillais à la maison de retraite à l'époque. Un jour, une petite fille est venue avec ses parents rendre visite à sa grand-mère. Elle s'est étranglée avec un bonbon à la menthe que la voisine de chambre lui avait donné. Elle devait mourir. Elle figurait sur la liste — tout était très officiel. Mais, l'heure venue, je n'ai pas pu. La petite n'avait que trois ans. Alors, quand une infirmière est arrivée et a pratiqué sur elle la manœuvre de Heimlich, je l'ai laissée vivre.

— Et ensuite, que s'est-il passé ?

Mon cœur saignait pour la petite fille, et pour Tod aussi, dont le travail allait si totalement à l'encontre de la compassion dont je nous sentais remplis, moi comme lui.

— Mon patron s'est mis en pétard quand je suis rentré sans l'âme de la petite. Il a pris celle de la grand-mère à la place, et quand un poste s'est libéré à l'hôpital, il a refusé de considérer ma candidature et a nommé quelqu'un d'autre.

La colère assombrissait ses yeux.

— Je suis resté coincé à la maison de retraite pendant encore presque trois ans, avant qu'il finisse par se décider à me transférer ici. Et je ne sais pas combien de temps il me faudra avant ma prochaine promotion.

— Mais tu ne crois pas que cela en valait la peine ? ne pus-je m'empêcher de demander. La grand-mère avait déjà vécu sa vie, la petite fille commençait tout juste la sienne. Tu lui as sauvé la vie !

Le Faucheur secoua la tête. Ses boucles blondes brillaient sous la lumière du plafonnier.

— C'était un échange inéquitable. A partir du moment où elle aurait dû mourir, cette petite fille était en sursis.

Elle vivait le temps qui restait à sa grand-mère. Quand on procède à un échange, ce que l'on fait, en réalité, c'est troquer la date de la mort d'une personne pour une autre. Cette petite fille est décédée six mois plus tard, le jour où il était prévu, à l'origine, que sa grand-mère parte.

Cette fois, je ne pus retenir mes pleurs.

— Comment arrives-tu à supporter tout ça ?

D'un geste plein de colère, j'essuyai mes yeux avec la serviette en papier que Nash me tendit, me félicitant tout bas de ne pas les avoir trop tartinés de mascara.

Tod jeta un coup d'œil à Nash, puis se radoucit lorsqu'il se tourna vers moi.

— C'est plus facile maintenant que j'ai l'habitude. Mais à l'époque, j'ai dû apprendre à me fier à la liste. La liste principale est comme le scénario d'une pièce de théâtre — elle indique chaque mot prononcé par chaque comédien, et le spectacle continue aussi longtemps que personne ne s'en écarte.

— Mais ça peut arriver, non ? hasardai-je tout en triturant la serviette en papier pour en faire une boulette. La liste est infaillible, mais les Faucheurs ne le sont pas. Un Faucheur peut dévier de la liste, comme tu l'as fait pour la petite fille, n'est-ce pas ?

Avant que Tod n'ait pu répondre, Nash attira notre attention.

— Tu penses que ces filles sont mortes à la place d'autres personnes qui, elles, se trouvaient effectivement sur la liste ? Qu'elles ont fait l'objet d'un échange ?

Je secouai la tête.

— Trois en trois jours ! C'est trop pour une coïncidence. Mais si Tod a pu biaiser en refusant de prendre une âme, est-ce qu'un autre Faucheur n'aurait pas lui aussi la possibilité de contourner la liste et d'emporter une âme supplémentaire ? Ou même trois ?

— Non ! objecta fermement Tod. A aucun moment. Mon patron le remarquerait tout de suite, si quelqu'un livrait trois âmes en trop.

Je haussai un sourcil.

— Qu'est-ce qui te fait croire qu'il les a bien livrées ?

Tod se rembrunit.

— Tu ne sais pas de quoi tu parles. C'est impossible !

— Il y a un moyen de le savoir, suggéra Nash en me considérant d'un air sombre avant de braquer sur Tod un regard pénétrant. Tu as raison : elle et moi, nous n'arriverons pas à mettre la main sur cette liste. Mais toi, tu le peux.

— C'est hors de question !

Tod repoussa sa chaise et se leva. A l'autre extrémité de la cafétéria, la mère et ses trois enfants relevèrent la tête. L'un des petits garçons était barbouillé de glace au chocolat d'une oreille à l'autre.

— Assieds-toi ! siffla Nash entre ses dents en le foudroyant du regard.

Tod s'apprêtait à tourner les talons. Je le saisis par la main. A la seconde où ma peau toucha la sienne, il se figea et se retourna lentement, comme si chaque mouvement lui avait fait souffrir le martyre.

— S'il te plaît ! l'implorai-je du regard. Ecoute-le jusqu'au bout.

Le Faucheur dégagea ses doigts un par un, jusqu'à ce que ma main reste suspendue, abandonnée. Il avait l'air à la fois furieux et terrifié mais il se laissa retomber sur son siège.

— Nous n'avons pas besoin de voir cette liste en

entier, précisa Nash. Juste la partie qui concerne les trois derniers jours. Samedi, dimanche et aujourd'hui.

— Je ne peux pas faire ça, répéta Tod en secouant ses boucles blondes. Tu ne te rends pas compte de ce que tu me demandes.

Je posai les mains sur la table, histoire de lui montrer que j'avais tout mon temps. Même si je bluffais.

— Eh bien, explique-nous.

Tod poussa un profond soupir et, sans prêter attention à Nash, me répondit :

— Il ne s'agit pas d'une liste unique. « Liste principale » est un terme impropre. En réalité, il y a plusieurs listes. Chaque jour, mon patron divise la liste principale par secteurs, puis par postes. Je n'ai connaissance que de la partie relative à la tranche horaire entre midi et minuit dans cet hôpital. Un autre Faucheur travaille ici le reste de la journée, mais je ne vois jamais ce qui est écrit sur sa liste, encore moins sur celles des autres secteurs. Ce n'est pas comme si je pouvais simplement aller demander à un collègue de me montrer ses anciennes listes. Surtout s'il fauche réellement « en indépendant ».

Il a raison, reconnut Nash. C'est trop compliqué.

Il ferma les yeux avec un soupir. Puis il les rouvrit et me regarda, la mine résolue.

— Il nous faut la liste principale.

Tod émit un grognement, ouvrit la bouche pour protester, mais je le devançai.

— Pas la peine. Nous n'avons même pas besoin de la voir.

— Quoi ? s'exclama Nash, les sourcils froncés.

Je levai un doigt pour lui intimer de patienter en silence pendant que je m'adressais au Faucheur.

— Si je comprends bien, tu ne travailles pas à partir

de la liste principale, mais tu l'as déjà vue, pas vrai ? Tu nous as bien dit qu'elle contenait des victimes de meurtre tous les jours… ?

Tod haussa les épaules.

— Ouais, il m'arrive de la voir de temps à autre. Elle est complètement informatisée maintenant. Mon patron laisse le programme tourner dans son ordinateur en permanence, au cas où il lui faudrait apporter des rectifications. J'y jette parfois un coup d'œil quand je vais dans son bureau.

Je ne pus retenir un petit sourire.

— O.K., parfait. Nous n'avons pas besoin de la voir. Il suffit que tu la feuillettes rapidement et que tu nous dises si les noms des trois filles y figuraient.

Tod se pencha en avant, les coudes sur ses genoux, la tête entre les mains. Il se frotta le front, puis prit une longue inspiration résignée avant de finalement relever les yeux sur moi.

— Où sont-elles mortes ?

— La première dans les quartiers ouest, au Tabou, s'empressa de répondre Nash. Elle s'appelait Heidi… ?

Les sourcils levés, il m'interrogea du regard.

— Anderson, répondis-je. La deuxième était Alyson Baker, au Cinemark d'Arlington et la troisième au lycée d'East Lake, pas plus tard que cet après-midi.

— Attendez une minute ! Il s'agit de secteurs complètement différents, grommela Tod, dont les bras finement musclés se contractèrent quand il prit appui sur la table. Si vous croyez vraiment qu'aucune d'elles n'aurait dû mourir, cela signifie qu'il y a trois Faucheurs impliqués dans cette petite conspiration. Ce qui commence à paraître plutôt compliqué, soit dit en passant.

— Hummm…

Je ne m'y connaissais pas assez en Faucheurs pour me rendre compte à quel point notre hypothèse était tirée par les cheveux. Mais ce dont j'étais convaincue, c'était que plus il y avait de gens au courant d'un secret, plus il était difficile de le garder. Tod avait raison. Alors... peut-être n'y avait-il qu'un seul Faucheur en cause, en fin de compte.

— Existe-t-il quelque chose qui retiendrait l'un d'entre vous d'opérer dans le secteur d'un collègue ?

— Mis à part l'intégrité et la peur de se faire prendre ? Non, rien.

L'intégrité d'un Faucheur... ?

— Donc, si un Faucheur n'a ni moralité ni crainte, rien ne l'empêche d'emporter la moitié des âmes de l'Etat du Texas, juste sur un coup de sang. Par exemple, parce qu'il s'est trouvé coincé au volant, dans les embouteillages, aux heures de pointe ?

Me rendant compte que ma voix montait, je me forçai à baisser le ton.

— Les Faucheurs ne sont-ils pas tenus de restituer leur... euh... rayon de la mort, ou, quel qu'il soit, leur outil de travail, quand ils ne sont pas en service ?

Les lèvres de Tod se retroussèrent en un bref sourire.

— En fait, non. Il n'existe pas de rayon de la mort. Dommage, d'ailleurs, ce serait vraiment cool ! Les Faucheurs ne disposent d'aucun équipement. Tout ce que nous avons, c'est notre aptitude à mettre fin à la vie et à prendre possession des âmes. Mais ça suffit largement, tu peux me faire confiance.

Et, sur ces mots, son expression s'assombrit.

— En théorie, il devrait être impossible de tomber sur un Faucheur dénué d'intégrité. Ce n'est pas comme si nous posions notre candidature pour ce poste histoire d'assouvir notre soif dévorante de pouvoir. Avant d'être recrutés, nous passons tous les tests possibles et imaginables, susceptibles de détecter n'importe quel trouble psychologique connu. Aucune personne capable de faire ce dont vous parlez ne devrait pouvoir trouver de travail comme Faucheur.

— Tu ne sembles pas avoir tout à fait confiance dans le système, remarquai-je tout en scrutant son visage avec attention.

Il haussa les épaules.

— Tu l'as dit toi-même. Les Faucheurs ne sont pas infaillibles, et le système est géré par des Faucheurs.

— Alors, tu vas jeter un coup d'œil sur cette liste ? demanda Nash, dévisageant Tod presque aussi attentivement que je le faisais moi-même.

Tod réfléchit un instant avant de répondre :

— Il s'agit de trois secteurs différents, et de trois dates différentes — et aucune sur la liste principale en cours.

— Tu le feras ? répétai-je avec impatience.

Tod hocha la tête.

— Ce ne sera pas facile, mais relever pareil défi n'est pas pour me déplaire. Du moment que j'y trouve mon compte.

Son regard bleu se focalisa sur moi, et quelque chose me souffla qu'il ne faisait plus allusion au fait de fouiner dans le bureau de son patron.

— Je découvrirai ce que tu veux savoir… si tu me donnes ton nom en échange.

Nash n'hésita pas une seconde.

— Pas question ! Tu feras ce qu'on te dit, et gratis, parce que sinon nous camperons ici aussi longtemps qu'il le faudra, et elle retiendra toutes les âmes que tu essaieras d'emporter jusqu'à ce que tu aies pris tellement de retard dans ton planning que ton patron te réexpédiera dare-dare à la maison de retraite. Et encore, si tu as de la chance !

— Ouais, tu parles ! rétorqua Tod avec un petit sourire suffisant. Elle est tellement novice que, si on lui pressait le nez, il en sortirait encore du lait. Je parie qu'elle n'a même jamais vu une âme.

— Il a raison, capitulai-je.

Nash saisit ma main et la serra avec force, me suppliant par ce geste de ne pas donner à Tod ce qu'il espérait. Mais je ne voyais aucune raison de résister. De toute façon, mon nom serait très facile à trouver, ce qui en faisait un bien faible prix à payer pour l'information dont nous avions besoin.

— Je m'appelle Kaylee. Tu auras mon nom de famille une fois que tu nous auras fourni le renseignement.

Tod se leva avec un sourire rayonnant. Une sorte de lumière intérieure.

— Marché conclu ! Je vous tiendrai au courant de ce que j'aurai appris, mais je ne peux pas vous promettre que ce sera pour cette nuit. Je suis déjà en retard pour la rupture d'anévrisme.

Je hochai la tête, dépitée, encore que pas vraiment surprise.

— Maintenant, si vous voulez bien m'excuser, reprit Tod. Il faut que j'aille rendre veuve une pauvre femme.

Et, sur ces mots, il disparut.

Il n'y eut ni carillon ni scintillement. Pas le moindre signe qu'il allait se volatiliser. Simplement, il était là, et, l'instant suivant, il s'était envolé, sans bruitage ni effets spéciaux d'aucune sorte.

— Tu ne m'avais pas dit qu'il pouvait faire ça !

m'exclamai-je avant de me retourner vers Nash pour m'apercevoir qu'il s'était rembruni. Qu'est-ce que tu as ?

Il se leva, ramassa l'assiette en carton qui contenait encore un morceau de gâteau.

— Rien. Partons !

Il jeta nos déchets en sortant de la cafétéria, et je le suivis en silence à travers les couloirs de l'hôpital jusqu'au parking. *Apparemment, il ne voulait* vraiment *pas que Tod connaisse mon nom…*

Comme nous étions arrivés à la voiture, Nash déverrouilla la portière du côté passager et l'ouvrit. Mais au lieu de monter, je me plantai face à lui et plaquai ma main sur son torse.

— Toi, tu es en colère après moi.

Mon cœur battait si fort que ma poitrine me faisait mal. Je sentais les cognements sourds du sien sous ma paume. Pendant quelques secondes terrifiantes, je fus convaincue qu'il allait me reconduire chez moi, puis disparaître de ma vie, comme Tod avait disparu de la cafétéria.

Le plafonnier près de l'entrée l'éclairait par-derrière, auréolant ses cheveux sombres d'un halo de lumière.

— C'est après lui que je suis furieux, dit-il. J'aurais dû venir seul. Je ne m'attendais pas à ce qu'il s'intéresse à toi.

Interloquée, je fis un pas sur le côté pour mieux étudier son expression.

— Pourquoi ? Parce que je ne suis qu'une sorcière hurlante ?

Nash m'attira à lui et me pressa contre la voiture. Puis il m'embrassa si fort qu'il m'en ôta le souffle.

— Tu n'imagines pas à quel point tu es belle, murmura-t-il tout contre mes cheveux. Seulement, comme Tod est raide dingue de quelqu'un d'autre depuis déjà longtemps, je pensais que je n'avais rien à craindre. J'aurais dû me méfier.

— Pourquoi ne voulais-tu pas qu'il connaisse mon prénom ?

Il serra les dents.

— Parce qu'il est la mort, Kaylee. Il a beau avoir l'air innocent et s'accrocher désespérément à l'idée qu'il est une sorte de héros de l'au-delà, transportant les âmes sans défense d'un endroit à un autre, il n'empêche que c'est un Faucheur. Il se peut qu'un jour ton nom apparaisse sur sa liste. Et même si je sais que, dans ce cas, garder le secret de ton nom ne servirait pas à te sauver, je ne vais tout de même pas lui faciliter la tâche et littéralement te livrer !

— Il connaît ton nom.

Ma main quitta son torse, descendit le long de son bras, mes doigts cherchèrent les siens.

— Je le connaissais avant qu'il devienne Faucheur.

— Ah bon ?

Jusque-là, l'idée ne m'était pas venue à l'esprit que Tod ait pu mener une vie normale autrefois. A quoi ressemblait un Faucheur, avant de s'entourer de mort et de mourants ?

Nash hocha la tête. J'ouvrais déjà la bouche pour poser une autre question, mais il posa un doigt sur mes lèvres.

— Je ne veux plus parler de Tod.

— Bon, d'accord, marmonnai-je avant de retirer doucement sa main et de me hisser sur la pointe des pieds. Je ne veux plus parler de lui non plus.

Je l'embrassai, et mon pouls s'affola lorsqu'il me rendit mon baiser. Sa langue rencontra la mienne, puis ses lèvres caressèrent mon menton et mon cou.

— Mmm…, murmurai-je.

Je frissonnais de partout. J'enlaçai Nash. Mes doigts s'accrochèrent à sa chemise.

— Ça fait du bien, soupirai-je.

— C'est toi qui me fais du bien, chuchota-t-il en retour.

Mais avant que j'aie eu le temps de répondre, un moteur se mit à vrombir derrière nous et un flot de lumière nous aveugla. Nash se redressa avec un grognement de frustration tandis qu'une voiture fonçait sur nous, en direction de la sortie du garage.

— Il ne me reste plus qu'à te ramener chez toi, dit Nash, une main en visière sur son front, l'autre posée sur mon bras.

Je clignai des paupières pour dissiper les cercles lumineux qui flottaient devant mes yeux.

— Je ne veux pas rentrer à la maison. Tous les gens de ma famille me mentent depuis le début. Je n'ai rien à leur dire.

— Tu ne veux pas savoir pourquoi ils t'ont menti ?

Je demeurai interdite. Pas une seconde, je n'avais envisagé de tout bêtement les mettre en face de la vérité. Ils ne s'y attendaient sûrement pas !

Je sentis un sourire s'épanouir — un sourire auquel répondit celui de Nash.

— Allons-y !

12

— Tu entres avec moi, hein ? suppliai-je Nash qui s'était arrêté en laissant tourner le moteur.

L'allée n'était pas assez éclairée pour me permettre de voir distinctement ses yeux, mais je savais qu'il m'observait.

— Tu y tiens ?

Le voulais-je vraiment ?

Une mince silhouette se profila dans l'encadrement de la fenêtre qui donnait sur la rue : tante Val, une main posée sur sa hanche étroite, l'autre tenant une tasse géante. Ils m'attendaient pour parler avec moi. Ou, plus probablement, pour *me* parler, car ils n'avaient sans doute aucune intention de me révéler la vérité, attendu qu'ils ignoraient que quelqu'un d'autre l'avait déjà fait.

— Oui, répondis-je enfin.

Non que j'aie besoin de lui pour livrer bataille à ma place. En fait, maintenant que le grand mensonge — soit ma vie tout entière — avait été dévoilé, j'avais même hâte d'exiger les réponses qu'on aurait dû apporter à mes interrogations depuis longtemps.

Mais un peu de soutien moral ne m'aurait effectivement pas fait de mal, je devais l'avouer.

Avec un sourire, Nash tourna la clé pour couper le contact.

Une fois descendus de voiture, nous nous rejoignîmes devant le capot. Nash me prit la main et se pencha pour m'effleurer la joue d'un baiser, juste sous l'oreille gauche. J'avais beau savoir que mon oncle et ma tante m'attendaient de pied ferme, je ne pus réprimer un frisson de plaisir.

Je n'étais pas folle. Je le savais maintenant. Et je n'étais pas la seule — Nash aussi en était convaincu. N'empêche, au moment où j'ouvris la moustiquaire puis la porte, je sentis une sourde appréhension me creuser les entrailles, comme l'une de ces fourchettes dentées que l'on trouve attachées sur les boîtes de salade cuisinée. Je pénétrai dans le vestibule carrelé, Nash sur mes talons.

Ma tante se tenait au milieu du séjour. Sur son visage, un fragile masque de reproche dissimulait mal un autre sentiment, plus fort et plus impérieux. Mon oncle se leva aussitôt du canapé, nous enveloppant tous deux d'un seul regard. Je dois reconnaître — et c'est tout à son honneur — que la première expression qui se peignit sur ses traits fut celle du soulagement. Il s'était inquiété, probablement parce que je n'avais répondu à aucun des douze messages qu'il avait laissés sur le répondeur de mon téléphone éteint.

Mais son soulagement fut de courte durée. Maintenant qu'il me savait saine et sauve, il était prêt à me tuer de ses propres mains.

Le regard chargé de colère d'oncle Brendon s'attarda sur moi un moment avant de se reporter sur Nash.

— Il est tard. Je suis sûr que Kaylee te retrouvera demain à la cérémonie funèbre.

Tante Val se contentait de siroter son café — ou peut-être son « café » — sans faire mine de vouloir venir à mon secours.

Nash m'interrogea du regard, attendant ma décision.

Je lui signifiai ma résolution en serrant ma main autour de la sienne.

— Oncle Brendon, je te présente Nash Hudson. J'ai plusieurs questions à te poser et je veux qu'il reste. Sinon, je repars avec lui.

Les sourcils noirs de mon oncle s'abaissèrent, son regard se durcit — puis ses yeux s'agrandirent de surprise.

— Hudson ?

Il dévisagea Nash avec attention. Soudain, son visage s'illumina.

— Tu es le fils de Trevor et Harmony ?

Quoi ? Désarçonnée, je les regardai l'un après l'autre. Derrière moi, tante Val, prise d'une violente quinte de toux, se frappa la poitrine à grands coups. Elle avait dû s'étrangler avec son « café ».

— Vous vous connaissez ? m'étonnai-je.

Mais Nash avait l'air aussi éberlué que moi.

— J'ai connu tes parents, il y a longtemps de cela, expliqua oncle Brendon à Nash. Mais je ne savais pas que ta mère était revenue dans la région.

Il fourra ses deux mains dans les poches de son jean. Le manque d'assurance que trahissait son geste le fit paraître encore plus jeune que d'habitude.

— J'ai été vraiment désolé d'apprendre la mort de ton père, poursuivit-il.

— Merci, monsieur, répondit Nash avec une brève inclination de la tête, le geste tout autant que la parole d'une politesse irréprochable.

Oncle Brendon se tourna vers moi.

— Le père de ton ami était…

C'est alors qu'il comprit. Son visage s'empourpra, son expression s'assombrit.

— Tu lui as dit ? demanda-t-il à Nash.

Soutenant hardiment le regard de mon oncle, celui-ci acquiesça d'un signe de tête.

— Elle a le droit de savoir.

— Et apparemment ni toi ni tante Val n'aviez l'intention de m'en parler, m'indignai-je.

Ma tante s'affaissa dans le fauteuil le plus proche, vida sa tasse puis la laissa pratiquement tomber sur un sous-verre.

— Il est vrai que ça nous pendait au nez depuis un bout de temps, reconnut mon oncle. Ton père est déjà en route pour venir tout t'expliquer lui-même.

Les bras ballants, il sembla hésiter un instant sur l'attitude à adopter. Puis il soupira et opina du chef, comme s'il venait de prendre une décision.

— Asseyez-vous, tous les deux, s'il vous plaît. Je suis sûr que vous devez vous poser des tas de questions.

— Est-ce que je peux vous servir quelque chose à boire ? proposa tante Val en se levant d'un geste mal assuré, sa tasse vide à la main.

— Oui, répondis-je avec un sourire mielleux. Je prendrai la même chose que toi.

Elle fronça les sourcils — sans se soucier, pour une fois, des rides gravées sur son front —, puis se dirigea vers la cuisine à pas lents.

— Je boirais bien un peu de café, ajouta oncle Brendon avant de s'installer dans son fauteuil fleuri.

Mais sa femme disparut dans la cuisine sans répondre.

Je m'assis sur le canapé, aussitôt imitée par Nash. Dans le silence soudain, je pris conscience que ma cousine n'était pas accourue pour m'interroger ou faire du gringue à Nash. Aucune musique ne sortait de sa chambre. Aucun son, en fait.

— Où est Sophie ?

Oncle Brendon poussa un long soupir et sembla s'enfoncer encore plus profondément dans son siège.

— Elle n'est au courant de rien. Elle dort.

— Encore ?

— Elle s'est rendormie, rectifia mon oncle. Val l'a réveillée pour dîner, mais elle n'a presque rien mangé. Ensuite, elle a repris une de ces maudites pilules et est retournée se coucher. Je devrais jeter le reste du flacon à la poubelle, conclut-il entre ses dents.

Mais Nash et moi avions entendu ses dernières paroles. Et je ne pouvais qu'être entièrement d'accord avec mon oncle à ce sujet, même si, pour l'heure, je ne l'approuvais pas en ce qui concernait tout le reste.

Nourrissant mon courage de la colère qui couvait en moi, je braquai sur mon oncle mon regard le plus bravache.

— Alors, comme ça, je ne suis pas humaine ?

Il soupira.

— Je dois reconnaître que tu n'as jamais été du genre à tourner autour du pot.

Je me contentai de le fixer, refusant de me laisser distraire par un verbiage inutile. Lorsque mon oncle se lança dans ses explications, j'agrippai la main de Nash plus fort que jamais.

— En effet, techniquement, nous ne sommes pas humains, admit-il. Mais la différence est très minime.

— Mouais, rétorquai-je, sarcastique, sauf en ce qui concerne la mort et les hurlements.

— Alors, vous aussi, vous êtes un *banshee* ? intervint Nash, s'efforçant d'arrondir les angles avec davantage de courtoisie.

Au moins, l'un de nous deux gardait son calme…

— Oui, de même que le père de Kaylee, mon frère.

Oncle Brendon croisa mon regard et, décelant une

lueur de sympathie discrète dans ses yeux, je devinai sur-le-champ ce qu'il allait dire.

— Et que ta mère.

Ma mère n'avait rien à faire là-dedans. Autant que je le sache, elle ne m'avait jamais menti.

— Et tante Val ?

— Je suis humaine, répondit celle-ci en regagnant le séjour, une tasse de café fumant dans chaque main.

Elle avança avec précaution, tendit une tasse à mon oncle, puis se laissa tomber dans le fauteuil en face du sien.

— Et Sophie aussi.

— Vous êtes sûre ? demanda Nash, sceptique. Elle n'a peut-être pas encore eu l'occasion d'avoir des prémonitions.

— Elle se trouvait avec Meredith cet après-midi, lui rappelai-je.

— Ah oui, c'est vrai.

— Nous l'avons su dès sa naissance, précisa ma tante comme si elle ne nous avait pas entendus.

— Comment ? voulus-je savoir.

Avec lenteur, elle croisa soigneusement les jambes, porta sa tasse à ses lèvres.

— Elle a poussé un cri, dit-elle avant d'avaler une gorgée de café, le regard pas tout à fait fixé sur le mur au-dessus de ma tête. Les *banshee* ne crient pas à la naissance.

— Sérieux ?

D'un regard, je demandai confirmation à Nash, mais il se borna à hausser les épaules, apparemment aussi étonné que moi.

Oncle Brendon observait sa femme avec une inquiétude croissante.

— Elles peuvent avoir des larmes, précisa-t-il, mais

une véritable *banshee* ne crie jamais pour de bon jusqu'à ce qu'elle chante pour sa première âme.

— Non, ce n'est pas possible !

J'avais beaucoup pleuré quand j'étais enfant, non ? Et sûrement à l'enterrement de ma mère… ?

Certes, il est vrai que je ne me rappelais pas grand-chose de cette époque, mais j'étais certaine que j'avais hurlé comme un putois le jour où mon vélo avait dérapé sur le trottoir et que je m'étais affalée dans un rosier, quand j'avais huit ans. Et aussi, à onze ans, quand je m'étais déchiré le lobe de l'oreille avec une créole en me brossant les cheveux. Et encore le jour où j'avais été plaquée pour la première fois, à l'âge de quatorze ans.

Depuis combien de temps faisais-je des prédictions macabres sans même en avoir conscience ? Avais-je eu des accès de tristesse inconsolable, lorsque j'allais à la maternelle ? Ou bien ma jeunesse m'avait-elle en grande partie tenue à l'écart de la mort ? Depuis combien de temps me traitaient-ils comme si j'étais folle à lier, alors qu'ils savaient depuis le début ce qui n'allait pas chez moi ?

Mon dos se raidit, je sentis mes joues s'enflammer de colère. Chaque réponse apportée par mon oncle ne faisait que soulever de nouvelles questions, à propos de choses que j'aurais dû savoir depuis longtemps.

— Pourquoi ne me l'avez-vous pas dit ? sifflai-je, les dents serrées, m'efforçant de maîtriser ma voix afin de ne pas réveiller Sophie.

Dire que j'avais raté tant de choses ! Gâché d'innombrables heures à douter de ma santé mentale.

Alors que ce que j'aurais dû remettre en question, c'était mon humanité !

— Je regrette, Kaylee. J'ai essayé de le faire.

Oncle Brendon ferma les yeux, comme pour rassembler

ses pensées, puis il croisa de nouveau mon regard. Et, à ma grande surprise, je me rendis compte que je le croyais.

— J'ai commencé à t'en parler, l'année dernière quand tu étais… à l'hôpital. Mais ton père m'a demandé de garder le silence. Le mal était déjà fait, et il espérait que nous pourrions attendre encore un peu. Au moins jusqu'à ce que tu aies terminé tes études au lycée.

Voilà donc pourquoi ils avaient espéré que je disposerais de davantage de temps ! Pas pour vivre, mais tout simplement pour profiter d'une adolescence normale, humaine. Un désir louable, certes, mais dont l'accomplissement laissait tout de même à désirer…

— Je m'étonne que votre petite comédie ait pu durer si longtemps !

En prononçant ces mots, je m'étais avancée sur l'extrême bord du canapé, ma main toujours fermement cramponnée à celle de Nash. Il était la seule chose qui me maintenait assise, cependant que je donnais libre cours au jaillissement de fureur et de ressentiment qui menaçait de faire éclater mon crâne.

— Combien de temps pensiez-vous qu'il faudrait avant que je tombe sur quelqu'un sur le point de mourir ?

Oncle Brendon haussa les épaules d'un air malheureux, mais soutint mon regard.

— La plupart des adolescents n'ont jamais l'occasion de voir quelqu'un mourir. Nous espérions que tu aurais cette chance et que nous pourrions attendre de laisser ton père t'expliquer tout ça… plus tard. Quand tu serais prête.

— Quand je serais prête ? Je l'étais l'année dernière quand j'ai croisé cette pauvre gosse au crâne chauve que l'on poussait dans un fauteuil roulant, déjà enveloppée dans son drap mortuaire ! Vous attendiez que *lui* soit prêt !

Que mon père se décide enfin à jouer son rôle de parent.

— Elle a raison, Brendon, marmonna tante Val, à présent avachie dans son fauteuil, une attitude totalement dépourvue de grâce.

Je la dévisageai, attendant la suite. Mais lorsqu'elle leva sa tasse au lieu de continuer à parler, je me retournai vers mon oncle.

— Pourquoi avoir gardé tout cela secret ?

— Parce que tu…, commença tante Val, faisant de grands gestes avec sa tasse à moitié vide.

Mon oncle l'interrompit d'un regard sévère.

— C'est à ton père de te l'expliquer.

— Ce n'est pas comme s'il avait manqué de temps ! ripostai-je. Il a eu seize ans pour le faire.

Oncle Brendon hocha la tête. Je lus du regret sur son visage.

— Je sais, dit-il. Nous aussi. Et étant donné la manière dont tu as fini par tout comprendre, ajouta-t-il en lançant un regard d'excuse à Nash, je crois que nous avons eu tort d'attendre si longtemps. Mais ton père sera là demain matin, et je ne veux pas marcher sur ses plates-bandes. Il te racontera toute l'histoire.

Il y avait une histoire ? Il ne s'agissait pas d'une simple explication, mais d'une véritable histoire ?

— Il vient pour de bon ?

Je le croirais quand je le verrais.

Pourtant, à cette pensée, ma poitrine se serra, traversée par une secousse d'adrénaline. Mon père détenait des réponses que personne d'autre ne semblait disposé à me fournir. Mais j'aurais dû savoir qu'il fallait une catastrophe majeure pour lui faire retraverser l'Atlantique. Il ne venait pas me voir. Il venait limiter les dégâts, avant que ma tante ne l'appelle en PCV.

Oncle Brendon plissa le front devant mon scepticisme flagrant — il le voyait sans doute tournoyer dans mes yeux.

— Nous l'avons appelé cet après-midi.

— *Je* l'ai appelé, corrigea tante Val. Je lui ai dit de se bouger les fesses et de sauter dans un avion, ou sinon je…

— Tu en as eu assez, coupa mon oncle.

Il se leva sans que personne ait eu le temps de dire ouf et, une seconde plus tard, il avait confisqué la tasse de sa femme. Tante Val s'affaissa dans le fauteuil, les yeux ronds de surprise léthargique, les doigts toujours pliés, comme si elle tenait encore l'anse de sa tasse.

— Je vais te chercher du café, continua-t-il.

Il s'arrêta entre le séjour et la salle à manger, serrant la tasse si fort que les jointures de ses doigts blanchirent.

— Je suis désolé, dit-il à Nash. Ma femme prend tout cela très mal. Elle s'inquiète pour les filles et, de plus, elle est très amie avec la mère de Meredith Cole.

Admettons ! Mais Mme Cole et tante Val faisaient de la gym ensemble, elles n'étaient pas sœurs siamoises, que je sache. Et je n'avais pratiquement jamais vu ma tante boire plus d'un verre de vin à la fois — elle affirmait que l'alcool contenait trop de calories.

Nash acquiesça de la tête.

— Ma mère aussi serait bouleversée à sa place.

Peut-être, mais je parie qu'elle ne noierait pas son chagrin dans le cognac…

— Comment va ta mère ? s'enquit oncle Brendon.

— Mon père lui manque toujours, répondit Nash, les yeux rivés sur nos mains entrelacées, visiblement gêné de parler de sa propre famille.

L'expression de mon oncle se radoucit.

— Bien sûr, c'est normal.

Et, laissant tomber la conversation, il s'éclipsa dans la cuisine.

Pendant un moment, je contemplai le tapis en silence, pas trop certaine de ce qu'il fallait dire. Nous observions une pause dans ce qui était sans doute la discussion la plus embarrassante de ma vie, et je n'étais pas vraiment pressée de la relancer.

Mais, à l'évidence, tante Val y tenait.

— Elle n'aurait pas aimé ça, grommela-t-elle, le regard vissé sur le sol devant elle, les bras ballants le long des accoudoirs.

Je ne l'avais jamais vue si… végétative. Si ramollie.

— Ma mère, vous voulez dire ? hasarda Nash, désarçonné.

Mais je savais à qui elle faisait allusion. Elle parlait de *ma* mère.

— Qu'est-ce qu'elle n'aurait pas aimé ? demandai-je, curieuse malgré la colère persistante qui m'étreignait.

Personne ne semblait jamais vouloir parler de ma mère devant moi.

— Si ça s'était passé autrement, elle t'aurait dit toute la vérité. Mais Aiden était incapable d'y faire face. Il n'a jamais été aussi fort qu'elle.

Les yeux de tante Val se posèrent sur moi, et je fus surprise par la soudaine clarté de son regard. Par l'intensité inattendue qui brillait à travers les vapeurs de l'ivresse.

— Je n'ai jamais connu quelqu'un d'aussi solide que Darby. J'aurais voulu lui ressembler, et puis…

— Valérie !

Oncle Brendon s'était figé dans l'embrasure de la porte, une nouvelle tasse de café — selon toute vraisemblance, non arrosé, celui-là — à la main.

— Et puis quoi ? insistai-je, les scrutant tour à tour.

— Rien. Elle ne sait pas ce qu'elle dit.

Mon oncle posa la tasse sur la table basse la plus proche — sans sous-verre — et traversa la pièce, pareil à une masse confuse et bleutée, tout son être, pour ainsi dire, exhalant la frustration et l'anxiété. Il passa un bras autour des épaules de sa femme et la souleva du fauteuil. Comme pour corroborer ses dires, elle partit en titubant.

Cependant, malgré sa démarche chancelante, elle le toisa sans ciller. Et, malgré la réprimande de son mari, elle ne se rétracta pas. Quel qu'ait été l'échange muet qui venait de s'effectuer entre eux, il apparaissait clair comme le jour que tante Val savait parfaitement de quoi elle parlait.

La portant presque, oncle Brendon conduisit sa femme vers le vestibule.

— Je vais la mettre au lit, annonça-t-il. Heureux d'avoir fait ta connaissance, Nash. Salue ta mère de ma part.

Il me regarda ostensiblement, puis fit un geste du menton en direction de la porte.

De toute évidence, l'heure des visites était passée.

Toutefois, il y avait une interrogation qui ne pouvait attendre l'arrivée de mon père, et je voulais tenir la main de Nash pour entendre la réponse. Au cas où.

— Oncle Brendon ?

Mon oncle hésita sur le seuil. Tante Val posa la tête sur son épaule, les yeux déjà fermés.

— Oui ?

— Est-ce que je suis malade ?

Un ahurissement sincère plissa le front de mon oncle.

— Pas que je sache, répondit-il en secouant la tête. Pourquoi, tu ne te sens pas bien ?

— Non, je veux dire, est-ce que j'ai quelque chose ?

Constatant que je ne faisais qu'ajouter à sa confusion,

je pris une profonde inspiration et me forçai à énoncer la vraie question :

— Est-ce que je suis en train de mourir ?

Pendant un instant encore, son visage exprima l'incompréhension la plus totale. Puis soudain, il comprit et ses traits se lissèrent, comme le sable d'une plage sous le reflux des vagues.

— Tu nous as entendus cet après-midi ?

Je hochai la tête. Ma main se resserra autour de celle de Nash.

— Non, Kaylee, tu ne vas pas mourir, enchaîna mon oncle, les lèvres étirées en un doux sourire qui fit plus pour me tranquilliser que ses paroles ne l'auraient jamais pu. A ma connaissance, tu ne souffres de rien d'autre que d'une tendance à t'enfuir en courant pour aller dramatiser dans ton coin après avoir surpris la moitié seulement d'une conversation.

— Sur quoi portait l'autre moitié de votre discussion ? Pourquoi suis-je en sursis ?

Une expression de chagrin effaça son sourire. Il redressa tante Val contre lui.

— Ça fait partie de l'histoire que te racontera ton père. Aie un peu de patience, il te le dira. Et fais-moi confiance — Val ne sait vraiment pas de quoi il retourne.

Je poussai un soupir de dépit.

— Bon, d'accord.

Je ne tirerais rien de plus de lui, j'en avais le pressentiment. Heureusement, mon père serait là dès le lendemain matin, et, cette fois je ne le laisserais pas repartir avant qu'il ait répondu à toutes mes questions.

— Va dormir, Kaylee. Et toi aussi, Nash. Avec cette cérémonie funèbre, la journée de demain risque de ne pas être plus facile que celle d'aujourd'hui.

Je hochai la tête. Oncle Brendon souleva tante Val dans ses bras — elle ronflait légèrement à présent — et l'emporta dans le couloir. Je me renversai contre l'accoudoir du canapé en face de Nash.

— Woah ! siffla-t-il. Combien en a-t-elle descendu ?

— Sais pas. Mais elle boit peu d'habitude, alors il n'en faut pas beaucoup pour la soûler. En plus, elle a commencé dès cet après-midi.

— Quand ma mère est contrariée, elle fait des gâteaux. Il m'arrive de me nourrir toute une semaine de brownies et de lait chocolaté.

— On échange ?

Tante Val aurait préféré mourir plutôt que de toucher une plaquette de vrai beurre, encore moins un sachet de pépites de chocolat. Elle partait du principe qu'en ne connaissant rien à la pâtisserie elle s'épargnait des milliers de calories par semaine.

Selon *ma* théorie, à la place de tout le cognac qu'elle avait ingurgité au cours des huit dernières heures, elle aurait pu se permettre de manger un gâteau au chocolat à elle seule.

— Pas question, répliqua Nash. J'aime trop les brownies. Tu gardes ta tante.

— Mouais, c'est bien ce que je craignais.

Nash se leva et je le suivis jusqu'à la porte d'entrée, mon bras glissé sous le sien.

— Il faut que j'aille rendre sa voiture à Scott avant qu'il n'appelle les flics, dit-il.

Je l'accompagnai dehors. Arrivée près de la portière du côté conducteur, je lui entourai la taille de mes bras. Il m'enlaça, et je me sentis fondre. La pensée que je pourrais le toucher chaque fois que j'en aurais envie me fichait un trac fou.

Je m'adossai contre la carrosserie, et Nash se pencha sur moi. Sa bouche rencontra la mienne, mes lèvres s'ouvrirent pour l'accueillir. Pour se nourrir de lui. Lorsque ses baisers descendirent de mon menton vers ma gorge, je renversai la tête en arrière, heureuse que la fraîcheur de la nuit dissipe les vagues de chaleur qu'il soulevait en moi. Ses lèvres étaient brûlantes, le sillage de ses baisers embrasait mon cou et la naissance de mon décolleté.

Ma respiration se fit haletante. Chacun de ses baisers, chaque petit coup de sa langue sur ma peau m'échauffaient de la façon la plus délicieuse. Ses doigts remontèrent de ma taille tandis que ses lèvres s'aventuraient plus bas, repoussant l'encolure de mon T-shirt.

Woah...

— Nash ! susurrai-je en posant mes mains sur ses épaules.

— Mmm ?

— Hé...

Je me pressai contre lui, et il releva la tête pour rencontrer mon regard. Les iris de ses yeux tournoyaient furieusement dans la lumière du perron.

— Tu veux que je vienne te chercher pour aller à la cérémonie funèbre ? demandai-je.

Décontenancé par mon brusque changement d'attitude, il plissa le front. Puis il reprit ses esprits. Il inspira un grand coup, ralentit les remous qui agitaient ses prunelles et s'appuya contre la voiture à côté de moi.

— Mais ton père ?

— Il peut venir tout seul.

Nash leva les yeux au ciel.

— Je pensais que tu ne voudrais pas y aller, puisque ton père sera là.

— J'y assisterai. Et je vais même y traîner mon père et mon oncle.

Il haussa les sourcils, glissa un bras autour de ma taille.

— Pourquoi ?

— Parce que si un Faucheur franc-tireur cherche à s'attaquer à des adolescentes, j'imagine qu'il y réfléchira à deux fois avant d'affronter une salle pleine de gens comme nous. Et plus il y aura de *banshee* présents, plus nous aurons de chances que l'un de nous le repère, pas vrai ?

— En théorie, répondit Nash, dont la mine sombre me fit pressentir qu'un « mais » allait suivre. Mais, Kaylee…

Je souris, un brin amusée d'avoir pour une fois prédit autre chose que la mort de quelqu'un.

— … ça ne va pas se reproduire. Pas si tôt. Pas au même endroit.

— C'est arrivé trois jours de suite, Nash, et toujours lors de grands rassemblements d'adolescents. Cette cérémonie funèbre verra la plus grande concentration de jeunes depuis le jour de la remise des diplômes l'année dernière. Il risque autant d'y choisir sa prochaine victime que n'importe où ailleurs.

— Et même si c'était le cas, que comptes-tu faire ? murmura Nash d'une voix rude.

Il jeta un coup d'œil par-dessus mon épaule pour s'assurer que personne n'était sorti sur le perron, puis plongea de nouveau ses yeux dans les miens. Je pris alors conscience que derrière sa brusque colère se cachait une crainte véritable.

Je savais que j'aurais dû avoir peur moi aussi et, pour parler franchement, j'étais terrifiée. La notion même de Faucheurs récoltant leur moisson immatérielle et abandonnant derrière eux des enveloppes humaines vidées de leur contenu me retournait l'estomac et serrait ma poitrine comme un étau autour de mon cœur. Quant à l'idée de me lancer à la poursuite de l'un de ces Faucheurs… Bref, c'était dingue !

Mais pas aussi fou que de laisser une autre innocente mourir. Pas si nous pouvions l'empêcher.

Je regardai Nash, espérant que mon intention se lirait sur mon visage, laissant ma détermination bouillonner lentement dans mes prunelles.

— Non ! protesta-t-il avec force.

Il jeta encore une fois un coup d'œil du côté de la maison, puis se concentra de nouveau sur moi. Ses iris tourbillonnaient de plus belle.

— Tu as entendu ce qu'a dit Tod, siffla-t-il d'un ton farouche. Un Faucheur décidé à voler des âmes sans autorisation n'hésiterait pas une seconde à s'emparer de l'une des nôtres à la place.

— Mais nous ne pouvons pas permettre qu'il tue quelqu'un d'autre, m'emportai-je, tout aussi acharnée que lui.

Je résistai à l'envie de me dérober. En mettant de la distance physique entre nous à l'occasion d'une dispute comme celle-ci, je redoutais de nous éloigner sentimentalement aussi.

— Nous n'avons pas le choix, répliqua-t-il.

Je m'apprêtais à protester, mais il ne m'en laissa pas le loisir.

— Bon, écoute. Je voulais éviter d'avoir à m'embarquer dans ce genre de discussion maintenant — je pensais que la nouvelle de ta non-humanité était déjà suffisamment dure à supporter pour la journée. Mais il y a tout un tas de trucs que tu ne comprends pas encore, et de toute façon ton père va sûrement t'expliquer tout ça bientôt.

Il soupira, se renversa contre la carrosserie, les yeux fermés comme pour battre le rappel de ses pensées. Lorsqu'il les rouvrit, je vis que sa détermination égalait désormais la mienne.

— Que pouvons-nous faire ensemble ?

D'un geste de la main, il nous désigna l'un puis l'autre, et je compris qu'il ne parlait pas de faire l'amour.

— Restituer une âme ? C'est plus compliqué que ça ne paraît, et il y a de sérieux risques, en plus du taux de change à respecter.

— Quels risques ?

Les conditions d'échange n'étaient-elles pas déjà assez draconiennes ? Un nouveau sentiment de malaise m'envahit. Je m'adossai contre la portière à côté de lui et regardai la lumière du perron illuminer la moitié de son visage tandis que le reste de ses traits — à la fois fermes et flous — demeurait plongé dans l'ombre. J'étais pratiquement certaine que si ce qu'il avait à m'annoncer était aussi dingue que la révélation de ma nature de *banshee*, je n'aurais pas trop de la voiture de Carter dans mon dos pour me soutenir.

Le regard de Nash accrocha le mien, ses yeux tournoyant de ce qui ne pouvait être que de la peur.

— Les *banshee* et les Faucheurs ne sont pas les seuls à se balader en liberté, Kaylee. Il y a d'autres choses. Des choses que je ne peux même pas nommer. Des choses que tu n'aimerais pas croiser.

Ses paroles me donnèrent la chair de poule. *Alors là, pour le coup, c'était plus qu'un peu effrayant !* Encore qu'incroyablement vague.

— Bon, et où les trouve-t-on, ces effroyables fantômes ?

— La plupart demeurent dans le royaume des ténèbres.

— Et où est-ce ? insistai-je.

Je croisai les bras sur ma poitrine, mon coude heurta le rétroviseur de Carter.

— Parce que tout ça me fait plutôt penser au manège de Peter Pan à Disneyland, raillai-je.

Hélas, ma tentative de sarcasme n'était qu'une bien pauvre défense contre les doigts glacés de l'appréhension qui s'insinuait en moi. Il aurait sans doute été plus facile de dédaigner ce prétendu « autre monde », de faire semblant qu'il ne s'agissait que d'une histoire de films d'horreur — si je n'avais découvert tout récemment que je n'étais pas humaine.

— Ce n'est pas drôle, Kaylee. Le monde des ténèbres existe, il est là, avec nous, mais pas vraiment *ici*. Il est ancré à notre monde, mais plus profondément que les humains ne peuvent le percevoir. Si tu comprends ce que je veux dire.

— Pas beaucoup, répondis-je d'une petite voix que la soudaine absence de scepticisme avait vidée de son timbre. Comment sait-on que ce monde des ténèbres et ses… ténébreux existent, puisqu'on ne les voit pas ?

— *Nous* pouvons les voir… nous ne sommes pas humains.

Comme si j'avais besoin qu'on me le rappelle !

Nash fronça les sourcils et ajouta :

— Mais seulement quand tu chantes pour l'âme de quelqu'un. Et c'est aussi le seul moment où ils peuvent te voir.

Et, tout à coup, je me souvins. L'ombre noire que j'avais vue déguerpir dans la ruelle pendant que je poussais ma complainte funèbre pour Heidi Anderson. Le mouvement que j'avais détecté en bordure de mon champ de vision au moment où l'âme de Meredith menaçait de s'échapper. J'avais vu quelque chose, sans même avoir vraiment cédé à l'envie de hurler.

C'était la raison pour laquelle oncle Brendon m'avait dit de me retenir. Il craignait que je voie trop de choses.

Et que peut-être aussi ces choses me voient.

13

Nash dut lire le cheminement de mes pensées — et la quasi-panique — sur mon visage, car il m'enlaça la taille et m'attira contre lui, me faisant glisser sur la surface lisse et rutilante de la carrosserie.

— Ce n'est pas aussi terrible que ça le paraît. Une *banshee* expérimentée sait éviter le danger. Mais nous n'avons aucune expérience, Kaylee.

Il avait beau gentiment s'inclure lui-même dans la catégorie des débutants, nous étions l'un comme l'autre conscients que c'était moi la novice.

— De toute façon, nous n'avons aucune certitude que ces filles ne figuraient pas sur la liste. Tout cela relève encore de la pure théorie. Une théorie très improbable et très dangereuse.

— Nous serons fixés une fois que Tod nous aura appelés, insistai-je.

Les dernières données du problème que venait de me fournir Nash se bousculaient dans ma tête, compliquant ce que je m'étais crue prête à entreprendre si une intervention s'avérait nécessaire.

— Il ne téléphonera peut-être pas cette nuit.

— Si, j'en suis sûre.

Tod dénicherait l'information pour nous. Bientôt. Que nous ayons réussi à le toucher ou qu'il veuille seulement connaître mon nom de famille, j'avais eu la conviction, à l'instant où il avait disparu, qu'il ferait ce que nous lui avions demandé.

— Préviens-moi dès qu'il appelle. S'il te plaît !

Nash hésita un instant, puis finit par hocher la tête.

— Mais tu dois me promettre que tu ne feras rien de dangereux, quoi qu'il dise. Ne t'avise surtout pas de chanter en solo pour une âme.

Comme si j'allais avouer que je m'apprêtais à foncer tête baissée dans une entreprise risquée ! D'ailleurs…

— Je n'ai pas tellement envie d'aller visiter ce royaume des ténèbres toute seule. Et puis mon modeste talent ne sert à rien sans le tien, pas vrai ?

— Tout juste !

Il se détendit alors quelque peu et m'embrassa pour me souhaiter bonne nuit. Lorsqu'il fit mine de s'écarter, je le serrai contre moi, dans un effort pour retenir ce qui en lui me procurait un tel sentiment de bien-être et de sécurité. Nash était devenu un rempart contre la folie dans cet univers de chaos sans précédent et de périls invisibles. Et je ne voulais pas le laisser partir.

Malheureusement, dans le monde des permissions de minuit et des réveille-matin, il ne lui était pas possible de rester auprès de moi.

Je verrouillai la porte d'entrée derrière lui, puis le regardai par la fenêtre faire marche arrière et disparaître dans la nuit. Je refermais les rideaux lorsque le parquet craqua derrière moi.

— Kaylee ?

Je sursautai, fis volte-face. Debout sur le seuil du vestibule, mon oncle m'observait.

— Pfiou ! Tu m'as flanqué une de ces frousses, oncle Brendon !

Son sourire ressemblait à une grimace.

— Tu n'es pas la seule dans cette maison à avoir de grandes oreilles qui traînent partout.

— Mouais, mais ce ne sont pas les grandes oreilles qui m'inquiètent le plus, rétorquai-je, heureuse d'entendre de nouveau Sophie ronfler, maintenant que le reste de la maison était plongée dans le silence. Ce seraient plutôt les grandes *gueules*.

Je traversai la pièce à pas feutrés en direction de mon oncle, puis le contournai pour gagner le vestibule. J'espérais secrètement qu'il bluffait. Qu'il n'avait pas réellement entendu ma petite discussion avec Nash.

Il me suivit jusqu'à ma chambre et, lorsque je voulus lui refermer ma porte au nez, il plaqua la paume de sa main contre le battant de bois creux et le maintint fermement ouvert.

— Que se passe-t-il, Kaylee ?

— Rien. J'ai dit au revoir à Nash et maintenant je vais me coucher.

Décidant de jouer la nonchalance, j'envoyai d'un coup de pied mes baskets dans le fond de mon placard.

Mon oncle s'appuya contre le chambranle de la porte, ses bras puissants croisés sur sa large poitrine, toujours aussi musclée après Dieu sait combien d'années.

— Je vous ai entendus parler, dit-il. Qu'est-ce que vous manigancez de faire pendant la cérémonie funèbre ? Et qui est Tod ?

Bon sang ! Je repoussai un tas de vêtements propres que tante Val avait jetés en désordre sur mon lit et m'affalai sur la couette. Mon cerveau tournait à cent à l'heure pour improviser une réponse qui contienne — à parts égales au moins — vérité et pure invention. Mais il resta bredouille. Rien de ce que j'aurais pu inventer comme histoire n'aurait paru vraisemblable à mon oncle, surtout compte tenu qu'il s'y connaissait plus en *banshee* que je ne m'y connaissais en… quoi que ce soit.

Alors, autant lui dire la vérité, peut-être… Comme ça, si le Faucheur voyou s'amenait pour de bon à la cérémonie et que Nash refusait de m'aider par désir — malavisé, selon moi — de me protéger, du moins oncle Brendon ne manquerait-il pas d'intervenir. Il avait beau jouer les durs, à l'intérieur, c'était un gros nounours, aussi infichu que moi de regarder mourir une jeune fille innocente avant son heure.

— Tu es sûr que tu as envie de le savoir ?

Je repliai mes jambes sous moi et me mis à triturer les ourlets effilochés de mon blue-jean.

Oncle Brendon secoua la tête.

— Je ne crois pas, mais vas-y quand même.

— Tu veux peut-être t'asseoir ? proposai-je en extirpant mon iPod de sous l'oreiller.

Les fils s'étaient encore emmêlés ; pas étonnant, à force de m'endormir avec les écouteurs vissés dans les oreilles !

Mon oncle haussa les épaules, alla s'installer sur la chaise de mon bureau et attendit, les bras toujours obstinément croisés.

— Bon, d'accord, je vais tout te dire, commençai-je. Mais si je le fais, c'est uniquement parce que je suis certaine que tu sauras réagir comme il faut. Alors, théoriquement, j'estime que la spontanéité de mes révélations devrait me dispenser à l'avance de toute punition pour ce que je vais t'avouer.

Ses lèvres esquissèrent un léger frémissement, à croire que son correcteur interne lui avait interdit de sourire à la dernière seconde.

— Je t'écoute…

J'inspirai, puis retins mon souffle quelques instants, me demandant par où commencer. Faute d'une solution satisfaisante, je me jetai à l'eau, avec l'espoir que mes bonnes intentions me sauveraient quand j'en arriverais aux parties moins altruistes de mon récit.

— Meredith Cole n'était pas la première.

— Tu veux dire que ce n'était pas ta première prémonition ?

Il n'avait pas l'air surpris. Evidemment, il *ne pouvait* avoir oublié les autres fois — y compris l'incident qui avait précédé mon séjour à l'hôpital.

— Oui, ça aussi. Mais je veux dire : elle n'était pas la première fille à mourir *cette semaine*. Il y en a eu une autre samedi soir et encore une hier après-midi. Et ça s'est passé de la même façon pour toutes les trois.

— Et tu as prédit leur mort chaque fois ?

Maintenant, il paraissait stupéfait. Son front se plissa, ses sourcils se froncèrent.

— Non, je n'ai même jamais *vu* la deuxième.

Fuyant son regard, je m'absorbai nerveusement dans le démêlage de mes écouteurs, essayant d'extraire deux fils d'un nœud qui aurait fait la fierté de n'importe quel marin.

— Mais j'ai vu la fille qui est morte samedi, et je savais que cela allait arriver. Même chose avec Meredith cet après-midi.

Ce que, comme je le supposais, tante Val avait déjà dû lui raconter.

— Attends une seconde ! *Samedi* soir, tu dis ?

La chaise craqua. Je relevai la tête. Il se pencha en avant pour me dévisager avec une suspicion croissante.

— Je croyais que tu étais restée à la maison.

Je haussai les épaules et le regardai droit dans les yeux en haussant un sourcil.

— Et moi, je croyais que j'étais humaine !

Mon oncle se rembrunit, mais hocha la tête, comme pour reconnaître qu'il l'avait bien mérité. N'empêche, j'avais du mal à croire que tante Val n'ait pas mouchardé. J'avais beau trouver cela cool de sa part, je ne pouvais m'empêcher de me demander *pourquoi*. Tout ce *café* qu'elle avait absorbé lui aurait-il fait oublier ma petite escapade ?

Oncle Brendon se renversa de nouveau sur le dossier de la chaise.

— Eh bien, où est-elle morte, cette première fille ? Où es-tu *allée* ?

Tout à coup, je trouvais les fils à présent emberlificotés autour de mes doigts absolument fascinants…

— Au Tabou, une discothèque dans les quartiers ouest. Mais…

Son visage se renfrogna et, malgré les épais sourcils bruns qui ombrageaient ses yeux, je crus percevoir un mouvement dans le vert de ses iris. *J'étais* certaine *que ça n'était jamais arrivé auparavant. Je l'aurais remarqué.*

— Comment as-tu réussi à entrer dans une boîte de nuit, voulut-il savoir. Es-tu en possession d'une fausse carte d'identité ?

Je levai les yeux au ciel.

— Non, nous sommes juste entrées en cachette par la porte de derrière.

Enfin, si on veut…

— Mais là n'est pas la question, m'empressai-je de continuer, dans l'espoir de distraire son attention avec la suite de mon histoire. Une des filles dans le club était… *sombre*. Comme si elle portait des ombres que personne d'autre ne pouvait voir. Et quand je l'ai regardée, j'ai su qu'elle allait mourir. La panique — ou une prémonition, ou je ne sais quoi d'autre — m'est tombée dessus d'un seul coup, exactement comme l'autre fois. C'était horrible. Mais je n'ai eu la certitude que je ne m'étais pas trompée — qu'elle était réellement morte — qu'en voyant le reportage au journal télévisé hier matin.

D'ailleurs, à ce propos…

— Est-ce que les autres aussi sont mortes ? ajoutai-je. Celles que j'ai vues l'année dernière ?

Mes doigts s'immobilisèrent sur mes genoux. Le regard vrillé sur mon oncle, je le suppliai, je le *défiai* de me dire la vérité.

L'expression de son visage devint triste, comme s'il répugnait à répondre. Mais il n'y avait aucun doute dans ses yeux. Aucune hésitation.

— Oui.

— Comment le sais-tu ?

Il eut un sourire presque amer.

— Parce que vous autres, les filles, vous ne faites jamais erreur.

Oh, super ! Macabres *et* infaillibles. *On croirait entendre le boniment d'une diseuse de bonne aventure à la foire du canton…*

— Enfin, bref, repris-je, quand j'ai vu les infos hier matin, j'ai pour ainsi dire disjoncté. Et ensuite, ça s'est produit encore une fois dans l'après-midi, et alors les choses sont *vraiment* devenues bizarres.

— Mais tu n'as pas pressenti celle-là, n'est-ce pas ?

Je secouai la tête et lâchai mes écouteurs à présent désespérément entortillés sur mes genoux.

— J'ai appris sa mort indirectement et j'ai dû vérifier sur un journal d'information en ligne. Cette fille à

Arlington est morte exactement comme celle du Tabou. Et comme Meredith. Elles sont toutes les trois tombées d'un seul coup raides mortes, sans prévenir. Ça te semble normal, à toi ?

Il faut faire remarquer à son honneur que mon oncle n'hésita pas une seconde.

— Non, répondit-il avec force. Mais ça n'exclut pas une simple coïncidence. Qu'est-ce que t'a dit Nash à propos de ce que nous avons le pouvoir de faire ?

— Tout ce qu'il est nécessaire de savoir, j'espère.

Et même s'il avait laissé subsister quelques lacunes, c'était tout de même beaucoup mieux que les *abîmes* de doute que ma propre famille avait creusés dans ma conscience. Sans parler de mon psychisme.

Affichant une moue sceptique, il posa une cheville sur son genou opposé.

— T'a-t-il expliqué ce qui arrive à l'âme d'une personne quand elle meurt ?

— Ouais, c'est à ce moment-là que Tod intervient.

— Qui est Tod ?

— Le Faucheur qui travaille à l'hôpital. Il est bloqué là-bas parce qu'un jour il a laissé vivre une petite fille qui devait mourir. Alors son patron a tué la grand-mère de la petite à la place. Mais de toute façon…

Oncle Brendon bondit de sa chaise, le visage si écarlate que je crus un instant qu'il allait me faire une rupture d'anévrisme. Est-ce que les *banshee* pouvaient *souffrir* d'anévrismes ?

Il se mit à aller et venir sur mon tapis d'un pas lourd, agitant les bras avec colère.

— Nash t'a emmenée voir un *Faucheur* ? As-tu la moindre idée du *danger* que cela représente ?

Je voulus répondre, mais il fonça vers moi et se planta au pied de mon lit pour me foudroyer du regard.

— Les Faucheurs n'aiment pas les *banshee*, fulmina-t-il. Nos pouvoirs s'opposent totalement aux leurs, et la plupart d'entre eux se sentent menacés par nous. Aller voir un Faucheur, c'est comme entrer dans un poste de police en brandissant un *fusil* chargé.

— Je sais, répondis-je pour tenter de le calmer. Mais Nash connaissait ce type avant qu'il ne devienne Faucheur. Ils sont amis… si l'on peut dire.

— C'est peut-être ce qu'il croit, mais je ne sais pas pourquoi, ça m'étonnerait que Tod soit d'accord avec lui sur ce point.

Il se remit à faire nerveusement les cent pas sur le tapis, comme si une marche rapide avait pu l'aider à réfléchir. Mais bon, je dois avouer que mes doutes au sujet de l'efficacité de cette technique provenaient de mon expérience personnelle.

— Eh bien si, justement ! Parce qu'il va nous aider.

Inutile de lui préciser que l'aide du Faucheur dépendait davantage de ma participation dans cette affaire que de celle de Nash.

— Vous aider à *quoi* ?

Oncle Brendon se pétrifia au milieu de la pièce, face à moi. Cette fois, ses prunelles tourbillonnaient pour de bon.

— Nous aider à comprendre ce qui se passe. Il va rechercher des informations pour nous.

L'expression de mon oncle s'assombrit. Mon souffle s'étrangla dans ma gorge tandis que le vert de ses iris tournoyait si violemment que j'en eus le vertige.

— Quel genre d'informations ? Kaylee, qu'est-ce que tu mijotes ? Je veux la vérité, et je la veux tout de suite !

Sinon, je te jure que tu ne sortiras plus de cette maison avant ton dix-huitième anniversaire !

Je ne pus que sourire devant l'ironie de la situation — oncle Brendon me demandait la vérité, *à moi* ! Avec un soupir, je me redressai sur mon lit.

— O.K., je vais tout te dire, mais ne t'affole pas. Ce n'est pas aussi dangereux que ça en a l'air…

Du moins, je l'espère.

— … parce que, vois-tu, il y a une faille dans le système d'échange, et …

— Le *système d'échange* ?

En moins d'une seconde, le visage de mon oncle vira du rouge tomate à un gris de fin du monde. Puis il se remit à arpenter la chambre.

— C'est exactement la raison pour laquelle nous voulions que ce soit ton père qui t'explique tout ça. Ou, à défaut, que ce soit moi. Nous devions avant tout nous assurer de ce que tu avais déjà compris et de ce que tu *ignorais* encore complètement.

— Je n'ignore rien du tout ! explosai-je.

Je reposai mon iPod sur la table de chevet avant d'en avoir arraché le cordon dans un geste de rage incontrôlée.

— Tu n'as rien compris si tu penses pouvoir recourir au système d'échange, ou même pouvoir *l'envisager* une seule seconde. Tu n'imagines même pas à quel point il peut être dangereux de se mêler des affaires des Faucheurs.

— C'est *l'ignorance* qui est dangereuse, oncle Brendon. Tu ne vois donc pas ?

Je me relevai et m'emparai d'un blue-jean propre que je secouai avec vigueur, satisfaite d'entendre le claquement de l'étoffe ponctuer ma fureur.

— Si les prémonitions avaient continué, je me serais un jour retrouvée incapable de retenir mon chant. J'aurais fini par retarder un Faucheur au hasard dans son emploi du temps et par le mettre vraiment en pétard — sans parler de ces autres horribles créatures invisibles qui rôdent de par le monde. Et cela, sans avoir la moindre idée de ce que je faisais. Tu imagines ? Plus vous me laissez me débattre toute seule dans le noir, plus je risque de tomber sur quelque chose que je ne saisis pas. Cela, Nash l'a compris. En m'expliquant les possibilités *et* leurs conséquences, il m'a fourni des armes, car il sait très bien que la meilleure façon de se défendre consiste à savoir éviter les ennuis.

— A t'entendre, j'ai plutôt l'impression que tu *cherches* les ennuis.

— Non, je cherche la *vérité*. Elle est si rare dans cette maison ! Même maintenant que je sais qui je suis, tante Val et toi, vous *continuez* à garder des secrets.

Il poussa un profond soupir, s'assit sur le bord de la commode et passa une main dans ses cheveux hirsutes.

— Nous ne te cachons rien, nous donnons à ton père une occasion de se conduire comme un vrai père.

— Sans blague !

D'un pas pesant, je fis le tour du lit afin de mettre un peu de distance entre nous. Puis je saisis un T-shirt à manches longues dans la pile de linge.

— Il a eu seize ans pour le faire, maugréai-je. Qu'est-ce qui te fait croire qu'il va commencer maintenant ?

— Donne-lui une chance, Kaylee. Il se pourrait qu'il te surprenne.

— Ça m'étonnerait.

Je pliai le T-shirt en deux temps trois mouvements, puis le jetai sur le blue-jean. Une manche retomba, ballante sur le côté du lit.

— Si Nash avait su ce que mon père avait à me dire, il m'en aurait parlé lui-même.

Oncle Brendon se pencha pour rabattre la manche sur le T-shirt.

— Nash n'aurait *jamais* dû t'emmener voir un Faucheur, Kaylee. Les *banshee* ne possèdent pas de défenses naturelles contre la plupart des autres créatures. C'est pour cela que nous vivons *ici*, parmi les humains. Le secret de la longévité consiste à demeurer invisible. A ne rencontrer un Faucheur qu'une seule fois dans sa vie — au moment ultime.

— C'est ridicule !

Je lançai un autre T-shirt plié sur le tas de linge prêt à ranger et extirpai une culotte de pyjama de la pile.

— Les Faucheurs ne peuvent pas nous atteindre, à moins que notre nom n'apparaisse sur leur liste, et ,quand cela arrive, il n'y a rien que l'on puisse faire pour l'empêcher. Eviter les Faucheurs ne rime à rien, surtout s'ils ont la possibilité de nous *aider.*

Enfin, en principe. Car mon hypothèse au sujet des filles décédées ne se fondait-elle pas justement sur le fait que je soupçonnais un Faucheur au moins de s'être dévoyé ?

— Quelle vérité ce Faucheur va-t-il vous aider à trouver ?

Avec un soupir résigné, oncle Brendon se laissa de nouveau choir sur la chaise du bureau. Il se frotta les tempes, comme s'il avait souffert d'un brusque mal de tête. Mais *pas question* qu'il m'en fasse porter le chapeau ! Si tous les adultes présents dans ma vie ne m'avaient pas menti pendant treize ans, *rien* de tout cela ne serait arrivé.

— Il va jeter un coup d'œil sur la liste principale

des trois derniers jours pour vérifier si les filles qui sont mortes y figuraient ou pas.

— Il va *quoi* ?

Oncle Brendon se figea et j'en eus froid dans le dos. Pendant un instant, pas même un battement de cils ne troubla l'immobilité de la pièce.

— Ne t'inquiète pas, tentai-je de le rassurer. Il ne va pas la barboter, juste la *regarder.*

— Là n'est pas la question, Kaylee. Ce qu'il fait est *dangereux* pour vous trois. Les Faucheurs prennent leurs listes très au sérieux. Les gens ne sont pas censés *savoir* à quel moment ils vont mourir. C'est pour cela qu'on ne peut pas les prévenir. Quand tu as une prémonition, tu es incapable de parler, n'est-ce pas ?

— Oui.

D'un geste impatient, j'arrachai quelques peluches sur le pantalon de flanelle. Le tour que prenait la conversation me mettait franchement mal à l'aise, de même que le sentiment de culpabilité qu'elle faisait naître en moi.

— J'ai essayé d'avertir Meredith, mais je savais que, si j'ouvrais la bouche, tout ce que je pourrais faire, ce serait me mettre à hurler.

Oncle Brendon hocha la tête d'un air sinistre.

— Il y a une bonne raison à cela. Le chagrin consume les gens, mais l'imminence de la mort les obsède. C'est déjà assez terrible pour une personne de savoir qu'elle se meurt d'un cancer en phase terminale, ou d'autre chose dans le genre. Mais connaître le moment exact ? Avoir le jour et l'heure imprimés dans le cerveau, voir le moment fatidique se rapprocher de plus en plus à mesure que la vie s'échappe ? Ce serait un coup à rendre les gens complètement fous.

Je le regardai, bouche bée, cramponnant mon pyjama à deux mains.

— Tu crois que je ne suis pas au courant ?

— Si, bien sûr que tu le sais.

Laissant échapper un soupir de frustration, il passa la main dans son épaisse tignasse brune.

— Tu le sais beaucoup mieux que je n'en ai jamais été capable, et c'est ce qui t'a envoyée à l'hôpital.

Et puis quoi encore ? Cela, je ne pouvais pas le laisser passer.

— Non, c'est tante Val et toi qui m'avez fait interner.

— Au bout du compte, oui, c'est vrai, concéda-t-il avec un bref hochement de tête. Mais seulement parce que nous étions incapables de t'aider tout seuls. Nous n'arrivions même pas à te calmer. Tu as hurlé pendant plus d'une heure, longtemps après que nous t'avions éloignée de ce qui avait déclenché la crise. Longtemps après que la prémonition soit passée, encore que j'aie sans doute été le seul à pouvoir dire à quel moment c'est arrivé.

J'ouvris le premier tiroir de ma commode et y laissai tomber mon pyjama.

— Comment pouvais-tu le savoir ?

— Les *banshee* mâles perçoivent la plainte funèbre d'une *banshee* telle qu'elle est en réalité. Au bout d'un moment, tu as cessé de chanter pour te mettre à crier. Tu étais terrifiée — hystérique, pour tout dire — et nous avons eu peur que tu te blesses. Nous ne savions pas quoi faire d'autre.

— Il ne vous est pas venu à l'idée de me *parler* ? De me dire la *vérité* ?

Je sortis plusieurs sous-vêtements de la pile et les fourrai pêle-mêle dans un autre tiroir, avant de le refermer avec bruit.

— Je voulais le faire. J'ai même *essayé* à un moment donné, mais tu n'écoutais pas. Je doute même que tu m'aies entendu par-dessus tes propres cris. Je n'ai pas réussi à t'apaiser, même quand j'ai tenté de t'influencer.

— Nash y est arrivé, lui. Il l'a déjà fait deux fois.

A ce souvenir, je m'écroulai sur mon lit et pris distraitement un nouveau tas de vêtements sur mes genoux. Le simple fait de penser à Nash me réconfortait.

Une expression étrange passa sur le visage de mon oncle — un curieux mélange de surprise, de mélancolie et d'inquiétude.

— Vraiment ? Il t'a *influencée* ?

— Seulement pour me calmer pendant les deux prémonitions. Pourquoi ?

Et soudain le sens réel de sa question fit mouche dans mon cerveau.

— Oncle Brendon, il n'aurait jamais essayé de me pousser à faire quelque chose que je ne voulais pas. Ce n'est pas son genre.

Il sembla réfléchir un instant au bien fondé de mon affirmation, puis finit par hocher la tête.

— Bien, je suis heureux qu'il puisse t'aider à maîtriser ta plainte, même s'il doit pour cela user de son *influence*. Ça vaut certainement mieux ainsi.

Il sourit pour me mettre à l'aise, mais il était trop crispé pour apaiser ma nervosité.

— Mais nous nous éloignons du sujet, enchaîna-t-il. Kaylee, tu ne dois pas te mêler des affaires des Faucheurs. Et tu n'aurais certainement pas dû demander à l'un d'eux d'espionner un collègue de cette façon. S'il se fait prendre, ça finira très mal. Il sera sans aucun doute renvoyé.

— Et alors ?

Que représentait la perte d'un emploi à côté de la *vie* d'une innocente ? D'ailleurs, perdre son boulot n'était pas la fin du monde ; Emma en était la preuve vivante. Pendant un an, elle s'était retrouvée sans travail tous les deux mois, jusqu'à ce que je la fasse embaucher au Cinemark.

— Apparemment, enlever les âmes est un métier très spécialisé, et Nash dit qu'il y a des Faucheurs aux quatre coins du monde. Il n'aura sûrement aucun mal à retrouver du travail. De toute façon, il ne se plaît pas beaucoup à l'hôpital.

Oncle Brendon ferma les yeux et inspira profondément avant de croiser de nouveau mon regard.

— Kaylee, tu ne comprends pas. Une fois qu'un Faucheur a perdu son poste, il ne peut plus revenir.

— Revenir ? Qu'est-ce que ça veut dire ? Revenir d'où ?

— Du royaume des morts. Les Faucheurs sont morts, Kaylee. La seule chose qui maintient leur corps en état de marche et leur âme à l'intérieur, c'est leur travail. Une fois que le Faucheur l'a perdu, c'est terminé pour lui.

Les chaussettes que j'étais en train de rouler par paires me tombèrent des mains. Je tentai d'assimiler la signification de ces paroles. Ainsi, quand Tod disait qu'il avait failli perdre son job pour avoir épargné la petite fille, ce qu'il voulait dire en réalité c'était qu'il avait presque perdu la *vie*. Et s'il se faisait pincer en train d'espionner pour mon compte, c'était exactement ce qui se passerait.

Et ça, ce n'était pas cool. Pas cool du tout !

Pourquoi, grands dieux, avait-il accepté de le faire ? Pas seulement pour connaître mon prénom, tout de même ! Je ne présentais pas un si grand intérêt ; et, de toute façon, il n'aurait pas eu trop de mal à se procurer mon nom par ses propres moyens. Il savait déjà quel lycée je fréquentais.

Je relevai la tête et regardai oncle Brendon dans les yeux, ne pouvant me retenir de dire la vérité à l'instant même où j'en prenais conscience.

— On n'a pas pu faire autrement. Il *faut* qu'on sache si ces filles faisaient partie de la liste. Je crois, moi, qu'elles n'étaient pas *censées* mourir, mais nous n'en serons pas certains tant que nous n'aurons pas jeté un œil sur cette fameuse liste.

N'empêche. Ma détermination chancelait au fur et à mesure que je parlais. Toujours le même vieux dilemme. Avais-je le droit de décider si une vie valait la peine que l'on en risque une autre ? Une fille que peut-être je ne connaissais même pas, en échange d'un type que je n'avais rencontré qu'une fois ? Un type *déjà* mort, qui n'ignorait sans doute pas les risques qu'il prenait en acceptant ce marché.

Tout à coup, rien de tout cela ne tenait plus debout. Je savais, au fond de mon cœur, que ces filles ne devaient pas mourir, mais en essayant de sauver la prochaine, je m'exposais à la vindicte de créatures que je n'arrivais même pas à imaginer, dans un monde que je ne voyais pas. De surcroît, je mettais plusieurs autres vies en péril. En plus de la mienne.

Mes épaules s'affaissèrent. Je dévisageai mon oncle, en proie à une confusion presque paralysante.

— Qu'est-ce que je dois faire, alors ?

Je détestais avoir l'air naïve et paumée, mais mon oncle avait raison. Je n'avais vraiment aucune idée de ce qui se tramait, et toutes les bonnes intentions du monde ne serviraient à rien si je ne savais pas comment les utiliser.

— Je ne crois pas que tu *puisses* faire quelque chose,

Kaylee, répondit oncle Brendon, qui semblait aussi frustré que moi. Mais nous n'avons encore aucune certitude qu'il se passe quelque chose d'anormal, et tant que nous ne le saurons pas, il est inutile de nous mettre martel en tête.

Je m'appliquai à réserver mon jugement. A ne pas tirer de conclusions trop hâtives. Après tout, on ne pouvait pas dire que je croulais sous les preuves. Tout ce que j'avais pour me justifier, c'était un mauvais pressentiment et une culpabilité qui me rongeait l'âme. Et quand bien même… Les options qui s'offraient à moi étaient bien peu nombreuses. Pour ne pas dire *tirées par les cheveux*. Je venais juste de découvrir que j'étais une *banshee* et je n'avais même pas encore testé une seule de mes prétendues capacités. Rien ne garantissait que je serais capable de sauver la vie de la prochaine victime, même si elle se trouvait à tort menacée.

Peut-être ferais-je mieux, en effet, de laisser les Faucheurs tranquilles. Somme toute, ce n'était pas vraiment mes oignons.

Pas encore.

Mais si ça le devenait bientôt ? Déjà, une fille de mon école était morte, et il n'y avait aucune garantie que ça ne se reproduirait pas. Et cela pouvait arriver à n'importe qui. A moi, ou à l'une de mes amies.

— Et si j'ai raison ? Si ces filles meurent avant que leur heure ait sonné, je ne vais tout de même *pas* rester les bras croisés et attendre que ça se passe, si j'ai la moindre possibilité de l'empêcher ! Malheureusement, je ne peux sauver personne toute seule et si j'en entraînais d'autres avec moi, je ne ferais que les mettre en danger.

Comme je l'avais fait avec Tod. Et Nash.

— Eh bien, je crois que tu tiens là ta réponse. Même si tu es disposée à prendre des risques — et, à titre d'information, je te signale que, tant que tu seras sous ma responsabilité, je ne te laisserai pas faire une chose pareille —, tu n'as aucun droit d'y exposer quelqu'un d'autre.

Je délaissai le linge propre pour me consacrer à mon oreiller dont j'arrachai anxieusement quelques plumes pointant à travers la taie.

— Il ne me reste donc qu'à laisser une pauvre innocente mourir avant l'heure ?

Oncle Brendon exhala un long soupir.

— Non.

Les coudes plantés sur ses genoux, il se pencha en avant et inspira un grand coup.

— Bon, écoute. Dès que tu auras des nouvelles de ce Faucheur, préviens-moi. S'il se trouve que ces filles ne figuraient pas sur la liste, je m'en occuperai. Avec ton père. Mais à une condition : tu me jures que *tu ne t'en mêleras pas*.

— Mais…

— Pas de *mais*. Marché conclu ?

J'ouvris la bouche pour répliquer, mais il me devança :

— Et avant de répondre, pense à Nash et à Tod et à tous ceux que tu mettrais en péril si tu essayais d'agir seule.

Je soupirai. Il me tenait avec ce dernier argument, et il le savait.

— D'accord. Je te ferai savoir ce que Tod aura découvert dès que j'aurai appris quelque chose.

— Merci. Je comprends que rien de tout cela n'est facile pour toi.

Il se leva et enfonça ses mains dans ses poches. Je jetai mes chaussettes dans le tiroir ouvert derrière moi.

— C'est vrai, quoi ! ironisai-je. En fin de compte,

qu'est-ce qu'une petite maladie mentale ou une tendance pathologique à pousser des hurlements, dans une famille ?

Appuyé contre le chambranle de la porte, mon oncle s'esclaffa.

— Ça pourrait être pire. Tu pourrais être une sibylle.

— Ça existe, les sibylles ?

— Plus maintenant, et la plupart d'entre elles sont réellement bonnes à enfermer. Si tu trouves que prédire une mort à la fois est difficile à supporter pour ta santé mentale, tu imagines ce que ça doit donner de connaître l'avenir de toutes les personnes que tu croises et de ne pas pouvoir faire cesser tes visions !

A cette seule pensée, un frisson d'horreur me secoua. Comment se faisait-il qu'il existe tant de choses dans ce vaste monde dont je n'avais jamais entendu parler ? Comment avais-je pu ne pas m'apercevoir que la moitié de ma famille n'était même pas humaine ? Les remous dans leurs yeux n'auraient-ils pas dû me mettre la puce à l'oreille ?

— Pourquoi est-ce que je n'avais jamais vu tes prunelles tournoyer avant ce soir ?

Oncle Brendon eut un petit sourire mélancolique.

— Parce que je suis très vieux et que j'ai appris à maîtriser mes émotions, la plupart du temps. Mais ça devient de plus en plus difficile avec toi. Je pense que c'est en partie pour cette raison que ton père préfère se tenir éloigné. Quand il te regarde, il voit ta mère et il est incapable de cacher ses sentiments. Et si tu voyais ses yeux, tu lui poserais des questions auxquelles il n'est pas prêt à répondre.

Dommage pour lui, car, désormais, il n'aurait plus guère le choix !

— Quel âge as-tu donc ? En vrai ?

Oncle Brendon rit et baissa les yeux. L'espace d'un instant, je crus qu'il refusait de répondre — que j'avais enfreint le code de bonne conduite des *banshee* en l'interrogeant à ce sujet. Mais il releva la tête et m'adressa un pauvre sourire.

— Je me demandais combien de temps il te faudrait pour t'en rendre compte. J'ai eu cent vingt-quatre ans au printemps dernier.

— Alors ça ! m'exclamai-je, abasourdie. Tu aurais pu profiter de ta retraite depuis une bonne soixantaine d'années. Est-ce que tante Val est au courant ?

Son sourire s'élargit.

— Bien sûr. Et elle ne se prive pas de me taquiner sans pitié à ce propos. Les enfants de mon premier mariage sont plus âgés qu'elle.

— Tu as déjà été marié ? demandai-je d'une voix dont je ne pus effacer la stupeur.

Le sourire nostalgique réapparut sur son visage.

— En Irlande, il y a un demi-siècle. Nous étions obligés de déménager tous les vingt ans pour éviter que les gens ne remarquent que nous ne vieillissions pas. Ma première femme est morte dans l'Illinois, il y a vingt-quatre ans, et nos deux enfants ont maintenant eux-mêmes des petits-enfants. Fais-moi penser à te montrer des photos un de ces jours.

Je hochai la tête, muette d'ébahissement.

— Woah ! Et est-ce que tes autres enfants sont plus sympas que Sophie ? ne pus-je me retenir de demander.

Oncle Brendon me décocha sans conviction un regard sévère qui se transforma aussitôt en sourire de sympathie.

— Pour parler franchement, oui. Mais Sophie est encore jeune. Elle changera en grandissant.

Je ne savais pas pourquoi, mais j'en doutais.

Puis une autre idée me traversa l'esprit.

— Quelle ironie, tu ne trouves pas ?

Je reculai d'un pas pour l'étudier sous un meilleur angle — et une toute nouvelle perspective.

— Tu es trois fois plus vieux que tante Val, mais tu parais beaucoup plus jeune.

Une main sur la poignée de la porte, il me lança un clin d'œil.

— En tout cas, je peux te dire une chose, Kaylee : « ironie » n'est pas exactement le mot qu'elle emploierait pour décrire cette situation.

14

La musique éclata dans l'obscurité, m'assenant son rythme assourdissant dans les oreilles. Je clignai des paupières et tirai la couette sur mes épaules, agacée que l'on interrompe mon sommeil, même si, en fin de compte, je me sentais soulagée que mon rêve prenne fin. Rêve qui, en réalité, ressemblait davantage à un cauchemar.

Dans mes songes, j'avais parcouru des paysages sinistres, parsemés d'étranges monuments noyés dans la brume. De vagues silhouettes difformes glissaient furtivement tout autour de moi et détalaient hors de ma vue chaque fois que je tournais les talons pour leur faire face. Plus loin, d'autres formes de plus grande taille se déplaçaient pesamment et, même si elles ne s'approchaient jamais assez pour que je puisse les distinguer, je savais qu'elles me suivaient. Dans le rêve, j'étais à la recherche de quelque chose. Ou peut-être essayais-je de me sortir d'une situation. Toujours est-il que je n'y arrivais pas.

Dans ma chambre, la musique continuait de résonner. Je m'aperçus avec un grognement qu'elle venait de mon téléphone. Encore un peu sonnée, je me retournai sur le ventre, m'entortillant au passage dans la couette, et tendis le bras vers la table de chevet. Ma main droite frôla le téléphone qui tressautait sans discontinuer sur la surface vernie ; je sentis les vibrations me chatouiller le bout des doigts.

Battant lentement des paupières, je saisis l'appareil et jetai un coup d'œil sur l'écran, étonnée de constater qu'il éclairait la moitié de la pièce d'une douce lueur verte. Le numéro m'était inconnu et aucun nom ne s'affichait. Probablement un mauvais numéro. Cependant, j'ouvris tout de même le clapet, à cause de l'heure indiquée sur l'écran. 1 h 33 du matin. Personne n'appelait au milieu de la nuit, sauf en cas d'extrême urgence.

— Allô ! dis-je d'une voix rauque, aussi réveillée qu'un ours en plein mois de janvier, et presque aussi aimable.

— Kaylee ?

Tant pis pour le faux numéro !

— Mmm… ouais ?

— C'est Tod.

Je me redressai si vivement que la tête me tourna et je dus me frotter les yeux pour chasser les éclairs lumineux qui gênaient ma vision.

— C'est Nash qui t'a donné mon numéro ?

Voilà qui sonnait bien méfiant pour quelqu'un dont la torpeur voilait le cerveau comme une brume flottant sur les eaux froides d'un lac !

— Non, je ne l'ai pas encore appelé. Je voulais te parler en premier.

— O.K…

Il avait des informations cruciales à me communiquer, je les sentais qui se pressaient pratiquement au bord de ses lèvres. Et malgré tout, je ne pus retenir les « pourquoi » et les « comment ».

— Où as-tu pris mon numéro ?

— Il est enregistré dans le téléphone de Nash.

— Et comment as-tu eu son téléphone ?

— Il le garde sur sa commode.

La voix de Tod était douce et nonchalante, je l'imaginais presque en train de s'étirer ou de hausser les épaules.

— Tu es allé dans sa chambre ? Comment es-tu entré ? demandai-je avant de me rappeler la façon dont il avait purement et simplement disparu de la cafétéria de l'hôpital. Non, laisse tomber !

— Ne t'inquiète pas. Il n'est pas au courant.

— Là n'est pas la question ! ronchonnai-je.

Je me penchai pour donner une petite tape sur ma lampe à effleurement. Elle s'alluma, son variateur de lumière réglé au niveau le plus bas.

— Tu n'as pas le droit de t'introduire comme ça chez les gens sans leur permission. C'est une violation de domicile. C'est une intrusion dans la vie privée. C'est… affreux.

Tod poussa un soupir exaspéré.

— Je travaille douze heures par jour. Je n'ai pas besoin de manger, ni de dormir. A quoi veux-tu que j'occupe l'autre moitié de mon après-vie ?

Je m'adossai à la tête de lit et repoussai les cheveux emmêlés qui me tombaient sur le visage.

— Je ne sais pas, moi. Va au cinéma. Inscris-toi à des cours. Mais n'entre pas…

Tout à coup, une idée me traversa l'esprit. Je redressai les épaules et promenai un regard soupçonneux autour de moi.

— Tu es venu dans ma chambre ?

Un rire franc éclata à l'autre bout de la ligne.

— Si je savais où se trouve ta chambre, nous serions en train de parler face à face. Malheureusement, Nash n'a pas enregistré ton adresse dans son téléphone. Ni dans aucun des endroits où j'ai pu fouiller sans le réveiller.

— Encore heureux, marmonnai-je.

— Par contre, il a ton nom de famille. Miss Cavanaugh.

Oh non… Avec mon nom et son mode de déplacement ultrapratique — hop, on apparaît et on disparaît en un clin d'œil ! —, il ne lui faudrait pas longtemps pour découvrir où j'habitais. Peut-être oncle Brendon avait-il raison à propos des Faucheurs, finalement.

D'ailleurs, en parlant de mon oncle, je ne doutais pas une seconde qu'il nous piquerait une colère de tous les diables si Tod s'avisait de surgir au milieu de la cuisine un samedi matin, en plein petit déjeuner…

— Tu ne veux pas savoir pourquoi je t'appelle, Kaylee Cavanaugh ? railla-t-il.

— Euh… si, bien sûr.

Pourtant, je n'étais plus du tout certaine que l'information que je souhaitais valait la peine de traiter avec Tod-le-Faucheur, lequel semblait de plus en plus « macabre » à mesure qu'il parlait.

— Très bien, dit-il. Mais d'abord je te signale que les termes de notre accord ont changé.

Je me mordis la lèvre.

— Ce qui veut dire ?

Des ressorts grincèrent à l'autre bout du fil cependant qu'il s'enfonçait dans son siège, et une satisfaction presque palpable suinta de l'écouteur.

— J'avais accepté de consulter la liste en échange de ton nom de famille. J'ai rempli ma part du contrat, mais je n'ai plus besoin de ce dont nous étions convenus. Heureusement pour toi, je suis disposé à renégocier.

— Qu'est-ce que tu veux ? demandai-je, aussi méfiante qu'il semblait satisfait.

— Ton adresse.

— Non ! rétorquai-je sans même avoir à y réfléchir.

Je ne tiens pas à ce que tu viennes rôder chez moi pour m'espionner.

Ou pour se montrer à Sophie, que ses parents tenaient à garder dans l'ignorance de tout ce qui concernait le monde merveilleux des ténèbres.

— Oh, voyons, Kaylee ! Je ne ferais jamais une chose pareille !

Bien qu'il ne puisse me voir, je levai les yeux au ciel.

— Qu'est-ce que j'en sais ? Tu es entré chez Nash cette nuit.

— Ce n'est pas pareil.

— Et en quoi est-ce différent ?

Je remontai ma couette sur mes jambes et me laissai retomber contre la tête de lit.

— Euh… peu importe.

— Si, dis-le-moi.

Il hésita, des gonds grincèrent doucement à l'autre extrémité de la ligne.

— Je connais Nash depuis longtemps. Et, parfois, je ne… Je n'ai pas envie d'être seul.

La vulnérabilité que je perçus dans sa voix fit vibrer chez moi une corde sensible et ajouta encore à mon désarroi. Puis je compris le sens complet de ses paroles.

— Tu l'as déjà fait ? Quoi, tu t'incrustes chez lui ?

— Non, ce n'est pas ça. Kaylee… Surtout, ne lui dis rien !

Malgré la véhémence de sa prière, je savais que Tod ne craignait pas Nash. Ce qu'il redoutait, c'était la honte. Certaines choses ne changent jamais, je suppose, même dans l'au-delà.

— Je ne peux pas ne *pas* lui en parler, Tod. Il est ton ami, non ?

Ou, du moins, il l'avait été.

— Il a le droit de savoir que tu l'espionnes.

— Je ne l'espionne pas. Je me fiche de ce qu'il fait, et je n'ai jamais…

Il s'interrompit, puis sa voix se durcit.

— Ecoute, jure-moi que tu ne cafteras pas, et je te dis ce que j'ai découvert à propos de la liste.

Interloquée, j'étais. Il était prêt à payer pour que je garde son petit secret ? Super ! Mais…

— Pourquoi me ferais-tu confiance ?

— Parce que Nash dit que tu ne mens jamais.

Il ne manquait plus que ça ! Un Faucheur qui faisait appel à mon sens de l'honneur !

— Très bien. Je jure que je ne te dénoncerai pas si tu me dis ce que tu as trouvé sur la liste. Mais il faut aussi que tu me promettes de ne plus aller chez lui.

Pendant un instant, le silence régna sur la ligne — selon toute vraisemblance, Tod se débattait avec sa décision. Quelle importance y avait-il donc à traîner dans la maison de Nash ? Quel besoin avait-il d'y retourner ?

— D'accord, concéda-t-il finalement.

Je poussai un soupir de soulagement. Pour une raison ou pour une autre, j'étais certaine que lui aussi tiendrait parole.

Je repoussai ma couette. Maintenant que j'étais réveillée, autant me lever.

— Parfait ! Alors, tu as pu examiner les listes ?

— Disons que j'ai profité d'une sorte de pause. Mon patron est sorti du bureau pendant presque une heure, pour aller démêler une situation compliquée dans le nord du district. Et comme il se trouve que je connais son mot de passe…

— Et comment se *trouve*-t-il que tu connais son mot de passe ?

Je me laissai tomber sur la chaise de mon bureau, cueillis un crayon bleu métallique dans le pot en argile que j'avais fabriqué chez les éclaireuses une dizaine d'années auparavant et me mis à gribouiller sur un bloc de Post-it mauves.

— Le mois dernier, il est sorti accidentellement du système informatique et s'est retrouvé incapable d'y rentrer. Et comme je suis le seul Faucheur du bureau qui ait réellement vécu à l'ère numérique, je suis en quelque sorte l'expert en informatique de fait.

Oh ? Curieux, mais admettons…

— Bon, et les listes ?

— Je n'ai rien trouvé.

— Quoi ?

Je lâchai mon crayon. Une flambée de colère me monta le long de l'échine, et retomba en coulée incandescente dans mes bras, jusqu'au bout de mes doigts. Je venais de négocier pour *rien* ? J'avais juré de taire un secret, de trahir Nash, pour m'apercevoir que Tod n'avait même pas pu jeter un œil sur les listes ?

— Les noms des filles, expliqua-t-il alors. Ils n'y figuraient pas.

Le soulagement balaya mon exaspération. Immédiatement relayé par la peur — la peur que toutes les filles de ma connaissance soient désormais en danger.

— Tu avais raison, reprit Tod. Aucune de ces filles ne devait mourir.

Après ma conversation avec Tod, je fus incapable de retrouver le sommeil. Il fallait que je dise à mon oncle que mes soupçons étaient confirmés : l'un des collègues de Tod faisait bel et bien des heures supplémentaires pour subtiliser des âmes de façon tout à fait illicite.

Malgré tout, je ne voyais pas de bonne raison de le réveiller après seulement deux heures de sommeil, même pour une nouvelle de cette importance. Puisque aucun des précédents décès n'était intervenu avant midi — et à condition que le scénario ne change pas —, nous avions encore du temps devant nous avant que la prochaine victime ne tombe.

Je parlerais à mon oncle et à mon père en même temps, décidai-je. Comme ça, je n'aurais pas besoin de me répéter. Et pas avant le lendemain matin, de sorte que, avec un peu de chance, j'éviterais d'avoir à expliquer comment un Faucheur avait obtenu mon numéro de téléphone et pourquoi il m'avait appelée au beau milieu de la nuit…

Mais, pour parler à Nash, il n'était pas question d'attendre.

Je fis défiler les noms de mes contacts dans le répertoire de mon téléphone mobile. Mon pouls battait sourdement dans ma tête, je me sentais le cœur lourd de ce que j'avais à lui dire et de ce que j'avais juré de lui taire. J'avais toujours eu la ferme conviction que garder des secrets ne pouvait que nuire aux relations entre les gens ; exemple, ma famille. Mais puisque Tod avait promis de ne pas retourner chez Nash, son secret devenait inoffensif, et les vies qui pourraient être sauvées valaient largement la peine que je garde ce secret-là pour moi.

Pas vrai ?

La sonnerie du téléphone résonna trois fois à mon oreille, avec une lenteur exaspérante. Pourtant, une part de moi espérait que Nash ne répondrait pas. Que je pourrais remettre à plus tard ce que j'avais à lui dire.

Il décrocha au milieu de la quatrième sonnerie.

— Allô !

Il semblait aussi fatigué que moi.

— Salut, c'est moi !

Trop énervée pour m'asseoir, j'entrepris de faire les cent pas.

— Kaylee ? demanda-t-il, recouvrant aussitôt ses esprits — faculté que je ne pus me défendre de lui envier. Que se passe-t-il ?

Je pris un presse-papiers de verre sur ma commode et me mis en devoir de le faire rouler entre les paumes de mes mains tout en parlant, le téléphone coincé entre mon oreille et mon épaule. Douloureux.

— Les filles n'étaient pas inscrites sur la liste.

— Vraiment ? Comment le sais…

Tout à coup sa voix siffla de fureur. Les yeux fermés, j'attendis l'explosion.

— Le salaud ! Il t'a trouvée !

— Seulement mon numéro de téléphone.

— Comment il a fait ?

— Je… Tu le lui demanderas.

J'avais certes juré de ne rien dire à Nash, mais il n'était pas pour autant question que je lui mente.

— Tu peux compter sur moi !

Il y eut comme un grattement lorsqu'il recouvrit son téléphone d'une main, ce qui ne m'empêcha pas de l'entendre hurler :

— Sors de ta cachette, Tod ! Je sais que tu es là !

Malgré la violence de sa fureur, je ne pus retenir un sourire.

— Tu savais qu'il était venu ?

— Il n'est pas aussi discret qu'il le croit, grommela Nash.

Je reposai le presse-papiers sur la commode et repris le téléphone dans ma main, détournant les yeux pour ne pas apercevoir ma tête dans le miroir.

— Toi non plus ! Tu vas réveiller ta mère, si tu continues à brailler comme ça.

— Elle travaille cette nuit.

— Je suis sûre que Tod est parti, maintenant.

Il n'aurait tout de même pas eu le culot de me téléphoner de chez Nash !…

Une porte grinça, le parquet craqua sous les pieds de Nash.

— Il est encore là, pesta-t-il.

— Comment le sais-tu ?

— J'en suis sûr, c'est tout.

Il y eut une autre pause, et cette fois il ne prit pas la peine de recouvrir son téléphone. Il avait cessé de crier.

— Je ne joue pas, Tod. Si tu ne te montres pas dans les cinq secondes, j'appelle ton patron.

— Tu n'as pas son numéro, répondit la voix de Tod, reconnaissable entre toutes, même dans un murmure.

Il m'avait bien appelée de chez Nash ! Pour quelle raison ? Histoire de la ramener ?

— Je t'ai dit de ne pas t'approcher d'elle, gronda Nash d'une voix si lourde de colère qu'elle me sembla étrangère.

A l'inverse, Tod avait l'air plus calme que jamais, ce qui probablement mettait Nash encore plus en rogne.

— Je n'ai même pas essayé. Pas parce que tu me l'as interdit, mais tout simplement parce qu'elle ne m'a pas invité.

« *Pas encore…* » C'était implicite, mais aucun de nous trois n'était dupe. A l'autre bout de la ligne, je devinai la rage de Nash.

Puis je l'entendis.

— Je peux savoir ce que tu essaies de faire ? s'enquit-il d'une voix devenue d'autant plus menaçante qu'elle s'était radoucie.

— Je n'ai pas à te répondre.

— Sors de ma chambre, sors de cette maison, et laisse Kaylee tranquille ! Ou je te jure que demain on se pointe à l'hôpital et on fait de ta vie un véritable enfer.

Je me pétrifiai au milieu de mon tapis pelucheux, horrifiée à la seule pensée de m'interposer entre un Faucheur et sa moisson désignée.

— Nash, il voulait nous rendre service, intervins-je.

Ils ignorèrent ma remarque.

— Tu reviens m'embêter au travail, et je te hanterai jusqu'à la fin de tes jours comme le fantôme des Noël passés ! riposta Tod.

— Celui-là n'était qu'un spectre sans avenir, marmonna Nash.

Le Faucheur ne répondit pas. Nash poussa finalement un soupir. Les ressorts grincèrent lorsqu'il se laissa tomber sur ce que je supposai être son canapé.

— Ça y est, il est parti !

— Pourquoi ne m'as-tu pas dit qu'il était mort ?

— Parce que je t'avais déjà soûlée d'explications, et que j'avais peur qu'un phénomène surnaturel de plus te fasse péter les plombs pour de bon.

— Plus de secrets entre nous, Nash.

Exaspérée, je m'affalai sur le tapis et me mis à tirer sur les fils violets torsadés, sous la lueur diffuse de ma lampe.

— Je ne suis pas fragile, tu sais, continuai-je. A partir de maintenant, tu dois tout me dire.

— D'accord. Je suis désolé. Tu veux vraiment tout savoir sur Tod ?

Sa voix s'était faite distante, comme s'il regrettait sa proposition avant même d'avoir achevé sa phrase.

Je grimpai sur mon lit, éteignis la lampe et m'allongeai, une joue posée sur mon oreiller frais.

— Pas tout. Mais au moins ce qui me concerne.

Nash poussa un profond soupir, je pus presque ressentir sa répugnance. Une part de moi voulait revenir sur mes exigences, lui dire qu'il n'était pas obligé de tout me raconter. Mais je n'en fis rien, car l'autre part de moi tenait absolument à entendre ce qu'il avait à me révéler. L'attitude de Tod m'effrayait, et si Nash détenait une information susceptible de m'aider à comprendre dans quoi je m'embarquais, je voulais qu'il me la fournisse.

— Je le connais depuis toujours, commença Nash.

Je me calmais et me posais, voulant être certaine de ne pas manquer un mot de ses explications. Ça me faisait tout drôle — dans le meilleur sens du terme — de parler avec lui en pleine nuit, dans le noir, étendue sur mon lit. Sa voix avait quelque chose d'intime, presque comme s'il avait physiquement chuchoté à mon oreille. Et cette seule pensée précipitait les battements de mon cœur et faisait déferler des vagues de chaleur sur tout mon corps.

— Nous étions très proches. Puis, il y a quelques années, il est mort, et les Faucheurs l'ont recruté. Il a accepté ce boulot parce que c'était le seul moyen de rester ici. Au milieu des vivants. Mais il a eu du mal à s'habituer à son travail.

Nash s'interrompit un instant, puis sa voix devint mélancolique.

— C'est pour cela que je pensais qu'il pourrait t'aider à comprendre la mort — comme une partie nécessaire de la vie. Parce qu'il a connu ça, lui aussi. Il voulait sauver tout le monde. Mais ça lui a passé, et son adaptation à sa nouvelle existence a entraîné de sérieuses conséquences. Il ne voit plus les choses comme nous, Kaylee. Il n'a plus les mêmes valeurs ni les mêmes préoccupations. Il est devenu un vrai Faucheur. Il est dangereux.

Je fronçai les sourcils en songeant à ce que je savais maintenant de Tod, et que Nash ignorait.

— Peut-être qu'il n'est pas aussi dangereux que tu le penses. Si ça se trouve, il a simplement besoin de… compagnie.

— Il s'est introduit chez moi pour chercher ton numéro de téléphone. S'il était humain, je le ferais arrêter. Mais en l'occurrence, je ne peux pas faire grand-chose, sauf le balancer à son patron.

Ce qui équivalait à le tuer.

— Je te jure, s'il n'était pas déjà mort, je lui ferais moi-même la peau. Je regrette, Kaylee. Je n'aurais jamais dû t'emmener le voir.

Je m'allongeai sur le côté gauche, mon téléphone collé contre mon oreille droite.

— Il nous a livré l'information que nous voulions.

— Et autre chose aussi, on dirait, soupira Nash qui semblait se calmer quelque peu.

Je me redressai sur mon lit.

— Il voulait nous aider.

— Voilà justement le problème — ce n'est pas un mauvais bougre. Mais il n'apporte son aide que selon ses propres conditions, et il ne fera jamais rien s'il n'y trouve pas son compte. Lui devenir redevable est une très mauvaise idée, vu le genre. Nous aurions dû nous débrouiller sans lui.

Je ne trouvai rien à lui objecter. Certes, Tod était allé un peu trop loin. Il avait passé les bornes, à vrai dire. Mais, de l'aveu même de Nash, le Faucheur n'était pas une personne mauvaise. Et il avait rempli sa part du contrat pour nous — en quelque sorte.

Les ressorts protestèrent lorsque Nash changea de position sur son siège.

— Alors, qu'est-ce qu'on fait ? demanda-t-il. Nous ne savons toujours pas qui sera la prochaine victime, ni même s'il y en aura une.

Je fermai les yeux, ne sachant trop comment il allait réagir à la nouvelle.

— J'ai appelé la cavalerie.

— La quoi ?

— Mon oncle. Et mon père.

Me sentant tout à fait réveillée, à présent, j'effleurai de nouveau ma lampe. La pièce s'illumina d'un seul coup.

— Oncle Brendon m'a dit qu'il essaierait de découvrir ce qui se passe si je promettais de ne pas y mettre mon nez.

Nash eut un rire rauque qui fit rouler en moi une onde brûlante.

— Je me disais bien, aussi, que ton oncle me plaisait.

Je souris.

— C'est vrai, il n'est pas mal. Les mensonges mis à part. Je leur parlerai de la liste demain matin.

— Tu me raconteras pendant la cérémonie ?

— Pendant le trajet, même, si tu veux toujours que je t'emmène.

Un frisson de plaisir me traversa à l'idée de le voir bientôt.

— Et comment !

15

Lorsque je me réveillai au matin, la lumière du jour pénétrait à flots dans ma chambre, filtrant entre les lamelles des stores, et ma porte tremblait sous un martèlement de coups de poing.

— Kaylee, fainéante ! Sors tes fesses du lit ! braillait Sophie. Ton père est au téléphone.

Je roulai sur le matelas, tirai ma couette en travers et jetai un coup d'œil au réveil sur ma table de chevet. 8 h 45. Pour quelle raison mon père m'appelait-il puisqu'il devait me voir dans moins d'une heure ? Pour me dire qu'il avait atterri ? Ou qu'il n'avait *pas* atterri !

Il ne venait pas ! J'aurais dû m'en douter.

Pendant quelques instants, je fis semblant d'ignorer ma cousine et m'abîmai dans la contemplation de l'épaisse moulure qui courait tout autour du plafond, histoire de laisser à ma mauvaise humeur le temps de couver en silence. Cela faisait plus de dix-huit mois que je n'avais pas vu mon père, et aujourd'hui il n'allait même pas venir m'expliquer pourquoi il ne m'avait jamais dit que je n'étais pas humaine !

Non que j'aie besoin de lui. Grâce à sa lâcheté, je disposais d'un couple de tuteurs tout à fait corrects. Il n'empêche qu'il me devait une explication, et s'il n'était pas disposé à me la donner en personne, je pouvais du moins l'exiger par téléphone.

Je repoussai ma couette et enfilai mon pantalon de pyjama abandonné comme une flaque sur le plancher. J'ouvris la porte et tombai nez à nez avec Sophie, habillée de pied en cap et soigneusement maquillée, plus fraîche et pimpante que jamais. Seul le léger gonflement de ses paupières témoignait que son sommeil de la nuit passée avait été chimiquement provoqué. Gonflement qui se serait sans doute résorbé dans moins d'une heure, de toute façon.

La dernière fois que, moi, j'avais pris une de ces pilules à zombies, je m'étais réveillée avec la tête d'une bête écrasée sur l'autoroute.

— Merci.

Je pris le téléphone des mains de ma cousine qui se contenta d'un hochement de tête avant de tourner les talons et de s'en retourner dans le couloir d'un pas pesant, visiblement privée de l'habituelle énergie qui la faisait d'ordinaire se pavaner.

Je refermai ma porte d'un coup de pied et portai le téléphone sans fil à mon oreille. A côté de mon mobile, il paraissait énorme et encombrant. Je n'arrivai pas à me rappeler la dernière fois que je l'avais tenu en main.

— Tu aurais pu m'appeler sur mon portable, dis-je dans le combiné.

— Je sais.

La voix de mon père était exactement telle que je me la rappelais — profonde, douce et distante. Selon toute probabilité, il ne devait pas non plus avoir changé physiquement. Ce qui signifiait qu'il allait avoir un choc en me voyant adolescente, et cela même s'il avait parfaitement conscience de l'inéluctable passage du temps. Je n'avais pas quinze ans, la dernière fois qu'il m'avait vue. Les choses avaient changé depuis. Moi, j'avais changé.

— Mais comme j'avais enregistré ce numéro, c'était plus facile pour moi, poursuivit-il.

En langage de père absent, cela voulait dire : « J'ai oublié ton numéro de téléphone portable, mais ça me gêne trop de l'admettre. Même si c'est moi qui paie les factures. »

— Bon, laisse-moi deviner…

Je tirai à moi la chaise de mon bureau et m'assis lourdement. Histoire de m'occuper les mains, j'appuyai sur le bouton marche/arrêt de mon ordinateur.

— Tu ne viens plus.

— Bien sûr que si, je viens !

Je l'imaginai en train de froncer les sourcils. Et alors seulement, je me rendis compte que je percevais un bruit de fond. Des voix aux accents officiels dans des haut-parleurs. Des bribes de conversations décousues. Des bruits de pas.

Il se trouvait à l'aéroport !

— Mon avion a été retardé par une tempête de neige à Chicago. Mais, avec un peu de chance, je serai là ce soir. Je voulais juste te prévenir que j'arriverais en retard.

— Oh, O.K. !

Trop contente de ne pas lui avoir sauté sur le poil pour exiger qu'il m'avoue tout au téléphone !

— A ce soir, alors.

— C'est ça, à ce soir.

Le silence s'installa alors sur la ligne. D'une part, parce que mon père ne savait plus quoi dire, de l'autre, parce que je n'avais aucune intention de lui faciliter la vie en parlant la première. Finalement, il se racla la gorge.

— Tu vas bien ? s'enquit-il d'une voix… lourde, comme s'il avait voulu en dire plus.

— Très bien.

« De toute façon, tu ne pourrais rien y faire, si j'allais mal », pensai-je tout en secouant légèrement ma souris pour repérer le curseur sur mon écran.

— Il m'a fallu un peu de temps pour m'y habituer, repris-je, mais maintenant je veux que tous les secrets soient révélés au grand jour. Je suis prête à les entendre.

— Je suis tellement désolé à propos de tout ça, Kaylee. Je sais que je te dois la vérité — sur tout —, mais il y a certaines choses qu'il ne me sera pas facile de te dire, alors je te demande de te montrer patiente avec moi. Je t'en prie.

— Comme si j'avais le choix !

Mais j'avais beau me sentir furieuse à cause du monumental mensonge qu'avait été ma vie jusque-là, je voulais à tout prix savoir pourquoi ils m'avaient tous trompée. Ils devaient sûrement avoir une bonne raison de me laisser croire que j'étais folle plutôt que de m'avouer la vérité.

Mon père soupira.

— Je peux t'emmener dîner quand j'arrive ?

— Il faudra bien que je mange quelque chose, de toute façon.

Je double-cliquai dans mon navigateur internet et tapai le nom d'une chaîne d'information locale dans la barre d'adresse, avec l'espoir d'y dénicher les dernières nouvelles.

Mon père hésita encore un long moment, comme s'il avait attendu autre chose. Mais, si forte que soit mon envie de lui parler, de lui épargner l'affreux silence dont j'avais moi-même tant souffert, je résistai. Quelques visites, à l'occasion de mes anniversaires, et quelques cartes de

Noël n'avaient pas suffi à faire de lui mon père. Surtout qu'elles s'étaient de plus en plus espacées…

— Alors, à ce soir.

— O.K.

Je raccrochai et reposai le téléphone sur mon bureau, le fixant quelques secondes d'un air absent. Puis je laissai échapper le soupir que j'avais retenu sans même m'en rendre compte et parcourus les grands titres en ligne, comptant bien effacer mon père de mes pensées. Au moins jusqu'à ce qu'il se pointe sur le perron.

Il n'y avait rien de neuf à propos d'Alyson Baker ni de Meredith. Par contre, le coroner s'était officiellement prononcé sur la cause du décès de Heidi Anderson. Défaillance cardiaque. Mais n'était-ce pas là ce dont tout le monde mourait, au bout du compte ? Cependant, dans le cas de Heidi, il n'existait aucune cause répertoriée pouvant expliquer que son cœur ait lâché. Comme je l'avais su depuis le début, elle était simplement morte. Point à la ligne.

De nouveau en proie à une terrible frustration, j'éteignis l'ordinateur, puis me rendis à la salle de bains, reposant au passage le téléphone sur son support. Vingt minutes plus tard, douchée, habillée et les cheveux séchés à la brosse, je m'installai au comptoir de la cuisine avec un jus de fruits et une barre de céréales. Je venais tout juste d'en déchirer l'emballage lorsque tante Val entra d'un pas nonchalant, emmitouflée dans le peignoir en éponge de mon oncle, au lieu de son habituelle robe de chambre de soie. Ses cheveux n'étaient qu'un amas enchevêtré de mèches châtaines que le gel coiffant de la veille hérissait de drôles d'épis, comme un punk attardé. Elle avait le dessous des yeux barbouillés d'eye-liner et le visage blême sous les traînées de fard à joues et de fond de teint.

Traînant les pieds, elle alla droit vers la cafetière déjà pleine et fumante. Pendant plusieurs minutes, je mâchonnai en silence tandis qu'elle sirotait son café. Lorsqu'elle apporta sa deuxième tasse sur le comptoir, la caféine avait déjà fait son effet.

— Je suis désolée pour cette nuit, ma chérie, dit-elle en se passant une main dans les cheveux pour essayer d'y mettre un peu d'ordre. Je ne voulais pas t'embarrasser devant ton petit ami.

Je fis une boulette de mon papier d'emballage que je lançai dans la poubelle à l'autre bout de la pièce.

— Ce n'est rien, répondis-je. De toute façon, il y avait déjà tellement de choses qui allaient de travers qu'on n'avait pas le temps de s'inquiéter d'une tante un peu soûle.

Elle accusa le coup, hocha la tête.

— Je suppose que je l'ai bien mérité.

Vrai. Cependant, la voir grimacer de douleur à chaque mouvement — à croire que le contact même de l'air lui était pénible — me remplit de remords.

— Non, tu te trompes. Excuse-moi.

— Moi aussi, je m'excuse, répondit tante Val avec un sourire forcé. Tu ne peux pas savoir à quel point je regrette. Rien de tout cela n'est ta faute…

Elle baissa les yeux sur son café, comme si elle s'apprêtait à dire autre chose, mais les mots étaient tombés dans sa tasse, trop ramollis à présent pour lui être de quelque utilité.

— Ne t'inquiète pas pour ça.

Je finis de boire mon jus d'orange, posai mon verre dans l'évier, puis regagnai ma chambre. J'envoyai un texto à Emma pour m'assurer qu'elle avait toujours l'intention de se rendre au service funèbre.

Sa mère m'annonça qu'elle me retrouverait sur place quinze minutes avant le début de la cérémonie — à 1 heure moins le quart.

Je passai le reste — interminable — de la matinée à regarder une émission de télé bêtifiante et à surfer sur le Net. A deux reprises, je tentai de passer un moment seule avec mon oncle pour le mettre au courant de la nouvelle rapportée par Tod, mais, chaque fois que je le trouvai, c'était en présence d'une très maussade et très collante Sophie, laquelle semblait redouter la cérémonie autant que moi.

Après avoir déjeuné tôt — je ne mangeai que du bout des dents —, je troquai mon T-shirt pour un chemisier noir à manches longues, espérant qu'il constituerait une tenue plus appropriée pour le service funèbre d'une fille dont je n'avais même pas réussi à sauver la vie. Comme je me dirigeais vers la porte d'entrée, je tombai sur Sophie, assise sur le banc dans le vestibule, les mains sur les genoux, dans une étroite robe noire, la tête si basse que ses longs cheveux blonds lui couvraient la poitrine. Elle avait l'air si pitoyable, si perdue que, bien que n'ayant aucune envie de me gâcher le plaisir de faire le trajet en voiture seule avec Nash, je lui proposai de l'emmener à l'école.

— Maman m'accompagne, répondit-elle, croisant brièvement mon regard de ses grands yeux tristes.

— O.K.

Tant mieux.

Cinq minutes plus tard, je m'arrêtais dans l'allée devant chez Nash et attendais avec une certaine nervosité qu'il monte dans ma voiture. Je craignais que ça ne nous fasse bizarre de nous retrouver, après sa dispute nocturne avec Tod et sa répugnance à en discuter ensuite avec moi. Mais dès qu'il eut refermé sa portière, il se pencha pour m'embrasser et, à en juger par la fougue de son baiser — et le fait que ni l'un ni l'autre ne semblions pressés d'y mettre fin —, je conclus qu'il avait oublié tout le côté embarrassant de la situation.

Le parking de l'école était bondé. *Plein à craquer.* Un grand nombre de parents étaient venus, de même que certains élus municipaux. Et, selon les journaux du matin, le lycée avait fait appel à des conseillers pédagogiques supplémentaires pour venir soutenir les élèves et les aider à gérer leur chagrin. Nous dûmes nous garer sur le bas-côté de la route la plus proche du gymnase et marcher près de quatre cents mètres. En chemin, Nash me prit la main. Emma nous attendait devant la porte principale où sa sœur l'avait déposée. J'avais promis de la ramener chez elle.

Emma avait une mine épouvantable. A peine coiffée et pas maquillée, elle avait les yeux rougis. A croire qu'elle avait dû pleurer. Pourtant, elle ne connaissait pas Meredith mieux que moi.

— Ça va aller ? lui demandai-je en glissant mon bras autour de sa taille, tandis que, bousculés par la foule, nous franchissions la porte à double battant.

— Mouais. Toute cette histoire est trop bizarre. D'abord, cette fille à la discothèque, puis l'autre au cinéma. Et maintenant, une élève de notre propre école. Tout le monde en parle. Et ils ne sont même pas au courant en ce qui te concerne, ajouta-t-elle dans un murmure.

— Eh bien, figure-toi que c'est encore plus délirant que tu ne le crois !

Je l'entraînai avec Nash dans un recoin désert près des

toilettes. Je n'avais pas encore eu l'occasion de la mettre au courant des derniers rebondissements et, pour une fois, je me félicitai qu'elle ait été privée de téléphone. Autrement, j'aurais risqué de lui débiter toute l'histoire — *banshee*, Faucheurs et listes macabres — avant d'avoir pris le temps d'y réfléchir à deux fois. Ce qui l'aurait sans aucun doute épouvantée encore davantage.

— Comment cela pourrait-il être pire que ça ? s'étonna Emma, désignant de ses bras grands ouverts la foule morne qui grouillait dans le hall d'entrée.

— Il y a pire, si. Elles n'étaient pas censées mourir, chuchotai-je en me hissant sur la pointe des pieds pour m'approcher de son oreille, tandis que Nash se pressait contre moi.

Les yeux d'Emma s'agrandirent.

— Qu'est-ce que ça veut dire ? *Personne* n'est censé mourir.

Je jetai un coup d'œil à Nash. Il me répondit d'un hochement de tête. Nous aurions vraiment dû décider entre nous de ce que nous allions révéler ou non à Emma.

— Disons qu'il est *nécessaire* que certaines personnes meurent. Sinon la terre serait surpeuplée. Par exemple… les personnes âgées. Elles ont déjà pleinement profité de leur vie. Il y en a qui sont même prêtes à partir. Mais les ados, eux, sont trop jeunes. Meredith avait encore toute sa vie devant elle.

Emma me considéra comme si j'avais perdu l'esprit. Ou, du moins, plusieurs points de mon QI. Quelle piètre menteuse je faisais ! Encore que, techniquement, je ne lui mentais pas.

Tandis que mon amie tentait de déchiffrer le sens de mon petit laïus sur la mort, Nash nous conduisit à travers la cohue vers le gymnase dans lequel nous repérâmes des places libres sur les gradins, près de la section réservée aux visiteurs. Nous nous engouffrâmes dans la salle en même temps que plusieurs centaines d'autres personnes. Une estrade provisoire avait été dressée sous l'un des paniers de basket-ball et plusieurs représentants officiels de l'école y avaient déjà pris place en compagnie de la famille de Meredith, sous l'égide de la bannière du lycée, du drapeau national et du drapeau de l'Etat du Texas.

Pendant les quatre-vingt-dix minutes qui suivirent, les amis et les proches de Meredith se succédèrent à la tribune pour nous raconter quelle chic fille elle était, et jolie et intelligente et gentille. Certes, tous ces éloges n'auraient pas réellement convenu pour décrire Meredith si elle s'était encore trouvée parmi nous, mais les morts ont une manière bien à eux de devenir des saints aux yeux des survivants, et Mlle Cole ne faisait pas exception.

Et pour parler tout net, sa beauté et sa popularité mises à part, elle n'était en rien différente de la plupart d'entre nous. Ce qui constituait justement la raison pour laquelle tout le monde se sentait si bouleversé. Si Meredith était morte, alors cela pouvait aussi arriver à n'importe lequel d'entre nous.

Emma pleura à plusieurs reprises. Et moi, au moment où Mme Cole s'avança sur le podium et laissa libre cours à ses sanglots. Quant à Sophie, elle était entourée de danseuses larmoyantes qui séchaient leurs joues maculées de mascara à l'aide de mouchoirs en papier extraits de leurs élégants petits sacs à main. Plusieurs d'entre elles prirent la parole, en particulier les camarades de terminale de Meredith, pour déclamer des lieux communs éculés avec une ardeur renouvelée : « Meredith aurait souhaité que nous allions de l'avant. Elle aimait la vie et la danse et n'aurait pas voulu que nous cessions de danser en son absence. Elle n'aurait pas aimé nous voir pleurer… »

Après que la dernière de ses camarades de classe eut parlé, un écran blanc se déroula du plafond et quelqu'un fit défiler une série de photos de Meredith, la représentant de sa naissance à sa mort, avec en fond sonore quelques-unes de ses chansons favorites.

Durant la projection, plusieurs élèves se levèrent et gagnèrent le hall où les attendaient les conseillers pédagogiques. Reniflements et discrets sanglots résonnaient partout alentour — toute une communauté en deuil. Et tout ce à quoi j'étais capable de penser, c'était que, si nous ne trouvions pas le Faucheur coupable d'avoir récolté l'âme de Meredith sans autorisation, il recommencerait.

Après la cérémonie, Nash, Emma et moi descendîmes lentement les gradins, pris au milieu d'un flot croissant de gens plus soucieux de se réconforter les uns les autres que de vider les lieux.

Nous atteignîmes finalement le parquet du gymnase, sur lequel d'autres attroupements s'étaient formés et se déplaçaient en masse en direction des quatre portes de sortie. Comme ma voiture était garée en face de l'école, nous nous dirigeâmes vers la porte principale, n'avançant que de quelques centimètres à la fois en traînant les pieds.

Nash venait de me prendre la main, son bras frôlait le mien, lorsqu'une brusque et insupportable vague de chagrin me submergea. Elle m'oppressa la poitrine et le ventre, mes poumons se contractèrent, et je ressentis une atroce démangeaison au fond de la gorge. Mais cette fois, au lieu de déplorer en silence l'approche de l'un de mes sinistres pressentiments, et la mort imminente d'une autre camarade d'école, je m'en réjouis.

Le Faucheur était parmi nous ; nous avions une chance de l'arrêter !

16

Ma main serra celle de Nash. Il lança un regard dans ma direction, ses yeux s'agrandirent.

— Encore ? murmura-t-il, en se penchant à mon oreille.

Mais je ne pus qu'opiner.

— Qui est-ce ? demanda-t-il.

Je secouai la tête, ma respiration devint heurtée. Je n'avais pas encore repéré avec précision la source de ma prémonition. Il y avait trop de gens, rassemblés en groupes trop compacts. Tous ces corps vêtus de couleurs sombres se confondaient en un seul habit de deuil formant un quasi-camouflage. Je n'arrivais même pas à les distinguer les uns des autres.

L'incertitude me déchira le cœur : *Et si je ne réussissais pas ? Et si je ne pouvais pas localiser la victime, et encore moins la sauver... ?*

— C'est bon, Kaylee, détends-toi.

Les chuchotements de Nash se déversaient sur moi, je pouvais presque les sentir glisser sur ma peau. Malgré la peur intense et lourde qui faisait tournoyer ses iris, Nash s'appliquait à me rassurer.

— Regarde lentement autour de toi. Nous pouvons sauver la prochaine victime du Faucheur. Mais pour cela, il faut d'abord que tu la trouves.

Je m'évertuai à suivre ses instructions, mais la

panique était trop forte, semblable à un vrombissement sauvage que j'étais seule à percevoir, cependant que le cri enflait dans ma tête. Elle m'interdisait toute pensée. Toute logique.

Nash sembla comprendre. Il se planta en face de moi, presque front contre front. Plongeant son regard dans le mien, il m'agrippa les deux mains. La marée humaine nous dépassait d'un pas traînant, se divisait pour nous contourner, comme l'eau d'une rivière autour d'un banc de sable. Plusieurs élèves nous regardèrent, mais personne ne s'arrêta — je n'étais pas la seule jeune fille à piquer une crise de nerfs en public dans le gymnase, et la plupart des autres étaient beaucoup plus bruyantes. Pour le moment, du moins.

Je serrai les mâchoires, dans un effort pour retenir la plainte la plus intense que j'aie jamais ressentie, tout en balayant la foule du regard, survolant les hommes, les femmes et les garçons pour ne m'attarder que sur les filles. L'une d'elles allait mourir. Elle était là, quelque part. Je ne pouvais rien faire pour l'empêcher ; mais si je la localisais à temps et si j'étais réellement capable de faire ce que Nash m'avait expliqué, je pourrais la ramener. *Nous* pourrions la ramener à la vie.

Ensuite, il ne nous resterait plus qu'à nous soustraire à la fureur du Faucheur scélérat.

Ce fut peut-être une coïncidence — ou sans doute parce que je ressentais réellement le besoin, malgré les rapports tendus que nous entretenions, de m'assurer que ma cousine était en sécurité —, mais ce fut sur Sophie que mon regard se posa en premier. Elle se tenait sous le panier de basket à l'autre extrémité du gymnase, en compagnie d'un groupe d'amies aux yeux rougis, blotties les unes contre les autres en une sorte de petit comité de deuil. Mais l'image d'aucun de ces visages barbouillés de larmes ne déclencha une montée de panique plus intense ; aucun n'était estompé par un voile d'ombre que j'aurais été seule à discerner. Ces filles allaient très bien — leur tristesse mise à part. Par bonheur, je ne serais pas obligée d'ajouter à leur douleur.

Je repérai ensuite un autre attroupement de jeunes filles — des élèves de troisième, à première vue. Où que je tourne mes regards, il y avait toujours plus de filles, certaines en robes de deuil, d'autres en pantalons noirs, d'autres encore en blue-jean — uniforme officiel des ados oblige. C'était à croire que les garçons et les adultes n'existaient plus pour moi. Mes yeux n'étaient attirés que par les filles.

Mais, de tous ces visages — couverts de taches de rousseur, mouillés de larmes, minces, ronds, pâles, sombres ou hâlés —, aucun ne retint mon regard. Aucun n'interpella mon âme.

Pour finir, après ce qui sembla une éternité — mais ne dura probablement pas plus d'une minute —, mes yeux se reposèrent sur Nash. J'avais mal aux mâchoires à force de les contracter, j'avais la gorge à vif de m'être retenue de crier. Quant aux mains de Nash, mes ongles y avaient laissé des marques. Je secouai la tête, battis des paupières pour refouler les larmes qui me montaient aux yeux. *Elle* était toujours là, quelque part — si j'en croyais la force sans précédent du cri qui enflait en moi —, mais je n'arrivais pas à la détecter.

— Essaie encore, insista Nash en me pressant les mains. Encore une fois.

Je hochai la tête et me forçai à ravaler mon cri — une douleur atroce, comme d'engloutir du verre pilé —, mais, cette fois, les conséquences se firent sentir de façon irrépressible. Une force de pression formidable s'exerça dans ma poitrine et ma gorge, et je sentis avec une absolue certitude que, si je tardais plus longtemps à me libérer — ou bien si je ne m'éloignais pas de la source de ma prémonition —, mon corps allait se fendre en une plaie béante de désolation.

Désespérée, je regardai par-dessus l'épaule de Nash, vers l'endroit où la cohue continuait de se masser, pour se diriger avec lenteur vers la sortie. Tous ceux qui se déplaçaient dans cette direction me tournaient le dos, silhouettes anonymes dont je ne distinguais que la masse des cheveux. Une mince jeune fille aux longues boucles rousses. Deux filles trapues à la chevelure noire pareillement ondulée. Une brune aux cheveux fins et raides comme des baguettes. Celle-ci se retourna. Je la vis de profil. Mais la panique ne s'accentuait pas.

Puis une tête attira mon attention — une autre blonde, à quatre ou cinq mètres de moi, le corps assombri par une ombre épaisse et sinistre, une ombre qui, pour quelque mystérieuse raison, ne tombait sur rien ni personne. A l'instant même où mon regard s'arrêta sur elle, mon corps fit un effort convulsif pour libérer le hurlement que j'emprisonnais. Je manquais d'air à m'en brûler la poitrine, mais je redoutais qu'une simple inspiration suffise à laisser s'échapper le cri alors que je n'étais pas encore prête. La blonde était grande et mince, ses cheveux coupés droit lui arrivaient au milieu du dos. Si elle avait porté une queue-de-cheval, j'aurais juré que c'était Emma.

En tout cas, qui qu'elle soit, elle allait mourir.

Incapable d'ouvrir la bouche pour prévenir Nash, je lui serrai la main. Comprenant mon signal, il murmura d'une voix pressante :

— Où ? Qui est-ce ?

Déjà affaiblie par le combat acharné que je menais pour résister au hurlement, je ne pus que faire un signe de tête en direction de la blonde. En vain. J'avais, sans le vouloir, englobé au moins cinquante personnes, dont plus de la moitié était composée de jeunes filles.

— Montre-moi, insista Nash. Est-ce que tu peux marcher ?

Je hochai la tête. En réalité, je n'étais pas vraiment sûre de moi. Mon crâne résonnait de cris inarticulés, mes jambes chancelaient et ma main libre tentait d'agripper l'air. Un gémissement aigu s'échappa de moi : la plainte filtrait à travers mes lèvres closes. Et, en même temps, arrivait l'obscurité familière, cet étrange filtre grisâtre qui me voilait la vue. J'eus l'impression que le monde se resserrait autour de moi, tandis qu'autre chose — des formes étranges et un monde invisible au commun des mortels — se manifestait à mes yeux.

Nash m'entraîna derrière lui. Je titubais, le souffle court. Mes lèvres s'ouvrirent malgré moi. Aussitôt, il me redressa en hâte, et je serrai les dents, me mordant la langue dans un effort désespéré pour m'empêcher de hurler. Ma bouche se remplit du goût du sang, mais ce fut de mon propre mouvement que je me remis en marche : la douleur m'avait éclairci les idées. Ma vision était redevenue normale.

Sous la conduite de Nash, j'avançai donc. Il ne nous fallut qu'une douzaine de pas — je les comptai pour m'aider à me concentrer — pour rejoindre la blonde, un instant ralentie par la foule dans sa progression vers la porte. Je m'arrêtai derrière elle et fis un signe de tête à Nash.

Alors, je crus qu'il allait se trouver mal.

Son visage pâlit subitement et il prit sur lui pour, me sembla-t-il, ravaler des paroles qu'il ne voulait surtout pas prononcer.

— Tu es sûre ? chuchota-t-il.

Je hochai de nouveau la tête, grinçant à présent des dents à force de museler mon cri de lamentation. Oui, j'en étais sûre ! C'était elle !

Nash tendit le bras. Ses doigts tremblèrent en pénétrant le sinistre voile d'ombre. Il me lança un dernier regard. Puis il posa la main sur l'épaule de la fille.

Elle se retourna, et mon cœur s'arrêta.

Emma.

A un moment donné, elle avait détaché sa queue-de-cheval et s'était éloignée de nous.

Je dus m'obliger à reprendre ma respiration en dilatant mes poumons sans pour autant desserrer les dents. Et, de nouveau, ma vision s'obscurcit. Devint floue. Le lugubre et sombre brouillard enveloppa tout autour de moi. Je ne distinguais plus le monde qu'à travers une brume légère et sans couleurs.

Emma me dévisageait à travers les ténèbres, ses grands yeux voilés par leur propre ombre funeste. A en croire son expression, elle comprenait ce qui se passait, mais il lui manquait encore la pièce la plus importante du puzzle.

— Ça recommence ? murmura-t-elle en me prenant la main. Qui est-ce ? Tu le sais déjà ?

Je fis oui de la tête. Lorsque je clignai des paupières, deux larmes coulèrent sur mes joues, laissant derrière elles un mince sillage brûlant. Comme je la contemplais en silence, un garçon de ma classe de biologie frôla Emma… en traversant son ombre. Evidemment, rien chez lui n'indiqua qu'il s'était rendu compte de ce qu'il faisait. Tout autour de nous, des élèves et leurs parents piétinaient en direction de la sortie, inconscients de traverser les ténèbres de l'au-delà. Inconscients de ce qui allait se produire dans les minutes à venir.

A la périphérie de ma vision, quelque chose se précipita à travers la grisaille. Quelque chose de grand, de sombre et de *rapide*. Mon cœur cogna douloureusement. Un flot d'adrénaline m'inonda. Mon regard s'élança à la poursuite de l'étrange silhouette, mais celle-ci disparut avant que j'aie eu le temps de la fixer. Se déplaçant avec aisance à travers la foule, sans heurter aucun corps sur son passage, elle marchait comme je n'avais jamais vu personne marcher, avec une grâce particulière, déhanchée, comme si elle avait eu trop de jambes. Ou peut-être pas assez.

Et personne d'autre ne l'avait vue.

Mes yeux se refermèrent d'horreur. Mon esprit s'interdisait de reconnaître ce que je venais de voir ! Je le rejetais comme une chose impossible ! Je savais qu'il en existait d'autres. On m'avait prévenue. Il m'était même arrivé d'en apercevoir. Mais ça, c'était trop !

Hélas, pour l'instant, seul un mince filet de son s'écoulait de ma gorge hermétiquement close.

— Nous devons attendre, souffla Nash.

Rouvrant les yeux, je reportai toute mon attention sur Emma et la terrible urgence du moment. Cependant, la silhouette difforme s'attardait dans mon esprit, sa drôle de masse restait vaguement imprimée sur mes rétines.

— Il faut qu'elle meure, avant que nous puissions la ramener, précisa Nash. Si tu te mets à chanter trop tôt, tu ne feras que gaspiller tes forces.

Je secouai la tête avec violence, refusant avec rage d'admettre ce que je savais déjà être vrai. Je ne pouvais laisser Emma mourir. *Je ne l'accepterais jamais*. Mais il n'y avait rien que je puisse faire pour m'y opposer, et nous le savions tous. Excepté Emma.

— Quoi ? demanda-t-elle en nous regardant tour à tour, jetée dans la confusion par les paroles sibyllines de Nash. De quoi parle-t-il ?

La sueur me coulait le long de l'échine, perlait à mes paumes et, pour une fois, je fus heureuse d'être dans l'incapacité de parler. De ne pouvoir répondre. Je ravalai ma salive, étranglant toujours le cri qui me consumait de l'intérieur. Le brouillard gris s'était assombri mais pas épaissi. Je n'éprouvais aucune difficulté à voir au travers. Pourtant il ternissait tout ce que rencontrait mon regard terrifié, comme si le gymnase entier avait été drapé d'une nappe translucide. Et, toujours, des formes se mouvaient en bordure de mon champ de vision, attirant mon regard dans une direction puis dans l'autre.

J'aurais donné n'importe quoi pour qu'on me parle de ce qui se passait. Nash percevait-il la même chose que moi ? Et, plus important encore, pouvaient-ils déjà nous voir ?

Je tournai vivement la tête pour suivre des yeux un inquiétant tumulte, mais trop tard. Je pivotai alors dans la direction opposée, plissant les paupières avec l'espoir de percer l'obscurité fantomatique, de repérer un autre mouvement suspect. Mes mâchoires me faisaient mal, j'avais l'impression que ma tête allait éclater. A chaque seconde qui passait, le chant de lamentation gagnait en puissance. Les gens qui se trouvaient à proximité de nous me dévisageaient, à présent. Ils ne se détournèrent que lorsque Nash me prit dans ses bras, posa ma tête sur son épaule, comme pour me consoler. Ce qui, en partie, correspondait à la réalité.

— Kaylee, non, attends encore, murmura-t-il dans mes cheveux.

Mais, cette fois, son influence n'opéra pas si bien. Le besoin de pousser ma lugubre complainte était trop fort, la mort arrivait trop vite — je voyais Emma nous observer avec consternation, toujours enveloppée dans un voile d'ombre maintenant presque compact.

— Ne les regarde pas, m'intima Nash.

Lui aussi les voyait ? En tout cas, voilà qui répondait à l'une de mes questions…

— Tâche de la retenir, dit-il encore. Ils nous sentent certainement, tu es le lien, mais ils ne nous verront que quand tu commenceras à chanter. Et souviens-toi bien : quelles que soient les apparences, ils ne sont pas ici, pas parmi nous.

Le lien ? Le lien entre quoi et quoi ? Notre monde et le royaume des ténèbres ? *Pas bon, ça ! Pas bon du tout…*

Je me dégageai de son étreinte pour le dévisager et chercher des réponses. Je n'en trouvai aucune. Sans doute parce que je ne savais pas poser les bonnes questions.

Soit. Il ne me restait plus qu'à ignorer cet étrange voile gris qui masquait la réalité, si impossible que cela puisse paraître. Mais le Faucheur ? Si Emma devait mourir — même à titre provisoire —, je ferais en sorte que ce ne soit *pas* pour rien.

Je lançai un regard appuyé vers Emma — et mon cœur se brisa en voyant son inquiétude —, puis j'adressai un signe à Nash, le tout sans cesser d'étouffer le cri dont je sentais la libération désormais imminente.

Par miracle, Nash comprit. Il se rapprocha pour murmurer :

— Tu ne peux pas le voir tant qu'il ne l'aura pas décidé, me rappela-t-il avec douceur.

Ses paroles, le glissement satiné, presque palpable, de sa voix sur ma peau firent un peu céder la panique. Pas assez pour me procurer un réel soulagement, mais suffisamment pour me permettre d'endiguer le cri quelques secondes de plus.

— Et je te parie tout ce que tu veux qu'il ne tient pas à être vu. Il faut attendre. Accroche-toi.

— Quoi ? répéta Emma, qui pressa ma main pour attirer mon attention. Qui est-ce que tu ne peux pas voir ? Où est-ce que… ?

Et c'est alors, en plein milieu de sa phrase, qu'elle s'effondra.

Ses jambes la lâchèrent, alors qu'elle tenait toujours ma main serrée dans la sienne. Sa tête heurta le garçon derrière elle, lequel trébucha et faillit s'affaler. Je basculai avec elle. Mes larmes coulaient librement, à présent. D'un geste brusque, je m'arrachai à la poigne de Nash, en même temps que je tombai à genoux sur le sol. Le choc se répercuta dans tout mon corps. Les yeux d'Emma fixaient le vide, comme les fenêtres grandes ouvertes de son âme. Il paraissait évident qu'il n'y avait plus personne derrière ces fenêtres-là !

— Kaylee !

Se laissant tomber à genoux à son tour, Nash m'implora du regard. Tout autour, les gens se retournaient pour nous observer, bouche bée, les yeux écarquillés de stupeur.

Je l'entendis à peine. Je ne faisais plus attention à l'obscurité ni aux étranges mouvements qui revenaient en rampant. Je ne pensais plus qu'à Emma, je ne voyais plus qu'elle, étendue là, immobile, les yeux rivés au plafond comme si elle avait pu voir au travers !

— Vas-y, Kaylee ! m'ordonna alors Nash. Chante

pour elle ! Appelle son âme pour que je puisse la voir. Retiens-la aussi longtemps que tu le pourras.

Je baissai les yeux sur Emma, si belle jusque dans la mort. Ses doigts étaient encore chauds. Ses cheveux étaient retombés sur ses épaules, effleuraient doucement mon bras. Emma ma meilleure amie, ma confidente, la cousine que j'aurais dû avoir. Emma, mon équilibre, dont la perte me déchirait déjà. Je renversai la tête en arrière, et j'ouvris la bouche.

Le hurlement jaillit.

Le cri se déversa en un monstrueux torrent de notes discordantes, corrosives, qui m'écorchèrent la gorge et me vidèrent de toute ma substance. La douleur était insupportable. Mais au-delà de la souffrance, je ressentis aussi un immense soulagement. Enfin, je ne servais plus de caisse de résonnance à pareille cacophonie surnaturelle et cruelle.

L'espace d'un instant, le gymnase entier demeura pétrifié. Les gens se figèrent, puis se retournèrent pour regarder. La plupart se couvrirent les oreilles de leurs mains avec des grimaces de douleur. Une élève poussa un cri — je le compris en voyant sa bouche grande ouverte, incapable que j'étais d'entendre sa voix par-dessus l'assourdissante partition provenant de ma propre gorge.

Puis, avant que j'aie eu le temps d'enregistrer tous ces regards ébahis braqués sur moi, le monde sembla *basculer.*

La légère brume grise se déposa tout autour de moi *sur* le monde normal. Cela tenait plus de la sensation que de la réalité physique. Cependant, tout à coup, les étranges créatures difformes, sur lesquelles je n'avais pas réussi à me concentrer quelques instants plus tôt, me semblèrent envahir le gymnase. Soudain, elles étaient partout, émaillant la foule des humains quand elles ne la recouvraient pas carrément. Elles me reluquaient de l'autre côté de la grisaille. Elles avaient l'air terne, à croire que la brume les avait en quelque sorte privées de leurs couleurs, et elles paraissaient vagues, comme si je les avais observées à travers une sorte de verre teinté opaque.

Etait-ce cela que Nash voulait dire quand il affirmait qu'elles ne seraient pas réellement avec nous ? Parce que, dans ce cas, je ne saisissais pas bien la différence. Pour ma part, je les trouvais un peu trop proches à mon goût. Et elles poursuivaient inéluctablement leur avance vers nous.

A ma gauche, une curieuse créature sans tête se tenait entre deux garçons en pantalons kaki froissés. Elle clignait des yeux — yeux incrustés sur sa poitrine nue, entre de petits mamelons incolores. Un drôle de nez étroit sortait du creux sous son sternum, et des lèvres minces s'ouvraient juste au-dessus de son nombril.

Et passons sur ce qui m'amena à conclure qu'il s'agissait d'une créature mâle !

Saisie d'horreur, je fermai les yeux. Mon cri faiblit. Puis je me rappelai Emma. Em avait besoin de moi.

Ils ne sont pas ici, pas parmi nous. Ils ne sont pas ici, pas parmi nous. La voix de Nash semblait psalmodier à l'intérieur de mon crâne. De nouveau, je libérai mon chant funèbre, étonnée de la capacité de mes propres poumons, et rouvris les yeux. J'étais résolue à ne regarder que Nash. Il allait m'aider à surmonter cette épreuve ; il l'avait déjà fait.

Mais, au lieu de cela, mon regard s'accrocha à un homme et une femme superbes qui se frayaient un chemin à travers la foule dans ma direction. Ils avaient l'air presque humain, si on exceptait leur teint vaguement gris et leurs membres curieusement allongés — ainsi que la queue enroulée autour des chevilles de la femme. Comme je les observais, captivée, l'homme *traversa* mon professeur de sciences qui ne tiqua même pas !

Assez ! Pas question d'en supporter davantage ! Je décidai vraiment de ne plus regarder que Nash, et rien d'autre. Où était-il ? Une brûlure me dévastait la gorge. Mes oreilles résonnaient. J'avais la sensation que ma tête était sur le point d'exploser.

Finalement, le visage de Nash surgit devant moi. Mais, à ma grande consternation, il ne plongea pas ses yeux dans les miens. Il scrutait, fasciné, l'espace au-dessus du corps d'Emma, les yeux plissés par l'effort de concentration, le visage trempé de sueur.

Je levai la tête. Et soudain je compris. Emma était là. Pas son corps qui se refroidissait lentement sur le sol devant moi, mais la véritable Emma. Son âme flottait dans les airs, entre Nash et moi. C'était la chose la plus incroyable que j'aie jamais vue. Si on peut appeler une âme une « chose ».

Elle n'était pas belle, comme je l'aurais cru. Ni boule de lumière ni fantôme en forme d'Emma ondulant dans une brise vaporeuse. Non. Elle était sombre et informe, et pourtant translucide, comme l'ombre limpide et ondoyante de… rien. Mais ce qui lui manquait en forme, l'âme d'Emma le compensait en impression. L'impression d'être importante. Essentielle.

Des doigts froids touchèrent mon bras. Je sursautai, convaincue qu'une créature du monde des ténèbres était venue me chercher. Mais ce n'était que la proviseure qui s'agenouillait à côté de moi. Elle dit quelque chose que je n'entendis pas ; elle devait me demander ce qui se passait. Or, j'étais incapable de parler. Elle essaya de m'écarter d'Emma, mais rien ne m'aurait fait bouger. Ni fait taire.

Une petite femme toute ronde, vêtue d'une robe-sac, entra alors en trombe dans le cercle qui s'était formé autour de nous, bousculant tout le monde sur son passage. Les créatures grises ne semblèrent même pas remarquer sa présence. Je me rendis compte qu'elles ne la voyaient sans doute pas. Pas plus qu'aucun des autres humains.

La femme s'accroupit à côté de Nash et lui demanda quelque chose. Il ne répondit pas. Ses yeux étaient devenus vitreux, ses mains reposaient inertes sur ses genoux. Constatant qu'elle ne réussissait pas à se faire comprendre de lui, la femme jeta un regard étrange dans ma direction et bondit sur ses pieds. Elle chancela un instant, puis contourna Nash en hâte et s'accroupit près d'Emma pour lui prendre le pouls.

D'autres personnes s'étaient laissées choir sur les genoux, les mains plaquées sur leurs oreilles, leur bouche remuant avec frénésie à mon intention, en vain. Elles n'avaient pas conscience que des créatures circulaient parmi elles — pas plus que ces créatures ne s'intéressaient à elles. Un homme grand et mince agita furieusement les bras. Les humains derrière lui reculèrent. Les créatures grises semblaient se rapprocher toujours plus mais, tout cela, je ne le distinguais que vaguement, tandis que la plainte continuait de me déchirer la gorge, aussi coupante qu'une lame de rasoir qui m'aurait tailladé les chairs.

Puis mon regard fut de nouveau attiré vers l'âme d'Emma qui s'était mise à se tordre frénétiquement. Semblable à une traînée de fumée, une partie d'elle s'acharnait à ramper vers un coin du gymnase, tandis que l'autre s'entortillait autour d'elle-même, se laissant couler vers le corps d'Emma, telle une grosse goutte de pluie.

Pétrifiée, je lançai un coup d'œil vers Nash. La sueur dégoulinait sur son visage. Ses yeux fixes étaient troubles, ses mains agrippaient le tissu de son pantalon. Tandis que je l'observais, l'âme d'Emma descendit un peu plus vers son corps, comme si elle subissait une pression.

Des gens se bousculaient autour de nous, braquaient les yeux sur moi, braillaient à pleins poumons pour se faire entendre. Des mains humaines touchaient mes bras, me tiraillaient par les vêtements, certains essayaient de me réconforter et de me faire taire, d'autres tentaient de m'entraîner au loin. Formes étranges et incolores regroupées par deux ou trois, qui observaient sans vergogne la scène, murmuraient des mots que je n'entendais pas et que je n'aurais sans doute pas compris de toute façon. L'âme d'Emma continuait de se rapprocher lentement de son corps, mais son extrémité tentaculaire serpentait toujours vers le coin opposé de la salle.

Nash la tenait presque ! Seulement, s'il ne réussissait pas très vite à l'attraper, notre chance serait passée. Ma voix perdait déjà de son volume, ma gorge me faisait souffrir le martyre, mes poumons me brûlaient par manque d'oxygène.

Enfin, l'ombre lumineuse se posa sur le corps d'Emma et sembla se fondre en lui. En moins d'une seconde, elle fut complètement… absorbée.

Poussant un profond soupir, Nash cligna des yeux et épongea la sueur de son front avec sa manche. Ma voix s'éteignit. Ma bouche se referma avec un bruit sec de mâchoires qui claquent. Le silence se fit. Et toutes les créatures grises, toutes les volutes de brouillard, toutes sans exception, s'évanouirent d'un seul coup.

Pendant un instant, personne ne bougea. Les mains posées sur moi s'immobilisèrent. Les badauds demeuraient comme paralysés sur place, comme s'ils avaient senti que quelque chose venait de changer, alors qu'ils n'avaient pas la moindre idée de ce qui était réellement arrivé. Ils m'avaient juste entendue hurler.

Je scrutai le visage d'Emma, y cherchant le retour de la vie. Je guettais chaque signe : la poitrine qui se soulève, un pouls, même faible. J'aurais même accueilli avec soulagement un éternuement bien morveux. Mais, pendant de longues secondes abominables, elle n'eut aucune réaction.

Nous avions échoué. Quelque chose était allé de travers. Le Faucheur invisible était trop fort. J'étais trop faible. Nash manquait d'entraînement.

Puis Emma respira. Je faillis bien ne pas le remarquer, car il n'y eut pas de halètement spectaculaire digne d'un oscar, pas de suffocation, pas d'expectoration, pas de toux étranglée qui aurait dégagé ses poumons. Simplement, elle inspira, aussi doucement qu'elle l'avait fait toute sa vie.

Je me pris la tête entre les mains, des larmes de soulagement inondèrent mes joues. Je ris, mais aucun son ne sortit de ma bouche. J'avais pour de bon perdu la voix.

Puis Emma ouvrit les yeux, et cela sonna la fin de l'instant de grâce. Car, aussitôt, quelqu'un dans la foule poussa une exclamation et, d'un seul coup, tout se remit en mouvement. Les curieux se rapprochèrent, échangèrent des chuchotements, couvrirent leur bouche béante de leurs mains tremblantes.

Emma me regarda en battant des paupières. Son front exprimait son désarroi.

— Qu'est-ce que je fais… par terre ?

J'ouvris la bouche pour lui répondre, mais une douleur fulgurante me rappela que j'étais aphone. Nash me décocha un sourire de triomphe, avant de répondre à ma place.

— Ce n'est rien. Je crois que tu t'es évanouie.

— Son pouls ne battait plus, intervint la femme rondouillarde en s'écartant d'Emma, le visage rouge d'ahurissement. Elle était… J'ai bien vérifié… Elle devrait être…

— Elle a perdu connaissance, répéta Nash avec fermeté. Elle a dû se cogner la tête en tombant, mais maintenant, elle va tout à fait bien.

Et, pour appuyer ses propos, il tendit la main à Emma et l'aida à se redresser, ses jambes toujours étendues sur le sol devant elle.

— Il ne faut pas la déplacer ! gronda la proviseure à côté de moi. Elle s'est peut-être cassé quelque chose.

— Non, je n'ai rien, affirma Emma d'une voix confuse. Je n'ai mal nulle part.

Une rumeur s'éleva autour de nous — la nouvelle s'était répandue jusqu'aux spectateurs du fond de la salle qui avaient raté le spectacle. J'entendis chuchoter des mots comme « morte » ou « plus de pouls » qui m'angoissèrent, mais Nash me prit la main et aussitôt l'anxiété s'estompa.

Jusqu'à ce qu'un deuxième cri brise le calme revenu.

Les têtes se tournèrent, des exclamations fusèrent. Emma et Nash regardèrent avec horreur par-dessus mon épaule. Je me tournai.

La foule qui nous entourait avait beau être compacte, je réussis à couler un regard entre les corps pressés les uns contre les autres. Et là, ce que je vis suffit à me faire comprendre sur-le-champ de quoi il retournait.

Quelqu'un d'autre s'était écroulé.

Je ne pus distinguer qui c'était, car un adulte s'était déjà penché sur le corps pour pratiquer une réanimation cardio-pulmonaire. Mais l'étroite jupe noire et les mollets minces et lisses que j'entrapercevais ne laissaient aucun doute. Il s'agissait d'une jeune fille. Et, si j'en croyais le scénario désormais habituel, elle devait être jolie.

La main de Nash se resserra autour de la mienne. Levant les yeux vers lui, je vis qu'il éprouvait autant de tension et de regret que moi, à présent. Nous avions accompli l'impensable. Nous avions sauvé Emma — mais aux dépens d'une autre vie. Et pas la nôtre : celle d'une fille innocente qui n'avait rien à voir dans tout cela.

Nash se sentait-il prêt à retenter le coup ? Il hocha la tête solennellement, seulement je devinai qu'il était peu confiant quant à nos chances de réussite. Et puis une terrible certitude subsistait : si nous sauvions une autre victime, le Faucheur frapperait de nouveau. Ou bien il emporterait l'un de nous.

Dans tous les cas, nous ne pouvions nous permettre de jouer à son petit jeu.

Mais je refusais de laisser quelqu'un d'autre mourir sans raison !

J'ouvris la bouche pour pousser ma plainte funèbre — et rien n'en sortit. J'avais oublié que mes cordes vocales m'avaient lâchée, de même qu'avait disparu, cette fois, l'envie irrésistible de hurler. Il n'y avait pas de panique. Pas de nouvelle douleur pour me ravager l'intérieur de la gorge !

Horrifiée, j'interrogeai Nash du regard. Il m'adressa un sombre message :

— Si tu n'arrives pas à chanter, c'est qu'elle est déjà partie. Le besoin de pousser ton cri prend fin dès que le Faucheur s'est emparé de l'âme.

Ce qui expliquait pourquoi mon chant de lamentation pour Meredith avait cessé dès qu'elle était morte… : nous n'avions pas tenté de reprendre son âme.

Terrassée, je ne pus qu'observer les gens qui se précipitaient autour de la malheureuse, essayaient d'apporter leur aide, tentaient de voir, de comprendre. C'est alors qu'au milieu du remue-ménage et de la cohue une femme attira mon attention.

Parce qu'elle ne regardait pas dans la même direction que les autres.

Alors que tous avaient les yeux rivés sur la fille étendue sur le sol du gymnase, son bras jeté en travers de la ligne des trois points, la femme se tenait dans le fond de la salle et… me considérait avec intensité.

Elle ne bougeait pas, elle semblait, en fait, étrangement calme, dans tout le charivari qui régnait autour d'elle. Lentement, elle me sourit, d'un air complice, comme si nous avions partagé un secret.

Et elle avait raison.

C'était elle, la Faucheuse…

— Nash…, articulai-je de ma voix cassée.

Je cherchai sa main, hésitant à quitter des yeux cette femme curieusement immobile.

— Je la vois, répondit-il.

Mais à peine avait-il prononcé ces mots qu'elle s'était volatilisée.

Elle s'était évaporée en un clin d'œil, aussi silencieusement et subitement que Tod et, dans le chahut ambiant, personne d'autre n'avait semblé la remarquer.

Alors, une flambée de frustration et de fureur explosa en moi, me dévasta de l'intérieur. La Faucheuse se moquait de nous. Elle avait probablement toujours su que nous serions impuissants à l'arrêter ! Nous connaissions les conséquences possibles de notre tentative, mais cela ne nous avait pas empêchés de prendre le risque. Et maintenant quelqu'un avait payé de sa vie la décision que nous avions prise.

Et le pire, c'était qu'en regardant Emma, qui n'avait aucune idée du prix qu'avait coûté sa vie, je ne regrettais pas mon choix. Pas le moins du monde.

17

Les premiers éléments d'information filtrèrent de la foule — heureusement concentrée pour l'heure à l'autre bout du gymnase —, et parvinrent jusqu'à nous. La victime était élève de première. Une pom-pom girl appelée Julie Duke. Je la connaissais de nom, lequel m'évoqua une image vague de son visage. Elle était jolie et très appréciée de tous et, si ma mémoire ne me trahissait pas, elle était plus sympa et tolérante que la plupart des autres brandisseuses de pompons.

Lorsque, au bout de plusieurs minutes, ils eurent constaté que le pouls de Julie ne repartait pas, les adultes commencèrent à rassembler les élèves et à les pousser vers les portes de sortie, presque comme un seul homme. Nash et moi fûmes autorisés à rester sur place car nous devions ramener Emma chez elle, mais les professeurs refusèrent de la laisser partir tant que les médecins urgentistes ne l'auraient pas examinée. Toutefois, Julie demeurait la priorité absolue. Aussi, dès leur arrivée, la proviseure conduisit-elle directement les ambulanciers vers l'attroupement qui s'était formé autour de la victime.

Hélas, il était trop tard ! Même si je n'en avais pas déjà eu la certitude, il m'aurait suffi pour m'en convaincre d'observer leur attitude, et le manque d'empressement qu'ils mettaient à accomplir leurs tâches. Pour finir, ils emmenèrent Julie sur un brancard recouvert d'un drap. Puis un urgentiste en pantalon noir et chemise d'uniforme repassée avec soin traversa le gymnase dans notre direction, sa trousse de premiers secours à la main. Il examina Emma avec minutie, mais ne décela rien qui ait pu provoquer sa perte de connaissance. Son pouls, sa pression artérielle, sa respiration, tout paraissait normal. Son teint était rose et éclatant de santé, ses pupilles se contractaient normalement et elle avait de bons réflexes neurologiques.

Le médecin conclut qu'elle s'était simplement évanouie, mais lui conseilla tout de même de venir à l'hôpital pour des examens plus approfondis, juste au cas où. Emma tenta de refuser, mais la proviseure emporta le morceau en téléphonant à Mme Marshall, laquelle annonça qu'elle retrouverait sa fille à l'hôpital.

Après que je me fus assurée que quelqu'un raccompagnerait Sophie à la maison, Nash et moi suivîmes l'ambulance jusqu'à l'hôpital, où un infirmier emmena Emma dans une petite pièce claire pour qu'elle y attende sa mère. On viendrait ensuite les chercher pour l'examen. Dès que l'infirmier fut parti en fermant la porte derrière lui, Emma nous dévisagea avec une expression de désarroi mêlé de peur.

— Que m'est-il arrivé ? demanda-t-elle, dédaignant les oreillers pour s'asseoir bien droite sur son lit d'hôpital, les jambes croisées en position du lotus. Sans blague.

Je jetai un coup d'œil vers Nash qui venait d'extirper un gant de caoutchouc d'une boîte fixée au mur. Il se contenta de hausser les épaules et de désigner Emma du menton pour me donner le feu vert.

— Euh…, commençai-je d'une voix enrouée, ne

sachant pas trop jusqu'à quel point je devais lui dire la vérité.

Ni comment la formuler. Ni si ma voix de grenouille allait tenir le coup.

— Tu es morte, laissai-je tomber.

— Je suis *morte* ? répéta Emma, les yeux écarquillés d'ébahissement.

De toute évidence, elle ne s'était pas attendue à ça.

Je hochai la tête puis repris avec hésitation :

— Tu es morte, et nous t'avons ramenée à la vie.

Elle déglutit péniblement. Son regard rivé à moi se déplaça vers Nash — qui pour l'heure soufflait dans le gant jetable —, puis de nouveau vers moi.

— Vous m'avez sauvée ? Genre, vous m'avez fait du bouche-à-bouche ?

De soulagement, ses bras se détendirent, ses épaules retombèrent — à n'en pas douter, elle avait craint quelque chose de moins… banal. Si bien que j'envisageai un instant d'acquiescer, tout simplement. Mais je me fis la réflexion que personne ne corroborerait notre histoire. Nous étions donc obligés de lui dire la vérité — ou, du moins, une version très proche.

— Pas exactement.

Je m'interrompis, indécise, demandai son aide à Nash. Avec un soupir, il dégonfla le gant puis se laissa tomber sur le bord du lit. Je m'assis devant lui, adossée contre son torse. J'avais à peine rompu le contact physique entre nous depuis que j'avais chanté pour l'âme d'Emma et je n'avais pas l'intention de me séparer de lui avant longtemps.

— Bon, on va te raconter ce qui se passe…, commença-t-il.

Cependant, je compris, en le sentant serrer ma main,

qu'il n'allait pas *tout* lui révéler et qu'il ne voulait pas que je le fasse non plus.

— Mais, d'abord, il faut que tu jures que tu n'en parleras à personne. Je dis bien, *personne*. Jamais. Même si tu devais vivre encore quatre-vingt-dix ans et que l'envie te démange de te confesser sur ton lit de mort.

Un grand sourire s'épanouit sur le visage d'Emma. Elle leva les yeux au ciel.

— C'est ça ! Comme si j'allais encore penser à vous deux quand j'aurai cent six ans et que je rendrai mon dernier soupir !

Nash rit et m'enlaça par la taille. Je sentais son cœur battre tout contre mon dos. Quand il parlait, son souffle agitait doucement les petits cheveux au-dessus de mon oreille. Même s'il s'adressait à Emma, ses paroles m'apaisaient.

— Alors, tu le jures ? insista-t-il.

Elle opina.

— Tu sais que Kaylee est capable de prédire la mort de certaines personnes ?

Emma hocha de nouveau la tête, les yeux brillant de curiosité mais aussi de peur, ce qu'elle ne tenait sans doute pas à nous montrer.

— Eh bien, parfois, dans certains cas..., elle peut les ramener à la vie.

— Avec son aide, ajoutai-je d'une voix rauque, avant de me demander si ce n'était pas là justement ce que Nash voulait garder pour lui.

Mais il déposa un baiser sur ma tête pour me signifier que je n'avais pas fait de gaffe.

— Oui, avec mon aide, reprit-il en me prenant la main. Ensemble, nous t'avons... réveillée. En quelque sorte. Tu n'as plus rien à craindre, maintenant. Tu n'as absolument rien, et les médecins vont probablement conclure que tu t'es évanouie à cause du stress, ou du chagrin, ou de quelque chose de ce genre. Comme l'a pensé l'urgentiste.

Pendant presque une minute, Emma digéra la nouvelle en silence. Je craignais que, malgré *l'influence* attentive de Nash, elle ne disjoncte ou ne se mette à nous rire au nez. Mais elle se contenta de cligner des yeux et de secouer la tête, comme si elle n'avait toujours pas compris.

— Je suis morte ? répéta-t-elle encore une fois. Et vous m'avez ressuscitée. Je *savais* bien que je devais porter un de ces petits moniteurs digitaux pour savoir à quel moment j'allais passer l'arme à gauche !

Je souris, soulagée de constater qu'elle était encore capable de considérer la situation avec humour. Nash s'esclaffa.

— Avec un peu de chance, nous t'avons débloqué le code pour la santé infinie, conclut-il. Comme dans les jeux vidéo.

Emma esquissa un bref sourire, puis son visage redevint sérieux.

— C'est arrivé comme pour les autres ? Je me suis écroulée d'un seul coup ?

Je répugnais à devoir lui parler de sa propre mort.

— Oui, en plein milieu d'une phrase.

— Pourquoi ?

— Nous ne savons pas, répondit Nash avant que j'aie eu le temps de réagir.

Je ne démentis pas, parce que techniquement il s'agissait de la vérité, même si ce n'était pas *toute* la vérité. Et parce que je ne voulais pas mêler Emma à une affaire impliquant une Faucheuse psychotique et hypermacabre.

Elle réfléchit un instant, effleurant du bout des

doigts le drap blanc de son lit d'hôpital. Quand sa main rencontra la télécommande, elle s'en saisit, considéra quelques secondes les différents boutons, puis releva les yeux vers moi.

— Comment avez-vous fait ?

— C'est… compliqué, bredouillai-je, cherchant en vain les mots justes. Je ne sais pas comment te l'expliquer et ça n'a pas vraiment d'importance.

Du moins, en ce qui concernait Emma.

— Tout ce qui compte, c'est que tu ailles bien.

Elle appuya sur un bouton du boîtier, et le haut du lit se releva de quelques centimètres.

— Qu'est-il arrivé à Julie ?

C'était la question que je redoutais et je baissai les yeux. Puis je me tournai vers Nash, espérant qu'il trouverait une façon pas trop traumatisante d'expliquer les choses.

Mais, à l'évidence, il n'avait rien de mieux à proposer que moi.

— Elle est morte à ta place.

— Nous t'avons sauvé la vie, m'empressai-je de préciser, et nous n'hésiterions pas à recommencer s'il le fallait. Mais, par certains côtés, la mort ressemble à la vie, Em. Tout se paie.

Emma tressaillit, crispa la main sur la télécom-mande. Le lit descendit et elle ne le remarqua même pas.

— Se paie ? Vous avez tué Julie pour me sauver ?

— Non ! m'indignai-je, tendant la main vers Emma qui se recroquevillait sur son oreiller, horrifiée. Nous n'avons pas tué Julie ! Mais quand nous t'avons ramenée à la vie, nous avons créé une sorte de vide et il fallait qu'il soit comblé.

Ce qui n'était pas, à strictement parler, la vérité. Mais je ne pouvais pas entrer dans les détails, sauf à lui parler des *banshee*, des Faucheurs et autres sinistres créatures que je ne comprenais pas moi-même.

Emma se détendit un peu, sans toutefois faire mine de se rapprocher de nous.

— Vous le saviez au moment où vous m'avez sauvée ? demanda-t-elle.

Une fois encore, je fus surprise par la perspicacité de ses questions. *Elle ferait probablement une bien meilleure* banshee *que moi.*

Derrière moi, Nash s'éclaircit la gorge, prêt à répondre au pied levé.

— Nous savions que c'était une possibilité. Mais comme d'une certaine façon ton cas constituait une exception, nous espérions que ça n'arriverait pas. Et nous ne savions absolument pas qui partirait à ta place.

Emma fronça les sourcils.

— Donc, tu n'as pas eu de prémonition de sa mort, Kaylee ?

— Non, je…

Aucune… C'était bizarre, Emma avait raison de le faire remarquer.

— Pourquoi n'ai-je pas pressenti sa fin prochaine ? demandai-je alors en me tournant vers Nash.

— Parce que la raison de sa mort…

C'est-à-dire la Faucheuse qui avait décidé d'emporter son âme…

— … Cette raison n'existait pas jusqu'à ce que nous ayons ranimé Emma. Ce qui prouve que Julie n'était pas destinée à mourir non plus.

Emma serra l'oreiller contre sa poitrine.

— Elle ne devait pas mourir ?

— Non.

De nouveau, je sentis la culpabilité m'envahir — Emma

venait de passer tout près de la mort et elle n'avait personne pour l'aider à comprendre vraiment ce qui s'était passé.

— Il y a quelque chose qui cloche, lui dis-je pour la soulager un peu. Nous essayons de découvrir quoi, mais nous ne savons pas vraiment par où commencer.

— Et moi, je devais mourir ?

Le regard d'Emma me transperçait. Je n'avais jamais vu ma meilleure amie si vulnérable et si effrayée. Nash la rassura fermement.

— Non, c'est pour cela que nous t'avons ramenée. J'aurais voulu pouvoir aider Julie aussi.

Emma tiqua.

— Qu'est-ce qui t'en a empêché ?

— Nous… n'avons pas été assez rapides, répondis-je. J'ai… euh… disons… tout dépensé pour toi.

— Qu'est-ce que ça veut dire… ?

Mais avant qu'elle ait eu le temps d'achever sa phrase, la porte s'ouvrit. Une femme d'âge moyen, vêtue d'une blouse de laboratoire et portant un bloc-notes à pince à la main, fit son entrée, suivie de Mme Marshall complètement affolée.

— Emma, je crois que cette dame t'appartient ? dit la femme médecin en coinçant le bloc-notes sous son bras.

Mme Marshall se précipita vers le lit et étouffa sa fille de baisers.

— Euh… nous allons te laisser, maintenant, dis-je en me dirigeant vers la porte. Mon père devrait arriver ce soir, et il faut absolument que je lui parle.

— Ton père revient à la maison ?

Blottie dans les bras de sa mère, Emma attendit ma réponse. Je hochai la tête.

— Je t'appelle demain, d'ac ?

Mon amie nous fit un petit signe tandis que le médecin

nous ouvrait la porte. Elle se remettrait. Pour le meilleur ou pour le pire, nous lui avions sauvé la vie. Du moins, pour l'instant. Et, avec un peu de chance, elle n'attirerait pas l'attention d'un autre Faucheur avant un long, très long moment.

Une fois dans le couloir, j'entendis Emma hausser le ton : elle soutenait à sa mère que, si seulement on ne lui avait pas confisqué son téléphone, au moins, elle aurait pu appeler.

Nos pas résonnèrent pesamment sur le dallage de lino défraîchi, tandis que nous passions devant le bureau des infirmières pour regagner la lourde porte à double battant qui conduisait au service des urgences. Il n'était que 4 heures de l'après-midi, et je me sentais épuisée. Et le gratouillis, au fond de ma gorge, me rappelait que j'avais toujours la voix d'un crapaud.

J'étais perdue dans mes pensées lorsque j'entendis une voix familière m'appeler par mon prénom dans le couloir derrière nous. Je me figeai. Surpris de me voir tétanisée, Nash s'arrêta aussi.

— J'ai pensé que tu aimerais quelque chose de chaud pour ta gorge, poursuivit la voix. On dirait que tu l'as drôlement surmenée aujourd'hui.

Je pivotai sur mes talons et découvris Tod, un gobelet fumant dans une main, et dans l'autre une potence à perfusion vide.

Nash se raidit.

— Qu'est-ce qu'il y a ? me demanda-t-il.

Je lançai au Faucheur un regard interrogateur. Tod haussa les épaules et sourit.

— Il ne peut pas me voir. Ni m'entendre tant que je ne l'aurai pas décidé.

Puis il se tourna vers Nash, et je pressentis que ce

qu'il allait dire maintenant, il voulait justement que Nash l'entende bien.

— *Et tant qu'il ne se sera pas excusé*, toi et moi poursuivrons notre petite conversation sans lui.

Nash enragea aussitôt. Il fouilla du regard ce qui, selon toute vraisemblance, n'était encore pour lui qu'un couloir vide.

— Bon sang, Tod ! siffla-t-il avec colère. Laisse-la tranquille.

Tod afficha un grand sourire, comme s'il s'agissait d'une petite plaisanterie entre nous deux.

— Je ne la touche même pas !

Nash serra les dents. Je levai les yeux au ciel et pris la parole avant qu'il ne dise quelque chose que nous regretterions tous.

— C'est ridicule ! Nash, sois gentil. Et toi, Tod, montre-toi. Sinon, je vous plante là tous les deux.

Nash garda le silence, mais réussit tout de même à se détendre un peu. Et, à l'expression de son regard, je sus exactement à quel moment Tod lui apparut.

— Qu'est-ce que tu fais ici ? lança-t-il au Faucheur.

— C'est là que je travaille, je te le rappelle.

Tod lâcha la potence et, s'avançant vers moi d'un pas tranquille, me tendit le gobelet en carton. Je le pris sans réfléchir — j'avais terriblement mal à la gorge et une boisson chaude me ferait du bien. Je bus une petite gorgée à travers le trou minuscule percé dans le couvercle. Un goût sucré de chocolat crémeux, parfumé d'un soupçon de cannelle, surprit agréablement mes papilles.

Je gratifiai Tod d'un sourire reconnaissant.

— J'adore le chocolat chaud.

L'air détaché, il haussa les épaules et enfonça les

mains dans les poches de son jean. Toutefois, ses yeux trahissaient sa satisfaction.

— Je n'étais pas sûr que tu aimes le café, mais je me suis dit qu'avec le chocolat je ne risquais pas de me tromper.

J'entendis Nash grincer des dents. Il referma plus fort sa main sur la mienne.

— Allons-nous-en, Kaylee !

J'acquiesçai, puis haussai les épaules d'un air contrit en regardant Tod.

— Oui, il faut que je rentre.

— Pour voir ton père ? sourit Tod, narquois.

Et tous les points qu'il avait marqués en m'offrant un chocolat chaud, il les perdit à l'instant pour s'être immiscé dans ma vie privée…

— Tu m'espionnes ?

Une porte s'ouvrit sur le côté droit du couloir. Un aide-soignant en sortit, poussant un vieil homme dans un fauteuil roulant. Ils nous jetèrent un bref coup d'œil avant de s'engager dans la direction opposée. Par précaution, Tod baissa tout de même la voix.

— Je n'espionne pas. J'écoute. Je suis bloqué ici douze heures par jour, et il serait ridicule de prétendre que je ne suis pas au courant de certaines choses.

— Qu'as-tu entendu ? demandai-je.

Tod nous toisa, puis coula un regard vers le bureau des infirmières au bout du corridor, à l'embranchement de deux autres couloirs. Il désigna une porte fermée ne portant aucune plaque numérotée et nous fit signe de le suivre.

Nash m'emboîta le pas à contrecœur. Tod s'effaça devant la porte comme pour dire : « Après vous », mais, quand je voulus ouvrir, la poignée refusa de tourner.

— C'est fermé à clé.

— Oups.

Tod disparut. Quelques secondes plus tard, la porte s'ouvrit de l'intérieur, révélant le Faucheur : il se tenait dans un petit placard de rangement aux murs tapissés de rayonnages sur lesquels s'entassaient médicaments, seringues et autres fournitures médicales de toutes sortes.

J'hésitai, craignant que quelqu'un n'entre et nous surprenne. Evidemment, les Faucheurs, eux, avaient toujours la ressource de s'éclipser en un clin d'œil pour éviter les ennuis, mais pas les *banshee*. Un léger craquement nous parvint de l'un des deux autres couloirs. Les pas arrivaient droit sur nous. Nash me poussa précipitamment à l'intérieur du cagibi et referma la porte.

Il y eut une seconde d'obscurité totale, puis un déclic, et la lumière d'une ampoule nue accrochée au plafond nous inonda. Nash avait trouvé l'interrupteur.

— Vas-y, on t'écoute ! gronda-t-il. Je ne tiens pas à devoir expliquer au père de Kaylee pourquoi nous nous sommes fait pincer à l'hôpital, dans un placard fermé à clé et plein de substances illicites !

— Bon, d'accord.

Tod s'appuya contre une étagère sur le mur du fond pour nous laisser autant d'espace que possible — ce qui se montait à environ 0,10 m^2 par personne.

— J'attendais un type qui avait reçu des coups de couteau en pleine poitrine. Rien de bien compliqué, mais j'ai dû sortir un moment pour répondre à un appel de mon patron, et, quand je suis revenu, le toubib avait ranimé le type trois fois de suite. Vous savez, avec ces trucs comme des palettes qui envoient des chocs électriques ?

— Alors, tu l'as laissé vivre ? voulut savoir Nash presque aussi étonné que moi.

— Euh… non, bredouilla Tod avec un sourire amer. Il figurait sur ma liste. Enfin, bref, quand j'ai eu terminé mon boulot avec la victime poignardée, je suis sorti dans le hall pour boire un café. Et c'est là que je vous ai entendus parler.

Il me dévisageait à présent, sans prêter la moindre attention à Nash.

— Et je vous ai suivis dans la chambre de votre copine. Elle est canon !

— Ne t'approche pas d'Em… d'elle ! ripostai-je, me rappelant in extremis qu'il ne serait pas malin de ma part de donner le prénom de mes amies aux agents de la Mort.

Cela dit, le Faucheur serait tout à fait capable de trouver ces prénoms par lui-même. Et après ce qui s'était passé cet après-midi, la Mort avait sûrement déjà inscrit le nom d'Emma dans ses dossiers.

— Pour quel genre de Faucheur me prends-tu ? se récria Tod. En tout cas, je ne vois pas ce que ça aurait d'amusant de la tuer.

— Laisse-la tranquille ! siffla Nash entre ses dents. Viens, sortons d'ici.

Il saisit la poignée et ouvrit la porte avec une telle brusquerie que, si quelqu'un dans le bureau des infirmières avait regardé par là, nous aurions sans aucun doute été pris sur le fait. Interloquée, je me précipitai à sa suite.

C'est à peine si j'entendis la porte se fermer derrière nous.

Nous étions parvenus à la double porte des urgences quand j'entendis Tod nous interpeller.

— Vous ne voulez pas connaître l'objet du coup de fil que j'ai reçu ?

Malgré la distance qui nous séparait de lui, et bien

qu'il ait murmuré, je l'entendais aussi nettement que s'il s'était trouvé à quelques centimètres de moi.

Je m'arrêtai net. Nash me jeta un regard désorienté, puis je le vis enrager de nouveau. Incroyable ! Cette fois non plus, il n'avait pas entendu Tod. En toute logique, je n'aurais pas dû l'entendre non plus : car le Faucheur était toujours planté devant la porte du cagibi, à six mètres de nous au moins.

— L'appel de ton patron ? murmurai-je à titre d'essai, histoire de vérifier si Tod entendait ma voix.

Le Faucheur hocha la tête avec un sourire suffisant. Donc, il m'entendait aussi.

— Qu'est-ce qu'il a dit ? gronda Nash.

— Suis-moi.

Après un rapide coup d'œil pour m'assurer qu'aucune infirmière ne nous regardait, je revins sur mes pas, entraînant de force Nash que je poussai à l'intérieur du placard avec Tod.

— En quoi tes problèmes avec ton patron pourraient-ils nous intéresser ? demandai-je.

— Il a une théorie à propos du fauchage hors piste.

Le sourire de Tod s'élargit et une petite fossette apparut sur sa joue droite. Comment ne l'avais-je pas remarquée plus tôt ?

— Quelle théorie ? demanda Nash.

A l'évidence, il était de nouveau capable d'entendre la voix de Tod.

— Tout se paie. Vous devriez déjà le savoir.

— Très bien, répondis-je en soupirant de frustration. Alors, dis-nous ce que tu sais et nous ferons pareil de notre côté.

Tod laissa échapper un petit rire.

— Vous bluffez. Vous ne savez rien du tout.

— Nous avons vu le Faucheur au moment où Emma est morte, rétorquai-je.

Son sourire s'évanouit d'un seul coup. Je compris que j'avais capté son attention.

— Vas-y, accouche de ce que tu sais, maintenant, exigeai-je.

— Vous avez intérêt à ne pas me raconter d'histoires, marmonna Tod en nous regardant l'un après l'autre.

— Je te l'ai dit, Kaylee ne ment jamais, affirma Nash.

Je ne pus m'empêcher de noter qu'il ne s'était pas impliqué.

Tod hésita un instant, il eut l'air de réfléchir. Puis il opina du chef.

— Mon patron est un très vieux Faucheur. Il s'appelle George. Il est là depuis une éternité. Genre, cent cinquante ans.

Il s'interrompit une seconde, croisa les bras sur sa poitrine, s'adossa confortablement contre le mur du fond. Puis reprit :

— George dit qu'il s'est produit des incidents du même genre au moment où il a débuté dans le métier. A l'époque, tout était beaucoup moins organisé, et, le temps qu'ils s'aperçoivent que quelqu'un kidnappait des âmes qui ne faisaient pas partie de la liste — en ce temps-là, ils écrivaient tout à la main, vous imaginez ? —, ils avaient déjà perdu six âmes dans son secteur.

— Tu parles sérieusement ? s'étonna Nash en m'enlaçant par la taille pour m'attirer contre lui. Ou est-ce que tu inventes tout ça pour impressionner Kaylee ?

Tod lui jeta un regard noir. Pour ma part, je trouvais la question tout à fait pertinente.

— C'est mot pour mot ce que m'a raconté George.

Si tu ne me crois pas, tu n'as qu'à aller le lui demander toi-même.

Nash se raidit et grommela quelque chose comme quoi ce n'était pas nécessaire.

— Alors, pourquoi est-ce que ces gens mouraient ? demandai-je, histoire d'en revenir à nos moutons.

Le Faucheur me considéra une seconde de ses yeux bleus étincelants, puis baissa la voix avec une mine de conspirateur.

— C'était une affaire de braconnage.

— Du braconnage ?

Je me tournai vers Nash. Il se contenta de hausser les épaules.

— Pourquoi est-ce que quelqu'un voudrait subtiliser des âmes ?

— Bonne question ! approuva Tod avec un grand sourire.

Un sourire qui me rappela celui de certains spectateurs, dans les salles de cinéma, qui jouissent des scènes sanglantes, parce qu'ils ont l'assurance qu'il ne s'agit que d'hémoglobine de cinoche et d'effets spéciaux.

— Les âmes désincarnées n'ont pas grande utilité dans ce monde…

Le Faucheur laissa sa phrase en suspens. Une sensation d'écœurement me retourna l'estomac.

— Mais elles en ont une au royaume des ténèbres ! terminai-je à sa place.

Tod hocha la tête d'un air surpris, visiblement impressionné par le fait que de mon nez de petite débutante ne sortait plus de lait.

— Les âmes sont une denrée rare dans le monde d'en bas. Quelque chose entre la friandise et le produit de luxe.

Elles sont très demandées et, de temps à autre, il arrive qu'une cargaison entière disparaisse pendant le transit.

— Une cargaison d'âmes ? répétai-je, secouée par un frisson de terreur. Et le transit entre où et où ?

Ce fut Nash qui répondit. Il semblait à la fois heureux de connaître la réponse et ennuyé de devoir la fournir.

— Entre ici et l'endroit où elles sont… recyclées.

— Tu veux dire *réincarnées* ?

— Ouaip.

En se redressant, Tod se cogna la tête contre une étagère du haut. Il se frotta le crâne et poursuivit :

— Mais si une cargaison n'arrive pas à bon port, les âmes ne peuvent pas être retransmises. On est alors obligés de les remplacer par des nouvelles. Ce qui fait que parfois on tombe sur une âme flambant neuve.

Je notai dans un coin de ma tête qu'il me faudrait lui demander plus tard comment on faisait pour reconnaître une âme neuve.

— Et ces âmes détournées sont emportées au royaume des ténèbres, dis-je à tout hasard, dans un effort pour suivre le fil. Tu veux dire que Meredith et Julie et toutes les autres ont été tuées pour qu'un monstre d'un autre monde puisse s'offrir leurs âmes en guise d'encas quand il a une petite faim au milieu de la nuit ?

J'agrippai l'étagère la plus proche afin de conserver mon équilibre. La tête me tournait, je n'arrivais pas à comprendre tout à fait la portée de ce que je venais moi-même de dire.

Tod prit un rouleau de gaze stérile, le jeta en l'air et le rattrapa d'une main.

— C'est la théorie de George. Il dit que, la dernière fois que c'est arrivé, les âmes avaient été collectées pour payer un trublion.

Comme je me cramponnais au rayonnage, un clou qui dépassait m'écorcha le doigt. Je m'en aperçus à peine. Une terreur noire tournoyait en moi comme un brouillard épais.

— Un trublion ?

Nash poussa un gros soupir.

— Les humains les appellent des démons, mais ce n'est pas tout à fait exact. Ils se nourrissent de souffrance et de chaos. Mais ils ne peuvent pas quitter le monde des ténèbres.

En un éclair, je revis les créatures grises qui m'étaient apparues pendant que je chantais ma complainte funèbre pour l'âme d'Emma. Mon pouls s'accéléra.

— O.K… Et il se faisait payer pour quoi ?

Le Faucheur haussa les épaules.

— Il aurait pu s'agir de n'importe quoi. Il arrive que des transactions se négocient. Sous la table, cela va de soi. George va régler tout ça dès qu'il aura trouvé le Faucheur coupable.

Il rattrapa la gaze une fois encore et haussa les épaules. Selon toute vraisemblance, il nous avait révélé tout ce qu'il savait. Ce qui était beaucoup plus que ce que j'avais escompté.

— Eh bien… ce Faucheur que vous avez vu ? voulut-il savoir à son tour.

— Dis à George qu'il doit se mettre à la recherche d'une femme.

En voulant me rapprocher de Nash, je heurtai par mégarde une étagère. Plusieurs boîtes de canules tombèrent, répandant sur le sol leur contenu pareil à un amas de vers de terre en plastique transparent.

— Une femme ? répéta Tod, les yeux ronds de surprise.

J'opinai.

— Grande et mince, avec des cheveux bruns ondulés, précisa Nash. Ça te dit quelque chose ?

Tod secoua la tête.

— Non, mais George connaît tous les Faucheurs de l'Etat. Il s'en occupera.

Il marqua un temps d'arrêt, comme s'il hésitait à poursuivre. Puis :

— Mais il croit que vous allez vous faire faucher votre âme avant qu'il ait le temps de reprendre le contrôle de la situation.

— C'est aussi ce que *tu* penses ?

Je ne savais pas au juste pourquoi son opinion m'importait, mais je tenais à l'entendre.

Tod haussa les épaules, joua avec sa balle de fortune.

— Je dirais que c'est une possibilité très réelle. Surtout si vous continuez à agiter les doigts devant la gueule du tigre.

Je me penchai pour ramasser les boîtes que j'avais renversées.

— Nous n'avions pas le choix. Le tigre allait dévorer ma meilleure amie.

— Tu es vraiment quelqu'un, Kaylee Cavanaugh, murmura Tod.

En voyant l'air à la fois interdit et furieux de Nash, je compris que, bien qu'il ait clairement vu les lèvres du Faucheur bouger, il n'avait pas entendu ses dernières paroles.

— Ça aurait pu être toi au lieu de cette pom-pom girl, ajouta Tod. Tu seras peut-être la prochaine victime. Ou bien lui.

Son regard se porta vers Nash puis de nouveau sur moi, et son expression insolente s'assombrit.

— Laisse George s'en charger, conseilla-t-il. Si tu

ne le fais pas pour moi, ni pour toi-même, fais-le pour Nash. S'il te plaît.

Tod paraissait sincèrement terrifié. Et cette peur, chez un Faucheur, je ne savais pas trop quoi en penser. Aussi me contentai-je de hocher la tête.

— On ne s'en mêle plus, dis-je. Je l'ai déjà promis à mon oncle.

Sur ces mots, je pris la main de Nash. Tod fit un signe de tête. La seconde suivante, il avait disparu. Nash et moi étions seuls dans le cagibi.

18

— Qu'est-ce qu'il a dit ?

Nash piaffait. Nous avions repris ma voiture et nous étions presque arrivés chez moi. C'étaient les premiers mots qu'il prononçait depuis que nous avions quitté le parking couvert de l'hôpital.

— Y a-t-il autre chose que je devrais savoir au sujet des Faucheurs ? demandai-je sans même chercher à museler mon irritation, tellement j'en avais soupé qu'on me laisse dans l'ignorance. Est-ce qu'ils sont capables de lire mes pensées ou de voir à travers mes vêtements ?

Ce qui, en fait, expliquerait beaucoup de choses…

— Ou bien ont-ils le pouvoir de me faire marcher sur la tête et glousser comme un poulet ?

Nash soupira et se tourna vers moi.

— Les Faucheurs sont comme des touche-à-tout surnaturels. Ils apparaissent où ça leur chante et décident à leur guise qui peut les voir et les entendre. A condition, bien sûr, qu'ils aient envie d'être vus et entendus. Ils possèdent d'autres talents mineurs, mais rien d'aussi exaspérant que cette capacité à ne se faire entendre que par les personnes de leur choix.

Il agrippa l'accoudoir si fort que les jointures de ses doigts pâlirent.

— Alors, qu'est-ce qu'il a dit ? insista-t-il.

J'hésitai à répondre. Si Tod avait souhaité que Nash entende sa voix, il aurait émis sur toutes les fréquences. *D'un autre côté, il ne m'avait rien fait promettre…*

— Il m'a demandé de veiller à ce que tu ne te fasses pas tuer. Il essaie de te défendre.

Je jetai un coup d'œil à Nash. Il avait l'air exaspéré.

— Je crois plutôt que c'est toi qu'il essaie de protéger, et il devine que tu seras plus prudente s'il me met en avant.

— Qu'est-ce que tu en sais ?

— Parce que c'est ce que j'aurais fait à sa place.

J'eus un coup au cœur. Nash venait-il de me dire qu'il faisait passer sa vie après la mienne ?

Cela dit, il imaginait certainement Tod plus manipulateur qu'il ne devait l'être vraiment. Tod ne rusait pas, en disant qu'il veillait sur lui.

Le soleil avait décliné quand nous atteignîmes mon quartier. Après avoir tourné deux fois à gauche, j'aperçus la voiture de ma tante garée dans l'allée, à côté de l'emplacement qu'occupait d'ordinaire la mienne. Mon oncle, qui attendait l'arrivée de mon père en milieu de matinée, avait pris une journée de congé. Quant à Sophie, elle était sûrement déjà rentrée de la cérémonie. *La bande au complet était là…*

Nash me suivit dans le séjour. Mon oncle y était assis dans son fauteuil fleuri, tourné de façon à pouvoir en même temps regarder la télévision — qui diffusait le bulletin des informations locales — et surveiller la fenêtre qui donnait sur la rue. Il se leva à notre arrivée, les mains enfoncées dans ses poches, et me dévisagea avec anxiété.

— Sophie nous a raconté ce qui était arrivé. Tu n'as rien ?

Je m'écroulai sur le canapé, et Nash avec moi.

— Je vais très bien.

Oncle Brendon parut peu convaincu.

— Val… ne se sent pas bien aujourd'hui, poursuivit-il. Je viens de la remettre au lit.

Déjà ? Je jetai un coup d'œil par la fenêtre. Le soleil commençait à peine à disparaître derrière la ligne des toits, de l'autre côté de la rue. Il n'était même pas 17 h 30.

— Ce n'est peut-être pas le meilleur moment pour amener de la visite, ajouta mon oncle en lançant un bref regard vers Nash.

— Je tiens à ce qu'il rencontre papa, ce n'est pas négociable.

Mon oncle parut sur le point d'objecter, mais capitula finalement et, résigné, se laissa tomber dans son fauteuil.

— Que vous a dit Sophie ? repris-je.

J'étais étonnée qu'il ne m'ait pas appelée. J'avais bien vérifié mon téléphone dans la voiture, il n'y avait ni messages sur le répondeur ni appels manqués.

Il fallait dire aussi qu'il avait sans doute eu pas mal à faire avec tante Val.

Oncle Brendon se cala dans son siège et s'empara d'unc cannette de Coca posée sur la table basse.

— Elle a dit qu'Emma s'était évanouie et que, pendant que tout le monde s'affairait autour d'elle, l'une des pom-pom girls est tombée raide morte.

J'avalai péniblement ma salive et cherchai le soutien de Nash. Et, comme il fallait s'y attendre, oncle Brendon surprit mon regard.

— Emma est morte, n'est-ce pas ? demanda-t-il d'un air peiné, à croire qu'il n'était pas certain de vouloir entendre la vérité. Elle est morte, et tous les deux, vous l'avez ramenée à la vie.

En l'entendant formuler les choses, je fus de nouveau

submergée par l'horreur. Une espèce de raz-de-marée dévastateur qui me parut pire que tout ce que j'avais vu et fait de terrifiant au cours de ces derniers jours. Je ne pus que hocher la tête et rassembler ce qu'il me restait de courage pour retenir mes larmes.

La colère passa sur le visage de mon oncle. Le vent qui précède la tempête. Il se leva, les poings serrés. Il en aurait écrasé sa boîte de Coca.

— Je t'avais ordonné de ne pas t'en mêler. Je t'avais dit que ton père et moi, nous nous en chargerions. Tu aurais pu y laisser la vie et, à l'heure qu'il est, tu as causé la mort de quelqu'un !

Je bondis sur mes pieds, hors de moi.

— Tu n'es pas juste ! Rien de tout ça n'est notre faute !

— Il n'y a rien de juste dans cette histoire, gronda oncle Brendon.

Il avait haussé le ton et j'en déduisis que Sophie n'était pas à la maison.

— Si tu ne me crois pas, reprit-il, va donc demander aux parents de cette pauvre pom-pom girl.

Nash était de mon côté. Je sentais qu'il me soutenait. Il était debout, tendu comme un arc.

— Monsieur Cavanaugh, dit-il alors, nous ne sommes pour rien dans la mort de Julie. En fait, nous avons tenté de la sauver aussi, mais…

Aïe… Nash venait de dire ce qu'il ne fallait pas. Je pressai sa main pour lui intimer de se taire, mais il était trop tard.

Oncle Brendon ne chercha pas à dissimuler son angoisse.

— Vous avez essayé de… recommencer ?

— Nous y étions bien obligés ! hurlai-je, les yeux si pleins de larmes que la pièce entière sembla se mettre à tourner autour de moi. Je ne pouvais tout de même pas laisser ce Faucheur voler une autre âme en toute tranquillité !

Un peu de compassion passa dans le regard de mon oncle… mais s'évanouit aussitôt. La peur était plus forte.

— Il le faut. Tu ne vas pas fourrer ton nez dans les affaires des Faucheurs chaque fois qu'une personne de ta connaissance meurt ! Sauf si tu tiens à mourir avec elle !

Il se tourna vers Nash. Dans ses yeux, la colère ne cessait de tournoyer.

— Si tu veux à tout prix lui dire ce qu'elle a le pouvoir de faire, tu as aussi le devoir de lui préciser ce qu'elle ne peut pas faire.

— Il m'a tout expliqué, répliquai-je vivement. Mais Emma n'était pas censée mourir.

A ces mots, mon oncle plissa les yeux, l'air soupçonneux.

— Comment le sais-tu ?

Nash prit le relais, sans doute pour m'éviter de m'enliser davantage.

— Tod a vérifié la liste. Le Faucheur en question est un filou. Aucune de ces filles ne devait mourir.

Sans compter qu'il s'agissait de ma meilleure amie.

— Tu vois ? m'exclamai-je dès que Nash eut fini.

Dieu merci, il n'avait pas révélé le reste des informations fournies par Tod.

— Ose me dire que tu n'aurais pas fait la même chose à ma place !

— Lui, non.

Je tressaillis. Portée par la brise tiède de septembre, la voix était venue du vestibule. Nous pivotâmes tous les trois d'un seul mouvement. C'était mon père. Il se tenait dans l'encadrement de la porte, une valise dans chaque main.

— Mais moi, si, acheva-t-il.

J'aurais dû dire quelque chose. J'aurais dû prononcer des paroles de bienvenue pour ce père que je n'avais pas vu depuis un an et demi. Mais mes lèvres refusèrent de s'ouvrir. Et, murée dans le silence, je compris mieux ce qui se passait en moi à cet instant : ce n'était pas que je n'avais rien à lui dire — c'était, au contraire, que j'en avais trop sur le cœur.

Pourquoi m'as-tu menti ? Où étais-tu ? Qu'est-ce qui te fait croire que revenir maintenant va changer les choses ?

Je ne savais plus par où commencer.

Nash n'avait pas ce souci.

— Je suppose que c'est ton père ? chuchota-t-il à mon oreille.

Mon père hocha la tête. Il portait les cheveux plus longs que dans mon souvenir. Presque aux épaules. Et moi, à quel point me trouvait-il changée ?

— Tu dois être le fils d'Harmony, déclara mon père de sa voix grave. Brendon m'a dit que tu serais sûrement là.

— Oui, monsieur, répondit Nash avant de s'adresser de nouveau à moi : On ne dirait pas qu'il vient d'Irlande, il n'a pas d'accent.

Mon père laissa tomber ses bagages dans le vestibule.

— Je ne viens pas de là-bas. J'y vis, c'est tout.

Il ferma la porte d'entrée, puis s'essuya les pieds sur le paillasson avant de pénétrer dans le séjour. Il me dévisagea longuement, me toisa, et parut contrarié en voyant que je tenais la main de Nash. Puis son regard se posa sur mon visage… et mille émotions passèrent dans ses prunelles.

Du chagrin, tout d'abord. Ça, je m'y étais attendue. Il faut dire qu'en vieillissant je ressemblais de plus en plus à ma mère. Elle n'avait que vingt-trois ans au moment de sa mort, et même moi je flippais en remarquant sur les vieilles photos la ressemblance qui existait entre nous. Il eut l'air aussi un peu inquiet, comme s'il avait redouté la conversation qui allait suivre.

Mais ce qui me retint de sortir en trombe et de m'enfuir avec la voiture payée par ses soins, ce fut la fierté que je perçus dans ses yeux. Les yeux de mon père brillaient de fierté et c'était moi qui déclenchais ça.

— Salut, gamine.

Il prit une profonde inspiration.

— Tu ne viens pas m'embrasser ?

Je n'avais aucune intention de serrer mon père dans mes bras. J'étais encore si furibonde après lui que je ne pouvais penser à rien d'autre, malgré tous les événements du moment. Et pourtant… je lâchai la main de Nash et m'avançai vers lui, comme en pilotage automatique. Mon père fit l'autre moitié du chemin. Et quand nous nous rejoignîmes, il m'enveloppa de ses bras solides. Je me blottis contre lui exactement comme quand j'étais petite.

Il avait peut-être changé d'apparence, mais son odeur était demeurée exactement la même. Il sentait le café, la laine de son manteau et l'eau de toilette qu'il portait dans mes souvenirs. En fait, étreindre mon père réveillait tant de fantômes. Et venus de si loin dans le passé. J'avais peine à les nommer.

— Tu m'as manqué, murmura-t-il dans mes cheveux.

Quoi ? Je reculai d'un pas et croisai les bras sur ma poitrine. S'il croyait que me prendre dans ses bras allait suffire à tout effacer, il se fourrait le doigt dans l'œil !

— Tu aurais pu venir me voir, tout de même.

— C'est vrai, j'aurais même dû.

Il ne s'agissait pas à proprement parler d'excuses, mais du moins étions-nous d'accord sur un point.

— Eh bien, tu es là, maintenant, intervint oncle Brendon. Assieds-toi, Aiden. Veux-tu boire quelque chose ?

— Du café, merci.

D'un mouvement d'épaule, mon père se débarrassa de son manteau de laine noire et le posa sur le dossier d'un fauteuil. Puis il se laissa choir sur le siège. Je me rassis sur le canapé, à côté de Nash.

— Alors comme ça, il paraît que tu as découvert ton hérédité, commença-t-il. Et tu l'as même testée. Tu as ramené une amie à la vie ?

Je soutins hardiment son regard, le mettant au défi de critiquer ma décision, alors qu'il venait d'admettre qu'il aurait agi de la même façon.

— Emma ne devait pas mourir. Ni aucune des autres.

— Aucune des *autres* ? répéta mon père, soucieux.

Manifestement, oncle Brendon ne lui avait pas encore révélé tous les détails de ma découverte.

— De qui d'autre est-il question ?

— Il y a eu trois autres filles. Une par jour, trois jours de suite.

De nouveau, Nash avait pris ma main. Quand mon père s'en aperçut, il le fusilla du regard. Aussitôt, Nash lâcha ma main et se rencogna dans le canapé.

Agacée — et amusée —, je repris d'autorité la main de Nash et la posai avec la mienne sur mon genou. Selon moi, les pères absents n'avaient aucun droit de désapprouver les choix amoureux de leurs filles.

— Ensuite, quand nous avons sauvé Emma, le Faucheur en a emporté encore une.

— Toutes les quatre — cinq, si l'on compte Emma — sont juste tombées raides mortes. Leur heure n'était pas venue de partir.

— Qu'en sais-tu ?

Avec un sourire innocent, je m'appuyai contre Nash, histoire de provoquer mon père.

— Nash a un ami, Tod, qui est Faucheur.

Mon père fut si surpris qu'il en oublia d'être fâché.

— Tu as un Faucheur pour ami ?

Nash haussa les épaules.

— Je le connaissais avant qu'il… ne meure.

Mon père se pencha en avant, les coudes posés sur ses genoux, les yeux perçants.

— Et ce Faucheur vous a affirmé que ces filles ne figuraient pas sur sa liste ?

— Elles n'apparaissaient sur *aucune* liste, rectifiai-je, détournant sur moi l'attention soupçonneuse de mon père. Le patron de Tod pense qu'un Faucheur braconne pour revendre les âmes dans le monde des ténèbres. Ou quelque chose comme ça.

Oncle Brendon se figea sur le seuil de la cuisine, ses tasses fumantes dans les mains.

— Quelqu'un ferait du trafic d'âmes au royaume des ténèbres ?

Mon père et lui échangèrent un regard atterré avant de revenir à nous.

— Que sais-tu du monde des ténèbres ?

— Seulement qu'il en existe un, et que certains de ses habitants raffolent des âmes humaines, répondis-je, m'efforçant de les tranquilliser tous les deux. Mais ça ne nous regarde pas vraiment, n'est-ce pas ? Le patron de Tod a dit qu'il s'en occuperait.

Le soulagement se lut sur le visage de mon oncle. Nash, au contraire, était visiblement très tendu.

— Parfait ! dit oncle Brendon. Les Faucheurs doivent

régler leurs problèmes entre eux. Ce ne sont pas les affaires des *banshee*.

— Sauf que ce Faucheur psychotique a essayé de prendre la meilleure amie d'une *banshee*, dis-je alors. Ce qui, du même coup, en fait *mon* affaire.

Mon oncle se rembrunit et parut sur le point de riposter, mais mon père le devança.

— Est-ce que des gens vous ont vus ramener Emma à la vie ? demanda-t-il en réchauffant ses mains autour de la tasse.

Nash se redressa, prêt à prendre ma défense.

— Personne ne savait ce qui se passait. Em s'est simplement écroulée, et tout le monde a cru que Kaylee avait disjoncté en voyant ça. Et quand Emma s'est relevée, ils ont tous pensé qu'elle reprenait connaissance, qu'elle s'était juste évanouie.

Nash ne mentait pas. Cependant des rumeurs couraient déjà, comme quoi le cœur d'Emma s'était pour de bon arrêté pendant une minute. C'était sans doute le médecin qui n'avait pas pu se taire. Comment lui en vouloir ? La pauvre femme allait sûrement avoir besoin de suivre une thérapie pour se remettre de ce miracle.

Moi aussi, d'ailleurs. Et peut-être Emma également.

Mon père décocha un regard sévère à son frère.

— Tout compte fait, on dirait qu'il n'y a pas eu trop de dégâts.

— Sauf pour Julie, murmurai-je.

Et aussitôt je regrettai de ne pas avoir tenu ma langue.

Mon père se figea.

— Elle a servi de monnaie d'échange ?

— Oui.

Même si je savais, au fond de moi, que Julie n'était pas morte par notre faute, je ne pouvais me soustraire au sentiment de culpabilité qui m'oppressait et me donnait l'impression que mon corps pesait une tonne.

Oncle Brendon s'installa lourdement dans un fauteuil et, abattu, secoua la tête.

— C'est précisément pour cette raison que tu ne dois pas t'immiscer dans les affaires des Faucheurs. Cette pauvre fille serait encore en vie, à l'heure qu'il est, si vous n'aviez pas mis votre grain de sel, tous les deux.

— Ouais, c'est ça, mais Emma, elle, serait morte ! m'indignai-je, agrippée à l'accoudoir du canapé. Et nous n'avions aucun moyen de savoir avec certitude qu'*elle* prendrait une autre âme en échange ! Tod avait dit qu'il n'y a pas de pénalité, dans le cas où on sauve une vie qui ne doit pas être emportée !

— Elle ? répéta mon père en reposant lentement sa tasse sur un sous-verre. Tu veux bien m'expliquer comment tu sais qu'il s'agit d'une femme ?

Mal à l'aise, je jetai un regard à Nash qui s'en remit à moi. Alors, je rassemblai mon courage et fis front, les yeux dans les yeux de mon père.

— Nous… C'est-à-dire que… nous l'avons vue.

Oncle Brendon se redressa sur son fauteuil. La tension habitait chaque fibre de ses muscles.

— Comment ça, vue ?

— Elle s'est montrée. Pendant qu'ils tentaient la réanimation cardio-pulmonaire sur Julie. Elle se tenait dans le fond du gymnase, derrière la foule, et elle nous souriait.

— Elle vous souriait ? s'étonna sombrement mon père. Pourquoi aurait-elle fait exprès de se montrer ?

— Peu importe ! objecta mon oncle. Les Faucheurs se chargeront d'elle. Nous ne devrions pas intervenir dans leurs histoires.

L'espace d'un instant, je crus que mon père allait protester. Il semblait presque aussi furieux que moi. Pourtant, il se rangea fermement du côté de son frère.

— Je suis d'accord avec toi.

— Mais s'ils ne la trouvent pas ? m'écriai-je alors, serrant la main de Nash plus fort que jamais.

Mon père se cala dans son fauteuil et croisa les bras.

— Si vous avez pu la repérer, il n'y a pas de raison qu'ils en soient incapables.

— Mais…

— Ils ont raison, Kaylee, approuva doucement Nash. Nous ne savons même pas à qui la Faucheuse va s'en prendre, la prochaine fois. Ni même si elle va recommencer.

Comme si elle allait s'en priver ! A la seconde où elle m'avait souri, j'avais compris qu'elle ne s'en tiendrait pas là. Elle emporterait l'âme d'une autre pauvre fille avant longtemps, sauf si quelqu'un l'en empêchait. Mais personne d'autre ne semblait disposé à essayer de l'arrêter.

Mon père se tourna vers son frère. Impossible de lire dans ses pensées, cette fois. Il était impénétrable.

— Comment vont tes femmes ? s'enquit-il.

Le sujet était clos.

— Elles prennent assez mal les événements, soupira mon oncle. Sophie est sortie avec ses amies. La fille qui est morte hier faisait partie de son équipe de danse, et les autres membres de la troupe passent à présent tout leur temps ensemble, comme pour une sorte de veillée funèbre permanente. Quant à Val… elle avait déjà descendu un quart de bouteille de cognac avant que je ne rentre à la maison. Je l'ai couchée il y a environ une heure.

Hou la... Peut-être tante Val aurait-elle besoin d'aller consulter le Dr Nelson, elle aussi.

— J'en suis désolé, Bren.

Oncle Brendon haussa les épaules, comme si ce n'était pas grave, mais on voyait bien qu'il pensait tout le contraire.

— Elle a toujours eu un tempérament plutôt nerveux, crut-il bon d'expliquer, pourtant. Sophie est pareille. Elles se remettront dès que tout sera rentré dans l'ordre.

Sauf que les choses n'allaient pas s'arranger. Se pouvait-il vraiment que je sois la seule à le savoir ?

Oncle Brendon se leva, reprit sa tasse. Chacun de ses gestes trahissait l'épuisement et la peur.

— Je vais monter voir si Val n'a besoin de rien. Elle t'a préparé la chambre d'amis, ce matin. S'il te manque quoi que ce soit, demande à Kaylee.

— Merci.

Une fois la porte de la chambre de mon oncle refermée, mon père se leva à son tour et se planta devant Nash, attendant manifestement que celui-ci se lève aussi.

— Nash, je ne sais pas comment te dire à quel point je te suis reconnaissant de ce que tu as fait pour ma fille.

Demeurant obstinément assis, Nash secoua la tête.

— Je n'aurais rien pu faire si elle n'avait pas été là pour retenir l'âme d'Emma.

— Je voulais parler de ce que tu as fait pour Kaylee. Brendon estime qu'en lui révélant une bonne partie de la vérité tu lui as sûrement épargné une grave dépression nerveuse.

Il lui tendit la main. Moment de gêne. Nash hésita. Puis il se leva et serra la main de mon père.

— Papa..., commençai-je.

Il secoua la tête.

— J'ai failli faire du beau gâchis. Dieu merci, Nash a su éviter le pire. Ça mérite bien que je le remercie.

Après une ferme poignée de main, mon père s'effaça devant Nash. Clairement, il lui montrait le chemin de la sortie. Devant cette attitude franchement dépourvue de subtilité, j'intervins.

— Nash reste ici, dis-je. Ne serait-ce que parce qu'il en sait plus encore que moi, et que ça le met en danger.

Je glissai ma main dans celle de Nash et me blottis contre lui. A ma grande surprise, mon père ne protesta pas. Il se contenta de serrer les dents et de nous scruter tour à tour. Puis il capitula.

— Très bien. Si tu lui fais confiance, moi aussi.

Il regagna lentement son fauteuil et s'assit en face de nous. Puis il inspira un grand coup et posa les yeux sur moi. Je soutins son regard sans ciller. J'étais disposée à entendre ce qu'il avait à me dire — tout ce qu'il avait à me dire.

La seule question était de savoir s'il était prêt à parler.

— Je sais que j'aurais dû tout te révéler depuis longtemps, commença-t-il. Mais, à dire vrai, chaque fois que je décide qu'il est temps de te parler de ta mère — et de toi —, j'en suis incapable. Tu lui ressembles tellement…

Sa voix s'étrangla. Ses yeux brillaient de larmes.

— Tu lui ressembles à tel point que, quand je te regarde, mon cœur bondit de joie… avant de se briser de nouveau. Ç'aurait été peut-être plus facile si je t'avais gardée auprès de moi, si je t'avais vue chaque jour, si je t'avais regardée grandir et développer ta propre personnalité. C'est probablement ce que j'aurais dû faire. Tandis que là, je te regarde et c'est elle que je vois. Et c'est tellement *dur*…

Nash semblait très embarrassé d'assister à la scène.

Moi, je ne savais plus où me mettre tant j'étais émue. Mon père laissa son regard vagabonder autour de la pièce, évitant de croiser nos regards, et cela jusqu'à ce qu'il ait recouvré son sang-froid. Puis il soupira et essuya ses larmes d'un revers de manche. Il portait un gros pull bien trop chaud pour notre climat texan.

Il pleurait pour de bon. Comment s'y prenait-on avec un père en larmes ? Déjà que je savais à peine comment me comporter avec un père tout court !

— Euh… quelqu'un a faim ? proposai-je. Je n'ai pas encore dîné.

— Je mangerais bien quelque chose, s'empressa d'ajouter Nash qui avait deviné — j'en étais certaine — mon besoin impérieux de détendre l'atmosphère.

Ou peut-être avait-il seulement faim.

— Des macaronis au fromage, ça te dit ? suggérai-je.

Le temps qu'il acquiesce d'un signe de tête, j'étais déjà aux fourneaux. Nash et mon père me suivirent dans la cuisine. Je dénichai un paquet de pâtes dans le fond de l'un des placards du bas.

Dire que je m'étais crue prête… Capable d'affronter ce que mon père avait à me révéler… En réalité, je n'avais même pas la force de le voir pleurer, et de rester assise en attendant qu'il se reprenne. J'avais besoin d'occuper mes mains pendant que mon cœur se brisait en mille morceaux.

— Tu sais cuisiner ? demanda mon père, étonné, en me voyant faire.

— Ce ne sont que des nouilles. Oncle Brendon m'a montré.

Il m'avait aussi appris à cacher les tablettes de chocolat derrière sa réserve de lard, à laquelle tante Val n'aurait touché pour rien au monde, même pour la déplacer de deux centimètres.

Mon père s'assit sur un tabouret du bar et continua de m'observer. J'allumai une plaque de la cuisinière, mis du sel dans l'eau. Nash s'installa deux tabourets plus loin et croisa les bras sur le comptoir.

— Que veux-tu savoir en premier ? demanda mon père.

— Grâce à Nash, je crois avoir maintenant une assez bonne idée de ce que sont les *banshee*.

Grâce à Nash. Mon père accusa le coup. J'aurais peut-être éprouvé quelques remords si, par le passé, il avait au moins essayé de m'expliquer les choses lui-même.

— Mais pourquoi tante Val a-t-elle dit que je suis en sursis ? Qu'est-ce que ça signifie ?

Cette fois, il tressaillit. De toute évidence, il ne s'était pas attendu à cette question — plutôt à une question d'ordre technique, genre *Manuel du parfait banshee*, dont mon exemplaire, soit dit en passant, avait d'ailleurs dû se perdre dans le courrier.

Mon père soupira. Soudain, il eut l'air très las.

— C'est une longue histoire, Kaylee. Et je préférerais te la raconter en privé.

— Non ! protestai-je vigoureusement tout en continuant à cuisiner. Tu as traversé l'Atlantique parce que tu me dois une explication. *(Sans parler d'excuses !)* Alors je veux l'entendre tout de suite !

Interdit par la vivacité de ma réaction, mon père exprima sa surprise, et aussi une légère irritation.

— On dirait ta mère.

Sans blague ? Il fallait pourtant bien que j'aie hérité mon courage de quelqu'un !

— Tu ne crois pas qu'elle préférerait que tu lèves enfin le voile sur tout ce que je devrais savoir ?

Il n'aurait pas eu l'air plus choqué si je l'avais giflé.

— Franchement, je ne sais pas. Mais tu as raison. Tu as le droit de connaître tous les faits.

Sur ce, il ferma les yeux, comme pour réunir ses pensées. Puis :

— Tout a commencé la nuit où tu es morte.

19

— Moi ?

Atterrée, j'en lâchai le morceau de fromage que j'avais sorti du frigo pour le râper. Mon pouls battait si fort dans ma gorge que je crus exploser.

— Tu veux dire : la nuit où *maman* est morte ?

Mon père opina.

— Elle aussi est morte, cette nuit-là. Mais tu es partie la première.

Nash nous regarda l'un après l'autre.

— Kaylee est morte ?

Mon père soupira et se prépara à ce qui s'annonçait comme un long récit.

— C'était en février, l'année de tes trois ans. Les routes étaient verglacées. Nous ne connaissons pas de véritable hiver au Texas, alors, quand ça nous tombe dessus, personne ne sait comment y faire face, pas plus moi qu'un autre.

— Attends une seconde ! J'ai déjà entendu cette histoire.

Je jetai les macaronis dans l'eau bouillante, et une bouffée de vapeur me monta au visage.

— Tu conduisais, repris-je, et une voiture nous a heurtés de côté sur une route couverte de verglas. J'ai eu la jambe et le bras droits cassés, et maman est morte.

Mon père hocha la tête d'un air malheureux. Puis il ravala son chagrin et continua :

— Nous habitions au sud de Tyler, à l'époque, et nous venions ici pour l'anniversaire de Sophie. Ta mère avait trouvé qu'il faisait trop mauvais temps pour rouler, mais je lui ai soutenu qu'il n'y aurait pas de problème. Nous n'avions pas une longue route à faire, et ta cousine t'adorait. Alors j'ai insisté. Et j'ai eu tort.

— Qu'est-il arrivé ? demandai-je.

Mon père chassa ses larmes.

— Un cerf a surgi sur la route. Je ne roulais pas très vite, mais la chaussée était glissante et le cerf énorme. J'ai donné un coup de volant pour l'éviter, et la voiture a dérapé sur la glace. Nous nous sommes retrouvés en travers de la route. Une voiture qui arrivait en sens inverse nous a percutés. Sur l'aile arrière. Ton siège-auto a été écrasé.

De vertige, je m'agrippai au bord du comptoir. *Il mentait !* C'était ma mère qui était morte dans l'accident, pas moi. J'avais été salement amochée, mais j'avais survécu.

La preuve, j'étais là, ici, maintenant !

Je regardai mon père droit dans les yeux.

— Papa, il m'en reste quelques souvenirs. Je suis restée à l'hôpital pendant des semaines. J'avais deux plâtres. Nous avons encore des photos de cette époque. Mais je suis toujours en vie, tu vois ? Alors qu'est-il arrivé ? Les secouristes m'ont ranimée ?

Je posais des questions mais, en fait, je sentais la vérité se profiler comme un gros nuage noir à l'horizon de mon esprit. Je pouvais presque la voir, cette vérité, seulement je refusais de faire la mise au point. De reconnaître que la tempête qui arrivait allait éclater juste au-dessus de ma tête et s'abattre sur moi en trombes cruelles, glacées.

Et moi qui avais cru vouloir absolument des réponses…

Je ne voulais plus les entendre.

— Ils ne sont pas arrivés à temps, expliqua mon père. Le conducteur de l'autre voiture était médecin. Sa femme était inconsciente et il essayait de la ranimer. Quand il a pu venir nous aider, tout était terminé.

Je me réfugiai dans l'action, remuant frénétiquement et stupidement les pâtes. L'eau bouillante éclaboussait tout le plan de cuisson dans un concert de sifflements et de grésillements.

Je sentis la main de Nash se poser sur la mienne avec douceur. Je ne l'avais même pas entendu se lever. Je le regardai : ses yeux étaient pleins de compassion.

— Ce jour-là, tu es morte, Kaylee. Tu sais que c'est vrai.

Mon père inclina de nouveau la tête. Ses yeux se fermèrent et deux larmes silencieuses roulèrent sur ses joues.

— J'ai dû me glisser à l'arrière par la portière du côté conducteur pour sortir ton siège-auto, dit-il. Quand je t'ai prise dans mes bras, tu n'as pas réagi alors que ton bras et ta jambe étaient fracturés.

Fascinée, je vis la douleur tournoyer dans ses prunelles.

— Je te tenais dans mes bras, comme un bébé, et tes grands yeux fixes ne me quittaient pas. Ta mère est sortie en rampant de la voiture et a pris ton pouls. Elle pleurait, elle ne pouvait plus parler. Alors, j'ai lu la vérité sur son visage. J'ai compris que nous étions sur le point de te perdre.

Il prit un temps. Moi, je demeurais pétrifiée, n'osant plus faire un geste de peur d'empêcher mon père d'aller au bout de son récit. D'un autre côté, j'aurais tout donné pour qu'il se taise.

— Tu es morte, là, sur le bord de la route, avec des flocons de neige accrochés à tes cheveux.

— Comment se fait-il que je sois ici, alors ? murmurai-je sans quitter mon père des yeux.

Je connaissais la réponse. C'était mon heure de partir.

— Je devais mourir, et vous m'avez ramenée à la vie, n'est-ce pas ?

— Oui.

Les sanglots l'étouffaient. Il faisait de son mieux pour ne pas craquer.

— Ta mère et moi n'avons pas pu supporter cette idée. Alors, elle a chanté pour toi. Ça a été la plus belle chose que j'aie jamais entendue. J'étais dans le brouillard, tellement je pleurais. Et, soudain, je t'ai vue. Ta petite âme. Si petite et si blanche dans l'obscurité. Tu avais trois ans. Je ne pouvais pas te laisser partir.

— Dis-moi comment c'est arrivé.

Il se lança.

— J'ai tourné le visage de ta mère vers moi pour m'assurer qu'elle me comprenait bien. Puis je lui ai dit de s'occuper de toi ; que j'allais te ramener. Elle pleurait, mais elle a fait un signe de tête tout en continuant de chanter. Là, j'ai guidé ton âme jusqu'à ce qu'elle réintègre ton corps. Tu as battu des paupières. Puis, en reprenant ta respiration, tu t'es mise à chanter à ton tour.

— J'ai… *chanté* ?

J'étais bouleversée.

— La complainte pour les âmes.

Mon père se prit le visage dans les mains. Il avait tant de peine à se contrôler…

— J'ai cru que c'était pour moi, me dit-il alors en me

regardant de ses yeux pleins de larmes. Tu avais besoin de ta maman davantage que de moi, et j'étais prêt à partir. C'est là que le Faucheur est apparu.

— Il vous a laissé le voir ? s'enquit soudain Nash dont j'avais presque oublié la présence.

Mon père acquiesça.

— Il était debout, dans les herbes, sur le bas-côté de la route. Il m'a souri, de ce fin sourire à vous donner la chair de poule, comme s'il lisait dans mes pensées. Je lui ai dit que j'étais prêt à le suivre. Je t'ai confiée à ta mère. Tu chantais toujours ce chant magnifique aux notes aiguës, comme un oiseau. Je me sentais apaisé, je me disais que la dernière chose que j'aurais entendue sur cette terre, ce serait toi. Toi en train de chanter ma mélopée funèbre.

Il déglutit. Les larmes coulèrent, coulèrent.

— Mais j'aurais dû me méfier. Parce que ta mère ne chantait pas avec toi.

Je dévisageai mon père, comme hypnotisée, attendant l'horrible suite.

— Ce salaud l'a emportée à ma place.

Mon père abattit le poing sur le comptoir. Il y mit une telle rage que les murs en tremblèrent. Son visage exprimait une inimaginable tension.

— Il l'a regardée et, brusquement, elle s'est affaissée. J'ai bondi en avant pour te rattraper, pour l'empêcher de t'entraîner dans sa chute.

— Kaylee, respire ! m'ordonna Nash en me secouant par les épaules.

Je me ressaisis, comme si je revenais au présent.

— Elle est morte à cause de moi ?

Mes doigts agrippèrent le vide, mes ongles se plantèrent dans mes paumes.

Mon père me regarda droit dans les yeux, prit mes mains et ne les lâcha plus.

— Non, ma chérie ! C'est ma faute, pas la tienne ! Parce que j'ai insisté pour prendre la route. Parce que j'ai donné un coup de volant pour éviter le cerf. Parce que je n'ai pas été assez fort pour obliger le Faucheur à m'emmener à sa place. Tu n'es coupable de rien de tout cela.

Comme si ces paroles suffisaient à me réconforter ! J'aurais dû mourir. Je n'étais restée en vie que parce que ma mère avait perdu la sienne. Et même si *elle* n'avait pas succombé, mon père, lui, aurait été emporté. Ou peut-être l'un des passagers de l'autre voiture. Au bout du compte, j'étais vivante alors que j'aurais dû périr, et ma mère en avait payé le prix.

Machinalement, j'éteignis la table de cuisson, empoignai la casserole, la posai sur la table. On aurait dit un robot.

— Alors… le sursis ? Je suis en train de vivre la vie de ma mère ? C'est ça que tante Val voulait dire ?

Mon père se rassit.

— Oui. Tu vivras le temps qu'elle-même était censée vivre, et tu mourras le jour où elle aurait dû mourir. Mais ne t'inquiète pas à ce sujet. Je suis sûr qu'elle aurait vécu très longtemps.

C'en était trop pour moi. J'éclatai en sanglots.

Je m'étais retenue jusqu'alors, car le sentiment de culpabilité qui m'habitait réussissait à éclipser le chagrin. Mais penser qu'elle aurait dû vivre longtemps… *cela*, je ne pouvais pas le supporter.

Nash intervint.

— Votre femme connaissait les risques qu'elle prenait, n'est-ce pas, monsieur Cavanaugh ? demanda-t-il, plein d'espoir et suspendu aux lèvres de mon père. La mère de Kaylee savait ce qu'elle faisait, non ?

— Bien sûr, reconnut mon père sans hésiter. Elle ne s'est probablement même pas rendu compte que j'avais l'intention de faire l'échange moi-même. Elle aussi était prête à payer le prix, sinon elle n'aurait pas chanté pour toi. Je… J'aurais voulu vous sauver toutes les deux. Mourir à la place de ta mère. Au lieu de ça, cette nuit-là, je vous ai *perdues* toutes les deux. Et je ne t'ai jamais vraiment retrouvée, n'est-ce pas, Kaylee ?

C'était mon tour de ravaler mes sanglots et d'essuyer mes larmes. Je commençais à savoir m'y prendre, dans ce domaine.

Je transvasai les pâtes, puis reposai la casserole vide sur le comptoir.

— Retrouvée ? Mais je n'ai pas bougé d'ici, papa. C'est toi qui es parti.

— J'y étais obligé, soupira-t-il. Du moins, je l'ai *cru*. Il est revenu pour te prendre, Kaylee. Le Faucheur était furieux que nous t'ayons sauvée. Il a emporté ta mère, mais il est tout de même revenu te chercher deux nuits plus tard. A l'hôpital. Je ne m'en serais jamais douté s'il n'y avait pas eu ta grand-mère. Elle ne quittait pas ton chevet, comme moi, et elle a eu une prémonition de ta mort.

— Attends ! Je devais mourir encore une fois ?

Mon père secoua la tête.

— Non, non. Seulement, ta mère et moi avions mis le Faucheur hors de lui en te sauvant la vie. Il est revenu par dépit. Ta mère n'avait pas été blessée dans l'accident, et tu vivais sur son temps de vie. Il n'y avait donc aucune raison qu'elle meure deux nuits plus tard, et donc que *tu* meures. J'ai sommé le Faucheur de s'expliquer.

— Il s'est montré ? voulut savoir Nash, aussi fasciné par le récit de mon père que je l'étais moi-même.

Mon père acquiesça.

— C'était un petit démon très arrogant.

— Que s'est-il passé ? demandai-je.

— Je lui ai collé mon poing dans la figure.

Pendant un instant, Nash et moi contemplâmes mon père en silence.

— Tu as… cogné sur le Faucheur ?

Les bras m'en tombaient.

Au souvenir de la scène, mon père eut un sourire. A quand remontait la dernière fois où j'avais vu mon père sourire ? Où nous avions souri ensemble ?

Cogner un Faucheur… L'amitié qui liait Tod et Nash me revint à l'esprit, et j'interrogeai mon ami sur cette chose improbable

— Comment est-ce possible ? demandai-je.

— les Faucheurs sont obligés de se matérialiser quand ils veulent agir sur le monde physique, expliqua-t-il. On ne peut pas les tuer, mais ils ressentent indéniablement la douleur si on les frappe.

— Et comment sais-tu ça ? insistai-je, encore que pratiquement certaine de connaître la réponse.

Nash eut un large sourire.

— Je ne m'entends pas toujours très bien avec Tod, répondit-il comme je m'y attendais. Alors, j'ai une certaine expérience.

— Continue, papa, dis-je.

— J'ai eu peur que le Faucheur ne renonce pas. Qu'il nous poursuive où que j'aille. Alors, pour te mettre à l'abri, je me suis séparé de toi. Je t'ai envoyée ici, chez Brendon. Je regrette tellement, Kaylee.

— Je sais.

Je n'étais pas encore tout à fait prête à accepter ses excuses, malgré toute la sincérité qu'il exprimait et qui m'y incitait plutôt.

Je jetai deux poignées de fromage coupé en dés. Puis j'ajoutai du sel, un peu de lait et une cuillerée de la margarine allégée de tante Val. Sans penser à ce que je faisais.

— Combien de temps comptes-tu rester ?

— Aussi longtemps que tu voudras de moi, ma fille.

Une intonation, quelque chose dans sa voix, me fit relever la tête. Avais-je bien compris ?

— Et ton travail ?

— Il y a du boulot, au Texas. Sinon, tu peux revenir en Irlande avec moi. Je suis sûr que tes grands-parents seraient très heureux de te recevoir.

Je ne les avais pas vus depuis la dernière visite de mon père. Je n'avais jamais quitté les Etats-Unis.

Mon regard se porta vers Nash. Il me donna son assentiment, mais je ne fus pas dupe. Il ne voulait pas que je parte ; et pour moi cela constituait une raison suffisante de rester.

— J'aimerais beaucoup visiter l'Irlande, mais c'est ici que je vis, papa, répondis-je. Je n'ai pas envie de partir.

La déception que je lus sur son visage faillit me tuer.

— Mais toi, tu peux rester ici, si tu veux, ajoutai-je.

— Je…

J'aime croire qu'il était sur le point d'accepter sans hésiter. Qu'il envisagea tout de suite la possibilité de vivre avec moi — pas trop loin de chez Nash, mais très loin de Sophie et de ses mélos de midinette.

Hélas, je ne le saurais jamais.

Il n'eut pas le loisir d'achever sa phrase. La porte

d'entrée s'ouvrit, et quelque chose tomba par terre avec un bruit sourd. Puis Sophie poussa un grognement.

— Quel est l'imbécile qui a laissé ces valises devant la porte ?

Réjouie par sa maladroite entrée en piste, je me dévissai le cou pour voir le spectacle. Ma cousine était affalée par terre. Je ne pus réprimer mon rire. Pourtant, au moment où mon regard rencontra le sien, toute envie de m'amuser m'abandonna aussitôt, ne laissant en moi qu'un vide glacial.

Son visage était envahi d'ombre, ses traits étaient si sombres, si brouillés, que j'arrivais à peine à les distinguer, bien qu'elle soit en pleine lumière.

La Faucheuse était venue chercher sa prochaine victime.

Sophie allait mourir.

20

— Sophie ? C'est bien toi ?

Mon père s'était levé. Il se tourna vers elle sans plus m'accorder un regard.

— Comme tu ressembles à ta mère !… Sauf tes yeux. Ce sont les yeux de Brendon.

Pourquoi ne regardait-il pas vers moi ? Il aurait vu dans mes prunelles le sort qui attendait Sophie. Je n'avais aucun doute là-dessus. Hélas, même Nash était concentré sur ma cousine.

La peur et l'adrénaline déclenchèrent une sensation douloureuse dans ma poitrine. Ma main empoigna le bord du comptoir.

— Sophie…, murmurai-je avec le peu de force que je pus rassembler, dans un effort désespéré pour la prévenir avant que la panique ne s'empare de moi et me prive de voix.

Mais personne ne m'entendit.

Sophie se releva avec sa grâce habituelle. Elle épousseta sa robe noire, celle qu'elle avait portée pour la cérémonie funèbre.

— Oncle Aiden ! s'exclama-t-elle.

Elle esquissa un sourire las, qui éclaira à peine ses yeux rougis par les larmes et le somnifère. Polie jusque sous l'emprise du chagrin et des médicaments.

— Et Nash ! Deux de mes hommes favoris dans la même pièce.

En cet instant, je ne sentis même pas le feu de la jalousie que cette remarque aurait dû allumer en moi. Le fond de ma gorge avait commencé à me faire atrocement souffrir. J'avoue, j'avais souvent souhaité que ma cousine disparaisse — mais pas pour de bon ! pas pour toujours !

— Papa ! articulai-je péniblement, toujours cramponnée au comptoir pour lutter contre le vertige.

Mais on ne me prêta pas davantage attention.

Sauf Sophie.

— Qu'est-ce qui lui prend ?

Les mains posées sur les hanches, elle venait d'entrer dans le séjour, face à moi, en faisant claquer les talons de ses chaussures élégantes.

— Kaylee, on dirait que tu vas vomir…, poursuivit-elle. Et ça, qu'est-ce que c'est ?

A ces mots, Nash se tourna vers moi vivement.

— Kaylee ?

Mais je ne pouvais que poser sur lui mes yeux impuissants, et verrouiller ma bouche pour contenir la plainte funèbre qui enflait.

— Encore ? me dit-il.

Je hochai la tête. Il me fit me blottir dans ses bras, et se mit à chuchoter des mots. Mais je ne réussissais pas à me concentrer.

— Ma chérie…

Mon père s'était précipité à son tour. Une expression d'horreur se peignit sur ses traits lorsqu'il vit ce qui se jouait en moi. Il suivit lentement — comme s'il avait eu peur de ce qu'il allait découvrir — mon regard… jusqu'à tomber sur ma cousine.

— Sophie ? me demanda-t-il.

J'acquiesçai d'un signe de tête, serrant les dents si fort que la douleur me faisait exploser les tempes.

— Dans combien de temps ?

Je secouai la tête. Je n'avais jamais soupçonné que mon don s'accompagnait d'un compteur horaire incorporé. Alors quant à savoir m'en servir…

— Brendon ! appela mon père sans me quitter des yeux.

Sophie tressaillit, puis s'avança pour mieux me dévisager, prenant appui sur le dossier d'une chaise. Une ombre sinistre l'enveloppait.

Nash continuait de murmurer. Ses lèvres effleuraient mon oreille, ses mots glissaient sur moi comme une brise apaisante et m'aidaient à contenir la panique. Je respirais profondément, m'évertuais à retenir la plainte qui s'élevait de mes entrailles, et je ne quittais pas des yeux ma cousine toute voilée.

— Mais enfin, que se passe-t-il ? s'écria-t-elle, affolée.

Elle saisit le dossier de la chaise à deux mains. Son regard fouilla le mien.

— Elle disjoncte encore, c'est ça ? Maman a rangé le numéro du psy quelque part par ici.

Elle se dirigea vers la cuisine, mais mon père l'attrapa par le bras puis appela dans le couloir :

— Brendon ! Viens vite !

Avant de s'adresser à ma cousine :

— Reste ici, Sophie. Kaylee n'a rien.

Mais elle se dégagea de la poigne de mon père. A présent, ses yeux verts exprimaient une immense peur. Pour moi. Ou peut-être *de* moi.

— Elle a sérieusement besoin d'aide, oncle Aiden, affirma-t-elle. Il y a quelque chose qui ne va pas chez elle. Je leur ai dit que ça recommencerait, mais personne ne m'écoute jamais. Ils auraient dû laisser le docteur lui administrer des électrochocs.

— Sophie…

Mon père se raidit. Son visage exprimait à la fois la peur et la colère. Il s'apprêtait à dessiller les yeux de Sophie lorsque Nash le devança :

— Bon sang, Sophie, elle essaie de t'aider !

Il se précipita vers elle, les prunelles agitées de remous furieux. Et, à l'instant où il s'éloigna de moi, la panique s'abattit à toute force.

Je le tirai par le bras. Aussitôt, il me reprit dans ses bras et se remit à chuchoter. Ce fut comme s'il n'avait jamais cessé.

Des bruits de pas résonnèrent dans le couloir. Oncle Brendon arrivait. Il s'arrêta net au milieu du séjour, me jeta un coup d'œil, puis suivit le regard de mon père : Sophie. Ses traits se creusèrent sous l'effet d'une angoisse atroce, si profonde que je ne pus supporter de le regarder.

Pendant plusieurs secondes, personne ne bougea, comme si tous craignaient que le moindre battement de cils ne fasse jaillir la Faucheuse hors de sa cachette et ne précipite l'issue fatale.

En proie à la confusion la plus totale, Sophie laissait errer son regard de l'un à l'autre. Alors, mon père exhala un soupir et le doux murmure de son souffle sembla emplir toute la pièce.

— Ça va, Kaylee ?

J'acquiesçai avec courage. Ce n'était pas moi qui allais devoir faire face à la mort. Du moins, pas encore.

— Qu'est-ce qui se passe ? demanda de nouveau Sophie, brisant le silence.

On aurait dit un coup de feu tiré en plein service funèbre.

Personne ne répondit. Sophie était la cause de tout cet affolement, et, pourtant, personne ne la regardait. Pour une fois, les yeux étaient braqués sur moi.

— C'est… Sophie ? s'enquit oncle Brendon en avançant lentement vers nous, comme si chaque pas lui causait une douleur intolérable.

Sa voix m'était à peine audible. Le hurlement intérieur se répercutait déjà dans mon crâne et couvrait tous les sons extérieurs.

— Tu es sûre ? dit-il.

Il me vit péniblement lui faire signe que oui, et il serra les poings.

— Tu veux bien m'aider ? demanda-t-il alors. Je jure que je ne laisserai pas le Faucheur t'emporter à sa place.

Son visage était devenu un masque de souffrance. J'avais peine à reconnaître mon oncle. Hélas, après le récit de mon père, je n'étais plus du tout certaine qu'oncle Brendon ait son mot à dire : la Faucheuse ne lui demanderait pas son avis, et choisirait qui elle voulait. Car aucun Faucheur prêt à voler une âme ne figurant pas sur les listes n'allait se donner la peine d'y réfléchir à deux fois avant d'emporter, ou pas, la *banshee* qui se dresserait en travers de son chemin.

Ni qui que ce soit d'autre dans cette pièce, d'ailleurs.

N'empêche. Je ne pouvais laisser mourir Sophie. Même si c'était une enquiquineuse de première.

— Mais enfin ! De quoi parlez-vous ? demanda-t-elle en nous scrutant tour à tour, comme si nous avions tous perdu l'esprit et qu'il n'y ait plus qu'elle pour garder le sens commun. Je veux savoir ce qui se passe !

Vite, oncle Brendon fit signe à sa fille de le rejoindre sur le canapé. Elle obéit de mauvaise grâce.

— Ma petite chérie, il faut que je t'explique quelque

chose, et je n'ai pas le temps de mettre des gants ni d'entrer dans le détail, commença-t-il une fois qu'elle fut assise.

Il prit la main de sa fille, et, au même moment, une telle douleur explosa dans ma poitrine que je crus que mon cœur se déchirait.

— Tu vas mourir dans quelques minutes.

Sophie parut ne pas comprendre. Sans lui laisser le temps de l'interrompre, son père s'empressa de poursuivre :

— Mais il ne faut pas que tu t'inquiètes. Kaylee et moi allons te ramener à la vie. Tout ira bien. Je ne suis pas sûr de ce qui se passera ensuite, mais je tiens à ce que tu saches que tu t'en sortiras.

— Papa, qu'est-ce que tu racontes !

Le désarroi chiffonnait les traits délicats de Sophie. La panique, tapie derrière l'incrédulité qu'elle affichait, je la voyais nettement. Son monde venait de perdre toute cohérence et elle ne savait que faire d'informations qu'elle ne saisissait pas. Je comprenais exactement ce qu'elle éprouvait.

— Pourquoi est-ce que je mourrais ? Et qu'est-ce que Kaylee pourrait bien y faire ?

— Il est trop tard pour en discuter maintenant. Je ne sais pas de combien de temps nous disposons, alors il faut que tu me fasses confiance. Je te ramènerai.

Sophie capitula. Elle avait juste l'air terrorisée, autant pour son père que pour elle-même. Son père qui avait sans doute perdu les pédales, devait-elle penser. Elle me lança un regard noir par-dessus son épaule, comme si j'avais, d'une façon ou d'une autre, contaminé mon entourage, avec mes troubles de folle. Malgré tout, j'étais incapable de lui en vouloir — pas alors qu'il ne lui restait plus que quelques secondes à vivre.

— *Nooon!*

Un cri. Toutes les têtes se tournèrent ensemble vers le couloir : tante Val se tenait cramponnée au chambranle de la porte, à croire que c'était la seule chose qui la maintenait debout.

— On n'avait pas dit que ce serait Sophie ! s'écria-t-elle.

Oncle Brendon se leva si brusquement que j'en eus un vertige.

— Quoi ? Valérie, qu'as-tu fait ?

Tante Val ? Qu'avait-elle à voir avec les Faucheurs et les *banshee* ? Elle était humaine, que je sache !

Une vague de désolation désormais familière déferla en moi et je vacillai. Nash me rattrapa avant que je ne heurte le coin de la table et me fit asseoir doucement dans un fauteuil. Il n'y aurait plus longtemps à attendre, maintenant.

Sophie se mit à trembler, et la voir dans cet état provoqua des tressaillements de tous mes membres. L'angoisse me torturait. J'avais l'impression que mon cœur était trop gros pour ma poitrine. La gorge me brûlait comme si j'avais respiré des flammes.

Mais au-delà de la douleur physique que je ressentais, à force de refouler le chant funèbre destiné à Sophie, c'était le deuil de ma cousine que je vivais de tout mon être, comme si la Faucheuse avait déjà frappé. C'était comme observer ma propre tête sur le billot en sachant que le bourreau n'allait plus tarder à abattre son bras. Je ne récupérerais jamais plus Sophie, et c'était horrible !

— Maman ? gémit Sophie en se balançant d'un pied sur l'autre, les bras serrés autour de sa poitrine. Qu'est-ce qui se passe ?

— Ne t'inquiète pas, chérie, répondit tante Val tout en jetant des regards hallucinés partout autour d'elle, comme une droguée qui ferait un mauvais trip. Je ne la laisserai pas t'emmener.

Elle marqua un temps d'arrêt et rejeta la tête en arrière. Ses cheveux châtains tombèrent en cascade jusqu'au milieu de son dos.

— Marg ? hurla-t-elle.

Je tressaillis de nouveau de tous mes membres. Mes mains agrippèrent les accoudoirs de mon fauteuil tandis que je m'efforçais de recouvrer le contrôle. Son cri m'avait déstabilisée.

— Je sais que tu es ici, Marg !

Marg ? D'où tante Val tenait-elle ce prénom ? Je n'avais pas dit à tante Val que j'avais vu le Faucheur et encore moins qu'il s'agissait en fait d'*une* Faucheuse. Et je ne savais même pas comment s'appelait cette créature.

Et soudain, je compris.

Tante Val connaissait le nom de la Faucheuse parce que c'était elle qui l'avait embauchée.

Non, pas ça ! Un éclair me traversa le corps, irradiant dans chaque terminaison nerveuse. Je ne pouvais pas y croire. J'étais anéantie. Tante Val m'avait élevée, elle avait été ma mère pendant les treize dernières années de ma vie — ma seule maman. Elle m'aimait, et il ne faisait aucun doute qu'elle adorait Sophie et oncle Brendon. Alors, pourquoi aurait-elle conclu un marché avec un Faucheur, et surtout pour se livrer à un odieux trafic d'âmes innocentes ? Jamais elle n'aurait fait cela.

Sauf que les faits étaient contre elle. Elle avait anormalement bu, elle avait posé des tas de questions…

Mon Dieu ! Elle savait depuis le début pourquoi les filles mouraient, je ne devais plus me cacher la vérité !

— Ça ne fait pas partie de notre contrat, hurla-t-elle encore, brandissant ses poings serrés. Montre-toi, espèce de lâche ! Tu n'as pas le droit de faire ça !

Hélas, elle se trompait.

21

Sophie s'effondra.

Ses genoux se dérobèrent puis sa tête alla cogner contre l'angle d'une table basse. Son corps tomba dans un bruit étouffé sur la moquette blanche, et un filet de sang forma bientôt une tache rouge.

Ni son père ni sa mère ne virent ce qui venait de se passer. Mon oncle Brendon s'acharnait à fouiller du regard la pièce, comme si la Faucheuse pouvait se cacher derrière un fauteuil ou dans l'une des plantes en pot. Quant à tante Val, elle fixait le plafond et sommait Marg de se montrer et de venir s'expliquer.

Comme si les Faucheurs tombaient du ciel.

Pour ma part, je sentis le chant funèbre s'échapper de ma gorge à la seconde où Sophie mourut. En tentant, par habitude, de le réprimer, je faillis m'étrangler. Et ce fut ce haut-le-cœur qui fit vivement se retourner tante Val.

— Non ! hurla-t-elle en comprenant ce qui arrivait à sa fille.

Jamais, jamais jusqu'à cet instant, je n'avais entendu une voix humaine pousser un cri si semblable à mes propres hurlements funèbres.

Elle se laissa tomber à genoux et dégagea le visage de sa fille des mèches qui le barraient.

— Sophie, reviens à toi, je t'en prie !

Le sang tacha ses doigts.

— Marg ! cria-t-elle plus fort. *Change ça tout de suite !* Ce n'est pas ce que nous avions convenu.

Brendon rejoignit Val auprès du corps inanimé de leur fille tandis que Nash et moi assistions à la scène, paralysés d'horreur, incapables d'intervenir. Puis mon oncle me jeta un regard par-dessus l'épaule de sa femme mais je ne compris pas ce qu'il voulait. J'étais trop occupée à retenir mon cri. Mais Nash avait saisi, lui. Il s'accroupit au pied de mon fauteuil et me prit les mains. Son intense regard transperça le mien de toute sa force.

— Vas-y. Maintenant, murmura-t-il. Fais-nous voir son âme pour que nous puissions la guider.

Alors je me suis mise à chanter pour Sophie.

J'ai chanté pour une âme emportée avant l'heure, pour une jeune vie perdue. Pour des parents privés de leur enfant et pour une jeune fille à qui on venait de voler son avenir et qui ne déciderait jamais ni de ce qu'elle voulait faire ni de qui elle voulait être. Pour ma cousine et ma sœur d'adoption, cette fille à la langue bien pendue que n'adouciraient jamais l'âge et l'expérience.

Pendant que s'élevait ma mélopée funèbre, il fit soudain moins clair dans la pièce sans que l'intensité des ampoules se soit affaiblie. Le salon commença à se voiler de gris, tout comme le gymnase quelques heures plus tôt. Les sombres créatures difformes allaient-elles venir rôder dans ma propre maison ? Epouvantée, j'osais à peine regarder autour de moi.

Mais je n'en vis aucune. Je percevais distinctement le royaume des ténèbres, mais il était… vide, d'une certaine façon.

Plus déconcertant encore était le son. Ou, plutôt, *l'absence* de son. Tandis que je chantais, je ne distinguais aucun autre bruit autour de moi, comme si quelqu'un, quelque part dans le cosmos, avait baissé le volume. Au bout de quelques secondes, je n'entendis même plus ma propre voix, dont le feu consumait pourtant ma gorge et mes poumons de *banshee* et me prouvait que j'étais bel et bien en train de hurler.

Nash ne me lâchait pas, nullement perturbé par le cri horrible qui s'arrachait de ma gorge. Mon père regardait sans bouger, fixement, l'âme de sa nièce — une ombre pâle teintée de rose, amorphe, qui flottait au-dessus de son corps, tel un cerf-volant sensible aux menus mouvements du vent. Son âme planait plus haut que celle d'Emma et, quelque part, je compris que c'était ma faute. Parce que Nash avait dû me pousser à libérer mon cri de lamentation et que j'avais perdu du temps. Tante Val s'était écroulée sur le corps de sa fille, à présent, et elle pleurait. Elle était la seule, ici, à ne pas voir l'âme de Sophie et, tout au fond de moi, je trouvais cela d'une insupportable tristesse. Quant à Brendon, debout, les bras raidis le long du corps, il serrait les poings, tendu comme un arc sous l'effort de tous ses muscles. Je ne voyais pas son visage, mais je suppose qu'il avait la même expression que Nash au moment où celui-ci avait guidé l'âme d'Emma : un visage en feu, mouillé de sueur… Soudain, ses épaules s'affaissèrent. Il se tourna vers moi, épuisé et articula en silence : « Retiens-la. »

Je hochai la tête. Mon cri continuait de monter. Je ne demandais qu'à bien faire, mais la gorge me brûlait d'avoir chanté pour Emma l'après-midi même. Combien de temps encore réussirais-je à retenir Sophie ?

Mon oncle adressa un signe à mon père. L'essentiel du message était clair : il n'y arriverait pas tout seul. Pour une raison ou pour une autre, il ne parvenait pas à bouger l'âme de sa fille. Mon père unit alors ses efforts à ceux de Brendon, tous deux tournés vers Sophie.

Sous leurs yeux, agenouillée près de sa fille, la main sur son sternum, Val faisait face. Mais à quoi, à qui ? Elle ne regardait aucun d'entre nous. Elle parlait, cependant. Son visage était trempé de larmes, stigmatisé par le chagrin et le remords. Je n'ai pas compris grand-chose à ce qu'elle disait, mais, d'après les mouvements de ses lèvres, j'ai soudain saisis deux mots : « Prends-moi. »

Et tout est devenu clair ! C'est à la Faucheuse, qu'elle parlait — la dénommée Marg —, et elle la suppliait d'épargner la vie de Sophie en échange de la sienne.

Tout a basculé à cet instant précis. L'atmosphère de la pièce s'est *transformée*, les angles, les volumes, les proportions se sont modifiés. C'était comme regarder un film sur un écran dont tous les paramètres auraient été brusquement déréglés. Puis une mince et sombre silhouette est apparue au centre du salon bouleversé, à quelques pas seulement de mon père et de mon oncle.

Je l'ai reconnue tout de suite. Marg. Celle que j'avais aperçue à la cérémonie organisée à la mémoire de Meredith. Marg. Elle portait encore le même pull noir qui soulignait sa minceur, et ses ballerines de cuir souple, comme une danseuse.

La Faucheuse m'a décoché un bref coup d'œil, puis elle s'est désintéressée de moi et s'est tournée vers Val. Je ne discernais plus alors que son profil de Faucheuse, mais c'était déjà bien assez.

— Tu es sûre ? a-t-elle demandé à Val.

Sa voix coulait comme un métal en fusion, fluide, lente, brûlante à vous carboniser sur place. Je n'en revenais pas de l'entendre — à tel point que mon chant faillit s'interrompre et que l'âme de Sophie se mit à dériver vers Marg. Vite, Nash dut presser ma main, et ma voix se raffermit tandis que l'âme de Sophie se stabilisait. Mais la Faucheuse ne parut s'apercevoir de rien. Elle dévisageait ma tante, laquelle prononçait des paroles que je ne saisissais toujours pas. Je ne percevais que la voix de Marg, signe qu'elle ne m'avait pas oubliée et que, pour une raison que j'ignorais, elle désirait que j'entende ce qu'elle disait.

Val acquiesça d'un signe de tête en réponse à une question de Marg. Ses lèvres remuaient très vite.

La Faucheuse l'examina un moment, puis secoua la tête et ses lèvres se retroussèrent lentement en un sourire mauvais.

— Ton âme ne suffira pas, dit-elle.

Sa voix flottait au-dessus de moi comme une présence presque physique.

— Tu as promis à Belphégor des âmes jeunes et belles. Or ton âme est aussi vieille et abîmée que ton corps. Il n'en voudra pas.

Ma tante se remit à parler en faisant de grands gestes de colère. Ce qu'elle disait donnait des sueurs froides à mon oncle. Une fois encore, j'aurais donné n'importe quoi pour tout entendre de cette discussion.

— Nous n'avons conclu aucun accord au sujet de l'identité des âmes à moissonner, argua la Faucheuse.

Ces derniers mots me donnèrent la chair de poule. Le seul fait d'écouter cette créature allait finir par me tuer, j'en étais sûre.

— J'ai récolté les quatre premières, malgré les interventions ridicules de tes jeunes laquais…

Laquais ? C'était de Nash et moi qu'elle parlait ? Je n'étais pas un laquais !

— … et je m'emparerai de la cinquième dès que je

me serai lassée de ce petit jeu. Je recevrai mon argent, Belphégor, ses âmes, et toi, la jeunesse et la beauté. Tout le monde y gagnera.

La jeunesse ? Tante Val avait engagé une Faucheuse pour moissonner des âmes innocentes en échange de la jeunesse ? La vanité pouvait-elle dicter à quelqu'un de tels actes ?

Tante Val enrageait, à présent, ses veines saillaient sous la peau de son cou. Mais Marg s'en amusait.

— Je suis en possession de quatre âmes jeunes et fortes, et tant que je les tiendrai, une demi-douzaine de *banshees* ne réussiront pas à me reprendre celle-ci.

Et, pour étayer ses affirmations, elle agita la main, paume tournée vers le haut, et l'âme de Sophie s'éleva de nouveau d'une trentaine de centimètres en dépit de mon chant et de tous les efforts de mon père et de mon oncle pour la guider.

Une douleur atroce me déchira le cœur. Nash se leva et, à son tour tendu par l'effort, rassembla ses forces pour lutter aux côtés de mon oncle et mon père.

L'âme de Sophie ondula, redescendit légèrement. Mais à peine.

La Faucheuse fit alors brusquement volte-face pour concentrer sa fureur sur Nash et moi.

— Vous… !

Je me suis mise à trembler, de plus en plus fort à mesure qu'elle approchait de moi. Ma voix a diminué de puissance. A coup sûr, j'étais en train de la perdre, et quand ma complainte se serait tout à fait tue, Nash, Brendon et mon père n'auraient plus d'âme à guider.

— Il y a quelque chose de…

Comme elle avançait, le pull de Marg s'évasait, lui conférant une présence physique infiniment plus intimidante que celle que son corps mince aurait dû lui donner. Arrivée à un mètre à peine de moi, elle me scruta de ses yeux étrécis. Puis un lent sourire lui revint, qui fit battre mon cœur de terreur.

— Toi, tu vis la vie de quelqu'un d'autre. Je suis sûre que Belphégor adorerait goûter à ça. Alors, si tu veux voir le jour se lever demain, je te conseille de la boucler et de me lâcher cette âme. Sinon, ta famille me regardera te faire manger ta propre langue, et emporter ton âme à la place de l'autre.

Son sourire cruel s'élargit. Un frisson glacé me traversa. Ces dents si… normales, si ordinaires et blanches dans cette face vicieuse, c'était terrible.

— Tu mourras dans un silence total, petite chose, reprit-elle. Parce qu'il n'y a plus personne ici pour chanter ton chant funèbre.

— Moi, je chanterai pour elle.

La voix qui venait de s'élever était douce et musicale, mais aussi effrayante que la Faucheuse elle-même dans cet étrange silence. Je tournai la tête pour voir d'où m'arrivait cette voix.

Etait-ce Tod qui avait parlé ? Il se tenait debout sur le seuil du salon, fermement campé sur ses jambes, les poings serrés, les traits durs. Il avait l'air prêt à livrer bataille contre le diable en personne. Mais, inexplicablement, la voix qui, pensais-je, était sortie de sa bouche ne correspondait pas à celle que je lui connaissais.

Une silhouette surgit alors derrière lui. Mon pouls s'affola. Cette fois, enfin, c'était d'espoir. Harmony Hudson. La mère de Nash. Et elle avait l'air prête à tout, elle aussi. Une *furie*.

— Tu m'as entendue, « petite chose » ? me demanda-t-elle.

J'ai hoché la tête, si heureuse de sa présence que je

ne songeai même pas à demander comment elle avait su qu'on avait besoin d'elle !

— Ta voix est en train de faiblir, poursuivit-elle. Moi, s'il le faut, je chanterai toute la nuit.

Sur ces mots, elle s'est dressée face à Marg. On aurait dit qu'elle était plus grande et plus imposante.

— Tu ne repartiras pas d'ici avec son âme, a-t-elle affirmé à la Faucheuse. Ni avec l'autre, là-haut.

Montrant les dents, Marg a sifflé comme un chat en colère et, l'espace d'un instant, j'ai cru qu'elle allait donner un coup de griffes. Mais elle a semblé se reprendre.

— Tu ne réussiras pas mieux que la gamine, a-t-elle ronronné en s'esquivant lentement. Il faudra davantage que trois de tes hommes pour me voler. N'oublie pas que je tiens quatre âmes solides en réserve.

— Et *quatre* hommes, ça irait ? a lancé Tod entre ses dents serrées.

Il a jeté un coup d'œil vers moi, puis regardé Nash qui, d'un signe de tête, lui a donné le feu vert pour quelque chose que je n'ai pas compris. Tod a fermé les yeux comme pour mieux se concentrer, et, soudain, l'âme de Sophie s'est mise à redescendre doucement.

Je n'en croyais pas mes yeux. Tod était un Faucheur ! Et pourtant, indiscutablement, il était passé du côté de ceux qui guidaient l'âme de Sophie.

Marg vit rouge. Elle fit volte-face, se planta devant l'âme de Sophie dans l'intention évidente de l'enlever avant qu'elle ne lui échappe pour de bon.

C'est alors que ma voix s'est éteinte.

Aucun son n'est sorti de ma gorge quand j'ai voulu crier de désespoir. Au lieu de ça, un véritable grondement est monté jusqu'à moi, venu de je ne sais où, comme si mes oreilles s'étaient débouchées sous l'effet d'un changement de pression. Et les premiers sons que j'ai perçus, ce furent des notes de musique — une musique sublime, la plus magnifique que j'aie entendue de toute ma vie.

La mère de Nash chantait pour l'âme de Sophie.

Tandis que la voix délivrait son miracle, mon père, Brendon, Tod et Nash ramenaient à eux l'âme de ma cousine ; de son côté, Marg la tirait à elle de toutes ses forces. Si bien que l'âme recommença à s'élever et, cette fois, elle dériva vers la Faucheuse. Les bras ouverts, elle n'attendait plus que de la cueillir.

— Marg, par pitié ! Prends-moi ! s'écria alors de nouveau Valérie. Mon âme n'est pas si jeune, c'est vrai, mais elle est forte, et je t'interdis d'emporter Sophie !

— Tu ne la sauveras pas…, chantonna Marg.

La réalité lui donnait raison, hélas. Avec quatre âmes en réserve, elle était trop puissante, même pour quatre *banshee* mâles. Quelle ironie, alors que Marg avait l'air si frêle…

Une seconde ! Elle n'avait pas seulement l'air frêle : elle l'*était* ! J'avais entendu mon père dire que, pour agir sur l'environnement humain, les Faucheurs étaient obligés de prendre une forme physique. Ce qui signifiait que Marg était aussi vulnérable que le Faucheur qui avait essayé de m'emporter. Celui à qui mon père avait donné un simple *coup de poing*…

La tête en feu, la gorge à vif, je me suis précipitée dans la cuisine. Un couteau ? Non, je n'étais pas sûre qu'un seul coup de poignard suffirait à la neutraliser.

En revanche, je me sentais tout à fait capable d'assommer cette punaise.

J'ouvris le placard à la volée, et fouillai, à la recherche de la poêle en fonte que j'avais souvent vue ici. Je la tenais !

J'ai empoigné le manche et filé comme une flèche dans

le salon, avant de passer devant Nash, Harmony et Tod. Arrivée à la hauteur de mon père, j'ai brandi la poêle.

Seulement Marg avait dû entendre mes pas, ou sentir quelque chose, à l'expression de ma tante. En tout cas, elle s'est retournée comme un chat en colère à la seconde où j'allais abattre mon arme sur son crâne. Du coup, la poêle est allée la frapper à l'épaule, et, au lieu de l'anéantir, je l'ai seulement fait tomber.

Mais lourdement. Elle a durement heurté le sol, avec un bruit sourd dont l'onde a fait trembler la table basse.

Je triomphais, je ne sentais même pas la méchante douleur qui élançait tout le long de mon bras sous la violence du coup que j'avais porté.

Pendant quelques instants, la Faucheuse est restée étendue, comme paralysée, ses cheveux étalés tel un soleil noir autour de sa tête, les bras en croix. Simultanément, j'ai vu l'âme de Sophie redescendre en douceur vers son corps. Puis tante Val a laissé échapper un cri de rage et s'est jetée sur Marg. Elle avait perdu toute réserve, toute grâce — pourtant je ne l'avais jamais autant admirée.

Elle a enfourché la Faucheuse. Elle pesait sur elle de tout son poids et elle lui a agrippé les épaules. Un éclat sauvage brillait dans ses yeux, on aurait dit que ses cheveux, électrisés, étaient sur le point de se dresser sur sa tête. Oui, elle avait un air de démente. D'ailleurs, si elle n'était pas déjà devenue folle, elle n'allait plus tarder à sombrer.

— Tu n'emporteras pas ma fille ! cria-t-elle à la face de la Faucheuse. Alors, soit tu prends mon âme tout de suite, soit tu repars avec une âme de moins que ce que prévoyait notre marché !

Je me suis approchée, le bras toujours armé, et Marg s'est tordue de dépit. Elle a levé la tête, les yeux noirs de fureur : l'âme de Sophie n'était plus là. Ma cousine, bien qu'encore inconsciente, avait recommencé à respirer. Cette fois, c'est l'épouvante qui s'est peinte sur les traits de la Faucheuse. Je ne sais pas qui est Belphégor, mais, manifestement, Marg tenait plus que tout au monde à ne surtout pas le décevoir. Elle a dévisagé Val et, en moins d'une seconde, elle a pris sa décision.

— Ton âme ne suffira pas à honorer ta part du marché, a-t-elle assené, mais elle paiera le prix de ton arrogance et de ta vanité !

A ces mots, le corps de tante Val s'affaissa sur le sol. Marg avait déjà disparu.

Complètement abasourdie, entièrement concentrée sur ma tante, je me suis laissée glisser au sol avec précaution pour ne pas finir en flaque sur la moquette. Puis j'ai senti la main de Nash prendre la mienne, celle qui ne tenait pas la poêle. L'autre était toujours accrochée au manche. A présent que tout était terminé, j'étais atterrée par l'usage que j'avais fait de cette poêle.

Soudain, j'ai tout lâché.

— Kaylee, ça va ?

— Je vais… très bien. Vu la situation.

Mon oncle Brendon est passé devant moi et s'est agenouillé à côté de sa fille. En lui prenant le pouls, il a poussé un soupir de soulagement. Puis il lui a palpé le crâne, dans la zone où elle s'était cognée contre le coin de la table, avant de la soulever dans ses bras et de l'allonger, saine et sauve, sur le canapé.

Le canapé blanc de Valérie. Tout maculé de sang. Vivante, elle en aurait été malade.

Mais Val était morte.

Brendon répéta sur elle les gestes qu'il venait d'effectuer sur sa fille. Cette fois, hélas, il savait qu'il n'y aurait pas de soupir de soulagement. Mon oncle se laissa aller contre le canapé, il croisa les bras sur ses genoux et y nicha la tête. Son corps tout entier fut soudain secoué de sanglots silencieux.

— Brendon ? murmura mon père tout en posant dans mon dos sa main rassurante.

Mon oncle leva vers nous ses yeux rougis.

— Comment a-t-elle pu faire ça ? demanda-t-il. Mais que s'était-elle donc imaginé ?

— Je ne sais pas, répondit mon père.

Il s'agenouilla auprès de son frère.

— C'est moi, le coupable, reprit mon oncle dans une plainte. C'est trop dur pour les humains de vivre avec nous. J'aurais dû le savoir, pourtant.

Il hoquetait, s'essuyait le visage de sa manche.

— Elle ne voulait pas vieillir sans moi.

— Non, ce n'est pas ta faute, affirma mon père en lui empoignant l'épaule. Ce n'est pas qu'elle refusait de vieillir sans toi, Bren. Elle ne voulait pas vieillir *du tout*.

Ma tante Valérie avait conclu un marché avec une créature infernale, marché qui avait coûté la vie à quatre jeunes filles innocentes. Elle nous avait menti à tous et avait bien failli causer la mort de sa propre fille. Et elle avait provoqué une explosion atomique dans notre cellule familiale.

Nénamoins, quand l'heure était venue, elle avait donné sa propre vie en échange de celle de sa fille, sans y réfléchir à deux fois, exactement comme ma mère l'avait fait.

Cela rendait-il ses péchés pardonnables ?

J'aurais voulu dire oui — dire que le sacrifice désintéressé d'une mère constituait une bonne action suffisante pour effacer ses fautes passées. Hélas, la réalité n'était pas aussi jolie.

La mort de ma tante ne ramènerait pas Heidi.

Ni Alyson.

Ni Meredith.

Ni Julie.

Elle ne réparerait pas les dégâts que cette mort allait causer dans la vie de Sophie. Elle ne rendrait pas sa femme à mon oncle Brendon.

La vérité, c'était que le sacrifice de tante Val représentait trop peu, trop tard, et qu'elle laissait dévastés les êtres qu'elle aimait le plus au monde. Et qu'ils allaient devoir gérer sans elle les conséquences de ses actes.

— Tiens, bois cela, Kaylee. Ça va soulager ta gorge.

Harmony Hudson posa une tasse de thé aux senteurs de miel sur la table devant moi. Je me penchai pour en respirer la vapeur parfumée.

Elle s'apprêtait à repartir vers la cuisine, où une odeur de brownies faits maison — son remède favori — commençait à se répandre, mais je la retins par le bras.

— J'aurais perdu Sophie si vous n'aviez pas été là.

Ma voix était encore rauque, j'avais l'impression qu'on me griffait la gorge. L'effet de choc commençait à passer, mais il laissait derrière lui une sensation de lourdeur dans mon cœur, et ma tête demeurait pleine de détails horribles.

Harmony eut un sourire triste. Elle s'assit sur la chaise près de moi.

— Si j'en crois ce qu'on m'a dit, tu as chanté plus souvent qu'à ton tour aujourd'hui.

Je hochai la tête et bus avec précaution une gorgée de thé, heureuse de sentir sa chaleur apaisante s'écouler dans ma gorge.

— Mais c'est terminé, maintenant, n'est-ce pas ?

demandai-je. Belphégor ne peut pas sortir du royaume des ténèbres et Marg ne reviendra pas ?

— Pas si elle possède un tant soit peu de bon sens. Les Faucheurs savent qui elle est, désormais, et ils vont tous se lancer à sa poursuite.

Je suivis le regard d'Harmony. Là-bas, dans le salon où ma tante était morte, où ma cousine avait été ramenée à la vie et où j'étais venue à bout d'une Faucheuse folle.

Le mardi le plus dingue de ma vie.

Les médecins urgentistes étaient repartis depuis moins d'une demi-heure, l'épaisse moquette blanche portait encore les empreintes du brancard. Ils avaient emporté tante Val recouverte d'un drap blanc, et Brendon et Sophie avaient suivi l'ambulance jusqu'à l'hôpital où l'on poserait des points de suture à ma cousine, et où le décès de sa mère serait officiellement reconnu.

Sophie n'a pas compris ce qui s'était passé. Je l'avais su dès le moment où elle avait repris conscience. En revanche, ce que je n'avais pas prévu, c'est qu'ensuite elle allait me reprocher la mort de sa mère. A moi. C'est pourtant ce qui s'est passé. Cliniquement, ma cousine était décédée, au moment où tante Val avait négocié la vie de sa fille, et Sophie n'a donc gardé aucun souvenir ni de cela ni de ce qu'elle avait vu juste avant de mourir. Tout ce qu'elle a retenu, et avec certitude, c'est que sa mère était morte — et que j'avais quelque chose à voir avec ça, comme pour ma propre mère.

Voilà. Elle et moi avions désormais plus en commun que jamais auparavant ; dans le même temps, nous ne pouvions pas être moins proches.

— Comment avez-vous appris ? demandai-je à Harmony en désignant la scène du désastre. Comment avez-vous su ?

Elle se rembrunit, comme embarrassée d'avoir à me répondre.

— C'est moi qui l'ai prévenue.

Surprise par la voix qui venait de se manifester, je levai les yeux. Tod était là. Assis en face de moi, les bras croisés sur la table. Une boucle blonde barrait son front. Harmony lui sourit — me faisant ainsi comprendre qu'elle aussi voyait Tod.

— Je croyais que tu étais un Faucheur… Comment as-tu fait pour guider l'âme de Sophie ?

— Il est les deux, répondit Nash derrière moi.

Je me tournai vivement. Nash venait d'entrer à la suite de mon père, rabattant l'une après l'autre ses manches sur ses avant-bras. Mon père et lui avaient fini de charger le canapé souillé, dans la camionnette, afin d'éviter à mon oncle la pénible tâche de s'occuper du nettoyage quand il reviendrait de l'hôpital avec Sophie. Trop de sang.

— Tod est très doué, reprit Harmony.

Esquissant une grimace, Tod repoussa la mèche de son front. Harmony renchérit :

— Mes deux garçons sont tous les deux très doués.

— Les deux ? ai-je répété, certaine d'avoir mal compris.

Nash soupira et se glissa sur une chaise. Puis il balança :

— Kaylee, je te présente mon frère, Tod.

Mon regard alla de l'un à l'autre. Y avait-il un quelconque air de famille ? La seule ressemblance que je leur trouvais, c'étaient leurs fossettes. Tout bien considéré, il y avait aussi les boucles blondes de Tod, si semblables à celles d'Harmony…

Et, soudain, tout est devenu beaucoup plus cohérent. Leurs chamailleries sans rime ni raison. Nash qui connaissait Tod « depuis toujours ». Tod qui traînait toujours chez Nash. Nash qui en connaissait un rayon sur les Faucheurs.

Comment ne l'avais-je pas compris plus tôt ?

— Si j'ai un conseil à donner…

Harmony m'a gratifiée d'un gentil sourire, mais aussitôt après son attention s'est reportée sur mon père.

— Il vaut toujours mieux se tenir sur ses gardes quand on a affaire à deux frères *banshee*. Ils vous réservent toujours des surprises.

Mon père s'est abstenu de tout commentaire.

Une heure plus tard, une fois les Hudson repartis, nous avons grignoté les brownies. Enfin, pas moi : je n'en avais pas la force. J'ai déposé ma soucoupe dans l'évier, j'ai ouvert le robinet et regardé l'eau couler sans même en avoir conscience.

Mon père m'a entouré les épaules de son bras et m'a attirée tout contre lui. Je l'ai laissé faire. Il n'en savait pas plus sur moi et ma vie qu'une heure plus tôt, mais c'était bien tout ce qui n'avait pas changé dans nos relations à tous deux. Car tout le reste avait changé. Désormais, il allait pouvoir me regarder et me voir, *moi*, pas *ma mère* à travers moi, et cela en dépit de ma ressemblance avec elle. Il lui était devenu possible de poser les yeux sur ce qu'il avait encore, plutôt que de voir ce qu'il avait perdu.

Et il avait décidé de rester. Bien sûr, nous allions nous disputer à propos des permissions de minuit, nous mettre à cran l'un l'autre — mais du moins ces choses-là me sembleraient-elles normales. Et j'avais besoin d'une bonne dose de « normalité » après la semaine que je venais de passer.

Je poussai un soupir, les yeux braqués sur l'eau qui coulait, trop épuisée et hébétée en cet instant pour agir.

— Parle-moi, a demandé mon père en coupant l'eau à ma place.

Je haussai les épaules et me tournai vers lui, appuyée à l'évier.

— Ça ne va pas… En fait, rien ne va bien. Je ne connais que trois *banshee* adultes, vous, et vous êtes tous les trois… seuls.

Devenus tragiquement veufs, pour tout dire.

— Est-ce qu'il arrive que les *banshee* connaissent le bonheur, papa ?

— Bien sûr que oui, affirma mon père en me serrant dans ses bras. Au moins autant que les autres.

Incroyable, il ne paraissait pas nourrir le moindre doute, malgré tout ce qu'il avait enduré.

— Je sais que ça peut te sembler impossible pour l'instant, après ce que tu as vu et entendu ce soir. Mais ne préjuge pas de ton avenir en te fondant sur les erreurs des autres. Celles de Valérie, et surtout les miennes. Tu auras ta part de bonheur, si tu acceptes de retrousser tes manches. Et si j'en crois ce que tu m'as montré de toi, ce ne sont pas quelques malheureux efforts qui vont t'effrayer.

J'ai acquiescé, ne sachant trop quoi répondre.

— Du reste, la condition de *banshee* ne comporte pas que des inconvénients, Kaylee.

Là, je lui ai décoché un regard sceptique.

— C'est bon à savoir, parce que, d'après mon expérience, j'ai plutôt l'impression que ça implique beaucoup de morts et de hurlements.

— C'est vrai. Mais…

Mon père m'a fait le regarder dans les yeux. Dans ses prunelles, la vrille maintenant familière a retenu à peine mon attention.

— Nous avons un don, Kaylee, et si tu es prête à en supporter les difficultés, à en relever les défis, alors, de temps en temps, la vie t'offrira un miracle.

Il marqua une pause. Son regard s'intensifia.

— Tu es mon miracle, Kaylee. Et celui de ta mère aussi. Elle savait ce qu'elle faisait, cette nuit-là, sur la route. Elle préservait notre miracle. En accord avec moi. Et même si elle me manque toujours terriblement, je n'ai jamais regretté notre décision. Pas une seule seconde.

Des larmes voilaient ses yeux.

— N'aie pas de regrets pas non plus.

— Je n'en ai pas.

Mon regard exprimait-il de la sincérité ? Je l'espérais. Mais la vérité, c'est que je n'étais sûre de rien. Dans quelle mesure méritais-je de vivre ? Seul le destin me dictait que j'en avais le droit.

Mon père a lu en moi, je crois, rien qu'en me regardant. Mes yeux en disaient certainement plus long, pour lui, que mes paroles. Mais avant qu'il ait pu s'exprimer, le bruit d'un moteur familier a troublé le silence.

Nash.

J'ai interrogé mon père du regard, pleine d'espoir.

— Il arrive chaque fois aussi tard ? m'a-t-il demandé.

— Il n'est que 21 h 30 ! ai-je répondu, les yeux au ciel.

— Soit. Va lui parler avant qu'il n'entre et que je sois obligé d'avoir l'air d'accord !

— Tu ne l'aimes pas ?

Mon père a soupiré.

— Après tout ce qu'il a fait pour toi, j'aurais mauvaise grâce à ne pas l'aimer, tu ne crois pas ? Et… je vois bien la façon qu'il a de te regarder. Ou, plutôt, la façon que vous avez de vous regarder, tous les deux.

J'ai souri tandis qu'on entendait claquer la portière de la voiture, dehors.

— Tu as oublié que tu as eu mon âge, un jour ? Tu es un croulant, ou quoi ?

— J'ai cent trente-deux ans. Et je me souviens très bien, au contraire. Trop bien. C'est justement pour ça que j'ai toutes les raisons de me faire du souci pour toi.

Une ombre est passée dans ses yeux, puis il m'a poussée vers la porte.

— Je t'accorde une demi-heure.

Ça m'a exaspérée. Ça ne faisait pas trois heures qu'il était de retour, et, déjà, il imposait sa loi ? Cela dit, je n'ai pas répliqué parce que la sévérité de mon père et son couvre-feu stupide valaient tout de même mieux que mon statut d'invitée permanente chez ma cousine !

Quand j'ai ouvert la porte, Nash franchissait la dernière marche et il avait encore la main sur la rampe. Il a eu l'air surpris en me voyant.

— Salut, toi.

— Salut, toi, ai-je répondu en refermant la porte derrière moi et en m'adossant au battant. Tu as oublié quelque chose ?

Il a haussé les épaules et répondu nonchalamment :

— Je voulais juste te dire bonne nuit sans avoir ma mère sur le dos. Ou ton père.

— Ou ton frère.

Je n'ai pu réprimer mon sourire. Nash n'a pas apprécié.

— J'aimerais autant qu'on ne parle pas de Tod.

— C'est compréhensible.

J'ai descendu une marche et je me suis trouvée les yeux dans les yeux avec lui. Quelle troublante, étonnante intimité ! Alors que nos corps étaient tout près l'un de l'autre, nous ne nous touchions pourtant pas.

— De quoi veux-tu parler ? ai-je demandé.

— Qui a dit que c'est pour parler que je suis venu ?… m'a répondu Nash d'une voix émue.

Et, sur ces mots, il m'a embrassée. Je me suis laissé faire — jusqu'à ce que mon père me rappelle à l'ordre en frappant au carreau. Nash a protesté entre ses dents, et nous nous sommes réfugiés au pied des marches, dans l'ombre.

— Alors, vraiment, tu veux bien de moi ? m'a-t-il dit en ouvrant les bras comme pour englober dans sa question tout ce qui s'était passé d'indescriptible et d'étrange ces quatre derniers jours. La plupart des filles prendraient la fuite.

— Que veux-tu que je te dise ? Tu as une voix magique…

Pour ne pas parler de ses mains, de sa bouche…

Et lui, combien de temps voudrait-il encore de moi ? ai-je alors pensé, tandis que, comme chaque fois que je me projetais dans l'avenir avec Nash, un doute amer s'insinuait dans mon cœur et me serrait la gorge. Resterait-il, quand il aurait épuisé les joies de la nouveauté, celle d'embrasser une fille de son espèce, une *banshee* ?

— Qu'est-ce qui ne va pas, Kaylee ?

J'ai mis de côté mes pensées négatives, et suis allée m'asseoir sur le capot de la voiture.

— Ça va me faire bizarre de retourner à l'école, maintenant. Comment est-ce que je peux encore prendre au sérieux la trigo et l'histoire alors que je viens de ramener à la vie ma meilleure amie et d'affronter une Faucheuse prête à voler l'âme de ma cousine…

— Crois-moi, tu vas t'y remettre. Parce que, sinon, tu peux dire adieu à ça…

« Ça », c'était le baiser que me donna Nash de ses lèvres taquines, un baiser si excitant que j'en redemandai.

— Mmm… Je me sens de nouveau très motivée, ai-je murmuré tout contre sa joue, après m'être ressaisie.

— Désormais, m'a promis Nash, si la chance est avec nous, nous aurons plein de « ça » et, a-t-il ajouté en désignant la maison, plus du tout de « ceci ». C'était un incident et cet incident est clos.

A l'évocation des turbulences que nous venions tous de traverser, un frisson glacé m'a parcourue.

— Qui te dit que c'est le cas ?

Après tout, Marg continuait d'errer quelque part autour de nous ; quant à Belphégor, il n'avait pas obtenu satisfaction. Mais Nash semblait inébranlablement convaincu.

— C'est fini, affirma-t-il. En revanche, toi et moi, ça ne fait que commencer, Kaylee. Tu n'imagines pas comme nous sommes forts, ensemble, et différents des autres. C'est incroyable que nous nous soyons trouvés.

Il me serra dans ses bras et, à l'intensité de sa voix, je devinai le mouvement désormais familier de ses prunelles.

— Nous avons une éternité devant nous. Le temps de faire tout ce que nous désirons. D'être qui nous désirons être.

Le temps. Pour Nash, c'était là l'essentiel. Comme pour mon père.

Alors, enfin, j'ai compris. Ma vie ne m'appartenait pas à moi seule. Ma mère était morte pour m'en faire le don.

Et peu m'importait ce qu'il pouvait arriver : à présent, j'étais résolue à mériter son sacrifice.

Kaylee n'en a pas fini de découvrir et d'explorer ses pouvoirs.

Remerciements

Et d'abord, merci à Rayna et Alex pour m'avoir laissé l'accès libre à leurs cerveaux d'ados, et merci à Alex qui a été mon premier lecteur, catégorie jeunesse.

Merci à Rinda, Elliott, pour m'avoir montré ce que je ne voyais pas.

Merci à mon agent, Miriam Kriss, qui a cru en moi.

Merci à Elizabeth Mazer, et à tous ceux et toutes celles qui, chez Mira, ont permis que ce roman voie le jour.

Merci à mon éditrice, Mary-Theresa Hussey, pour toutes ses questions, ses annotations en marge de mon manuscrit, ainsi que pour les réponses qu'elle m'a apportées au fil de notre collaboration.

Et enfin, Melissa, merci d'être là.

Déjà parus dans la collection
DARKISS poche
par ordre alphabétique d'auteurs

Gena Showalter	T1 : Dark attirance T2 : Les fiancés de l'ombre T3 : Le pacte de sang
Maria V. Snyder	T1 : Le poison écarlate T2 : Le souffle d'émeraude T3 : Les secrets d'opale
Rachel Vincent	*Recueil de trois nouvelles* Mon âme en sursis Le Faucheur d'âmes Echappe-toi, mon âme T1 : De toute mon âme T2 : La voleuse d'âmes

Dès le 2 avril,

retrouvez les 2 premiers tomes des « Voleurs d'âmes » de Rachel Vincent dans la collection

DARKISS poche

7,50 €
seulement

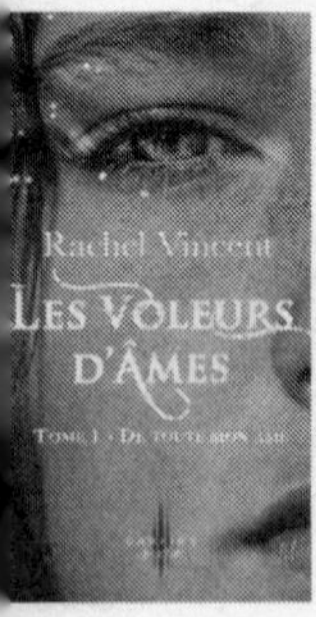

DE TOUTE MON ÂME

384 pages

TOME 1

Apparemment, Kaylee est une fille comme les autres. Pourtant, depuis quelque temps, elle pressent la mort imminente de jeunes filles de son entourage. Pourquoi ? Et à qui confier ses sombres intuitions sans passer pour folle ? Alors qu'elle se croit désespérément seule, c'est Nash, le garçon qu'elle aime en secret depuis des mois, qui va lui tendre la main — et lui révéler que, comme lui, elle est une banshee…

LA VOLEUSE D'ÂMES

352 pages

TOME 2

Qui sera la prochaine fille à mourir sans son âme ? Quand la pop star Eden s'effondre sur scène devant des centaines de fans, Kaylee comprend : Eden n'a pas d'âme. Elle l'a vendue, en échange de la gloire, en ignorant que ce marché déloyal la voue aux tourments éternels à très brève échéance. Eden n'est que la première victime sur la Liste. Où trouver la suivante avant qu'il ne soit trop tard ? Kaylee et Nash sont seuls à savoir. Mais percer les secrets du monde des ténèbres a un prix…

Composé et édité par les

éditions HARLEQUIN

Achevé d'imprimer en mars 2013

BRODARD & TAUPIN

La Flèche

Dépôt légal : avril 2014

Imprimé en France